사랑, 장마로 오다

이설 장편소설

사랑, 장마로 오다

이설 지음

발행처 · 도서출판 **청어**
발행인 · 이영철
영　업 · 이동호
기　획 · 최윤영 | 김홍순
편　집 · 김영신 | 방세화
디자인 · 김바라 | 오주연
제작부장 · 공병한
인　쇄 · 두리터

등　록 · 1999년 5월 3일(제22-1541호)
1판 1쇄 인쇄 · 2013년 5월 20일
1판 1쇄 발행 · 2013년 5월 30일

주소 · 서울 서초구 서초3동 1595-10 봉양빌딩 2층
대표전화 · 586-0477
팩시밀리 · 586-0478

홈페이지 · www.chungeobook.com
E-mail · ppi20@hanmail.net
ISBN · 978-89-97706-41-9 (03810)

이 책의 저작권은 저자와 도서출판 청어에 있습니다.
무단 전재 및 복제를 금합니다.

사랑,
장마로 오다

과거의 사슬과 아픔의 상처는 걷히고
화해와 용서와 미래의 희망이
새순처럼 돋아나고 있었다
긴 어둠을 밀어낸 꽃동이
창틈으로 스며들고 있었다

| 작가의 말 |

    나에게 늦은 소설 쓰기란 추억을 꿰매는 초라한 출발에서 시작되었다. 거울을 통하여 나를 들여다보는 작업이었고, 내면의 얼룩진 상처와 부서진 조각을 치유하며 극복하는 작업이었다. 첫 장편소설 『끝섬-사랑하기 전에 이미 그리움』이 꿈을 기억해야 하는 자조의 할큄이었다면, 『사랑, 장마로 오다』는 자각을 실현하고자 하는 치유의 거울이었다. 또한 상처가 다시 덧나도 좋고, 딱지가 떨어져 지혈되지 않아도 슬퍼하지 않겠다는 고집으로 나만이 볼 수 있는 굴절된 양심을 어루만지고 싶은 작업들이었다.

    무릇 중년에 반추하는 유년의 추억은 아름다운 기억만이 착상된 것은 아니었다. 단지 잊도록 진화된 인간의 뇌 어느 한구석에 언제나 도사리고 있었을 따름이었다. 그럼에도 무례하게 스스로의 거울을 비추어 보며 오랜 세월 봉합시켜 놓았던 상처를 끄집어내는 작업에 집착했다. 기억은 점점 더 명료해졌고, 아픔은 점점 더 가까이에서 돋았다. 기억 속의 아픔은 타인의 아픔이기 이전에 나의 아픔이었고, 어쩌면 내가 치유해야 할 아픔이라고 보아야 옳았다. 상처는 더욱 깊어졌고, 누군가에게 울고 거듭나기를 소원하기 전에 내가 먼저 울고 거듭나야 했기 때문이었다.

남은 시간들, 감히 또 다른 치유를 구실로 긁적거리려니 내 추억들은 비로소 두려움으로 아우성이다. 아우성치는 미지의 두려움과 싸워야 하는 나는 참으로 나약하고, 심장의 깊이는 속절없이 야위어 있다. 더불어 담겨져 있는 그릇의 크기는 보잘것없고, 뜨거운 열정이나 모험도 턱없다. 필부의 가야 할 걸음에 보이지 않는 길은 멀고, 끝은 자욱한 이유이다.

그래서 오늘, 용기를 북돋는 두 번째 장편소설의 채찍에 더없이 작고 초라하게 움츠려진다. 민망함을 위장하려는 부끄러운 마음조차도

기둥 뒤로 빠끔히 숨는 것을 보면, 아마도 과분한 축복인가 싶다. 어디에 숨고, 어디로 도망하여 잠수라도 해야 하는가, 곰곰한 생각이 나를 또 불현듯 일으켜 세우기를 외람되게 갈망해본다. 그 끝이 영원히 끝나지 않을지라도 가야 하고, 가서 행복한, 또 다른 담금질 같은 운명의 길이기에…….

두려움에 나약하고, 심장이 야위었고, 그릇이 보잘것없고, 열정이나 모험도 턱없는 나에게…… 늘 용기를 주는 분들, 세상을 함께 더불어 살아가는 고마운 분들, 그리고 아내와 아들과 가족들에게, 여전히 졸필인 이 책을 바친다.

이 설

| 차례 |

작가의 말 • 4

사랑, 장마로 오다 • 9
치명적인, 그러나 아름다운 • 26
첫 키스의 향기 • 41
철길이 닿는 바다 • 56
검은 그림자 • 72
굴레의 사슬 • 88
연못둥지과수원 • 113
안개 속의 덫 • 146
뒤틀리는 운명들 • 177
색깔이 다른 피 • 208
성城을 떠난 사막 • 231
장남들의 곡예비행 • 254
보이지 않는 길 • 295
연리지漣理枝를 꿈꾸다 • 325

사랑, 장마로 오다

"이 눔의 장마가 언제나 그치려나……."
"그러게 말이여! 올해는 벼농사마저 신통찮을 거 같구먼유!"
"밭농사는 어쩐디여, 뿌리까지 다 물러터지게 생겼네 그려!"
 이장집이라는 명분과 마을에 몇 안 되는 텔레비전을 보려는 동네 아주머니들의 구실은 핑계에 불과했다. 어쩌면 끈적끈적한 습기와 스산한 분위기를 피해 수다를 떠는 것이 더 큰 목적처럼 보였다.
 며칠째 쏟아붓는 장마는 지독히 폭력적이었다. 남한강 상류에서 차례로 뭉쳐진 물은 두물머리에 이르러 북한강물과 합류했다. 한꺼번에 밀어닥친 빗물은 한강에 도달하기도 전에 곳곳에서 범람했다. 물먹은 대지는 과식한 음식을 토하듯 흙탕물을 뱉어 내었다. 더구나 서해로 치미는 바닷물과 겹쳐 미처 빠져나가지 못하고 역류하기 시작했다. 강가에 도열해 있는 저지대는 모조리 침수되어 유린당했고, 역류한 물은 남한강을 거슬러 충주忠州에 이르기까지 속수무책으로 치밀었다.

"어무이, 아부지가 빨리 오래유. 방장골이 강물에 다 파묻혔대유!"

사내아이의 볼멘소리가 창호지를 뚫고 방바닥으로 굴러 떨어진 것은 그때였다. 문지방 앞에 웅크리고 앉아 수다를 떨던 작은어머니가 방문을 벌컥 열어젖히며 아들에게 냅다 물음표를 던졌다.

"시방, 그게 무슨 소리여?"

"아랫방장골이 없어졌어유. 흙탕물이 엄청나유!"

밖에는 나의 열 살짜리 사촌동생 녀석이 우산도 없이 세찬 빗줄기를 온몸으로 받으며 떨고 있었다. 추위에 잔뜩 오그라져 있는 꼴은 영락없이 물먹은 생쥐 모양새였다. 그러나 녀석의 목소리는 처음 겪는 진풍경에 신이 난 듯 다분히 들떠 있었다.

아주머니들이 자리를 정리하며 서둘러 떠나기 시작했다. 나는 좋은 구경거리가 생겼다 싶어 어머니의 눈을 피해 작은어머니를 뒤따라 나섰다. 비에 흠뻑 젖은 사촌은 진흙탕을 지그재그로 첨벙거리며 앞서 갔다. 녀석의 뛰어가는 뒷모습은 신기한 구경거리로 되레 들뜬, 제철 만난 강아지 격이었다.

마을 끝자락 작은집 앞마당은 이미 홍수를 구경하는 사람들로 제법 북적거리고 있었다. 진즉부터 바다처럼 변해가는 논밭과 물속에 갇힌 방장골을 구경하고 있었던 모양이다. 달천평야 한가운데 융기된 농촌마을 아랫방장골은 바다에 떠 있는 섬과 별반 다르지 않은 진풍경이었다.

나는 좀 더 신기한 구경을 하고 싶은 마음에 최대한 물 가까이로 갔다. 역류한 흙탕물은 마치 시가전을 펼치는 군인인 양 야금야금 마을 위로 치밀고 있었다. 구경하던 사람들의 발밑까지 도달한 점령군이 마침내 발끝을 핥기 시작했다. 사람들이 은근슬쩍 뒷걸음질을 쳤.

"올해가 1972년이던가? 충주에 칠십 평생 살면서 이런 홍수는 처음이네 그려!"

"신립장군이 배수진을 친 탄금대彈琴臺 합수머리부터 역류하기 시작했다는구먼유!"

"이러다가 우리 마을두 침수되는 거 아녀? 살림이래두 옮겨야 하는 거 아닌지 모르겠구먼!"

각자의 입에서 탄성과 함께 우려의 목소리가 뒤섞여 뒹굴었다. 그때까지도 흙탕물을 가르며 질주하는 경찰보트를 멋스럽게 구경하던 사람들이 불현듯 웅성거렸다. 구경꾼들은 슬금슬금 자리를 뜨기 시작하더니 어느 순간 바퀴벌레가 숨어버리듯 쏜살같이 사라져버렸다. 어둠이 가마니 거적처럼 마을을 덮기 시작했다. 어둠은 낮게 스멀거렸고, 농촌마을 봉계鳳溪는 금세 공포로 치달았다.

눈 깜짝할 사이에 작은집 앞마당까지 차오른 물이 발목을 적셨다. 작은집은 순식간에 아수라장이 되었다. 물건을 나를 수만 있으면 어른 아이 가릴 것 없이 우리 식구들까지 모두 동원되었다. 어느 것이 먼저랄 것도 없었다. 눈에 띄는 것부터 끌어내어 무작정 리어카에 실었다.

급한 나머지 지대가 높은 우리 집으로 작은집 물건이 옮겨졌다. 골목은 짐을 대피시키는 리어카들끼리 서로 엉키기 일쑤였다. 어린 사촌이 어설프게 올려 실은 짐짝은 뒤뚱거릴 때마다 균형을 잃고 흔들거렸다. 하지만 그마저도 채 절반도 옮기지 못하고 철수해야만 했다. 호각을 연방 불어대며 출입을 통제하는 경찰의 저지선을 통과할 수 없었기 때문이었다.

토담으로 지탱하던 초가집들은 빠른 속도로 치밀고 올라오는 황톳물을 반갑게 포식했다. 담벼락은 조각으로 서서히 분해되기 시작했다. 역류한 물을 빨아들이며 배부른 포만감을 드러낸 흙담이 제멋대로 널브러졌다. 작은집부터 무너지고 동네 여기저기에서 속절없이 무너져 내렸다. 물위로 둥실 떠오른 초가지붕들은 애당초 있었던 터를 버리고 패거리로 뭉쳐 떠다녔다. 재래식 화장실에서 떠오른 거무칙칙하게 변색된 덩어리도 물결을 따라 밀려다녔다. 떠돌던 덩어리는 벽이며 장독을 가리지 않고 거머리처럼 달라붙었다. 대들보에 붙은 덩어리가 된장인지 화장실에서 떠오른 인분 덩어리인지는 구분할 수가 없었다.

설마 하던 방심은 우리에게도 덮쳤다. 역류하던 물이 감히 상상도 하지 못했던 우리 집까지 차올랐다. 짐은 다시 시내 고모네 집으로 옮겨야 했다. 작은집 큰집이 따로 없었고 네 것 내 것을 구분할 여유조차 없어졌다. 닥치는 대로 리어카와 지게에 가재도구를 실었다. 결국 물건은 절반도 건지지 못한 채 흙탕물에 잠겼다. 우리 집 물건은 능욕당하며 그대로 침수를 받아들여야 했고, 임시로 마루턱에 옮겨놓았던 작은집 물건만이 구제되었다.

나는 형과 함께 지쳐버린 어머니를 모시고 학교수용소로 갔다. 수재민들이 임시로 수용된 강당은 6·25 사진에서나 보았던 피난민수용소와 별반 다르지 않았고, 마치 장날의 시장바닥과도 같이 와글거렸다. 그나마 먼저 온 사람들이 구석진 모서리에 돗자리나 이불을 깔고 터를 잡고 있었다. 한쪽에서는 서로가 좋은 위치에 자리를 잡으려고 곤충들처럼 다툼까지 벌이더니 결국 목소리가 크고 막무가내인 사람이 괜찮은 자리를 잡았다. 우리는 화장실 옆 출입문가에 겨우 가져온 짐짝을 내려놓았다. 화장실의 지린내가 싸하니 콧구멍을 파고 침투했다.

나는 무엇보다 수해현장이 궁금해 마을로 내려왔다. 그동안 마을은 모두 침수되어 천지 분간이 없는 바다처럼 침수되었다. 더구나 전기까지 차단되어 하늘과 땅은 온통 어둠만 짙었다. 고작 경찰의 손전등 불빛만이 등댓불같이 굴절되고 반사되며 출렁이는 흙탕물 위를 굴러

다녔다.

"경찰아저씨, 저기 사람이 있어유!"

누군가의 떨리는 목소리가 무리 틈에서 터졌다. 그가 가리키는 손가락 방향으로 경찰의 손전등 불빛이 회전하며 뒹굴었다. 웅성거리며 모여 있던 사람들의 시선이 일시에 손전등을 따라갔다. 둥둥 떠다니는 초가지붕 틈새로 불빛이 퍼져나가며 흔들거리는 각도마다 황홀한 색채를 반사시켰다. 어느 순간 정지된 불빛은 초가지붕에 매미처럼 붙어 허우적대면서 악다구니를 치는 사내에게 멈췄다. 사내의 목소리가 빗줄기를 뚫고 생생하게 허공을 갈랐다.

"어푸, 집이 떠내려가네! 어푸, 육시럴……."

허우적대는 사내의 머리는 고래 지느러미처럼 물속으로 잠겼다가 다시 떠오르기를 반복하고 있었다. 그때마다 토해내는 목소리 또한 물속으로 잠겼다가 튀어나왔다. 누군가의 입에서 안타까운 비명이 터져 나왔다.

"이보슈, 위험해유! 빨리 거기서 나오세유!"

하지만 누구 하나 선뜻 나서는 사람은 없었다. 경찰조차 요란하게 호각을 불어대며 손전등을 휘저을 뿐이었다. 그러는 사이 지붕은 벌써 저만치 떠내려가고, 사내가 버티고 있는 모서리가 비스듬하게 기울기 시작했다. 사내는 다시 잠기고 튀어 오르기를 되풀이했다.

그때였다. 어느 틈에 마을로 내려왔는지 학교 수용소에서 잠시 스쳤던 정라가 흙탕물로 뛰어들었다. 열여섯 살 중학생 소녀에게서 생겨난 용기라고는 믿어지지 않을 만큼 순간적이고 갑작스러운 행동이었다. 너무나 돌발적인 행동이었으므로 어느 누구도 만류할 엄두도 내지 못했다.

경찰의 손전등이 흙탕물을 가르며 헤엄치는 정라를 비추었다. 마침내 기적은 잉태되었다. 물속으로 사라졌던 그녀가 어느 틈에 사내를 들어쥐고 헤엄쳐 나오기 시작했다. 가슴을 졸이며 발을 구르던 사람들이 누가 먼저랄 것도 없이 박수로 응원을 보냈다. 정라의 용기는 무모함 이전에 영웅으로 여겨지는 순간이었다.

조정라! 평범하지만 귀엽고 동그란 얼굴, 말하거나 웃을 때면 눈 꼬리가 아래로 처지는 여덟 팔八자의 검고 착한 눈썹, 우윳빛 살결은 시골사람 같지 않은 귀티까지 느껴지며, 마을에서 유일하게 일류여중을 합격한 수재, 나는 그녀에게 호감이 있어 늘 주시해오던 터였다. 단지 초등학교를 다니는 내내 한 번도 같은 반으로 배정받은 적이 없어 가끔 의례적인 눈짓만이 오고 갈 뿐, 친분을 가질 만한 접촉은 그다지 없던 소녀였다. 그녀가 안간힘을 썼다. 거친 숨을 몰아쉴 때마다 안개처럼 뿜어지는 물방울이 손전등 불빛에 은빛으로 흩날렸다. 사내의 머리는 탈진한 듯 축 늘어진 채 반쯤 물속에 잠겼다. 더구나 시간이 지나면서 질질 끌려나오는 무게의 느낌이 정라의 힘만으로는 역부족인 상황으로 보였다.

나는 내처 흙탕물로 몸을 던졌다. 어디로부터 비롯된 행동인지는 모를 일이었으나 흙물에 섞인 진흙냄새가 콧구멍을 타고 온몸으로 쏟아져 들어올 때 내가 무슨 행동을 했는지 비로소 실감하였다. 하지만 늘 개천에서 뛰어놀던 물방개였던 나에게 흙탕물 따위는 가소로운 일이었다. 내 깐에는 쏜살같이 접근하여 잠수한 다음 머리통으로 사내를 물위로 밀어 올렸다. 사내의 몸이 떠오르자 정라가 비로소 땅을 밟고 균형을 바로잡았다.

마침내 물 가까이 이르자 구경하던 사람들이 뛰어들었다. 사내는 의식을 잃은 채 연체동물처럼 진흙탕에 널브러졌다. 생사를 알 길 없는 사내에게 사람들이 우르르 몰려들었다. 정라 할아버지였다. 그녀의 할아버지는 죽은 짐승처럼 리어카에 실려 급히 시내병원으로 출발했다.

　탈진한 정라가 중심을 잡으려 비틀거렸다. 하지만 제대로 일어서지도 못했다. 결국 몇 걸음을 내딛다가 내 앞에서 풀썩 무릎을 꿇었다. 나는 엉겁결에 등 뒤에서 양쪽 팔을 잡았다. 그러나 손바닥은 엉뚱하게도 겨드랑이가 아닌 가슴을 움켜쥐고 말았다. 단지 꼬꾸라진 그녀를 일으켜 세우려 했을 뿐, 단언컨대 의도했던 일이 전혀 아니었다.

　일순간, 머릿속은 온통 범벅이 되었다. 아무런 행동을 할 수가 없었다. 생각이란 것은 더구나 할 수 없었다. 가슴으로부터 손을 뗄 수도 없었다. 그대로 있을 수도 없었다. 하물며 지친 그녀는 손바닥을 뿌리치지도 못하고 온전히 가슴을 맡기고 있었다. 그녀가 거칠게 호흡을 내뱉었다. 뭉클한 가슴의 감촉이 리듬을 타고 손바닥으로 전이되기 시작했다. 그럴 때마다 전해지는 야릇한 떨림, 몸속으로 빠르게 이동하는 전율, 촉감은 실핏줄을 타고 온몸의 마디마디로 쏜살같이 내달렸다. 모든 숨구멍마다 바늘이 튀어나오는 듯 소름이 돋았다.

　정라가 거친 숨을 가다듬고 비로소 균형을 바로잡았다. 나는 주인에게 들켜버린 도둑놈처럼 줄달음치기 시작했다. 마구 뛰었다. 뒤를 돌아볼 겨를도 없었다. 가로수 잎이 비바람에 부딪혀 서걱거리며 울어댔다. 벼이삭들은 쓰러질 듯 엎어졌다가 일어서며 요란하게 울부짖었다. 빗속에 겨우 희미한 가로등 불빛은 지나칠 때마다 내 뺨을 갈겨댔다. 내 눈에는 가로등도 보이지 않았다. 서걱거리는 소리, 울부짖는 소리도 전혀 들리지 않았다. 캄캄했다. 암흑이었다. 아아, 이 일을 어찌해야 할지 참으로 까무러칠 지경이었다.

　마을은 전쟁이 휩쓸고 간 폐허만큼이나 처참하고 한심스러웠다. 농촌의 전형적인 흙집들은 거의 허물어졌거나 반파되어 사용할 수 없을 지경이었다. 고랑은 고랑대로 언덕은 언덕대로 질척이는 진흙 옷을 뒤집어썼고, 골목은 온통 흙탕물과 오물로 범벅이었다. 정라 할아버지가 매달렸던 초가지붕은 반쯤 남은 채 밭고랑에 비스듬히 걸쳐졌다. 둥둥 떠다니던 가재도구들도 서로 엉켜 둔덕을 이루었다. 대부분의 장독대는 깨지거나 뚜껑이 없어져서 된장인지 화장실의 인분 덩어리인지 모르는 찌꺼기가 듬성듬성 발에 밟혔다.

우리 집은 뼈대만 남았다. 지붕만 그대로 있을 뿐 비스듬히 기울고 벽 곳곳이 떨어져 사라져서 엉성했다. 방바닥은 뒤틀리고 갈라져 구들 사이로 손가락 하나가 들어갈 만큼 틈이 생겼다. 어머니가 아궁이에 불을 지피자 틈새마다 연기가 꼬리를 물고 피어올랐다. 방 안은 단박에 자욱하여 안팎을 구분할 수가 없었다. 나는 매캐한 연기를 피해 집을 나왔다.

나와서, 무엇보다 궁금한 정라의 집 근처로 향했다. 그녀의 집은 완전히 분해되어 흔적도 없이 휩쓸려가고 없었다. 지팡이를 아무렇게나 팽개쳐 놓은 그녀의 아버지와 어머니, 오빠인 정호가 넋을 잃고 가마니 위에 망연자실 앉아 있었다. 일제에 강제징용되어 한쪽 다리를 잃은 아버지는 울화를 삭히려는지 연신 술만 마시고 있었다. 그런 아버지를 못마땅하게 쏘아보는 정호의 눈빛은 주변을 잔뜩 의식한 붉으락푸르락한 눈초리였다. 정라는 아직도 할아버지가 있는 병원이나 학교 수용소 어딘가에 있는지 눈에 띄지 않았다.

한사코 술을 마시던 정라 아버지가 불현듯 자신의 지팡이를 미나리 꽝으로 내던졌다. 표창처럼 날아간 지팡이는 바닥에 꽂히는 듯 하늘로 곤두섰다. 잠시 정지되었던 지팡이는 한 바퀴를 맴돌고는 결국 미나리 숲으로 쓰러졌다. 아버지의 돌발 행동에 가족이 놀란 것은 당연한 일이었지만 스스로를 진정시키는 데 오랜 시간이 걸리지 않았다. 그토록 한심한 상황에 솟구친 아버지의 울분을 가족들이 모를 리 없기 때문일 터였다. 나는 먼발치에서 그런 정라의 가족을 훔쳐보기만 하고는 갑자기 무거워지는 발등이 부담스러워 걸음을 되돌렸다.

저녁부터 발이 퉁퉁 부어올라왔다. 오염된 흙탕물에 마냥 걸어 다닌 것이 화근이었다. 듬성듬성 밟혔던 변색된 덩어리의 병균이 침투한 모양이었는데 유독 내 발만이 오염된 이유는 알 수 없었다. 이튿날에는 발등이 점점 더 부풀었다. 보다 못한 어머니는 투박한 치료를 감행했다. 상처를 쨀 마땅한 도구가 없어서 제도용 칼로 환부를 찢었다. 고름을 쥐어짜내고 그 자리에 된장을 붙였다. 된장 덩어리가 마치 화장실에서 떠오른 인분 덩어리처럼 느껴져 꺼림칙했다. 환부에는 다시 몇 겹의 천이 대충 싸매어져 거의 초가지붕의 뒤웅박 크기처럼 커졌다. 나뭇가지로 대충 다듬어 만든 삐뚤삐뚤 굽은 지팡이가 손에 쥐어졌다.

나는 그런 창피가 정라의 눈에 뜨일까 노심초사했다. 더구나 가슴 사건 이후로 동네 틈바구니마다 눈여겨보는 버릇까지 생겼다. 혹시라도 정라와 마주치기를 은근히 기다리는 행동, 그녀가 이동하는 동선을 추측하며 미리 골목 귀퉁이에 숨어서 엿보는 행동, 치졸한 호기심이었다.

그러나 그녀는 좀처럼 마주치지 않았다. 길은 늘 어긋나기만 했다. 마침내 조바심까지 나기 시작했다. 어느 순간 그녀의 집 언저리를 기웃거리는 나를 자각하고 스스로 놀라기를 며칠째였다. 뙤약볕이 작열하던 여름방학의 끝, 임시 천막을 치고 기거하는 그녀의 집터언저리를 기웃거리다가 들켜버린 것은 채 반나절도 아니 되어서였다.

"야아, 전양우?"

사랑, 장마로 오다

등 뒤에서 정라의 목소리가 뒤통수에 꽂혔다. 그녀의 목소리는 단박에 나를 뒤돌아 세웠다. 하지만 지팡이에 의지한 것도 잊은 채 뒤뚱대다가 그만 가슴을 먼저 보고 말았다. 다시 심장이 벌렁거리기 시작했다. 못된 짓을 하고 들켜버린 놈처럼 얼굴은 순식간에 홍당무가 되었다. 그녀는 본능적으로 자신의 가슴을 흘깃 내려다보고는 암팡지게 쏘아붙였다.

"니, 앞으루 비밀 지키지 않으면 혼날 줄 알어!"

고작 동창으로서 오고 간 상투적인 말 외에는 교분이 없던 그녀였다. 하지만 말투가 왜 그토록 사락거리게 들리는지 모를 일이었다. 마치 오래된 오누이처럼 친근하기까지 한 이유를 설명할 길은 더욱 없었다. 그녀는 입술을 삐죽이 내밀어 새치름한 표정을 던져놓고는 아예 천막 속으로 사라져버렸다. 내 대답 따위는 관심이 없다는 뜻인지, 일방적인 통보로 모든 것이 해결되었다고 생각하는지, 알 길이 없었다.

하지만 돌아들어간 추리닝 속에 감추어져 있는 것은 가슴만이 아니었다. 추리닝 속에는 굴곡을 따라 도드라진 탱탱한 엉덩이가 몽롱하게 숨겨져 있었다. 그동안 관심을 가지고 보았던 적이 없었던 뒤태, 굳이 추리닝 안을 연상해보았던 적 또한 없었던 뒤태, 동그란 엉덩이는 복숭아의 모양과 흡사하게 닮은 것은 또 뭐란 말인가, 벌겋게 달아오른 얼굴을 숨길 곳이 필요했다.

행여 그녀에게 흑심이 들킬까 봐 도망치기 시작했다. 지팡이가 제멋대로 돌아가는 것도 잊은 채 절름거리며 진흙탕 위를 뛰었다. 흙탕물이 바짓가랑이 사이로 튀어 오르며 빠르게 젖어들었다. 상관할 바가 아니었다. 어지러웠다. 현기증이 났다. 헝클어진 머릿속을 가득 넘실거리는 몰랑몰랑한 가슴, 복숭아 같은 동그란 엉덩이, 회오리처럼 되살아난 가슴의 촉감과 감춰진 엉덩이가 귓속을 맴돌며 매미처럼 울어댔다. 도대체가 혼란스러워 견딜 수가 없었다. 미칠 노릇이었다.

어떻게 집까지 돌아왔는지 모를 일이었다. 집으로 돌아오자마자 내처 안방으로 숨어들었다. 이불을 머리끝까지 뒤집어썼다. 아직 장마의 습기가 남은 눅눅한 이불이 몸뚱이에 칙칙하게 엉겨 붙었다. 어머니가 불을 지피고 있는지 갈라진 구들장 틈새에서 연기가 모락모락 솟아올랐다. 매캐한 연기로 방 안은 금방 자욱해졌다. 콧구멍에서 토악질 같은 기침이 금세 치밀고 올라왔다. 몇 번씩 토악질을 했다. 자욱한 연기를 마시며 자욱한 눈물을 참았다. 눈을 감았다. 때마침 들어온 아버지의 동정 어린 목소리가 이불 위로 떨어져 뒹굴었다.

"녀석, 공부깨나 하다가 잠든 모양이군. 근데, 우찌 이런 방에서 잠이 오는 겨!"

어머니는 내가 공부하는 사랑채로 빈대떡을 한 접시 넣어주었다. 빈대떡을 한입 문 채 책을 펼쳤다. 헛수고였다. 어수선한 장마후유증으로 인한 공사 소음과 암묵적으로 감금당한 지루함 때문이 아니었다. 좀 더 정직하게 고백한다면 정라 때문이었다. 그녀의 가슴과 엉덩이는 눈을 뜨면 눈앞에 열렸고, 눈을 감고 있으면 머릿속에 매달렸다. 마음을 단단히 다잡고 책을 펼쳤지만 갈피 속에 잠자던 정라의 가슴과 엉덩이가 메뚜기처럼 튀어 올라와 번번이 헛수고였다. 그렇다고 누구에게 내놓고 털어놓을 수도 없는 노릇, 더구나 정라에게 시시때때 벌어지는 일을 이야기하고 고백한다는 것은 상상도 할 수 없었다.

나는 부리나케 빈대떡을 해치우고 탈출을 꾀하려 안방으로 살금살금 다가갔다. 빈 접시를 놓는 척하며 은근슬쩍 어머니의 곁눈을 엿보았다. 여지없이 따가운 눈길이 달려왔다. 내친김에 피곤한 듯 하품을 하면서 커다랗게 기지개까지 켰다. 아버지의 동정을 유도하여 어머니의 압력을 무력화시키려는 심산이었다. 하품은 주요했다.

"양우가 공부가 힘든 모양이구먼. 조금씩 쉬었다 하는 게 어뗘!"

아버지의 응원에 어머니는 입술을 삐죽이 내밀며 실쭉하고 말았다. 그것은 묵인을 의미하는 표정이었으므로 목표를 달성시킨 셈이었다.

"보상비와 상관없이 집을 빨리 헐어야 할까벼!"

아버지는 어머니와 기울어진 집을 어떻게 할 것인가를 의논하고 있었던 모양이었다.

"우리는 반파라서 완파만큼 보상비두 지대루 못 받는다면서유?"

"보상비를 생각하구 마냥 기다릴 수만은 없는 노릇인 거 같구려. 적당히 수리해서 사용할 수두 없을 판이니 하루라두 빨리 헐구 새루 집 짓는 것이 낫겠구먼! 시방 시험을 앞둔 야가 젤루 걱정이여. 석우처럼 될까 싶어서……."

"야는 달러유. 갸는 중핵교두 일류중핵교에 못 간 애 아녀유!"

가뜩이나 공부가 되지 않는데 부담까지 덧대어진 셈이었다. 나는 초등학교 때부터 시험공부에 시달린 세대로서 치열하게 시험을 치르고 중학교에 들어갔고, 공교롭게 고등학교 시험도 마지막으로 치러야 하는 막둥이 세대가 되었다. 반면 석우는 1차 시험에서 서울 입성에 실패하고, 아버지의 권유를 뿌리치고 끝내 2차 시험도 포기했다. 그는 고집을 꺾지 않고 충주에 있는 상업고등학교에 들어가 껄렁껄렁한 친구들과 어울려 다니기만 하는 고 3이었다. 그런 석우를 특히 어머니는 영 못마땅해했다.

"그나저나, 정호 갸네는 어떻게 한대유?"

어머니의 말에 토끼처럼 귀를 쫑긋 세웠다. 언제부터인가 정라 가족 이야기가 나에게 가장 큰 관심거리로 떠오른 것은 당연한 일이 되었기 때문이었다.

"아직 천막에서 온 가족이 함께 사는가 벼. 집 지을 엄두조차 못하구 있는 것 같구면. 할아부지는 보름째 깨어나지 못하구, 보상비는 턱없이 부족하구. 더구나 집터가 다른 사람 소유라서 집을 지으려면 터까지 사야 하는가 벼. 어쩌면 마을을 떠나 이사할지두 모르겠다는구려!"

정라가 마을을 떠나면, 연락이 끊어지고 만날 수 없다면, 생각하기에도 끔찍한 일이었다. 갑자기 걱정이 앞서기 시작했다. 슬그머니 자리를 이탈해 정라네 천막을 또 기웃거렸다. 그녀를 훔쳐보는 것이 발각될까 내심 걱정하면서도 천막 안에 있기를 바라는 마음으로. 천막 안에 정라가 있으면 있어서 걱정이고 또 없으면 없어서 걱정인 마음으로.

"야, 전양우! 니 여기서 뭐 하는 겨?"

결국 그녀에게 등 뒤에서 또 들켜버리고 말았다. 화들짝 놀라는 모습이 우스웠던지 그녀가 까르르 웃었다. 여전히 엉덩이에 착 달라붙는 추리닝 차림이었다.

"나, 니한테…… 할 말 있어……."

나는 혀가 저절로 꼬여 말까지 더듬거려졌고, 얼굴은 언제나처럼 내리쬐는 햇볕보다 더욱 덥게 느껴졌다.

"무슨 말인데?"

"그냥 따라와 봐. 다른 데서 얘기혀!"

되도록 강하게 내뱉고는 곧바로 뒤돌아 뒤뚱대었다. 거절의 말미를 주지 않기 위해서였다. 그녀가 지척지척 슬리퍼 소리를 내며 따라오는 소리가 들렸다. 내 어색한 목발 소리와 그녀의 발자국 소리가 제법 리듬을 탔다. 그녀가 등 뒤에 있다는 것은 천만다행이었다. 절룩거리며 걷는 어색한 내 뒷모습 따위는 상관없었다. 그녀가 앞에서 걸어가고 있다면 또 뒤태에 신경이 곤두서고 얼굴이 붉어질 판, 그것이 더 난감한 일일 터였다.
　의도적으로 뒤돌아보지 않았다. 끝내 당당한 척 슬리퍼 소리만 들으며 마을 끝에 도착했다. 마을 끝 공터가 있는 집은 정신이 온전히 나가 미쳐버린 아저씨가 혼자 사는 음습한 곳이었다. 장마에도 가장 피해를 덜 입은 유일한 집, 제법 큰 마당에는 늘 잡풀이 우거져 있고 조용하기까지 해서 항상 사람의 인기척을 느낄 수 없는 집이었다.
　정라가 실쭉하며 불안해했다.
　"왜 하필 여기여? 미친 아저씨가 안 무서워?"
　"그냥, 난 여기가 편혀! 해치지는 않어. 가끔 소리는 지르지만."
　초등학교도 들어가기 전의 겨울이었다. 미쳐버린 아저씨가 방 안에 있는 줄도 모르고 언제나처럼 사방치기를 하며 아이들과 뛰어놀았다. 한창 재미있을 무렵 갑자기 방문이 벌컥 열리며 고함소리가 튀어나왔다. 우리는 혼비백산하여 논바닥으로 도망친 적이 있었다. 그날 이후로 아저씨가 방 안에 있는지 궁금하여 구멍 난 창호지 틈으로 흘깃 방 안을 훔쳐보고는 했었다.
　이곳에는 또 다른 추억이 있었다. 굳이 추억이라고 하기보다는 내게는 신나는 사건이었다. 아래 학년부터 시행되는 추첨제 시험 때문에 초등학교 때부터 재수를 한 신진수와 주봉기, 음영석, 소위 '무대뽀삼형제'라고 일컫는 녀석들이 일류중학교에 간 내가 질투가 났던지 이곳으로 끌고 왔던 적이 있었다. 된통 당할 수밖에 없는 처지에 나는 진즉부터 겁을 먹고 있었다. 하지만 녀석들이 공격할 준비가 되기도 전에 먼저 최대한 하늘 높이 뛰며 무작정 발길질을 해댔다. 날아간 발끝은 공교롭게도 신진수의 턱에 작렬했다. 녀석은 흙바닥에 나동그라졌고 단박에 코피가 인중을 타고 흘러내렸다. 녀석들이 혼비백산하여 도망친 곳은 역시 논바닥이었다. 제대로 싸움도 할 줄 모르는 내가 3

대 1로 한꺼번에 해치운 셈이었다. 미친 아저씨가 있어 마을 사람들 모두가 꺼리는 장소였지만 3대 1의 역사가 있었던 추억의 장소, 내 깐에는 사람들 눈에 가장 덜 띄는 신나는 장소, 그녀에게 적당히 공포감을 느끼게 하려고 굳이 공터를 택했다.

"그래두 난 미친 아저씨가 무서워. 그런데 할 말이 뭔데?"

그녀의 목소리는 가늘게 떨고 있었다. 나는 지팡이 끝으로 돌멩이를 툭툭 때려 논바닥으로 날려 보내며 딴청을 피웠다. 지팡이에 얻어맞은 돌멩이는 비명을 지르며 날아가 방귀소리를 내고는 포말을 일으켰다. 딴청을 피우는 모양새에 무언가를 의심한 듯 마침내 그녀가 목소리를 높였다.

"니 혹시, 그날 일 벌써 소문낸 거 아녀?"

정라는 엉뚱하게도 가슴사건을 상기시켰다. 나는 그녀를 좋아한다는 속내를 고백하고 싶었는데, 작심하고 용감하게 고백하려 했는데, 더구나 황홀한 가슴사건은 함께 간직해야 할 공동의 비밀, 그 아련한 비밀을 소문내다니, 도리질을 치며 강하게 어필하는 것이 먼저였다.

"아녀."

"그럼, 뭐여?"

그래서 겨우겨우 얘기해버렸다.

"사실은…… 나…… 니, 좋아혀!"

쥐구멍으로 기어들어가는 목소리로 말하고는 곧바로 고개를 떨어뜨렸다. 그녀가 또 까르르 웃었다. 도대체 그녀의 마음은 어떤지, 날 좋아하기는 하는지, 그것이 궁금해 미치겠는데도 내 마음 따위는 아랑곳하지 않는 웃음이었다. 그녀의 엉뚱한 웃음에 줄지어 이동하는 개미의 숫자만을 맥없이 헤아렸다. 하나, 둘, 셋, 넷, 다섯, 여섯…….

행군하는 군대처럼 도열하는 개미들의 행렬은 어디로 가는지 끝이 보이지 않았다. 얼마의 시간이 지났을까.

"나두, 니 좋아혀!"

일순 정라의 목소리가 속삭임처럼 귓바퀴를 맴돌아 나갔다. 무슨 말이 들렸는지 귀를 의심하지 않을 수 없었다. 본능적으로 그녀를 올려다보았다. 발그레하게 익은 그녀의 표정을 본 순간 심장이 다시 쿵쾅대며 요동치기 시작했다. 심장의 박동소리는 가슴이 아닌 온몸에서 들리는 소리였다. 벌렁거리는 울림은 순식간에 낯빛까지 붉게 밀어올렸다. 아무 대꾸도 못하는 나를 바라보던 정라가 다짐을 받으려는 듯 다시 힘주어 말했다.

"그렇지만 앞으루는, 그것두 비밀루 혀. 소문냈다가는 니 나한테 혼나는 수가 있어!"

입단속을 하려는 그녀의 의지는 암팡졌다. 그러나 암팡진 입술이 오히려 앙증스러워 이빨 사이로 비시시 웃음이 삐져나왔다. 나는 더더욱 호기를 부리며 능청스러워졌다. 어디서 비롯된 능청인지는 모를 일이지만.

"그건 내 맘이지! 어떻게 혼내줄 건데?"

내 끈적이고 능청스런 대답에 그녀는 정작 대꾸하지 못하고 주춤거렸다. 하지만 그녀의 처량한 천막생활이 불현듯 뇌리를 스쳤다. 아니, 그녀가 이사를 갈지도 모른다는 아버지의 말이 떠올랐다. 이쯤에서 그만두어야지, 적어도 원했던바 목적을 달성한 셈, 나는 대뜸 순종의 표정을 지어 보이며 말했다.

"요즘은 공부가 잘 안 돼. 자꾸 두려워져! 시험에 떨어질까 봐서."

"수해 때문에 어수선해서 그런 겨. 나두 마찬가지여. 요즘은 공부가 지대루 안 돼. 우리 악수나 혀. 서루 비밀 지키기루 약속하는 뜻으루. 자아!"

억지로라도 장마의 우울함을 털어내려는 듯 정라가 밝게 웃으며 손바닥을 내밀었다. 나는 손바닥을 엉덩이에 쓱쓱 문질러 닦았다. 이어서 떨리는 손을 냉큼 마주잡았다. 포동한 손의 감촉! 그녀를 마을의 끝, 한적한 공포의 미친 아저씨 집 앞마당까지 끌고 내려오기를 잘했다는 생각이 들었다. 하늘을 날 것 같은 기분이 떠올라 무겁던 발조차 마냥 가벼워졌다.

"발은 줌 어뎌? 낫기는 하는 겨?"

대답 대신 지팡이를 번쩍 들어 올려 하늘을 찔렀다. 그 무엇에 삿대질이라도 하듯 힘껏 휘두르며. 그런데, 공교롭게 꼬꾸라지고 말았다. 그것도 정라 앞에서 멋지게 나동그라지며 엉덩방아까지 찧었다. 더구나 엉덩이 꼬리뼈에 돌멩이가 박혀 짜릿한 통증이 등줄기로 치밀었다. 민망한 표정으로 동정의 눈빛을 보내는데 내 모양새를 보고 그녀가 까르르, 팔八자 눈썹을 실룩이며 앙증스럽게 웃었다. 그 웃음에 한없이 빨려 들어간 마음은 이미 내 것이 아니었다. 내 것이 아닌 것이 어디 마음뿐이랴. 그녀에게 달음박질치고 달아난 심장은 또 어찌하랴. 운동회 날 날아오른 풍선처럼 허공으로 한없이 떠오르는 몸뚱이는 어찌하랴. 나의 사랑은 지독한 장마와 함께 왔다.

치명적인, 그러나 아름다운

 사람들은 농사를 지으랴, 집을 지으랴, 각자 비지땀을 흘리며 동분서주했다. 하지만 정라 가족의 희망은 어디에서도 찾아볼 수 없을 만큼 우울했다. 턱없이 부족한 보상비로는 집을 지을 엄두조차 못 내는 천막생활이 지속되었고, 둥지를 잃은 가족들은 무기력하기 짝이 없었다. 그런 부모를 바라보아야만 하는 정라가 애달프니 나는 덩달아 애달팠다.
 그런 와중에 전혀 예측할 수 없었던 엉뚱한 곳으로부터 바람을 탄 홀씨처럼 날아온 소식이 있었다. 한국전쟁 중 행방불명되었던 정라 아버지의 형, 즉 큰아버지가 20여 년 만에 감옥에서 석방된 것이었다. 전쟁 중 죽은 걸로만 여겼던 큰아버지가 비록 폐암이라는 시한부의 몸이었지만 거짓말처럼 살아 돌아온 것은 정라 가족들에게 큰 기쁨이었다.
 큰아버지 소식은 곧바로 마을에 커다란 화젯거리로 대두되었다. 소문은 꼬리의 꼬리를 물었다. 잊을 만하면 경찰이 조사를 나와 북한 어딘가에 살아 있을 것 같다거나, 전쟁 때 강원도 산골에서 체포되어 사상범으로 투옥된 뒤 주로 독방살이 중이라거나, 그동안 수절하면서 유복자를 훌륭하게 키운 부인이 방장골에 살고 있다거나, 지금도 지역을 벗어나려면 경찰의 허가를 받아야 한다는 소문 등 크고 작은 파장을 일으키며 발 없는 말은 돌고 돌아 마을을 날아다녔다.

먼동이 틀 무렵, 비보가 마을에 당도했다. 폐에 물이 찬 정라 할아버지가 깨어나지 못하고 끝내 세상을 등졌다는 소식이었다. 할아버지의 몸은 죽기 전에 이미 살갗이 매를 맞은 사람처럼 변했다고 했다. 큰아버지는 울부짖듯 통곡했다고 했다. 살아 돌아온 장남조차 알아보지도 못한 채 세상을 떠난 아버지 앞에, 그동안의 설움이 한꺼번에 터졌을 것이라고 서로들 수군거렸다.

그런 슬픈 소문을 들은 나는 정라를 위로할 심산으로 천막 주위를 또 기웃거렸다. 어쩌면 미친 아저씨 집으로 끌고 가서 위로라도 하고 싶은 속셈이 더 발동했는지도 모를 일이었다. 하지만 정라는 없었고, 마을회관에서 친 차일 안에는 문상객들의 술판만이 질펀했다. 그래도 혹시나 그녀가 차일 안으로 들어와 잔심부름이나 하지 않을까 싶어 안을 엿보기 시작했다.

"아마 그때 공회당에서 몰매 맞았을 때 속으루 골병들었나 봐유!"

"그게 언제 적 일인데 이제 튀어나온 겨?"

"죽기 전에 벌써 살갗이 거뭇거뭇 변했다잖어. 그게 동란이 끝난 직후 동네 사람들에게 몰매를 맞은 후유증이 아니구 뭐여?"

"거 근거 없는 잡소리들 집어치우구 입들 닫으시게!"

누군가는 언성을 높였고, 누군가는 입을 틀어막았다. 나는 토끼처럼 귀를 쫑긋 세우고 그들의 대화를 더욱 염탐할 수밖에 없었다.

"정말 기적같이 살아왔어. 차라리 전쟁 통에 죽는 것이 마을에는 나은데 말여."

"경찰이 찾아와서 소식을 전했다지 않어. 마누라두 20년 넘게 전혀 소식을 몰랐다는데."

"젠장, 그 시대에 살아남은 대한민국 사람은 다 피해자지 뭘 그려."

"하마 강산이 두 번이나 바뀐 일인데 이제 와서 뭘 어쩌겠어. 그냥 모른 척 지켜나 보세!"

"그래두 그때 남은 가족을 집단으루 두드려 패지만 않았어두 좀 나아. 아무래두 큰일이 벌어질 것 같어! 머리가 보통 똑똑해야지."

사내들의 긴장된 목소리는 줄줄이 엮여 차일 밖에까지 흘러나왔다. 생각해보니 근래에 어른들의 분위기가 사뭇 술렁거렸었다. 아버지는 물론 진수 아버지나 나의 작은아버지마저도 동네 어른들과 밤늦게까지 몰려다니는 일이 빈번했다. 마치 커다란 비밀이 숨겨져 있는 듯 정라 큰아버지를 경계하는 눈빛들이 곳곳에서 감지되었고, 마을의 불안한 기운은 안개 속을 헤매는 것처럼 자욱하게 밤이면 더욱 깊고 괴괴했다.

"왜정 때 다리 잃구 빙신 된 동생은 어떻구. 시대를 잘못 만난 겨."

"아무튼 나서서 설치지 마. 쥐죽은 듯 가만히들 있어. 상처란 들춰내면 덧나게 마련인 겨! 무슨 말이라두 나오면 내가 나서서 만날 테니 진득하니 자중들이나 혀!"

마침내 누군가가 대화의 종지부를 찍듯 힘주어 말했다.

"그려유. 나는 형만 믿어유!"

잠시 정적이 흘렀다. 사내들이 길게 내뿜는 담배 연기가 차일 틈으로 삐져나와 허공으로 증발되었다. 얼마 후 대화는 다시 이어졌다. 곳집도 침수되어 상여를 쓸 수가 없다는 이야기, 상여를 멜 사람이 부족한 것은 어쩌면 큰아버지를 의식해 상여 들기를 꺼려하는 사내들이 많기 때문이라는 이야기, 그런 암울한 넋두리에 나의 마음도 같이 암울해졌다. 나는 혹여 엿듣는 행동이 들켜 난처해질 것 같아 결국 자리를 피해야 했다. 뒤돌아 가는 걸음의 무게는 내 몸이 아닌 듯 무거웠다. 머릿속에는 사내들의 볼멘 목소리가 맴돌았다. 할아버지의 변색되어 가는 주검에 대한 비밀을 상상할 길 없는 나로서는 단지 정라만이 걱정될 뿐이었다.

이튿날도, 정라가 궁금하여 차일 안을 또 기웃거렸다. 폐허가 된 집터가 오랜만에 사람들로 북적거려 마치 오일장을 맞은 시골장터처럼 와글거렸다. 한쪽 귀퉁이에는 마을 끝자락의 미친 아저씨가 독상을 받은 채 허기를 채우고 있었다. 와글거리는 사람들과는 격리된 채, 관심마저 없다는 듯, 우적우적 먹는 일에만 열심인 아저씨의 행동이 낯설었다. 그러나 오로지 나의 관심사인 정라를 끝내 발견하지는 못했다.
"이놈들, 모두 죽여 버리겠어!"
갑자기 굵고 우렁찬 사내의 고함소리가 산지사방으로 흩어졌다. 사람들의 왁자지껄함이 일순 조용해지고, 고함소리의 주인공에게 시선들이 일시에 날아갔다. 화가 잔뜩 오른 표정의 정라 큰아버지가 성큼성큼 들어왔다. 큰아버지는 사람들의 눈총은 아랑곳 하지 않고 분노를 거침없이 토해내었다.
"세상이 변해두 더럽게 변했어. 머슴 짓 하던 놈들이 언제부터 상전이여!"
무언가에 단단히 화가 나 금방이라도 큰일을 저지를 듯한 험한 표정이었다. 큰아버지가 차일 안으로 들어서자 사람들이 모세의 홍해처럼 갈라졌다. 진수 아버지를 비롯한 몇몇 사내는 슬금슬금 눈치를 보며 뒷걸음질까지 쳤다. 그의 등 뒤에는 날선 도끼가 감추어져 있었기 때문이었다.

다행히 한 사내가 정라 큰아버지의 어깨를 부여잡으며 만류했다.

"이봐, 이제 와서 이런들 무슨 소용이 있는 겨? 큰일 내지 말구 제발 참게나."

"내 이 눔들을 그냥 둘 수 없어. 조상들 대대루 빌붙어 먹던 머슴 눔 자식들이 세상이 변했다구 어디서 날뛰어!"

그는 진수 아버지를 겨냥하며 노려보았다. 그가 차일 밖으로 쏜살같이 도망쳤다. 나의 작은아버지가 뒤따라 빠져나갔다. 정라 큰아버지가 뒤쫓아 가려 하자 또 다른 사내가 그의 허리춤을 낚아채며 만류했다.

"이봐, 그들두 같은 피해자여. 세상이 변한 게지 그들이라구 그러구 싶었겠나!"

"자네는 빠져. 괜히 설치다가 봉변당하지 말구!"

"이보게! 제발 도끼 좀 치우게! 사람 다치면 어쩌려구 그러나! 또 감옥 갈 참인 겨?"

감옥이라는 말이 거슬렸던지 정라 큰아버지의 눈동자가 만류하는 사내의 얼굴에 꽂혔다. 그러나 사내를 노려보던 그의 도끼는 결국 땅바닥에 내던져지고 말았다. 의도했던 바는 아닌 듯했는데 능숙한 장수가 도끼를 날려 나무기둥에 꽂아버리는 살기와도 같이 날 쪽이 바닥에 박혔다. 서슬 퍼런 도끼가 햇빛을 받고 반사되며 순간 번뜩였다. 번뜩인 햇볕이 거울에 반사된 섬광처럼 공교롭게 내 얼굴을 할퀴고 지나갔다. 나는 소스라치게 놀라 길게 빼놓았던 목을 거북이처럼 움츠려 집어넣었다.

정라 큰아버지는 맨바닥에 털썩 주저앉더니 꺼이꺼이 통곡하기 시작했다. 서러움은 그동안 참았던 울분을 한꺼번에 밀어 올렸다. 그의 목울대가 쉴 새 없이 목구멍으로 오르내렸다. 정라 아버지가 뒤따라 흐느꼈다. 형의 통곡은 울분이었고, 동생의 통곡은 죄책감이었다.

형제의 울음소리로 차일 안은 줄곧 침묵이 흘렀고 모두들 멀뚱거리는 순간이 얼마간 흘렀다. 독상을 우악스럽게 비우던 미친 아저씨가 주뼛주뼛 다가오더니 슬픈 눈알을 깜박이며 함께 훌쩍거렸다. 더구나 꼬질꼬질한 손바닥으로 정라 큰아버지의 어깨를 슬금슬금 어루만지기 시작했다. 미친 아저씨의 그런 행동에 아무런 저항도 하지 않고 온전히 통곡하는 큰아버지의 반응은 물론, 그가 말한 머슴 운운이 무슨 뜻인지 나는 도무지 납득할 수 없었다.

마침 차일 안으로 정라가 나타났다. 문상객이 먹을 음식을 들고 들어오고 있었던 것이다. 그녀는 하얀 광목으로 된 소복 차림이었다. 천사와도 같이 사뿐한 치맛자락의 넘실거림은 큰아버지의 울분과 아버지의 통곡조차도 내게 들리지 않게 만들었다. 눈이 부셨다. 심장이 멎을 지경이었다. 내 눈에는 하얀 소복을 입은 정라의 눈부신 아름다움이 형제의 슬픈 통곡보다 시렸다. 나는 차일 귀퉁이에 몸을 숨기고, 단지 그녀가 일하는 모습을 오래도록 훔쳐보았을 따름이었다.

정라가 곧 서울로 이사 간다는 소식이 바람을 타고 내 귓바퀴까지 흘러왔다. 며칠 후면 개학인데, 그 전에 정라네 가족 모두가 서울로 이사를 갈지도 모르는데, 차일피일 미루기만 할 수 없는 일인데도 망설임이 앞섰다. 할아버지의 장례를 치른 지 얼마 되지 않았기도 했지만, 선뜻 용기가 나지 않은 탓이었다.

그렇게 망설이며 기회만 엿보는 사이 결국 정라를 만나지 못하고 말았다. 용기를 내어 마을 끝 공터로 끌고 갈 심산으로 천막을 찾았을 때는 이미 집터만이 덩그러니 나를 맞이하고 있었다. 집터에는 한순간의 일장춘몽과도 같은 아지랑이만이 아물거렸다. 하물며 미나리꽝에서 올라온 개구리는 여느 때처럼 도망도 가지 않고 커다란 눈알을 멀뚱하니 끔벅거렸다.

정라의 소식을 알 길은 묘연해졌다. 가슴의 감촉과 복숭아 같은 엉덩이와 포동포동한 손바닥의 비밀을 남겨놓고 알 수 없는 곳으로 사라졌다. 너무나 소중한 비밀이어서 진정 비밀로 하고 싶었는데 이제는 아예 소식조차 알 수 없는 비밀이 되어버렸다. 울컥 눈앞이 자욱해졌다. 콧등은 왜 시큰해지는지 모를 노릇이었다. 콧물이 흘러내려 훌쩍일 때 눈물까지 찔끔거리며 동반되는 이유를 알 길은 더욱 없었다. 뒤돌아 뛰었다. 지팡이를 버렸는데 지팡이가 다시 필요할 만큼 절룩거렸다. 나았던 발등은 다시 아렸고, 정라와의 이별은 더욱 아렸다.

정라가 떠난 후 그녀 가족은 마을 사람들의 기억에서 빠르게 지워져갔다. 그들이 수면 아래로 깊숙이 침몰되는 시간은 그리 오래 걸리지 않았다. 사람들은 마치 그렇게 되기를 간절히 바랐던 것처럼 너무 짧은 순간에 기억을 없애버렸다. 누구 하나 장례식에 발생되었던 도끼사건을 곱씹는 사람도 없었고 전처럼 은밀하게 몰려다니지도 않았다. 각자에겐 각자의 일만이 중요했다. 하물며 그녀가 살던 터는 외지인이 들어와 집을 짓고 있었다. 뜰 앞 미나리꽝은 매몰되어 집터가 되었고, 마을은 새집의 날 페인트 냄새로 구역질을 유발시키며 새살처럼 거듭 돋아났다. 추락하는 성적과 정라에 대한 그리움으로 속이 타들어 가고 아려오는 것은 정작 내 심장일 따름, 뙤약볕이 작열하면 뙤약볕이어서 그립고, 비가 와서 질척이면 질척여서 그리웠다.

나는 언제나처럼 하천 둑을 따라 지척지척 하교하고 있었다. 정라가 떠난 이후로 내가 할 수 있는 일이란 다만 학교에 가고 오는 일만 충실할 뿐, 시선은 항상 땅바닥에 떨어져 있었고, 주변 정황은 전혀 알려 하지도 않는 습관이 몸에 배었다. 돌멩이가 보이면 발끝으로 걸어차 힘껏 날려 보내곤 하는 것이 유일한 화풀이였다. 돌멩이는 빙그르 돌다가 풀숲으로 숨거나, 더러는 하천에서 퐁당 방귀소리로 항변했고, 더러는 아우성치며 비명을 토했다.

"야아, 전양우!"

등 뒤에서 들리는 소리에 소스라치게 놀랐다. 천막을 훔쳐보다가 들켜버렸던 목소리, 비밀로 하지 않으면 혼내줄 것이라며 암팡졌던 목소리, 포동포동한 손을 불쑥 내밀며 악수를 청하던 목소리, 그 목소리가 환청처럼 나를 불러 세웠다. 고개를 먼저 돌리고 몸을 틀어 뒤돌아섰다.

교복을 입은 정라가 거짓말처럼 웃고 서 있었다. 그녀의 가지런한 치아가 구슬인 양 맑고 청아하게 빛났다. 하물며 정갈한 교복을 에워싼 동그란 섬광은 천사의 것을 하사받은 발광처럼 빛을 발산했다. 분명 천사는 아닌 듯싶은데 왜 천사로 보이는지 모를 노릇이었다. 햇살을 등지고 있는 모습이 저녁 햇무리에 가려 천사처럼 보였으리라.

"니가, 어떻게 여기에 있어?"

"바보야, 나 서울루 전학가지 않았어."

정녕 꿈은 아니었다. 정라가 말한 바보가 바보처럼 들리지 않으니 오히려 요사스러운 일, 그렇다면 줄곧 나의 행동을 보고 있었을지도 모르는 일이었다. 나는 그토록 그리움을 앓았는데도 그녀는 아무 일 없이 지내왔다면, 어쩌면 혼자만 삭여온 내가 진짜 바보였는지도 모를 일이었다.

"시방 그게 무슨 말이여. 모두 이사 갔잖어?"

"지금 방장골에서 핵교 다니는데!"

"그럼, 지금까지 줄곧 방장골에 있었던 겨?"

"으응, 나만 남았어. 난, 이사 갈 때 서울루 올라갔다가 다시 내려왔어. 시험 볼 때까지 아랫방장골 큰집에서 지내는 중이여."

나는 환장할 노릇이었는데 정라는 참 태연하기도 했다. 얼마나 안타깝게 떠올렸으며, 속을 끓였는지 모른다. 그동안의 시간은 짧았으나 얼굴을 떠올리면 벌써 아련하고 희미해져 대책 없이 조바심이 나기도 했었다. 그런데 정라는 되레 태연함을 떨었다. 나 또한 무관심한 척해야 사내다운 것이 아닐까 싶었지만 그것조차 마음대로 통제되지 않았다. 결국 무너지고 말았다.

"정말 반가워. 그런데 니는 왜 날 안 찾은 겨?"

궁금했다. 무엇보다 그것이 궁금했다.

"내가 왜 그래야 하는 건데?"

그녀는 능청이었다. 그것은 훈련되지 않았어도 본능적으로 표출되는 여자의 습성인지도 모를 일이었다. 그런데 손을 내밀며 악수까지 요청한 것은 무슨 속셈이었는지 정라의 마음은, 아니 여자의 마음은 도무지 이해할 수가 없었다. 참으로 난감했다. 어떻게 설명을 해야 하는지 마땅한 대꾸가 생각나지 않았다. 내 떨떠름한 표정만을 바라보던 그녀가 다시 꼬집어 물었다.

"니, 아직두 비밀은 잘 지키구 있는 거지?"

정라는 가슴을 도둑맞은 것을 소문낼까 봐 여전히 걱정하고 있었다. 나는 그것이 너무도 아련하여 한없이 소중한데도 말이다. 도대체 공부가 되지 않아 성적은 형편없이 떨어졌는데도 말이다. 가당치도 않는 물음이었다. 그 귀한 비밀을 내 스스로 폭로해 버린다는 것은 추호도 생각해본 적이 없었다. 나는 그녀의 물음이 어이없다는 듯 줄곧 눈알만 깜박이며 멀뚱거렸다.
 그러는 사이, 천사의 햇무리가 어깨로 떨어져 노을로 스러져가는 와중에, 갑자기 따르릉 따르릉 자전거 경적소리가 찢어지게 울렸다. 엉겁결에 그녀의 손목을 잡아끌었다. 자전거와 충돌하여 다치기라도 할까 싶어 순간적으로 취한 행동이었다. 고스란히 햇살을 받은 손등은 더욱 따사롭고 싱그럽고 포동포동했다. 애써 신음을 삼키며 어금니를 악물었다. 이번에는 그녀가 내 손목을 잡아끌었다. 엉거주춤 서 있는 나를 가장자리로 끌어 자전거 길을 내주려는 행동이었다. 자전거가 하천 풀숲 위에 갸우뚱 멈추어 섰다.
 "어? 오빠네! 어디 갔다가 오는 겨?"
 "시내!"
 "잘됐다. 나 줌 뒤에 태워줘!"
 정라가 대뜸 청년을 아는 체하며 응석을 부렸다. 고작 그깟 일에 아양을 부리는 그녀가 갑자기 미워지는 것은 아마도 질투였다.
 "어, 그려! 니는 이제 집에 가는 겨?"
 나는 단박에 그녀의 사촌오빠임을 직감했다. 아버지가 감옥에서 나오기 전 수절하며 키워낸 유복자, 소문에 의하면 공부를 곧잘 했다던 청년, 고등학교를 졸업하고 공무원 시험 공부를 했었으나 얼굴도 모르는 아버지로 인하여 연좌제에 걸리는 것을 뒤늦게 알고 자살을 시도했다던 그녀의 사촌오빠, 자살이 미수에 그치고 몇 달을 두문불출하다가 어느 날 불쑥 곧바로 장삿길로 들어섰다는 바로 그 청년이었다.
 청년의 얼굴을 정면으로 보았다. 그의 얼굴에서 밑도 끝도 없이 정라 큰아버지의 날선 도끼날이 스쳐 지나간 이유는 어디서 비롯된 공포일까? 나는 숨 한번 크게 쉬지도 못하고 허리를 꺾어 인사를 했다.
 사촌이 정라에게 물었다.

"쟤는 누구여? 친하니?"

"그냥, 국민학교 동창!"

"공부들 열심히 해야지. 입시두 얼마 안 남았는데. 니는 빨리 뒤에 타거라."

사촌의 말이 떨어지기가 무섭게 정라가 자전거 뒷좌석에 날름 올라탔다. 그 행동이 민첩하여 고작 초등학교 동창밖에 안 되느냐는 항변은커녕 눈인사조차 건넬 짬이 없었다. 눈 깜짝할 사이 자전거는 도망치듯 벌써 저만치 내달리고 있었다. 그녀는 마치 로맨스영화의 한 장면과도 같이 자전거에 걸터앉아 석양 속으로 빨려 들어갔다. 하물며 손을 흔들며 예쁘게 작별인사까지 하여 내 마음을 온통 법석이게 만들었다. 그녀가 점점 작아지는 것은 더 미칠 노릇이었다.

나는 자전거가 보이지 않을 때까지 미동도 하지 않고 목석처럼 서 있었다. 한사코 석양을 바라보기만 하던 눈에 자전거가 사라지고 어느 순간 붉은 노을이 가득했다. 눈동자에 들어온 붉은 아지랑이가 춤을 추었다. 현기증으로 아뜩해지고, 아무것도 보이지 않았다. 나는 저절로 풀썩 주저앉고 말았다. 에라, 모를 일이다. 정라의 행방을 알았으면 그만이었다. 풀숲에 벌렁 누워버렸다. 알싸한 풀냄새가 코끝에 간질거렸다. 심호흡을 크게 들이켜 구름을 한껏 마셨다. 각양각색을 뽐낸 모양새가 어쩌면 이다지도 눈부시게 아름다울까, 목화솜처럼 몽실몽실한 구름이 품 안에서 너울대었다.

한 달 넘게 정라를 만날 수 없었다. 도대체 몇 시에 하교를 하는지 알 수가 없었다. 입시공부 때문에 아무리 종잡을 수 없는 하교시간이라지만 어떻게 단 한 번도 마주치지 못하는지 환장할 판이었다. 그녀를 만나고 싶어 부러 하천 둑을 거꾸로 올라갔다가 다시 내려오곤 하기를 수십 차례였다. 하천 둑에 흩어져 있던 돌멩이들은 거의 방귀를 뀌었거나 비명을 지르며 사라진 지 오래였고, 언제부터인가 떨어진 내 눈알만 뒹굴었다.

가을걷이가 한창인가 싶었는데, 낙엽들은 저절로 추락하고 이미 초겨울을 향해 달음박질쳤다. 고등학교 시험이 코앞으로 닥쳐왔다. 공부가 도통 되지 않아 성적은 속절없이 떨어졌다. 원서를 쓸 때 탄로날 일이었지만 집에서 모르고 있는 것이 그나마 다행이었다. 미리 말하고 싶지 않았다. 이미 엎질러진 물이었으므로 한꺼번에 야단맞고 싶었을 뿐이었다.

언제나처럼 하천을 배회하다가 하교한 토요일 오후, 아버지가 나를 불렀다. 바야흐로 떨어진 성적이 들통 나 책망을 듣게 되었다는 불안감에 쪼그라들었다.

"양우야, 니 아랫방장골 좀 다녀와야겠다!"

뜻밖이었다. 아랫방장골이라는 단어에 정라가 퍼뜩 떠오른 것은 일순간이었다. 너무 궁금한 나머지 나는 숨 쉴 틈도 없이 왜유? 하고 되물었다.

"니 어무니 모셔오려무나. 저녁에 손님이 오기루 돼 있다구 전해라! 방장골에 가서 초상집 찾으면 될 겨! 정호 큰아버지가 돌아가셨단다!"

단박에 이유를 알아들었다. 폐암을 가슴에 담고 석방되었던 큰아버지가 채 넉 달을 넘기지 못하고 사망한 모양이었다. 그러나 나는 정라를 만날 기회가 온 것에 더 흥분되기 시작했다. 그 이유가 치사하고 초라하다는 마음은 미처 생각할 수 없었다. 큰아버지의 슬픈 죽음보다 그녀를 만날 수 있다는 희망이 앞선 것이 솔직한 고백이었다.

집을 나와 아랫방장골로 향하는 하천 둑을 한걸음에 달음질쳤다. 머릿속은 온통 정라의 얼굴로 이미 가득하였다. 상갓집을 찾는 일은 그다지 어렵지 않았다. 초상집 천막이 바람에 너풀대며 나의 걸음을 이끌었다. 장례식은 더없이 초라하여 기껏 차일 한 개로 족했고, 문상객은 고작 한눈에도 헤아려질 열 명 남짓이었다.

마침 부엌을 나오던 정라가 나를 먼저 발견했다. 한 손에 바가지를 들고 부엌데기처럼 나타난 그녀는 할아버지 장례식처럼 하얀 소복을 입지는 않았다. 다만 군데군데 얼룩진 검은 치맛자락 밑으로 하얀 종아리 속살이 눈부셨다. 내 눈길을 의식한 그녀는 대충 걸친 매무새가 신경 쓰였던지 뜬금없다는 표정으로 먼저 말을 건네 왔다.

"니가, 여기까진 어쩐 일이여?"

그녀의 얼굴은 몹시 지쳐 있었다. 하지만 힘 잃은 목소리가 도리어 다정스럽게 들렸다. 늘 도사리던 몸짓이 아닌 지친 행색이었지만 되레 그 모습이 예뻐 보였다. 당당하면 당당해서 예쁘고, 소복을 입으면 소복이어서 예쁘고, 지쳐 있으면 위로가 필요한 것 같아 예뻤다. 도대체 정라 앞에서 요사를 부리는 마음을 오늘도 애써 감추어야 했다.

"우리 어무니한테 전할 말이 있어서 심부름 왔어!"

"어, 맞어. 아까 니 어무니를 봤어!"

그녀가 어머니를 찾으려는 듯 부엌 쪽으로 고개를 돌렸다. 그녀의 시선이 머문 봉당에 쪼그리고 걸터앉아 전을 부치고 있는 어머니가 눈에 들어왔다. 어머니는 얼굴로 날아오는 연기를 피하기 위해 연신 눈가를 훔치며 전을 부치고 있었다. 더구나 이상한 것은 여기까지 내려온 미친 아저씨가 독상에서 우적우적 전을 씹어 삼키고 있었다. 연기로 가득한 봉당언저리의 매캐함을 느끼지 못하는 듯 오로지 먹는 일에만 열중인 아저씨의 얼굴은 무표정 그 자체였다. 정라 할아버지 장례식 때처럼 이해할 수 없는 광경이었다.

그러나 나는 그녀에게 정말 궁금한 다른 것이 있었다. 대관절 만날 수 없었던 하굣길이 무엇보다 궁금했다. 비록 장례식이라 선뜻 나설 수 없는 상황이었지만 왜 한 달 내내 만날 수 없었는지 묻지 않을 수가 없었다. 하지만 속내를 감추며 궁금하지 않은 척 물어야 했다.

"요즘엔 하천 둑으루 안 다니니?"

"아니, 요즘엔 역전 쪽으루 다니는데. 왜?"

"아, 아녀. 그냥 궁금해서……."

나는 엉거주춤 서서 대충 얼버무렸다. 참으로 힘 빠지는 말이었다. 늘 태연하게, 아무 일도 아닌 것처럼, 타는 내 속을 모른 척하는 것인지, 진짜 눈치 없이 모르고 있는 건지, 정라는 참 무심하기도 했다. 그런 줄도 모르고 나는 참으로 오랫동안 하천 둑을 헤매었다. 하천 둑의 돌멩이가 개천으로 날아가 다 없어진 숫자만큼 켜켜이 그리움만 쌓여진 시간이었다. 그러나 감추어야 할 조바심이었다. 정라가 평범한 바에야 애타는 속내만 들켜 버릴 수가 없는 노릇이었다. 나는 아예 여유 있는 척 물었다.

"입학시험은 서울루 가서 볼 거지?"

"집이 서울인데 당연하지. 니는?"

"나두 그럴 생각이여. 그런데 걱정이여. 성적이 많이 떨어졌어!"

그녀 때문이라고 말하고 싶었다. 하지만 못했다. 아파올 것은 역시 내 자존심이었다. 적어도 정라 앞에서만은 초라해지고 싶지 않은 것은 어쩌면 무모한 객기였다. 더구나 마냥 그녀와 있고 싶었던 간절한 마음도 통제하지 못하고 무언가에 쫓기듯 불쑥 내뱉고 말았다.

"우리 어무니 좀 불러줘."

"알았어. 그리구 양우 니, 서울에서 합격하면 연락혀!"

정라가 갑자기 악수를 청했다. 나는 또 엉덩이에 손을 문질러 닦고는 재빨리 손바닥을 내밀었다. 손을 잡자마자 전에 없던 불꽃이 일순간 튀었다. 짜릿한 번개가 소름처럼 스치고 지나갔다. 물기에 젖어 있던 그녀의 손에 감전된 듯했다. 너무나 순간적인 나머지 손을 얼른 빼버렸다. 그녀도 놀랐는지 왼손에 들고 있던 바가지를 그만 땅바닥에 떨어뜨리고 말았다.

 그녀가 바가지를 줍기 위해 허리를 구부렸다. 그 순간, 동공이 확대되고 눈앞이 핑 돌아 거의 바닥에 주저앉을 뻔했다. 복숭아 두 개가 가슴에도 열려 있었다. 살짝 늘어진 스웨터의 목덜미 아래로부터 뽀얀 두 개의 가슴이 튀어 올라와 총알처럼 눈에 박혀버렸다. 옴폭 패인 가슴골은 피뢰침 같은 충격으로 머리 위로 내리꽂혔다. 짜릿한 전율! 읍, 난데없는 신음까지 목구멍으로 솟구쳐 올랐다. 마른침을 꿀꺽 식도로 밀어 넣었다. 뽀얀 두 개의 수밀도를 누가 정라의 가슴에 달아놓고 도망친 것일까. 치명적인, 그러나 아름다운 혼돈이 온통 머릿속을 와글거렸다.

첫 키스의 향기

서울에 있는 고등학교에 합격하기는 아예 틀려버렸다. 모든 투지를 일으켜야 할 판이었지만 밤낮없이 생각나던 가슴의 촉감에 수밀도 두 개가 덧대어 아른거리니 도무지 통제할 재간이 없었다. 서울에서 합격하면 연락하라는 그녀의 목소리는 귓속을 핥으며 속절없이 간질거렸고, 떨어진 성적을 만회할 기회도 없이 시험은 성큼성큼 조여 왔다.

결국 곤두박질쳐 추락한 성적은 치밀고 오르지 못했고, 보기 좋게 미끄러졌다. 정라의 성적을 의식한 무모한 고집으로 끝까지 높은 커트라인의 학교를 선택한 대가였다. 석우처럼 충주의 상업학교에 주저앉는다는 것은 그녀와의 단절로 귀결되는 일이었다. 눈앞이 캄캄하고 터널의 끝은 요원했다. 캄캄한 굴속을 탈출할 묘안을 짜내야만 했다. 일단 서울에 머물면서 정라를 만나는 명분이 필요했다. 2차 시험을 보기 위해 밤새도록 진학 잡지를 뒤졌다. 그리고 찾아냈다. 야간고등학교였다. 다시 열심히 해서 대학 진학을 도모하기로 작전을 세웠다.

당장은 전화위복의 기회를 삼고자 마음을 단단히 먹고 어떤 창피함도 견뎌야 한다고 스스로를 자위하면서.

내가 선택한 학교는 최하위 성적만으로도 가능한 학교였으므로 물론 쉽게 합격했다. 시험지에 이름만 써 넣어도 되었다. 집에서는 단지 서울에 있는 학교에 합격했다고 축하해주었다. 어떤 학교이며, 대학 진학비율은 얼마나 되는지는 그다지 중요하지 않았다. 부모는 그저 서울에 있는 학교에 합격한 사실만으로 마을 사람들 앞에서 고개가 곧추세워졌다. 나는 정말 쥐구멍에라도 처박히고 싶은 속내를 은폐할 수밖에 없었다.

반면에 정라는 나와는 다르게 비교적 우수한 여학교에 합격했다는 소식을 귀동냥으로 들었다. 더없이 창피했지만 그것은 잠시였고, 곧 그녀와 만날 수 있다는 흥분이 앞서기 시작했다. 신입생 입학식이 있기 전에 정라의 연락처를 습득해야만 했다. 그것은 고향에서만이 가능한 일이었다. 마침내 정라와 제일 친하게 지내던 이발소 집 여자동창 주홍이에게 집주소를 낚는 데 성공하였다. 나는 포획한 주소를 품속 깊숙이 숨기며 회심의 쾌재를 날렸다.

입학식이 있기 이틀 전 이문동 이모네 집에 위탁되어졌다. 강원도 탄광촌에서부터 연탄을 실어 나르는 철길과 중랑천 사이에 샌드위치처럼 낀 단층주택 밀집 지역이었다. 연탄공장에서 날아오는 시커먼 분진 때문에 밖에다 빨래를 널 수가 없었고, 중랑천의 썩은 퇴적물 냄새로 창문을 열 수도 없을 만큼 동네는 빈한했다.

나는 냄새를 무릅쓰고 중랑천 둑을 배회하였다. 정라를 만나던 충주천을 연상하고 싶은 단순한 향수에서였다. 하지만 십 리가 넘어 보이는 판자촌의 둑은 내내 비참했다. 농촌을 버렸거나 혹은 떠밀려 추방당한 빈민들은 중랑천 언저리라도 다행이다 싶은 몰골들이었다. 대다수 지붕은 검은 거적으로 덮었고, 창피함도 잊고 세탁한 브래지어를 땅콩방울처럼 매달아 널었다. 정라가 이런 곳까지 밀려오지 않고 우이동에 정착했다는 것만으로도 나는 안도했다.

토요일 야간수업을 제치기로 마음먹고 무작정 우이동으로 향한 것은 개학하고 보름째였다. 타고난 지리감각은 없었지만 집을 알아내는 데는 별반 어렵지 않았다. 골목을 두 바퀴 헤맨 끝에 위치를 알아내었다. 이제 그녀가 소스라치게 놀라며 착한 눈썹을 실룩거릴 계략만 구상하면 될 일이었다. 무턱대고 집 안으로 밀치고 들어간다는 것은 무모한 일, 집 앞에서 기다리고 있다가 기습하는 것이 무엇보다 극적일 터였다.

책가방을 든 교복 차림 그대로 골목에 잠복했다. 예측은 절묘하게 맞아떨어졌다. 정라가 하교할 시간을 측정하여 잠복한 얼마 만에 목적은 달성되었다. 하얀 블라우스에 감색 조끼의 교복을 정갈하게 겹쳐 입은 단발머리 여학생이 골목 어귀에 등장했다. 때마침 산들바람을 타고 하얀 벚꽃이 춘설처럼 나부꼈다. 흩날리는 꽃잎을 맞으며 나풀거리는 그녀의 모습은 천사와도 같이 사뿐했다.

정라는 내가 숨어서 훔쳐보리라고는 감히 꿈에라도 상상하지 못할 터, 마음은 이미 내쳐 달려 나갔지만 애써 참으며 기다리기로 마음먹었다. 아무것도 눈치채지 못한 그녀가 마침내 코앞까지 다가오고 있었다. 나는 그녀를 놀라게 할 속셈으로 메뚜기처럼 폴짝 뛰어나갔다. 뛰어나가서는, 숨이 막혀 겨우 이름 석 자에 그리움을 쏟아내었다.

"조, 정, 라!"

"어머, 깜짝이야!"

정라가 주저앉을 듯 놀란 것은 너무나 당연한 일이었다. 갑작스러운 나의 출현에 화들짝 놀란 그녀의 눈동자가 동그란 구슬처럼 팽창되고 착한 눈썹꼬리가 위아래로 실룩거렸다. 하지만 일부러 작심한 나는 오히려 목적 달성에 내심 환호성을 쳤다. 내가 나타났을 때의 반응은 어떨까 늘 궁금했으므로 그녀의 표정을 염탐하는 것 또한 잊지 않았다.

"전양우, 니, 니가 여긴 어떻게!"

나는 여유 있는 척 능청까지 떨었다.

"니 만나려구, 미리 숨어 있었어. 놀라게 하려구 그랬는데 너무 놀라니까 줌 그렇다!"

내 변명에 그녀의 놀란 목소리는 진정되어 단박에 평정을 되찾았다.

"사람 싱겁긴! 그러다가 넘어지면 어쩌려구 그래!"

"설마……."

"서울에서 핵교 다닌다는 얘긴 들었어. 그냥 전화하지 그랬어?"

"전화번호는 안 가르쳐주던데."

"기집애, 알려주려면 지대루 알려주기나 하지!"

정라는 이미 충주의 주홍이와 내통했음이 감 잡혔다. 그것은 언젠가는 내가 찾아오리라 짐작하고 있었다는 의미와도 같았다. 그렇다면 그녀도 혹시 나를 기다리기라도 한 것은 아닐까, 남자의 본능이 증폭되어 제법 우쭐해졌다.

"주소만 알아내는데두 꽤 망설였어. 혹시 소문이 나면 놀림감이 될까 해서!"

"어쨌든 반가워. 서울에서 이렇게 만났으니 약속대루 우리 악수나 한번 하자!"

기특하게도 그녀가 먼저 악수를 청했다. 손을 마주 잡았다. 전처럼 짜릿한 전기가 통하지는 않았지만 포동포동한 촉감이 다시 도래하였다. 나는 손을 만작거리며 그녀에게 물었다.

"근처에 어디 빵집 없을까?"

"저기 아래쪽 중핵교 옆에 하나 있어! 그리루 갈려?"

"그려, 니가 먼저 앞장서."

정라의 손이 손아귀를 스르르 미끄러져 빠져나갔다. 미온한 체온이 빠르게 허공으로 증발했다. 그녀의 체온을 좀 더 유지시키기 위하여 바지주머니에 손을 넣었다. 그리고 앞서서 걷는 그녀의 뒤를 꼬리 흔드는 강아지처럼 졸졸 따랐다. 문득 스판 추리닝에 감추어졌던 뒤태보다 한결 성숙하고 토실해 보이는 치마에 가려진 뒤태에 시선이 멈추어졌다. 툭하면 그녀를 훔쳐서 살펴보게 되고 마냥 뒤태에 눈길이 가는 내가 미웠다. 혹여 음흉한 마음이 들켜버리기라도 한다면 난처할 것 같아 걸음을 빨리하여 그녀와 나란히 걸었다. 옆으로 다가선 내 얼굴을 돌아보며 그녀가 물었다.

"니는, 이모네 집에 있다며?"

"그 얘긴 누구한테 들었어?"

"누구기는, 니에게 주소만 알려준 주홍이한테 들었지."

"우리 만나는 거, 니가 비밀루 하자구 안 혔어. 비밀 탄로 낸 겨?"

"내가 바보니! 아무한테나 함부루 말하게!"

"그래두 눈치 빠른 주홍이가 감 잡을지두 모르잖어!"

"니가 내 주소 알려달랬다고 해서 벌써 눈치챘어. 그래두 다른 애들은 몰라두 갸는 괜찮어. 니나 조심혀! 남자들은 영웅담처럼 말들 한다던데!"

그녀의 은근한 핀잔에 움찔했다. 사실 누구에게든 정라를 좋아한다고 소문을 내서 그녀가 꼼짝 못하도록 기정사실화시키고 싶은 적이 한두 번이 아니었다. 그녀가 나를 좋아한다고 했음에도 불구하고 그녀의 속마음이 어디까지인지 가늠되지 않았었다. 그것이 조바심으로 바뀌고, 어느 순간 그리움으로 변하면 늘 그 방법을 떠올렸었다.

그녀와 이야기를 나누며 걷는 사이 걸음은 어느새 빵집 앞에 도착해 있었다. 빵집은 작고 옹색한, 그러나 깨끗한 분위기여서 다행이었다. 구석진 자리를 선택하여 등으로 가려주며 마주앉았다. 정라가 밖에서 보이지 않도록 은폐시키기 위한 계략이었다.

주문은 그녀가 했다.

"여기 찐빵하구 만두 좀 주세유. 그런데 참, 양우 니 야간고등핵교라구 들었는데 핵교는 어떻게 한 겨? 오늘이 개교기념일이라두 돼?"

"그건 누구한테 들었어?"

"자꾸 누군 누구여. 내가 고향 소식 들을 애가 주홍이밖에 없는 줄 알면서. 그렇다구 기죽지 마. 학교 이름만 듣구 그 학교는 1차도 있는데 2차에 합격했다구 해서 눈치챘지."

실쭉했다. 그녀는 나의 모두를 알고 있는 눈치인데 나는 그녀에 대하여 궁금한 게 너무도 많으니 말이다. 그래도 어머니는 참 주책이다. 벌써 동네에 소문까지 냈던 모양이었다. 어떻게 학교 이름 같은 창피한 말을 쉽게 얘기해버렸을까, 꼬치꼬치 묻기에 겨우 실토했을 만큼 숨기고 싶었던 학교 이름이었는데. 더구나 그녀는 수업까지 포기하고 만나러 온 것까지는 차마 상상도 못할 것이었다. 민망함을 감출 수 없어 단지 침묵했다.

찐빵이 나왔다. 찜통에서 금방 꺼냈는지 김이 모락모락 피어올라 먹음직하니 향기로웠다. 하지만 찐빵이든 만두든 식욕이 일시에 날아가 버렸다. 그녀 앞에 뭉개진 자존심이 자꾸만 나를 초라하고 작게 만들고 있기 때문이었다. 그런 내 표정을 금방 읽어낸 정라가 위로하듯 덧붙였다.

"신경 끄구 어서 찐빵이나 먹어. 괜히 얘기했네. 그냥 물어본 것뿐인데……."

정라가 먼저 찐빵을 집어서 탐스럽게 한입 물었다. 입안 가득한 찐빵을 좌우로 돌릴 때마다 볼이 올록볼록 춤추었다. 그녀의 볼은 마치 어린아이가 사탕을 오물거리는 볼처럼 무구했다. 나는 오물오물한 그녀의 입술을 물끄러미 탐미할 뿐 여전히 망설였다.

"양우야, 니는 왜 안 먹어?"

혼자 먹는 것이 머쓱했던지 그녀가 채근했다. 말없이 만두 하나를 집어 한입 덥석 깨물었다. 순간 호흡이 뒤엉키며 맵고 칼칼한 김치 맛이 목구멍에 걸렸다. 컥, 컥, 사레까지 튀어 올라왔다. 눈물까지 치미는 헛기침을 몇 차례 하고서야 사레는 겨우 멎었다.

"천천히 먹어 얘. 목구멍에 걸리겠다!"

창피해 죽겠는데 정라는 마치 동생 나무라듯 했다. 그런데 이상하게도 싫지가 않았다. 먹이를 물고 온 어미 새를 반기는 눈도 뜨지 않은 새끼의 앙증맞음이랄까, 뭐 그런 게 가슴속에 숨어서 동정을 구하고 있는 게 아닌가! 정라를 만나면 뭔가 멋있게 기선제압하며 사내다운 면모를 보여주고 싶었는데 오늘 또 무너졌다. 애당초 고슴도치처럼 털을 세우고 경계를 해도 그녀 앞에서는 금방 허물어지고 마는 나는 누구인지, 정작 나도 나를 모를 일이었다.

결국 그녀의 가족 근황을 물으면서 다른 곳으로 관심을 돌렸다. 할머니와 부모님의 안부, 정호의 근황. 정호는 어수선한 장마와 두 번의 연속적인 가족의 죽음을 겪는 와중에도 서울대를 들어가 내게는 도저히 불가능한 차이점으로 다가왔다. 나는 작은아버지가 청주로 이사할 거라는 고향 소식을 전했다.

"수해 나구부터 동네를 떠나는 사람들이 많네!"

"분위기두 옛날 같지가 않어. 집들이 새것으루 되니까 시골 냄새두 없어졌어. 줌 삭막혀!"

"그래두 난 벌써 고향 생각이 나는데! 개울에서 멱 감던 생각이며, 달천 강에서 고기 잡구, 땅콩이삭 캐구, 논두렁에서 콩서리두 하구, 탄금대루 소풍 가던 일들⋯⋯."

정라는 벌써 고향이 그리운 모양이었다. 유년기의 행복했던 추억이 갑자기 아련해지며 멍울지는 눈동자를 통하여 다가왔다. 아마도 불가피하게 고향을 떠나온 것이 몹시 안타까웠던 듯하다. 친구도 낯설고 환경도 낯선 곳에서 나름대로 감내하는 일들이 벅찼던 모양이었다.

"얼마나 됐다구 하마 그려. 그리구 고향 가구 싶으면 언제든지 내려가면 되잖어. 큰어무니두 있구, 친구들두 있으니까 가구 싶을 때 나하구 같이 내려가자."

그녀를 위로했다. 정라는 잠깐 사이 언제 그랬냐는 듯이 다시 명랑해졌다. 자신이 벌써 추억을 되새기는 것이 조금은 멋쩍은 듯 민망한 미소까지 연신 생글거리며.

모처럼 많은 이야기를 나누었다. 그녀를 마주 보고 있는 것만으로도 내내 행복했고, 내내 들떴다. 그녀 또한 나와 마주하는 것을 행복해하는 것 같았다. 첫 단추를 낀 서울에서의 데이트, 그리움의 허기도 갈증도 단박에 해갈된 만남, 이제 마음만 먹으면 언제든지 넓디넓은 서울에서 정라를 만날 수 있으리라 확신했다.

정라를 집 앞까지 바래다주었다. 그녀는 집 안으로 들어가면서 사촌오빠의 자전거 뒤에서처럼 손을 흔들며 작별을 아쉬워했다. 내 마음은 아예 그녀에게 남겨두고 골목을 내려왔다. 그녀의 마음이 따라오고 있다는 착각에 걸음걸이가 저절로 당당해졌다.

집으로 돌아오는 길은 이미 어두워진 중랑천을 택했다. 굴절된 중랑천의 야경이 이렇게 황홀한 줄은 미처 몰랐다. 바둑판처럼 작은 판잣집 창문을 밝힌 희미한 불빛은 오염된 강물에도 데칼코마니를 만들며 아름답게 비추었다. 그들의 삶이 얼마나 고단하고 힘겨웠는지는 알 길이 없는 일, 힘겨웠을 하루의 고달픔마저 검은 밤이슬에 농익은 듯 반짝였다.

계절은 바람처럼 물처럼 여름으로 흘렀다. 작은아버지는 아버지와 함께 경작하던 논 일부를 팔아 기어이 청주로 이사를 가고 없었다. 고등학교를 졸업하고 대학을 포기한 석우는 별로 하는 일 없이 시내 동년배들과 어울리기를 즐겼다. 그는 청년단체에 가입하여 회원들끼리 몰려다니는 등 농사에는 취미도 없어 보였고 아예 계획도 없는 듯 보였다. 이름은 농촌의 부흥을 위한다는 청년집단이었지만 적어도 내 눈에는 모임의 취지와는 멀어 보이는 패거리들이었다.

가을, 겨울, 그리고 봄이 되어 2학년이 되고 여름이 왔다. 공부는 목표했던 의지만큼 순탄하지가 않았다. 주야가 바뀐 학교수업 때문이기도 했지만 전반적인 학습 분위기가 문제였고 무엇보다 마음가짐이 모질어지지가 않았다. 나 자신을 독하게 채찍질해야만 가능한 목표임을 알면서도 정작 행동으로는 옮기지 못했다. 하지만 틈을 내어 정라와 만나는 유일한 즐거움은 고무적이었다. 주된 데이트 장소는 근처 우이동계곡이었다. 그녀와의 추억은 아무런 장애됨이 없이 차곡차곡 모여 탑처럼 층을 높여갔다.

미팅을 주선한 녀석이 한 시간이 지나도 출발현장에 나타나지 않았다. 미팅 경험도 없어 극구 싫다고 뿌리쳤는데도 다른 녀석이 약속을 어겼다며 체면 좀 살려달라고 난리치는 통에 마지못해 대신 나왔을 뿐인데 정작 주선한 놈이 펑크를 냈으니 난감한 일이었다. 같은 반에

다녔지만 그다지 절친한 편도 아니었으므로 참으로 짜증나게 돼 버렸다. 진즉부터 정라에게 미안하고 부끄러운 생각이 뇌리를 지배하고 있던 터였다.

여학생들은 교회도 빠지면서 나왔는데 일요일을 망쳤다고 통박을 부리며 투덜대었다. 어떻게든 해결하려는 의지도 없어 보이는 남학생 둘은 초면이었다. 녀석들은 밉살맞게 미온적이기까지 했다. 멀뚱멀뚱 눈알만 굴리고 있는 행동이 꼭 두꺼비 짝이었다.

"아니, 뭐가 이래. 우리끼리 계곡으로 가든가 해야지, 언제까지 여기 길바닥에서 이렇게 기다리기만 할 거야?"

참다못한 일행 중 조금은 칼칼해 보이는, 그나마 예쁜 여학생이 팔짱을 낀 채 도도하게 발끈했다. 눈알만 굴리던 녀석들이 슬금슬금 내 눈치를 살폈다. 나는 별반 감흥을 못 느꼈고 어색한 관계였지만 어쩔 수 없이 머리를 맞대었다. 별 뾰족한 수가 있을 리 없었다. 애당초 가기로 약속되었던 안양유원지를 버리고 우이동계곡으로 무턱대고 가기로 의견통일이 되었다. 왜 하필 우이동계곡인가 싶었지만 여학생들이 낯익은 장소라고 건의해 결국 대열에 끼고 말았다.

출발부터 어긋난 만남이 순조로울 리가 없었다. 계곡의 나무 밑에 자리를 펴고 밥을 지으려는데 이번에는 쌀이 없었다. 공교롭게도 펑크 낸 녀석이 쌀을 준비하기로 했는데 그만 까맣게 잊고들 있었다. 꼬여도 된통 꼬여 점심마저 굶어야 할 판이었다. 여학생들은 어이없다는 듯 연신 콧방귀를 뀌며 실소를 날렸다. 궁여지책으로 내가 꾀를 내었다. 정라에게 찾아가 쌀을 얻어오면 된다는 생각이 퍼뜩 들었던 것이다. 다른 여학생들하고 놀러온 것은 죄스러운 일이었지만 쌀을 빌미로 그녀를 만나고자 하는 욕심이 더 작용했다고 보아야 옳았다.

계곡을 내려와 정라의 집까지 가는 길이 만만치는 않았다. 태양이 쏟아내는 한여름 열기는 목구멍을 턱턱 막았다. 잠깐 사이에 이마에서는 벌써 땀방울이 맺혔다. 등줄기에 맺힌 땀방울은 금세 허리춤까지 진득거렸다. 그렇지만 마음으로는 단박이었다. 어느 틈엔가 쌀이 필요한 생각은 아예 잃어버리고 정라를 볼 수 있는 구실이 생겼다는 것에 더 흥분되었다.

노란 공중전화부스가 보였다. 먼저 전화를 해야 마땅했다. 혹여 정라가 없다거나 전화가 연결되지 않으면 낭패였다. 아니, 느닷없이 들이닥치면 정라가 놀랄 것은 물론 가족 중 누군가의 눈에 띄면 더 난처할 일이 벌어질지도 모를 일이었다. 다행히 전화는 정라가 직접 받았다.

"잘 있었어. 지금 집에 누구 있어?"

"아니, 아무두 없어. 그런데 무슨 일 있어. 왜 숨을 헐떡이구 그려?"

내 가쁜 숨소리를 들었는지 놀란 목소리가 전화기 선을 타고 달려왔다.

"어, 그럴 일이 좀 있어. 나 지금 집 근처에 와 있거든!"

"무슨 소리여? 지금 우리 집 근처라구?"

"어, 쌀이 필요혀. 얻으러 왔어!"

"쌀은 또 뭐여? 도대체 뭔 소릴 하는지 모르겠네. 어쨌든 집 앞으루 와. 내가 문 열어줄게."

숨을 헉헉 몰아쉬며 마지막 오르막길을 올라갔다. 발은 언덕을 올라가고 있었지만 눈은 이미 그녀의 대문 방향에 앞서 달려가 있었다. 마침내 정라가 멀찌감치 보이기 시작했다. 앞가슴에 팔짱을 끼고 내가 올라오는 모습을 기다리는 모습이 마치 퇴근하는 신랑을 마중 나온 여인네 같아 보였다. 그 느낌이 왠지 어색하지 않은 것이 오히려 행복한 일이었다.

"갑자기 무슨 일인데 이렇게 어수선혀?"

"계곡에 친구들하구 놀러왔어. 쌀을 갖구 온다는 늄이 안 왔는데, 여기가 생각나잖어!"

일행 중 여학생이 섞여 있다는 얘기는 차마 꺼낼 수가 없었다. 어디서 그런 교활함이 작동했는지 정작 나 자신도 놀라버린 해명이었다.

"엉뚱하기는. 우선 집으루 들어가. 부모님은 산에 가셨어."

"아부지 다리는 괜찮은 겨? 산엘 다 나가시구."

"멀리는 안 가셔. 근처에 낮은 평지가 있거든. 어서 안으루 들어와."

정라의 안내를 받고 집 안으로 들어섰다. 그동안 여러 차례 인근까지는 왔지만 집 안까지는 처음이었다. 툇마루에 걸터앉자 그녀가 선풍기를 틀어 땀을 식혀주었다. 시원한 바람에 등줄기에 달라붙은 진득한 땀이 증발되어 도망쳤다. 게다가 냉수까지 대접에 가득 따라주었다. 식도를 타고 내려가는 시원함이 짜릿한 쾌감을 유발시켰다.

"놀러온 사람이 몇 명이여?"

"나까지 일곱 명!"

"잠깐 기다려. 쌀 퍼올게."

정라가 쌀을 가지러 부엌으로 갔다. 집 안에 그녀와 단둘이 있게 되었다는 사실에 갑자기 머쓱한 생각이 들었다. 공연히 사방을 둘러보며 주위를 살폈다. 허름했지만 중랑천 판자촌처럼 결코 초라하지는 않아 다행이다 싶었다. 담장 아래의 손바닥만 한 텃밭에는 상추와 고추가 제법 시골스럽게 자라 있고, 담장을 타고 올라가는 호박잎이 산들바람에도 흔들거렸다. 노란 호박꽃이 정겹듯 조금의 자투리땅이라도 헛되이 놀리지 않으려는 정성이 오히려 소박하게 여겨졌다.

눈을 돌려 정라가 사라진 부엌 턱을 바라보았다. 부엌에서 부스럭거리는 소리가 들린 잠시 후 플라스틱 바가지를 들고 그녀가 나타났다. 그녀가 바가지를 들어 보이며 말했다.

"그런데 이걸 어디다 담아가지?"

"무슨 봉투 같은 거 있으면 되겠는데. 종이봉투두 괜찮구."

정라는 내 말을 듣고 생각났다는 듯 바가지를 툇마루에 놓고 방으로 들어갔다. 또 등을 돌려 사라지는 그녀의 뒤태를 보게 되는 못된 버릇, 가슴의 모양새를 훔쳐보게 되는 치사한 습관, 제발 그녀가 음흉한 심보를 눈치채지 못했으면 좋을 일이었다.

방으로 들어갔던 그녀가 누런 재생 종이봉투를 들고 나왔다.

"할무니하구 아부지가 만드는 봉투여. 왜 가내수공업 같은 거 있잖어. 봉투 하나 풀 붙이는 데 일 원씩이여. 자, 이 봉투 좀 벌리구 있어!"

그녀의 자연스러운 설명에 갑자기 가슴이 아려왔다. 연로한 할머니와 다리가 불편한 아버지가 방에 쪼그리고 앉아 하나에 일 원씩 하는 봉투를 가공하는 모습이 떠올랐기 때문이었다. 나는 아무런 답변도 못하고 봉투 입구를 벌렸다. 그녀가 바가지를 기울여 봉투에 쌀을 옮기려 시도했다.

그런데, 그런데 봉투로 쌀이 옮기지는 순간 그만 선풍기 바람에 뽀얗게 쌀 먼지가 날아갔다. 공교롭게 바람의 방향을 의식하지 못한 대가는 너무도 컸다. 안개처럼 날아간 쌀 먼지가 그녀의 얼굴에 분칠을 한 듯 달라붙었다. 정라는 눈으로 들어간 쌀 먼지 때문에 금방 눈물을 쏟아내었다. 눈에 들어간 이물질로 인하여 쉴 새 없이 눈을 깜박이던 그녀가 마침내 얼굴을 턱밑까지 들이밀고 구원을 요청했다.

"여기 눈 좀 후우, 불어봐. 눈에 뭐가 들어갔는지 깔깔해 미치겠어!"

그녀의 동그란 얼굴이 코앞 가까이에 다가와 있었다. 뽀얀 얼굴이 보름달 같은 달덩이 같았다. 눈 꼬리가 내려간 여덟 팔자의 착한 눈썹, 오똑하지는 않지만 귀엽고 몽실한 코, 보스스한 코밑 솜털과 적당히 매력적인 순한 입술, 손가락으로 눈을 열고 입김을 기다리는 눈동자에 금방이라도 빨려 들어갈 것만 같았다. 입김을 후욱, 세게 불었다. 그녀의 눈꺼풀이 위아래로 깜박이며 손가락과 함께 움직거렸다. 입술과 볼 살은 눈동자를 깜박일 때마다 가늘게 춤을 추었다. 오물오물 찐빵을 먹던 때와는 또 다른 무구함이 입술에서 발산되었다.

"한 번 더 불어봐. 조금 나은 거 같아!"

그녀의 얼굴이 더욱더 가까이 다가와 닿을 듯 눈앞에 아른거렸다. 나는 입김을 불지 못하고 눈은 이미 그녀의 입술에 멈추어 있었다.

"뭐 혀. 빨리 불지 않구!"

참을 수 없었다. 기습이었다. 입김을 불려다가 그녀의 입술에 냉큼 키스해버렸다. 짧은 순간이었지만 정라의 입술은 향긋한, 그러나 짭짤한 맛이었던 것 같았다. 언젠가 간장도 찍지 않고 먹었던 미역 향기 그대로의 맛 같기도 하고, 포도 알이 터지며 입안에 번지던 단맛 같기도 했다. 살구 맛일까, 오디 맛일까, 딸기 맛일까, 복숭아 맛일까? 아니, 소금기 섞인 내 입술 맛일까? 벌써 잊어버려 알 수 없는 여러 가지 맛이 천방지축으로 맴돌았다.

"어머머, 니 지금 나한테 뭐 한 겨?"

정라가 주먹으로 내 가슴팍을 암팡지게 망치질하듯 때리며 금방 얼굴을 붉혔다. 그녀의 얼굴에는 순식간에 어떤 물감으로도 표현되지 않는 빨간 색채가 돌아나 있었다. 내 얼굴도 열기가 가득 느껴지는 것을 보니 이미 그녀의 얼굴색과 다르지 않을 터였다. 나도 모르게 능청을 떨기 시작했다.

"키스!"

평상시의 의지와는 다른 엉뚱한 돌출발언이었다. 오늘따라 불쑥불쑥 튀어나오는 행동과 말투에 적잖이 놀라며 새로운 저돌성에 스스로 감동해버렸다.

"누구 맘대루 키스하구 그려!"

"키스하라구 입술을 코밑에 바짝 들이대놓구선!"

"니, 딴 사람한테두 그랬어. 기습적으루?"

"아니, 처음이여. 니가!"

"니, 오늘 일, 비밀루 혀!"

"이것두 비밀, 저것두 비밀, 비밀이 너무 많어!"

"능청 떨지 말구, 내 말대루 안 하면 정말 혼내줄 겨."

계집애, 나 너 안 무서워, 사랑스럽단 말이야. 그렇게 말하고 싶었다. 그 마음을 숨길 수 없어 눈동자를 빤히 쳐다보기만 하자 그녀가 먼저 얼굴을 외면했다. 선풍기를 끄고는 봉지에 쌀을 옮겨 담으며 눈을 내리깐 연유는 아마도 부끄러움을 모면하려 함이었으리라. 나는 상기된 그녀의 얼굴을 오래도록 내려다보며 마음에 담아 넣었다.

"나, 여름방학에 충주에 내려가 있을 겨. 혹시 방장골 큰집에 내려올 거면 미리 연락혀."

"으응, 알았어! 자아, 이제 쌀 다 담았으니까 얼른 가!"

정라는 서둘러 나를 내쫓으려 안달이었다. 그녀의 낯빛은 아직도 홍조가 가시지 않은 채 붉었다. 나는 그녀가 봉지에 담아준 쌀을 주섬주섬 챙기고는 마당으로 내려섰다. 그녀는 두 손을 곱게 맞잡아 엉덩이춤에 대고 애교스럽게 뒤따라 나섰다. 낭군을 배웅하는 여인네의 배배 비트는 몸짓이 그럴까, 대문을 나설 때는 물론 골목을 다 내려올 때까지도 정라는 그 모습 그대로였다.

철길이 닿는 바다

 여름방학이 돌아왔다. 정라와는 간단한 통화만 하고 충주로 내려왔다. 물론 방장골 큰집에 내려올 계획이면 반드시 미리 연락하라는 언질을 잊지 않았다. 혹시나 그녀가 방장골에 내려온다는 전화가 오기를 은근히 기다리며 며칠을 무료하게 지내던 참인데, 신진수가 생뚱맞게 찾아왔다. 무대뽀삼형제가 강원도 망상해수욕장으로 놀러 가는데 함께 가자는 제의였다. 웬 횡재인가 싶었다.
 이틀 후 초저녁 마을공회당에 모두 모였다. 각자 배낭을 걸쳤다. 진수는 기타까지 어깨에 걸치고 나타났다. 언제 기타를 배웠는지는 모를 일이었으나 제법 낭만적이고 운치 있는 품새에 벌써부터 기분이 들떠 올랐다. 목적지로 가는 내내 그는 기타를 쳤다. 곧잘 긁어대는 기타솜씨에 진수의 위상은 저절로 높아졌다. 열차가 해수욕장에 접어들 즈음에야 그는 기타를 멈추었다. 음영석의 이모네 민박에 도착하여 겨우 짐을 푼 시간은 늦은 밤이었다.

이른 새벽, 가장 먼저 눈을 뜬 것은 나였다. 곯아떨어진 녀석들은 기척이 없었다. 굳이 녀석들을 깨우지도 않았다. 그저 혼자서 새벽바다를 보고 싶었고 떠오르는 해를 맘껏 호흡하며 마시고 싶었다. 나는 신발도 신지 않은 채 바다로 달려 나갔다.

몽실몽실한 구름 가장자리로부터 금빛이 물들기 시작하더니 태양은 마침내 바다를 밀어 올리며 얼굴을 빠끔히 내밀었다. 그러다가 어느덧 바다 위로 둥실 솟았고, 금빛물결이 수평선을 따라 갈라지며 아롱졌다. 때마침 한 무리의 배들은 꼬리에 꼬리를 물고 떠 있는 듯 가는 듯 수평선 위를 일렁거렸다. 까닥까닥 움직거리는 동그란 태양을 뚫어져라 보노라니 내 눈 안이 온통 붉어졌다.

가슴을 열고 바닷물 가까이로 걸음을 옮겼다. 고운 모래알갱이들이 발가락 사이로 들어와 마구 간지럼을 태우기 시작했다. 발등을 핥는 파도의 어루만짐이 이토록 상쾌하고 명료한지는 애초에 경험하지 못한 일, 발바닥에 닿는 모래의 촉감은 마치 양탄자 위를 걷는 부드러움과도 같이 가녀렸다. 파도를 겸허하게 받아들이며 더욱 깊은 곳으로 걸음을 옮겼다. 바닷물이 종아리를 타고 사타구니를 적시더니 단박에 가슴까지 산뜻하게 적셨다. 몸이 둥실 떠올랐다. 태초의 인간이 물고기였다지, 지느러미가 진화되어 발이 되고 팔이 되었다지, 어머니의 배 속이 이처럼 편안했던 것은 아닐까, 유영하듯 팔을 저었다. 육신은 수억 년 전 태초로 돌아간 물고기가 되었다. 태초의 바다에 내가 있었다.

"야아, 전양우! 니 혼자만 먼저 일어나기냐? 일출두 못 봤잖어!"

머리가 물 위로 올라오자 진수의 목소리가 고막을 흔들었다. 이미 종아리까지 바다로 들어온 그는 내가 수면으로 떠오르기를 줄곧 기다렸던 모양이었다. 녀석이 풍덩 몸을 던져 잠수했다. 그리고 강시처럼 발을 통통 튕기며 가라앉았다가 튀어 오르기를 반복하더니 금방 내 가까이에 도달해버렸다. 나는 녀석의 근접을 저지하려 바닷물을 마구 뿌렸다. 물방울이 수면 위로 날아올랐고, 온전한 햇살을 받은 물보라가 비늘처럼 빛을 뿜어냈다. 눈이 부셨다. 녀석이 보이지 않았다.

어느 순간 머리가 녀석의 손에 잡혀 물속에 처박혔다. 너무 갑작스러운 공격을 당한 나머지 호흡조절에 실패해 콧구멍으로 바닷물이 한 바가지 들어왔다. 몇 번의 발버둥으로 겨우 탈출했지만 재채기와 함께 짠 맛이 목구멍에 가득 찼다. 복수를 해야 했다. 이번에는 내가 덤벼들어 녀석을 바다 속으로 밀어 넣었다. 녀석도 물을 먹었는지 솟구쳐 오르자마자 캑캑거리며 토악질을 해댔다. 고향의 하천에서 놀던 그때처럼 모처럼만에 아련한 추억 속으로 빨려 들어간, 짠맛이었으나 감미로웠고 단순했으나 즐거운 바다였다.

"이제 그만 나가자. 저 녀석들 깨워서 아침 먹자!"

진수가 먼저 휴전을 요청했다. 고개를 끄덕거리자 그는 물놀이를 중단하고 이미 저만치 밖으로 걸어 나가고 있었다. 녀석의 껄렁껄렁한 걸음걸이가 우스꽝스러워 피식거리는 웃음이 솟았다. 더구나 짧은 머리인 나와는 대조적인 장발이 찰랑거려 마치 불량배처럼 보였다. 중학교를 졸업하고 곧장 사회생활로 뛰어든 진수의 뒷모습은 이미 어른 같은 덩치였고, 사회를 향해 포효하고 있는 듯 단단하게 길들여져 가고 있었다.

음영석과 주봉기를 깨워 난간 탁자에 둥그렇게 둘러앉아 아침을 먹었다. 바다가 훤히 내려다보이는 명당 중의 명당이었다. 온종일 물놀이에 취하고 자리한 저녁도 아침과 마찬가지로 역시 난간이었다. 너나없이 여전히 물놀이 계획을 눈짓으로 내통하며 이모가 끓여준 가자미매운탕을 허겁지겁 구겨 넣었다. 그러나 매운탕을 먹으면서도 호기심 많은 청춘들의 눈길이 머문 곳은 뜬금없는 엉뚱한 곳이었다. 젖가슴 골이 살짝 드러난 러닝과 짧은치마를 걸친 채 서로 밀치고 넘어뜨리며 해변을 휘젓는 한 무리의 남녀를 발견한 것이다. 온통 드러낸 맨살의 눈부심, 까르르 애교를 떨며 도망 다니는 여자들의 웃음을 이끌려고 한껏 날뛰는 사내들, 자지러지는 동작마다 위아래로 움직거리는 젖가슴의 율동, 나는 물론 녀석들조차 눈길을 떼지 못한 생소한 구경거리였고 충격이었다.

평소 걸쭉한 농지거리를 곧잘 해대는 신진수가 눈알을 굴리며 탄성을 질러댔다.

"미치겠군. 도대체 밥을 먹을 수가 없네. 환장헐!"

하물며 나는 잠자던 사타구니가 뜬금없이 꿈틀대기까지 했다. 녀석은 미꾸라지가 살아 있는 양 불룩불룩 버둥대더니 대나무 죽순처럼 솟았다. 결국 수저를 놓고 허리를 구부려 상태를 위장하고는 슬금슬금 화장실로 도망치고 말았다. 밑도 끝도 없이 커져 화장실 거울에 비친 심벌은 주인에게 총부리를 들이대고 낄낄대고 웃는 것 같았다. 도대체 녀석을 통제하는 두뇌는 누구인가, 사실 녀석은 언제부터인가 제멋대로 성을 내고 탈영을 꾀하기 일쑤였다. 나를 통제하는 두뇌와 녀석을 통제하는 두뇌가 퍽 오랫동안 첨예하게 대립하였다.

겨우 녀석을 물리치고 밖으로 나오자 무대뽀들은 이미 모래사장으로 뛰쳐나가고 없었다. 하물며 노출의 여자들과 한 팀인 남자들 사이를 미친놈처럼 날뛰고 있었다. 녀석들의 뒷발에 채인 모래알갱이가 허공으로 솟구치며 사방으로 흩날렸다. 여자들은 모래알갱이를 피하려 손을 휘저으며 남자 동료들에게 보호를 요청하듯 우왕좌왕 흩어졌다. 여자들의 간드러진 반응에 가일층 의기양양해져 괴성까지 지르며 겅중겅중 휘젓는 무대뽀의 품새는 영락없이 엉덩이에 뿔난 망아지였다.

철길이 닿는 바다 59

천방지축으로 날뛰는 삼형제를 보니 난데없는 걱정스러움이 엄습해 왔다. 녀석들의 단순성을 누구보다 잘 알고 있는 나였으므로 무리의 남자들과 시비라도 붙을까 염려되어서였다. 녀석들의 관심사를 다른 곳으로 집중시키기 위한 계략으로 진수의 기타를 들고 해수욕장으로 달려 나갔다. 하지만 도착하기도 전에 이미 사건은 벌어지고 말았다.

남자들 중 덩치가 제일 큰 사내가 단번에 진수의 멱살을 움켜쥐고 흔들기 시작했다. 까치발을 하고 캑캑거리며 버둥대는 그의 키가 금방 이십 센티는 높아졌다. 약삭빠른 영석이 건장한 남자를 형이라고 치켜세우며 한쪽 팔에 매달려 진수를 지원했다.

"형, 그냥 장난친 건데 봐주세유."

"저리 꺼져 새끼들아, 건방진 놈들!"

남자가 뿌리치는 힘에 음영석조차 모래바닥에 벌러덩 나동그라졌다. 진수는 여전히 남자의 손아귀에서 벗어나지 못하고 있었다. 일촉즉발의 순간, 봉기가 드디어 꼬장을 부렸다.

"에잇, 씨발!"

녀석이 남자에게 돌진하며 투우처럼 머리를 들이박았다. 남자가 일순간 욱, 외마디 비명을 지르며 허리가 휘청거렸다. 봉기의 충돌 덕에 겨우 멱살에서 해방된 진수가 비틀대며 무릎을 꿇었다. 그러나 곧이어 남자의 커다란 발이 봉기를 걷어차려 공중에 떴다. 놀란 진수가 무릎을 꿇은 채 남자의 다리를 잽싸게 잡았다. 이어서 영석이 합세하여 그를 모래판에 넘어뜨렸다. 모래알이 사방으로 튕기며 한 무리가 나동그라졌다. 여자들은 찢어질 듯 비명을 지르며 발을 동동 굴렀다. 그때마다 가슴은 더욱 커다란 움직임으로 출렁거렸다.

모래알갱이가 사방으로 날아다니며 흩날리고 양쪽 사내들이 넘어지고 뒹굴며 아수라장이 되었다. 주변에서 수영을 즐기던 사람들이 삽시간에 몰려들었다. 이모부에게 지원을 요청할까도 생각했지만 너무 급한 나머지 거기까지는 행동으로 옮기지 못했다. 내처 합류하여 앞뒤 가릴 것 없이 같이 싸워주는 것만이 친구 된 도리였다. 그대로 돌진해 키 큰 남자의 머리를 내려쳤다. 내 손에 들려 있던 기타가 원을 그리며 남자의 머리 위에 작렬했다. 물 풍선 터지는 소리가 들렸다. 남자의 머리가 기타를 뚫고 호박처럼 튀어나왔다. 기타에서 부서진 서너 개의 나뭇조각이 정수리로 흩어졌고, 끊어진 기타 줄은 어깨 위에서 부르르 춤을 추다가 이내 멈추었다.

구경을 하던 사람은 물론 패싸움을 하던 사람들도 싸우던 동작 그대로 일순간 멈추었다. 사진의 한 장면처럼 시간도 동작도 멈춰버린 순간이었다. 그것은 나 자신도 전혀 예측하지 못한 돌발적인 행동이었다. 어느 순간 기타가 손아귀에 있는 것도 잊고 있었고, 그저 무슨 일이라도 해야 되겠다 싶어 무작정 손에 있는 것을 휘둘렀을 뿐이었다.

나는 풀썩 주저앉고 말았다. 눈도 아예 질끈 감아버렸다. 무엇을 어떻게 수습해야 할지 머릿속은 하얗게 돼버렸다. 어떤 체벌이라도 마땅히 감수하겠다는 행동 이외의 선택이 있을 수 없었다. 무대뽀녀석들이 눈치 빠르게 내 옆에 나란히 무릎을 꿇기 시작했다. 그런데, 그런데 구경꾼들 속에서 갑자기 폭소가 터져 나왔다. 참으로 엉뚱한 웃음이었다. 혹은 너털웃음이었고 혹은 키득거리는 웃음이었다. 여자들은 킥킥거리다가 마침내 자지러졌다.

"야, 앞으로 네 별명은 판쵸다. 멕시코 영화 주인공 이름 좋잖아. 빵, 빠앙!"

사내의 동료가 분위기를 띄울 요량인지 쌍권총을 쏘는 시늉까지 내며 새로운 별명을 지어주었다. 여자들조차도 덩달아 빠앙 빵, 애교를 떨며 가슴을 출렁거렸다. 기타를 덮어쓴 자신의 모습이 우스꽝스럽다는 것을 눈치챈 사내가 공허하게 웃었다. 사내의 머리에서 기타를 분리시키는 작업이 조심스럽게 진행되었다. 이모부가 중재에 나섰다.

"이보게, 녀석들 꿀밤 한 대씩 때리고 마무리함세. 다치지 않은 것만도 천만다행이구먼!"

그들도 이모부의 민박에 늦게 합류한 팀인 모양이었다. 사내가 이모부의 중재를 어렵게 수락했다. 우리는 어마어마한 꿀밤을 맞았다. 눈물이 찔끔 날 정도였다. 진수는 기타가 망가져버린 것에 대하여 감히 토를 달 엄두조차 내지 못했다.

"부서진 기타로 캠프파이어나 하지 그래. 화해도 했는데."

구경꾼 중 너털웃음이 말했다. 이모부가 적극적으로 좋은 생각임을 들먹이며 더욱 분위기를 띄웠다. 우리는 누가 먼저랄 것도 없이 인근 소나무 숲에서 나뭇가지를 주워 나르며 사건을 면죄 받으려 애썼다. 판쵸가 모아진 나뭇가지 위로 망가진 기타를 불만스럽게 내던졌다.

이모부가 불을 댕겼다. 빨간 불씨가 하늘을 향해 꼬불꼬불 날아오르기 시작했다. 기타는 순식간에 타올라 마치 시골 논두렁에서 콩서리할 때 날아오르던 불꽃처럼 타닥타닥 소리까지 내며 진수의 마음을 볶아댔다. 그는 똥 씹은 얼굴로 재가 되어 날아가는 기타의 잔재를 망연히 바라보기만 했다.

누군가의 입에서 노랫가락이 흘러나오기 시작했다. 그리고 곧 합창이 되어 바다로 울려 퍼졌다. 노래를 잘하는 주봉기가 음률에 맞추어 흥얼대기 시작했다. 나도 맞장구를 쳤다. 진수의 입에서도 곧 노래가 흘러나왔다. 판쵸도 노래를 불렀다. 여자들은 손뼉까지 치며 맞장구를 쳤다. 더구나 바닷바람을 타고 크거나 작아지는 불꽃은 그녀들의 가슴을 더욱 돋보이게 만들었다. 가슴은 붉은빛이었다가, 은밀한 어둠이었다가, 앙증한 부끄러움으로, 손뼉을 치는 리듬에 맞추어 일렁거렸다. 정라의 가슴골이 해변에 있었다.

　진수와 봉기는 한바탕 치른 패싸움의 후유증인지 초저녁부터 잠에 떨어졌다. 잠이 오지 않는 나는 난간에 고즈넉이 앉아 수평선을 바라보았다. 바닷바람은 간지럼을 태우듯 귓불에 한들거렸다. 밀려오는 파도 또한 거칠지 않았다. 달빛은 교교하게 밝았다. 구름은 바람결에 흐르며 달무리를 지었다. 구름에 달 가듯이 가는 나그네, 어느 시인의 글귀가 명료하게 실감나는 밤하늘이었다.
　판쵸 팀들은 캠프파이어 주변에 동그랗게 둘러앉아 밤새도록 떠들고 놀 기세인 듯 보였다. 커다란 솥에 막걸리 잔을 띄우고 주거니 받거니 하다가 갑자기 웃음소리가 울려 퍼졌고, 바다를 맘껏 즐기며 깔깔대는 가슴녀들의 간드러진 목소리는 이미 내 마음까지 유혹하기에 충분했다.
　영석이 슬그머니 다가와 마주앉았다. 그는 진즉에 내 속셈을 읽었는지 빈정대듯 물었다.
　"나하구 쟤들 노는 데 슬슬 한번 가 볼려?"
　"또 시비 붙으면 어쩌려구?"
　"이모부 빽 믿구 슬쩍 막걸리나 얻어먹지 뭐."
　"니 술까지 하는 모양이구나?"
　"조금. 어서 일어나, 협상은 나한테 맡기구."
　영석이 대뜸 그들에게로 앞서 나갔다. 판쵸가 신경이 쓰였지만 나 또한 용기를 내어 그를 뒤따랐다. 무리에게 도착한 영석이 판쵸에게 서슴없이 형님이라는 칭호를 붙이며 말을 건넸다.
　"형님, 우리두 껴주면 안 되나유? 잠깐이면 되는데."
　"그 자식, 넉살 한번 맘에 드는데. 이리로 와서 옆에 앉아!"

판쵸는 민박 주인인 이모부를 의식했는지 굳이 옆자리까지 내주며 합석을 허락하였다. 영석이 두목의 부하처럼 애교스러운 몸짓으로 판쵸 옆에 앉았다. 녀석은 엉거주춤 서서 주뼛거리는 나를 향해 자리에 앉으라는 손짓을 잊지 않았다. 자리에 앉자 판쵸가 솥단지에서 건져 올린 막걸리 종지를 영석에게 건네주며 토를 달았다.

"자아, 한 잔씩들 먹어봐. 미성년자 같아서 많이는 안 줄 거야."

"예에, 고맙습니다. 형님!"

영석이 두목에게 깍듯이 머리를 조아리며 잔을 높이 받들었다. 그의 행동은 마치 중국 영화에서나 보았던 조직폭력배의 졸병과 흡사했다. 녀석은 어디에서 그런 넉살좋은 몸짓을 배웠는지 모를 일, 어쨌든 그 덕분에 막걸리 맛까지 보게 된 것이 나는 더없이 흥미로웠다.

영석이 능숙하게 잔을 들이켰다. 잔을 비우자 내게도 양은종지가 건네졌다. 나 또한 머리맡으로 손을 뻗어 올리며 종지를 높이 받들었다. 난생처음 막걸리를 목구멍에 털어 넣었다. 그런데 웬일일까, 술은 처음임에도 불구하고 컬컬하고 달착지근한 것이 목을 타고 미끄러지는데 갈증이 싹 달아나 버렸다. 시원함은 금세 목구멍에 휘감겼고, 입술에 착 달라붙는 것이 참으로 별스런 맛이었다. 곧바로 잔을 비우자 판쵸가 다시 잔을 가득 채워주었다. 고개를 옆으로 돌려 어른에 대한 예의를 깍듯이 갖추며 단숨에 또 잔을 비웠다.

판쵸는 한 잔만 준다고 해놓고 거푸 양은종지를 돌렸다. 처음 치고는 제법 많은 막걸리를 마신 것 같았다. 열기가 빠르게 온몸을 타고 휘돌아 다녔다. 술을 마셔본 적이 없는 탓도 있지만 솥단지의 막걸리가 아무리 퍼 마셔도 줄어들 기미가 없어 보인 때문만은 아니었다. 가슴녀! 그녀들의 출렁이는 장단, 그것도 귀살스러운 달빛을 받아 일렁이는 붉은 가슴들에 홀린 까닭일 터였다.

나는 마침내 막걸리의 노예가 되어 대책 없이 취한 꼴이 되고 말았다. 갑자기 아랫도리에서 배설의 신호까지 왔다. 본능적으로 몸을 일으켰다. 하지만 내 의지와는 다르게 갑자기 몸이 꼬이며 땅바닥이 춤추듯 흔들거렸다. 땅이 흔들거리는지 내가 비틀거리는지 가늠이 안 되었지만 기분은 풍선처럼 부풀어 제법 달떴다. 그런 몸가짐이 낯설어 입에서는 시실시실 웃음마저 삐져나왔다. 내 몸짓을 눈치챈 영석이 오른손을 덥석 붙잡았다.

"야아, 전양우! 어디 가는 겨?"

"오줌 싸러 간다. 왜? 같이 갈려?"

내 목소리는 평상시보다 한층 높아져 있었다. 걱정이 되었는지 영석이 뒤따라 나서며 부축했다. 그의 부축을 받으면서도 몸은 대책 없이 좌우로 비틀거렸다. 겨우 솔밭 가까이에 이르렀을 때, 순간 객기가 발동했다. 나는 귀두 끝을 잡고 둥그렇게 휘저으며 소변을 허공에 흩뿌렸다. 주춤하던 영석 또한 맞장구라도 치려는 듯 똑같은 행동에 동참했다. 두 줄기의 소변이 원을 그리며 솔밭 사이로 마구 날아갔다. 우리는 서로의 얼굴을 보며 키득거렸다. 중학교가 갈리면서 찝찝했던 관계가 일시에 허물어지며 귀한 우정으로 다시 자리매김 되는 순간이었다. 늘 형제 이상으로 붙어 다니는 녀석들의 무대뽀 우정이 언제나 부러웠었다. 다만 내가 그 틈바구니를 비집고 들어가지 못했을 뿐이었다.

녀석과 경쟁이라도 하듯 누가 더 멀리 보내고 더 오래 버티는지 시합을 하고 있는데 울컥, 내장이 치밀었다. 깜짝 놀라 목구멍까지 역류한 내용물을 다시 삼켜 넣었다. 하지만 결국은 아랫도리를 단속하기도 전에 그만 토악질이 터지고 말았다. 배 속에 있던 내용물들이 한꺼번에 올라와 입 밖으로 쏟아져 나왔다. 쓴맛, 시큼한 맛, 떫은맛들이 범벅되어 입안 가득히 싸돌아다녔다.

"에이, 더러워! 술두 처먹을지두 모르면서 잘두 받아 처먹드니만."

영석이 푸념하며 등을 두드려주었다. 녀석의 손길이 이토록 정겨울 줄은, 진즉에 느껴보지 못했던 편안함이었다. 입안에 고인 온갖 내용물을 몇 번씩 쏟아내고 나서 겨우 토악질이 멈추었다. 메스껍고 울렁거리던 배 속은 신기하게도 편안해졌다. 기분은 하얗게 깨끗했다.

그 자리에 벌렁 누워버렸다. 폭신한 양탄자에 누운 듯 한낮의 따사로운 온기가 모래톱에 남아 있었다. 바람에 일렁이며 떠다니는 구름은 달빛에 반사되어 금빛을 머금었다. 은가루를 뿌린 듯 요란한 별들은 금방이라도 얼굴 위로 쏟아질 듯 품 안 가까이에서 반짝였다. 판쵸 일행의 노랫가락 사이사이, 간간히 들리는 가슴녀들의 출렁이는 추임새마저 아득하게 맴돌아나갔다.

나는 스르르 눈을 감아보았다. 바람에 실려 온 미역 냄새가 코끝에 간지럼을 태웠다. 감은 눈 안에 정라가 살아 움직거리기 시작했다. 손 안에 감촉이 되살아났고 미역 냄새 같았던 입술이 입술로 겹쳐왔다. 향긋했다. 짭짤했다. 포도 알 터지듯 단맛이었던 정라의 입술이 아련했다. 어디에서 비롯된 갈증인지 사정없이 밀려오는 아득한 그리움!

"영석아, 나 고백할 거 있다!"

"무슨 얘기인데. 너무 심각한 척 하지 마라. 무섭다!"

"조정라 있지."

"수해 나구 서울루 이사 간 애?"

"어."

"그 애는 또래의 모든 남자들에게는 관심의 대상이었지. 니가 또래의 여자애들에게 관심의 대상이었던 것처럼!"

이건 또 뭐람, 나 혼자만이 간직하며 품고 있어야 할 정라가 모두에게 관심의 대상이었다니. 평소 눈치채지 못한 바는 아니었지만 정작 영석의 입에서 정라의 이름이 오르내리니 갑자기 질투가 솟구쳤다. 그녀에게 근접하지 말라는 강력한 경고가 필요했다.

"어, 나 그 애 좋아혀!"

결국 정라와의 약속을 어기면서까지 비밀을 발설하고 말았다. 몇 번씩 비밀을 지킬 것을 다짐하던 정라의 얼굴이 번개처럼 스쳤다. 곧바로 후회했지만 결코 주워 담을 수 없는 비밀, 비밀이 영석의 귀에 들어간 이상 비밀은 이제 내 것이 아니었다. 그의 입까지 단속시켜야 할 과제가 덧붙여졌다. 녀석은 시실시실 웃으며 어김없이 나를 희롱하기 시작했다.

"혹시 우리 몰래 호박씨 까고 다닌 거 아녀. 이거 순전히 내숭인데!"

"음영석, 니 절대 비밀이다! 비밀 지키지 않으면 혼날 줄 알어!"

이빨을 악물고 힘주어 말했다. 하지만 녀석은 도리어 어깃장을 놓으며 주절거렸다.

"웃기구 있네. 니는 이제 나한테 꽉 잡혔다. 니 하는 행동을 봐서 비밀을 지킬지 결정할 겨!"

영석은 희롱이 즐거운 듯 되레 눈웃음까지 쳤다. 그토록 암팡지게 다짐받던 정라와의 약속을 어기고 비밀을 폭로해버리다니, 가슴속 깊은 곳에 꼭꼭 숨겨놓아야 할 비밀임에도 불구하고 그녀가 우려했던 것처럼 가벼이 말하다니, 순전히 밤하늘을 유영하는 그리움 때문에 감정 조절에 실패한 대가였다. 앞으로 창피하고 민망하여 무슨 낯으로 그녀를 대할지도 난감한 일이 되어버렸다. 이제는 주워 담을 수도 없어진 비밀, 엄청난 후회감과 함께 밀물처럼 밀려온 것은 자괴감이었다.

"니, 정말 비밀이다. 누구한테 말했다가는 나한테 죽는 수가 있어!"

나는 이미 떠나버린 이야기를 두고 정색하며 안달을 부리는 꼴이 되고 말았다. 영석은 무슨 범죄라도 모의하듯 마지못해 그러겠다고 대답했다. 하지만 그의 얼굴은 이미 비밀을 지킬 수 없다는 표정으로 다가왔다. 분위기를 의식한 나는 극구 만류하지도 못할 처지가 되었다.

"양우야, 니 혹시 그 집과 마을 사람들 사이에 어떤 관계가 있었는지 알구나 있니?"

음영석의 뜬금없는 말이 내 몸을 벌떡 일으켜 세웠다. 그의 말은 20여 년 전 마을에서 벌어졌다던 문제의 사건을 알고 있느냐는 뜻이었다. 그동안 아버지에게 확인해볼 수도 없었고, 누구에게든 함부로 물어볼 수도 없는 궁금증이었다.

"몰러. 그런데 니는 뭐 알구 있는 게 있어?"

눈알을 크게 부라리고 얼굴을 턱밑으로 치밀었다. 영석이 부딪힐 듯 돌진하며 윽박지르는 내 얼굴을 피해 허리를 뒤로 젖혔다. 나는 온몸을 들썩거리며 더욱 치받았다. 갑작스런 그런 과민반응에 녀석이 엉덩이를 슬금슬금 피하며 정색을 했다.

"애가 왜 이려!"

"말혀. 무슨 일이 있었는데?"

"그 애 할아부지 장례식 때 이상한 소문이 돌았어. 그래서 아부지한테 꼬치꼬치 물었지. 누구한테든 함부루 말하지 말라구 했는데……."

"애기혀. 나두 비밀 얘기했으니까 니두 혀. 아무한테두 말하지 않을 테니까."

"알았어. 그 집과 니 집하구두 연관된 일이니까 말할게. 날 원망하거나 오해는 하지 마러!"

귓속의 달팽이관을 더욱 팽창시켰다. 목울대로 쉼 없이 오르내리는 침은 목젖으로 밀어 넣었다. 침 넘어가는 소리를 녀석에게 들키지 않으려 애써도 이미 소용이 없었다.

"해방되구 좌익과 우익의 소용돌이에 정라네와 니들, 진수네 아부지들이 있었다더라. 그중에 가장 적극적인 사람은 정라 큰아부지였는데, 공산당에 들어가 활발하게 행동했대. 봉계는 물론 방장골과 탄금대까지 좌익조직이 생겼구. 끝발이 어찌나 하늘을 찌르는지 누구두 접근을 꺼렸다더구나. 한국동란이 터지자 정라 큰아부지는 행방불명되었대. 강원도 어딘가에서 포로가 되었다는 풍문두 떠돌구, 거제도 포로수용소에서 보았다는 소문두 돌았대. 끝내 갸 큰아부지는 돌아오지 않구 전쟁은 휴전되었구."

"그래서?"

"종전 후 정라 할아부지와 아부지가 마을공회당에 개처럼 끌려왔대. 큰아부지에게 당한 우익청년들은 그가 숨은 곳을 실토하라며 두둘겨 팼구. 거기에 당연히 니 아부지와 진수 아부지두 끼어 있었겠지. 하물며 진수 아부지는 누구보다두 날뛰었는데, 몽둥이를 가장 많이 휘두른 자가 진수 아부지였다더라. 어찌나 살벌했는지 남은 가족들은 공회당 근처에 갈 엄두조차 못 냈대. 정라 아부지의 의족은 조각조각 깨져 사방에 버려졌구, 결국 기절한 부자는 가마니에 덮여 공회당 귀퉁이에 버려졌대. 그런데 그날 밤 누군가가 그들을 데리구 사라졌대. 다행히 청년대원들은 없어진 부자를 굳이 추적하지는 않았대여. 가족들두 정라 큰아부지의 행방을 모르구 있다구 판단했구, 정라 아부지나 할아부지, 가해자들두 모두 역사의 피해자라는 생각 때문이었겠지. 사건은 그렇게 20여 년이 흘렀던 게여. 그런데 수해 나던 해 정라 큰아부지가 살아 돌아오면서 다시 불거졌던 사건이여. 다행히 정라 가족들이 서울루 이사하구 큰아부지가 죽어서 세월 속에 묻힌 사건이 되었지만!"

영석은 이야기의 내용을 의외로 상세하게 알고 있었다. 정라 큰아버지가 도끼를 감추고 누군가를 죽여 버릴 것처럼 울분을 토하던 순간이 떠올랐다. 정라 할아버지의 주검이 교차되었다. 죽기 전부터 살갗이 변색된 원인이 공회당의 집단폭행으로 비롯된 것임을 알게 된 장남의 심정이 어떠했을까, 가까스로 살아 돌아온 아들을 보지도 못하고 떠난 아버지를 본 장남의 슬픔은 어디까지였을까, 서슬 퍼런 도끼날의 표적이 나의 아버지와 진수 아버지였다니! 나는 잔뜩 흥분된 목소리로 영석을 윽박질렀다.

"니는 그런 얘기를 언제 들었어?"

"작년 여름 갸 할아부지가 죽었을 때, 모두들 쉬쉬 했잖어. 마을 어른들은 거의 다 아는 모양이여!"

"진수두 이 얘기 알어?"

"글쎄, 잘 모르겠어. 난 니한테 처음 말하는 거여."

"진수한테두 얘기할 겨?"

"아니, 진수는 착하기는 해두 니처럼 차분하지가 못혀. 알 때 알더라두 모르는 게 좋을 것 같아서여. 그나저나 정호 형이나 정라 갸두 부모들의 이런 과거를 알구는 있는지 몰러!"

정라를 향한 영석의 의문에 아무런 대꾸도 할 수 없었다. 그녀의 얼굴이 느닷없이 눈앞을 스치며 떠올랐다. 까르르 웃는 얼굴이며 가슴의 촉감은 손바닥으로 돋아났다. 입술과 눈동자, 동그란 얼굴과 착한 눈썹 또한 멀리에서 달려왔다. 영석이 덧붙였다.

"양우야, 동네에 미친 아저씨 있지 왜. 우리 무대뽀 셋이 니를 혼내주려던 집에 혼자 사는 미친 아저씨 말이여! 그 아저씨두 동네 사람들한테 맞아서 그렇게 되었대!"

"그건 또 무슨 소리여?"

"미친 아저씨가 정호 큰아버지 똘마니였대여. 그 아저씨 집안이 옛날에는 천석지기 지주였대! 왜정과 동란을 거치면서 쫄딱 망했다나벼. 다 죽구 그 아저씨만 남아서 미쳐버렸대!"

도끼 사건의 궁금증은 간단하게 풀렸다. 정라 할아버지는 물론 큰아버지의 장례식에서까지 독상을 받았고, 슬픈 눈알을 깜박이며 함께 훌쩍거렸던 미친 아저씨였다. 동네에서 유일하게 정라네 집에서만 그토록 극진한 대우를 받은 연유가 무엇인지 이제야 유추가 가능해졌다.

나는 아무런 것도 생각할 수 없었다. 커다란 충격으로 머릿속은 이미 하얗게 비워졌고, 바늘에 찔린 듯 소름이 돋았다. 전율은 등줄기를 타고 미끄러져 항문까지 훑어 내려갔다. 정말이지 나는 숨이 멈추어져 있는 것이나 진배없었다.

수평선은, 파도는, 나의 그런 마음을 모를 터였다. 파도는 단지 오랜 세월을 달려왔다가 부서지기를 반복하였듯 또 남은 오랜 세월을 그렇게 부서지고 울부짖을 터였다. 밤하늘의 별들은 영롱하게 빤짝이며 사정없이 가슴팍으로 쏟아져 내렸다.

검은 그림자

대관절 일상을 유지할 수 없었다. 정라와 얼굴을 마주하면 과연 어떤 말부터 해야 할지 도무지 생각을 정리할 수가 없었다. 각자의 집안이 겪었던 뼈아픈 과거가 이토록 어이없는 걸림돌이 될 줄은 생각하지도 못했던 일이다. 그녀와 내가 어떻게 할 수 없는 사건이라지만, 영원히 정립되지 않을 과거 앞에 그녀를 만난다는 것 자체마저 두려워졌다. 해수욕장 사건은 나에게 그만큼 심각한 후유증을 남겼다.

하지만 나의 갈등과는 무관하게 무대뽀삼형제는 망상의 흥분을 고스란히 유지하고 있었다. 캠프파이어의 불꽃으로 사라진 기타는 진수를 제외한 두 명이 합심하여 새것을 마련하기로 했다는 소식이 전달되었다. 기타를 망가뜨린 사람은 정작 나였지만 이미 돈을 벌고 있는 영석과 봉기가 무대뽀 우정을 과시하였다. 더구나 녀석들은 내가 진수에게 기타를 전달하도록 배려했고, 기타를 받은 진수는 고마움에 모두를 하천 둑으로 초대했다. 그는 판쵸 일행들처럼 솥단지에 막걸리까지 준비해놓고 우리를 맞이했다. 솥단지에 양은종지가 띄워진 시간은 찢어지게 밝은 달밤이었고, 우리의 나이는 고작 열여덟 청춘이었다.

진수는 보란 듯이 새 기타로 유행가를 뜯기 시작했다. 우리는 누가 먼저랄 것도 없이 가락에 맞추어 손뼉을 치며 노래를 따라 불렀다. 솥단지에 떠다니는 종지는 수없이 돌아갔다. 나는 망상에서 놀란 배 속이 여전히 메스껍고 실수투성이가 생각나서 막걸리를 거절했지만, 시간이 지날수록 녀석들은 서서히 취해갔다.

흥에 겨운 봉기는 양은사발을 엎어놓고 젓가락을 두드리며 장단을 맞추기 시작했다. 기타 소리와 어우러진 투박한 장단이 제법 멋스럽게 조화를 이루었다. 내친김에 영석과 나도 두드릴 것을 찾아 엎어놓고는 숟가락으로 마구 때리며 고래고래 노래를 불렀다. 노랫소리는 점점 커졌고 장단도 따라서 커졌다. 그리고 어느 순간 숟가락 대가리가 동강나며 하늘로 솟구쳤고 양은은 구멍이 뚫린 채 찌그러져 엉망이 되었다. 우리는 찌그러진 양은의 모양새가 우스꽝스러워 더욱 무식하게 때리고 또 때렸다.

"오빠들, 마을에서 시끄럽다구 하잖어. 여기서 왜들 이러는 겨?"

앙칼진 목소리에 노래와 동작이 일순간 멈춰졌다. 뜻밖의 훼방꾼이 나타나자 모두의 고개가 한쪽으로 몰렸다. 그곳에는 찢어지게 밝은 달빛을 등지고 웬 단발머리 여자가 도도한 몸짓으로 서 있었다. 팔짱을 낀 채 도사리고 있는 여자가 비로소 여동생임을 확인한 진수가 어이없다는 듯 대뜸 성깔을 부렸다.

"니는, 여기 웬일이여? 집에 아무두 없잖어!"

그러나 진영은 진수를 무시하고 딴청을 피웠다. 그녀는 오히려 무리 중에 섞인 나를 발견하고는 팔짱을 풀며 반색부터 했다.

"어? 양우 오빠두 있네! 아직 학생인 양우 오빠한테 술까지 믹이구 뭐여!"

평소에 무대뽀와 잘 어울리지 않던 내가 함께 있는 것이 신기하다는 표정이 여지없이 드러나 있었다. 진영은 비록 두 살 터울이었지만 학교를 일찍 들어가서 고등학교 1학년이었다. 그녀는 워낙 단순하고 활달하여 누구에게나 스스럼이 없는 성격이었다. 나는 분위기를 의식한 나머지 평소와는 다르게 진영과 매우 친한 것처럼 지껄였다.

"왜? 나는 같이 있으면 안 되는 자리여? 그리구 난 술두 안 먹구 있어, 애!"

"양우 오빠는 참, 하두 재밌게들 노니까 훼방 놓구 싶네! 며칠 후면 서울루 가겠네. 하마 개학이 얼마 남지 않았잖어!"

진영은 금방 기세를 낮추어 애교마저 떨었다. 그 애교의 의미를 누구보다 잘 알고 있었다. 서울 학교에 다니는 학생은 마을에서 내가 유일했고, 영석의 말처럼 동네 여학생 누구에게나 선망의 대상임을 늘 느껴오던 터였다. 학교가 그다지 내세울 만한 명문이 아니라는 것은 별개의 문제였다. 그들에겐 단지 서울에 있는 학교라는 것이 선망의 대상일 뿐이었다.

"하루 전날 올라갈 참이여. 난 서울이 별루여!"

"그래두 난 서울이 정말 가보구 싶더라. 아직 한 번두 못 가봤거든!"

진영이 부러움의 눈길을 보냈다. 서울 이야기가 나오자 녀석들 또한 특유의 쪼그라드는 몸짓을 보이며 침묵했다. 그 몸짓은 누가 가르쳐주지 않아도 어린 나이부터 자연스럽게 습득된 동물적인 서열 습성, 어쩌면 녀석들과의 괴리감은 모범생으로 포장된 간극에서 비롯되었는지도 모를 일이었다. 나는 갑자기 조용해진 분위기를 반전시키고자 오히려 너털웃음을 날렸다. 내 과장된 웃음을 금방 알아채고 진수가 못마땅하다는 듯 질투 섞인 목소리로 여동생을 꾸짖었다.

"기집애, 까불지 말구 어서 집에나 들어가."

"피이, 오빠가 뭐 하천 둑 전세 냈나! 오라 가라 하게!"

하지만 진영은 여전히 진수를 무시하고 아예 내 옆자리에 털썩 주저앉았다. 진수가 어이없다는 듯 삿대질을 해대며 다시 힐책하려고 하자 봉기가 만류하며 한마디 거들었다.

"야아, 야. 그냥 둬라. 어차피 뒤치다꺼리 할 사람두 없었는데 차라리 잘됐지 뭐!"

주봉기의 말에 진영은 뽀로통하게 입술을 내밀었다. 그다지 싫지만은 않은 표정으로. 오히려 오빠들 네 명의 주목을 동시에 받는다는 여자로서의 다분히 상기된 표정으로.

그녀의 등장으로 기타와 노래는 자연스럽게 중단되었다. 우리는 그제야 솥단지를 확인했고 가득하던 막걸리가 제법 줄어들었음을 알아차렸다. 녀석들은 갑자기 술 욕심을 부리며 다툼을 벌였다. 그 다툼이 하도 치열하고 전투적이어서 서로를 보고 한바탕 낄낄거렸다. 그렇게 아귀다툼 같은 객기가 오가는 사이 영석의 입에서 다급한 목소리가 튀어나왔다.

"어? 저게 뭐여? 마을에 불난 거 아녀?"

그가 소리치며 가리키는 손가락 방향에서 붉은 불기둥이 곧게 솟구쳐 오르고 있었다. 검은 연기를 뿜어내며 치솟는 불기둥의 모양새가 예사 불이 아니었다. 찢어지게 밝은 달빛으로 인하여 불꽃은 더욱 선명하게 도드라졌다. 주봉기가 소리쳤다.

"저기가 어디여, 진수네 집 같은데? 야, 빨리 가봐야 하는 거 아녀!"

신진수가 튕기듯이 자리를 박차고 일어났다. 그가 기타조차 팽개쳐놓고 줄달음치기 시작한 시간은 채 1초도 걸리지 않은 순간이었다. 곧

이어 슬리퍼를 질질 끌고 왔던 진영이 맨발로 부랴부랴 진수의 뒤를 쫓아간 것도 삽시간의 일이었다. 그와 때를 같이하여 공회당 은행나무에 매달려 있는 마을의 위급 신호용 종소리가 요란하게 하천 둑까지 전파되었다.

영석이 널브러진 솥단지와 집기들은 그대로 팽개친 채 진수의 기타만을 급히 챙겼다. 그리고 누가 먼저랄 것도 없이 현장으로 달려 나갔다. 나도 일어나 뛰기 시작했다. 녀석들은 이미 저만치 앞서서 달려가며 점점 작아져갔다. 나는 더욱 속도를 내어 뛰었다. 하지만 갑자기 숨이 턱밑까지 치밀어 자칫 토할 것만 같았다. 속도를 줄이고 숨을 고르기 위해 허리를 구부렸다.

그때 이상한 광경을 목격했다. 멀리에서, 자전거를 타고 쏜살같이 방장골 방향으로 내달리는 청년들을 보았던 것이다. 빠르기가 마치 활시위를 떠난 화살과도 같이 날아가는 것에 진배없었다. 자전거 하나에 둘이 타고서도 어찌나 빨리 허공을 가르는지 누구인지를 식별한다는 것은 거의 불가능한 일이었다. 다만 뜬금없이 뇌리에 스친 것은 정라를 자전거 뒤에 태우고 방장골로 내달리던 유복자 사촌의 영상이었다. 페달을 밟는 발의 힘이 영락없이 석양으로 사라지던 모습 그대로였다.

현장에 도착했을 때 주변은 온통 아수라장이었다. 종소리를 듣고 모여든 어른 아이 할 것 없이 불길을 향해 물을 뿌리고 있었다. 물이 반도 담기지 않은 용기를 들고 미친 듯 뛰어다니는 꼬마들은 오히려 신이 난 모양새였다.

필사적으로 불을 끄려는 무대뽀 틈에 석우의 모습이 눈에 확 들어왔다. 석우는 갈고리로 외양간 지붕의 거적들을 끌어내리며 불길이 안채까지 번지지 않도록 안간힘을 쏟고 있었다. 갈고리를 끌어내릴 때마다 붉은 불덩이들이 우르르 땅바닥으로 쏟아져 내렸다. 석우는 어디에서 그런 엄청난 용기가 생겨난 것일까, 나서기를 좋아하지만 다분히 겁쟁이인 석우에게 저런 영웅적인 일면이 있었던가, 나는 어안이 벙벙했다.

불길은 처마에 탈싹 달라붙어서 안채로 건너뛰기 시작했다. 꼬리를 물고 옮겨 붙은 화마는 벽을 타고 이동하는 지네처럼 방 안으로 빨려 들어갔다. 매캐한 연기는 더욱 거세졌다.

"야아, 진영아! 빨리 나와. 집에두 불붙었어!"

진수의 울부짖는 목소리가 다급하게 허공을 갈랐다. 무언가를 꺼내기 위해 집 안으로 들어간 모양이었던 진영은 대답은커녕 그림자도 나타내지 않았다. 불기둥은 때마침 분 바람을 타고 금방이라도 집을 삼켜버릴 기세로 지붕 위까지 맹렬하게 핥기 시작했다.

진수가 불길 속으로 뛰어들었다. 그 광경을 본 석우가 뒤따라 서슴없이 불길로 빨려 들어가는 것이 목격되었다. 석우의 무모함에 나는 아무런 행동도 취하지 못했다. 그저 넋이 빠진 채 물끄러미 바라보는 못난이가 되었을 뿐이었다.

많은 사람들의 눈이 그들이 뛰어 들어간 집 안으로 일제히 집중되었다. 안타까운 목소리가 여기저기서 튀어나올 때쯤 다행스럽게도 석우가 영화에서의 영웅처럼 진영을 업고 등장했다. 진수도 뒤따라 가재도구를 가지고 나오는 것이 눈에 띄었다. 동네 사람들은 정라가 할아버지를 구했을 때처럼 누가 먼저랄 것도 없는 박수갈채를 보냈다. 나는 놀라 쪼그라들었던 가슴을 겨우 쓸어내렸다.

진영의 손은 수없이 토해내는 기침의 간격에 제멋대로 흔들거렸다. 군데군데 검댕이가 묻은 석우의 얼굴에 붙었던 볏짚은 흔들거리다가 떨어져 나갔다. 그가 앉은뱅이 자세로 진영을 내려놓으려는 순간, 그녀의 무릎이 ㄱ자로 꺾어지며 휘청거렸다. 진영은 넘어지지 않으려고 석우의 목덜미에 두 팔을 걸쳤다. 당황한 그가 진영을 얼싸안으며 균형을 잡았다. 그러나 진영은 좀처럼 석우의 품으로부터 벗어나려 하지 않았다. 남녀가 유별한 나이이고 동네 사람들의 시선을 생각한다면 당연히 소스라치게 놀라 정신을 가다듬을 일이었으나 진영은 석우의 품에 한사코 포옹되어 있었다. 나는 너무도 놀란 나머지 그들을 지켜보면서도, 진영을 밀쳐내지 않는 석우와 그에게서 떨어지지 않는 진영의 행동에 오히려 민망한 생각이 들었다.

멀리서 불자동차의 사이렌 소리가 예상보다 빨리 들려오기 시작했다. 불자동차에서 뿜어내는 세찬 물줄기에 화재는 신속하게 진화되었다. 다행히 많은 사람들의 노력이 불의 확산을 막았고, 예측보다 일찍 도착한 소방차 덕분에 걷잡을 수 없이 번질 뻔했던 불길은 곧 잡혔다.

화재 원인이 조사되었다. 애초에 외양간에서 시작된 화재의 조사 과정에서 새로운 사실이 확인되었다. 누군가의 방화 가능성이 농후하다는 증언이 있었다. 증언자는 미친 아저씨가 불씨를 외양간에 투척한 것 같다고 증언했다. 현장에서 비실비실 웃고 있는 미친 아저씨를 발견한 것은 그때였다. 그러나 조사원의 추궁에도 그저 알아들을 수 없는 혼잣말만 지껄이는 통에 그가 범인인지는 쉽게 규명할 수 없었다. 마을 사람들은 공회당에서 폭행사건을 당해 미쳐버린 그가 보복을 했다고 수군거렸지만 소방대원에게는 관심 밖의 의구심일 뿐이었다. 조사를 포기한 조사원은 새로운 사실이 있으면 신고하라는 말만을 남기고 되돌아갔다.

진수 남매는 비로소 공포에 떨기 시작했다. 대관절 어떤 앙심에서 비롯된 사건인지는 예측할 수 없었으나 표적이 되고 있다는 사실만으로도 더없이 두려워했다. 시내 친척의 제사에 갔던 진영의 부모가 급한 전갈을 받고 도착했다. 화재 수습은 늦게까지 이어졌다. 마을 사람 몇몇이 집으로 돌아가지 않고 현장수습을 하는 일행 속에 석우도 끼어 있었다.

나는 해수욕장에서부터 혹사당한 몸이 고단했고, 자꾸만 구토가 치받는 느낌 때문에 먼저 현장을 떠나왔다. 몸을 뉘었으나 이리저리 뒤척이는 각도마다 뼈마디 언저리가 불편했다. 더구나 밑도 끝도 없는 불안으로 좀처럼 잠을 이룰 수가 없었다. 화재 현장에서 보았던 듯하지 않은 석우의 행동 때문이었다. 비틀대며 목덜미에 매달린 진영을 한참 동안 보듬고 있던 석우가 자꾸만 떠오른 탓이었다. 진영을 보듬고 있는 자세가 결코 평범한 몸짓은 아니었고, 진영을 대하는 눈빛 또한 범상치 않았다. 내가 모르는 무언가가 둘 사이에 존재하는 것인가, 몸집은 성인의 티를 갖추었으나 이제 겨우 고등학교 1학년인 진영을 석우가 어찌했을까, 도리질을 쳤다. 쓸데없는 억측이었지만 내가 잠들기 전까지 그가 돌아오는 인기척은 끝내 확인할 수 없었다.

이튿날 아침, 동네는 스산한 소식으로 또 한 번 술렁거렸다. 미친 아저씨가 방장골 논바닥 진흙탕에 머리가 처박힌 채 시체로 발견된 것이다. 조사 과정에서, 제방 둑으로부터 논바닥 비탈로 선명한 자전거바퀴자국이 발견되어 운전 부주의로 인한 단순한 사고사라고 판명되었다. 미친 아저씨가 왜 방장골로 내려갔는지, 언제나 걸어 다니기만 하던 아저씨가 왜 자전거를 탔는지, 역시 규명되지 않았다. 마을 사람들은 은근히 진수 아버지를 의심하는 눈치들이었지만 근거 없는 유포일 뿐 명백한 확증은 없었다.

나는 화재와 미친 아저씨의 시체가 방장골 인근에서 발견된 것이 일치하는 것에 불안을 떨었다. 자전거를 타고 도망친 무리들이 유복자였다면 공회당 폭행사건과 연관된 사건이 아닌가를 의심하기에 이르렀으나 목격자가 없는 두 사건을 감히 연결 지을 수는 없었다. 마을 사람들은 죽어서 말이 없는 그의 죽음을 단지 미친 아저씨라는 이유로 기억에서 지워버리는 데 채 며칠이 걸리지 않았다. 유독 나만이 머릿속을 맴도는 엉킨 의문을 수없이 되뇌며 불안을 품었다.

 개학은 피해 갈 수 없는 현실이었다. 정라에게는 조심스럽게 상경 소식만을 전해주었다. 하지만 어디서부터 풀어야 할지 모를 불안함도 시간이 지나면서 그리움으로 변해갔다. 결국 치미는 목마름에 무작정 우이동행 버스를 잡아탔다.
 목적지에 도착해서는 언제나처럼 먼저 공중전화를 했다. 사실 먼 거리에서 전화를 하고 그녀의 의중을 염탐하기 싫었다. 미주알고주알 약속시간이나 장소 따위를 정하는 데 요란을 떨고 싶지도 않았다. 그녀가 지금쯤 어디서 무엇을 할 시간인가를 생각한 다음 내처 달려와 피할 수 없도록 압박하고 싶었다. 적어도 정라에게만은 그녀의 한 걸음보다 나의 열 걸음이 중요하지 않았다.
 그녀는 곧바로 공원에 등장했다. 그동안 보아오던 고등학생의 모습은 어디에도 찾아볼 수 없는, 화사한 스카이블루 색상의 원피스로 경쾌함을 한껏 뽐내었다. 더구나 한결 예뻐 보이려는 듯한 사뿐사뿐한 걸음걸이에 심장마저 멎을 지경이었다. 나는 그녀 집안과의 과거를 잊고 금방 들떠 올랐다.
 "너무 이쁘다!"
 나의 아낌없는 칭찬에 정라는 싫지 않은 듯 '피이' 하며 예쁜 콧방귀와 함께 벤치에 앉았다. 산에서 내려오는 신록의 바람이 그녀의 머리카락에서 살랑거렸다. 흩날린 머리카락은 성근 손가락에 의하여 정갈하게 제자리로 돌아왔다. 엉큼하게 손을 뻗어 그녀의 손을 잡았다. 그러고는 먼 산으로 시선을 옮겨 딴전을 피웠다. 정라는 눈을 흘기더니 오히려 내 손을 꼭 잡아주는 배려를 아끼지 않았다. 그녀가 물었다.
"방학 때는 시골에서 뭐 했어?"
"어, 농사일 도와주었지. 참, 애들이랑 강원도 해수욕장두 갔었어. 망상이라는 곳이었는데 엄청나게 재미있었어."
대화거리가 생긴 것에 안도하며 대뜸 활기를 찾았다. 해수욕장을 머릿속에 떠올리며 출발에서부터 그간에 있었던 스토리를 신이 난 듯 조목조목 되뇌었다. 야간열차를 타고 출발하여 바다를 처음 대한 새벽의 일출과, 시비 걸린 싸움과, 판쵸 이야기를 했다. 정라는 판쵸 이야기에 이르러 자지러지듯 웃으며 눈물까지 찔끔거렸다. 이야기를 듣고 흥미 있어 하는 그녀의 해맑은 표정을 보니 오히려 내가 더 행복해졌다.
"나는 아직 바다를 본 적 없는데. 한번 가보구 싶다! 그리구 다음은 어떻게 됐는데?"
"돈을 모아서 진수 기타를 사주었어. 녀석이 한턱낸다구 하천 둑에 모였어. 양재기를 엎어 놓구 장단을 맞추는데 어찌나 세게 쳤는지 숟가락이 동강나구 양재기에 구멍이 다 뚫렸어."
정라가 또 웃다가 눈물을 찔끔거렸다. 이제 그만 웃기라는 듯 손사래를 치며 깔깔대는 그녀를 보노라니 와락 얼싸안고 싶은 충동마저 거침없이 솟구쳤다.
"그런데, 그때 진수 집에 불이 났어! 다행히 외양간만 탔어. 불을 겨우 잡았거든!"
"불? 큰일 날 뻔했겠네."
진수와 그다지 친하지 않았을 정라는 화재 사건에 별 관심을 보이지 않았고, 때마침 계곡에서 달려온 바람에 헝클어진 머리카락을 또 다듬었다. 정갈해진 머리카락은 다시 흩날렸고 흩어진 올은 반복적으로 다듬어졌다. 순간순간 정리되는 머리카락 틈으로 몰랐던 매력이 눈 가득히 고여 들기 시작했다. 헝클어진 머리카락이 더 자연스러운 소녀의 청순함, 귀밑과 목덜미 그리고 이마에 송송 돋아난 참새의 깃털 같은 여린 솜털의 매력은 미처 발견하지 못했던 순수함이었다.

미칠 노릇이었다. 정라의 입술을 훔치고 싶어 미칠 지경이었다. 해수욕장이 불현듯 떠오르더니 바다 냄새가 났고 파래 맛이 났다. 눈 안에 낀 이물질을 불려다가 기습적으로 키스해버린 여러 가지 향긋한 맛이 죽순의 속살처럼 다시 돋아났다. 하지만 조상들의 실타래 같은 과거가 머릿속을 맴돌며 감정을 통제하였다. 교차되는 부모들과의 관계, 영석에게 들었던 반목의 과거사, 나는 피해자의 딸을 사랑하는 가해자의 아들이었다. 운명이라기에는 가혹한 형벌, 정라를 애초에 포기하지 않을 바에는 그녀도 알고 있는 내용인지 필히 짚고 넘어가야 할 숙제였다. 앞으로 헤쳐 나가야 할 높은 장벽을 의식하며 조심스럽게 입술을 열었다.

"정라야. 나……."

"왜? 무슨 할 말 있어?"

그녀는 무슨 말이냐는 듯 눈을 동그랗게 뜨고 기습 키스 때처럼 얼굴을 턱밑 가까이에 들이댔다. 무구한 표정이 환하게 점령해 들어왔다. 그런 그녀의 표정 앞에서 차마 조상들의 이야기가 떨어지지 않았다. 정녕 입이 떨어지지가 않았다. 결국 내 의지와는 상관없는 훼방꾼의 조종을 받은 주책없는 말이 입 밖으로 달음박질쳤다.

"나…… 니한테…… 키스하면 안 돼?"

정라의 얼굴이 순간 빨개졌다. 귓불까지 빨개졌다. 수줍음을 잔뜩 머금은 홍조였다. 곧이어 한 손으로 얼굴을 가리며 할미꽃처럼 고개를 떨어뜨렸다. 나 또한 맹랑하게 튀어 달아난 말을 수습조차 못하고 고개를 떨어뜨렸다. 서로의 발끝만을 내려다보는 침묵이 이어졌다. 주워 삼킬 수 없는 말, 그것도 공원에서 어떻게 그런 말을 뱉을 수 있었을까? 어이없는 놈, 그러나 그건 순전히 내 의지가 아니었다. 내 안에 웅크리고 있는 또 다른 나의 못된 짓이었다. 할 말이 없었다. 위기를 모면하려면 어떤 말이라도 꺼내야 했지만 침묵은 줄곧 이어졌다. 그런데 때마침, 다행스럽게도 그녀가 먼저 말문을 터뜨렸다.

"어? 저기 정호 오빠 올라가네!"

그녀의 말이 떨어짐과 동시에 나는 고개를 들어 공원 입구를 쳐다보았다. 정호가 숨을 헐떡이며 급히 집으로 오르는 것이 눈에 들어왔다. 그의 뜀박질은 민첩했다. 하물며 어찌나 다급해 보이는지 금세 골목으로 사라지고 보이지 않았다.

"정호 형은 많이 바쁜가 벼. 저렇게 급하게 뛰는 걸 보면!"

"나두 잘 몰러. 대학 들어갈 때는 몰랐는데 2학년이 되니까 못 볼 때가 더 많어. 방학 때는 충주 큰집에 내려간다구 하구선 지금 보름 만에 나타나는 거여!"

"방장골?"

"으응, 아랫방장골! 동아리들끼리 정부에 반대하는 데모를 너무 해서 아부지가 걱정이 많으셔! 성격이 꼭 돌아가신 큰아부지 같다며 걱정이 태산이여! 난 빨리 집에 올라가봐야겠어!"

정라가 불안한 듯 벌떡 일어섰다. 원피스 엉덩이에 나무벤치의 가로줄 자국이 선명하게 찍혀 있었다. 불쑥 낯설음이 새겨진 뒤태였다. 짧은 순간 멈칫하던 그녀가 살같이 달려 나가기 시작했다. 잡을 명분이 없었다. 다급하게 뛰어가는 뒷모습을 물끄러미 바라보았을 뿐이었다.

곰곰이 생각했다. 어쩌면 정호는 공회당 사건과, 아버지들의 얽힌 과거를 낱낱이 알고 있을지도 모를 일이었다. 피신을 목적으로 방장골에 은신했다면, 진수 집에 담뱃불을 던지고 사라진 자전거의 검은 그림자가 유복자와 정호일 수도 있다는 심증은 더욱 짙어졌다. 그렇다면 미친 아저씨의 죽음은……. 정호의 성품이라면 자기 생각을 행동으로 옮기는 데 그다지 망설일 사람이 아니었다. 머릿속은 엄청난 혼란으로 곤두박질쳤다. 하지만 근거 없는 위험한 억측, 머리를 도리질 치며 벤치에서 일어나 걸음을 옮겼다.

공원 입구를 나오며 정라가 사라졌던 언덕을 몇 번씩 올려다보았다. 그녀가 사라진 골목에는 몽실몽실한 수국송이가 불어오는 바람에 출렁이고 있었다. 수국은 양손으로 감싸고 싶을 만큼 수북하여 마치 중랑천에 걸린 브래지어와도 같이 탐스러웠다. 그녀가 사라진 집 언저리와 브래지어 같은 수국을 돌아보고 또 돌아보고, 지척지척 힘없이 언덕을 내려올 때였다.

"오빠아!"

난데없는 정라의 목소리가 등 뒤에서 메아리쳤다. 목소리 방향으로 몸을 틀어 언덕을 쳐다보았다. 정호가 쏜살같이 내려오는 것이 시야에 잡혔다. 그 뒤를 마치 어린아이처럼 정라가 뒤따라 내려오며 정호를 애타게 불렀다. 영락없는 도망자와 추격자의 모양새였다.

"오빠, 아부지 엄마 만나구 가. 금방 들어올 거란 말이여!"

"니가 알아서 잘 말혀. 난 지금 그럴 시간 없어!"

"그래두 얼굴 보구 가! 나보구 뭘 어떻게 하라구 그려. 오빠가 직접 말혀!"

"군대 가서 연락할 겨. 지금은 그게 최선의 방법이여."

정라는 마치 버림받은 어린아이처럼 소리 내어 울면서 정호에게 소리쳤다. 하지만 정호를 따라잡기에는 역부족이었다. 정호는 뒤도 돌아보지 않고 계속 오른팔만을 가래질쳤다. 그런 남매의 낯선 행동에 내가 더 얼어붙어 꼼짝도 못하고 말았다. 이윽고 정호는 내 앞 가까이 와서는 벽에 부딪힐 듯 미끄러지며 멈추었다. 의도했던 바는 아니었는데 결국 그를 가로막고 선 꼴이 되고 말았다.

"니는 뭐 하는 새끼여. 왜 남의 앞길을 가로막구 지랄이여. 저리 안 꺼져?"

정호가 버럭 소리를 내질렀다. 그제야 상황 판단이 된 나는 옆으로 찔끔 비켜섰다. 다음 순간, 그가 힐끗 째려보더니 콧김까지 훅훅 불어대며 호흡을 가다듬었다. 그는 내 얼굴을 다시 한 번 훔쳐보았다. 그러고는 이상하다는 듯 고개를 두세 차례 갸웃거렸다.

"니, 혹시……."

"예에, 저…… 양우입니다. 전양우!"

"이게 어떻게 된 겨. 니 눔이 왜 여기에 있어?"

정호가 단박에 날 알아보리라고는 예상하지 못한 일이었다. 궁지에 몰린 쥐새끼처럼 몸을 움츠렸다. 그때 정라가 쏜살같이 내려와 정호 옆에 넘어질듯 멈추어 섰다. 그녀는 굵은 눈물을 뚝뚝 떨어뜨렸다.

"오빠, 이렇게 떠나면 우리는 어쩌라구 그려! 어무니는 매일같이 오빨 걱정한단 말이여!"

정라가 정호의 팔을 잡고 애원했다. 검은 눈썹꼬리를 실룩거리며 애원하는 모습은 거의 절규와도 같았다. 그녀가 안쓰러워 나의 심장은 요동쳤다.

정호는 긴 한숨을 토해내며 마침내 나에 대한 의문점을 문책했다.

"그런데, 이 눔은 여기 웬일이여? 정라 니 혹시 그동안 이 녀석 만난 것 아니여?"

눈치 빠르고 명석한 정호는 나와 정라의 만남을 쉽게 유추해내었다. 정라는 손등으로 눈두덩을 닦으며 그렇다는 긍정의 고개만을 끄덕였다.

"환장하겠네. 정라 니, 얘들 집과 얽힌 과거를 알기는 허냐?"

정라는 모른다는 부정의 표현으로 머리를 가로저었다. 영석에게 들었던 이야기의 내용을 정호는 정확하게 알고 있음이 명료해졌다. 기회를 봐서 정라에게 넌지시 이야기하고 그녀의 반응을 조심스럽게 살피려 했었다. 그런데 결국 교활한 놈으로 낙인찍히게 되어버렸다. 드디어 올 것이 왔다 싶었다.

정호는 한심하다는 듯 정라를 쳐다보고는 내게 물음표를 던졌다.

"야, 니는 알구 있냐? 서루 원수지간인 것 말이다!"

"예……. 얼마 전에 친구한테 조금 들었어유."

"그걸 알면서 정라를 만나러 오구 그랬어. 장마 때, 기껏 할아버지 구하는데 힘 한 번 썼다고 용서될 줄 알구 있는 겨? 지금 이게 가당키나 혀?"

정호는 앞뒤 가릴 것 없이 대차게 궁지로 몰았다. 나는 어떤 항변이나 변명의 여지도 찾지 못했다. 죄인처럼 머리를 떨어뜨리고 시선을 내리깔았다. 영문도 모르고 정호에게 혼쭐이 나고 있는 내가 측은했던지 마침내 정라가 거들며 두둔했다.

"오빠, 도대체 왜 그려. 얘가 뭘 잘못했다구 그렇게 야단이여!"

"기집애, 대가리에 피두 안 마른 것들이 공부는 안 하구 벌써부터 연애질이여!"

"오빠, 너무혀. 진짜 미워 죽겠어. 오빤 항상 지 멋대루여!"

"까불지 마, 기집애야. 아버지한테 왜 서루 원수지간인지 말해달라구 혀. 오늘은 내가 시간이 없어서 그냥 간다. 야. 전양우! 앞으루 내 눈에 띄지 마. 그러다가 정말 뒈지는 수가 있어!"

정호의 험한 말에 소름이 오싹 돋아났다. 진수네 집의 방화사건도 정호였을지 모른다는 심증이 있던 터라 그의 언행은 더욱 날카롭고 섬뜩했다. 정호는 그렇게 일방적인 엄포를 안겨놓고 옷가지와 가방을 들쳐 메고 사라졌다. 대관절 얼마나 다급하고 촉박하면 부모도 만나지 않고 도망치듯 가버렸을까. 쫓기듯 떠나는 곳이 군대라면 강제입영이 아닌가. 근래에 학생들의 데모가 유독 심해져 대학 언저리마다 연일 매캐한 최루탄 연기로 가득하고 주동자들이 연행되는 사건이 비일비재했다. 그 핵심에 정호가 연루되었다면? 더 이상의 추측은 하고 싶지 않았다. 내가 할 수 있는 일이라곤 아무것도 없었다.

그저 예기치 않았던 상황에 놓인 정라와 나는 멀뚱하니 서로의 얼굴만 살필 뿐이었다. 한참의 침묵이 흘러갔다. 조바심이 난 내가 슬그머니 입을 열었다.

"우리, 다시 공원에 가서 얘기할려?"
"아니, 나중에 혁. 지금은 아무 말두 귀에 안 들려!"

정라의 목소리는 작고 힘이 없었다. 어린아이 같은 훌쩍거림은 더욱 증폭되었다. 그런 그녀를 바라보아야만 하는 내 마음은 찢어질 듯 괴로웠다. 아렸다. 그러나 겨우 손짓만으로 정라의 귀가를 재촉할 수밖에 없었다. 마침내 그녀가 먼저 돌아섰다. 담장 위를 침범한 보랏빛 수국송이는 여전히 바람에 출렁거렸다. 그녀의 화사한 원피스가 불현듯 나약한 하늘거림으로 여울졌다.

굴레의 사슬

나는 정라에게 감히 전화할 엄두조차 내지 못했다. 한바탕 회오리가 휩쓸고 갔을 혼란을 들춰낸다는 것은 결코 현명한 판단이 아니었다. 내 심장이 가슴앓이로 썩어 들어가도 그녀가 먼저 연락을 취하기 전까지 기다리는 것이 최선이었다. 과거의 사건을 알고 난 후 정라가 겪고 있을 소용돌이가 무엇인지는 자명할 일, 조바심에 위로한답시고 전화를 해서 돌이킬 수 없는 단절로 이어진다면 오히려 더 속수무책일 터였다.

하지만 그런 다짐은 오래가지 못했다. 우이동으로 향하는 나를 자각한 것은 채 한 달이 지나지 않은 토요일 오후였다. 결단의 배경에는 문득문득 가물거리며 아련해지는 얼굴이 있었다. 늘 그랬던 것처럼 역시 집 언저리에 숨어 정라를 기다리기로 마음먹었다. 먼저 그녀를 쉽게 볼 수 있는 위치, 무방비인 정라가 나를 볼 수 없는 곳에 자리를 잡았다.

눈알을 굴리며 골목 어귀를 내내 염탐하였다. 한참의 시간이 지났다. 그러나 그녀는 좀처럼 나타나지 않았다. 또 그만큼의 시간이 흘렀다. 속절없는 시간이 지나 어두워지고, 이슥한 밤까지도 정라의 모습은 볼 수 없었다. 불안감을 망각한 지 오래였다. 초조함을 잃은 지도 오래였다.

이제 더는 무작정 기다릴 수만은 없었다. 망설일 이유도 없었다. 비로소 전화를 했다. 그러나 결번이었다. 전화번호는 분명 그녀의 전화번호였고, 몇 번씩 확인하고 또 걸었지만 이미 없어진 번호였다. 수화기를 제자리에 걸지도 못한 채 멍하니 정신을 놓아버리고 말았다.

한참이 지났다. 나는 겨우 쪼그라드는 마음을 추스르고 사실을 확인하기 위하여 집으로 올라갔다. 집은 인적 없는 적막으로 고요하였다. 대문 틈을 통해 마치 도둑고양이처럼 집 안을 살폈다. 희미한 불빛조차도 없었다. 얼마의 시간이 또 지났다. 누구 하나 나타나지도 않았다. 현기증이 한꺼번에 밀려와 순간 아득해졌다. 마침내 마음을 접었다.

무거운 걸음으로 돌아섰다. 그러다가 때마침 나타난 낯선 사내와 맞닥뜨렸다. 나를 의아하게 생각한 사내가 먼저 말을 건넸다. 그에게서 정라가 이사한 것을 비로소 확인하게 되었다. 그녀는 아무런 흔적조차 남기지 않고 떠났다. 나는 자욱한 마음을 얼싸안고 골목을 내려와야만 했다.

이튿날, 곧바로 직행버스에 몸을 맡겼다. 주홍이에게 정라에 대한 소식을 얻고자 하는 속셈의 결단이었다. 장마 후, 그녀가 홀연히 떠난 뒤 앓았던 열병을 또 다시 앓고 싶지 않았기 때문이었다. 하지만 주홍이에게서도 정라에 대한 만족할 만한 소식은 얻지 못했고, 되레 그녀에게 정라가 이사 간 것을 알려준 꼴이 되고 말았다.

마지막 가능성은 아랫방장골의 유복자를 찾아가 떼를 쓰는 길만이 남아 있었다. 하지만 그 역시 헛수고였다. 유복자조차도 이미 고향을 떠나 어디론가 사라지고 없었다. 이제 주소를 알 길은 없었고, 행방을 찾을 길은 더욱 없었다. 정라와의 끈은 철저히 단절되었다. 내가 미웠다. 나약하고 우유부단한 내가 정말 미웠다. 진즉에 좀 더 일찍 그녀를 찾았어야 했다. 앞뒤 가릴 것 없이 쳐들어갔어야 했다. 남겨진 것은, 정라에게 전화가 오기만을 기다리며 견뎌야 하는 실낱같은 희망뿐이었다.

 서울로 상경하기 전 꼭 확인해야 할 것이 하나 있었다. 음영석에게 들었던 공회당 사건 내용에 내가 모르는 다른 무엇이 더 있는가를 필히 확인해야 했다. 석우라면 무언가를 알 수도 있겠다 싶어 그를 찾았다. 의아해하는 그에게 앞뒤 가리지 않고 대뜸 과거의 사건 진위부터 물었다.

 "물어보구 싶은 게 있어. 정호네 집하구 우리, 진수네 집 사이에 무슨 일이 있었던 겨?"

 정라 이름은 쏙 빼고 정호네 집이라고 둘러댔다. 물음에 대한 의도가 다른 곳에 있다는 것을 눈치 채지 못하도록 숨기기 위한 얕은 술책이었다.

 "갑자기 뭔 소리여. 누가 뭐라던?"

 "나두 조금은 알어. 옛날에 공회당에서 무슨 일이 있었는지."

 "그딴 것 알 필요 없어. 니는 공부나 열심히 혀. 쓸데없는 일에 신경 쓰지 말구."

 "꼭 알아야겠어. 말해줘. 형이 알구 있는 것 전부 다!"

 내 격앙된 질문에 석우는 의아한 듯 눈알만을 굴렸다. 그러나 포기할 수 없었다. 그를 윽박지르며 더욱 집요하게 달라붙었다. 석우는 마지못해 보따리를 풀어놓기 시작했다.

"아주 오래된 이야기다. 엄정면 추평리에 많은 토지를 소유한 지주와 머슴 셋이 있었다구 하더라."

"……."

나는 식도로 침을 꿀꺽 밀어 넣었다. 석우의 이야기는 계속되었다.

"지주의 집안은 후사가 귀해 대를 이을 자손을 없어서 조카를 양자루 들였대. 양자를 간 조카는 본래 심성이 착하기만 했던가벼. 왜놈들이 토지정리를 할 때 머슴들에게 토지의 일부를 나누어주었대. 머슴들은 나누어준 논밭을 지으며 계속 지주의 일을 돌보아왔구.

그런데 지주의 영화는 거기까지였던 모양이여. 항일운동의 보복으루 제천에서부터 박달재를 넘어 추평리까지 모조리 불태워졌대. 그 충격으루 시름시름 앓던 지주가 세상을 떠났을 때 양아들은 고작 네 살이었구. 더구나 남아 있던 토지는 물론 조상들이 대대루 묻혀있는 선산마저 강제루 빼앗겼대. 집안 사정을 잘 아는 친일파가 선심 쓰는 척 어린애의 지장을 받아간 것이 화근이었다구 하더라. 결국 지주로서의 영화는 끝나구 멸문으루 추락한 겨. 빈털터리루 가족을 이끌구 정착한 곳이 봉계였구. 그때 머슴의 후손이었던 셋 중 두 명이 고향을 버리구 대를 이어 신의에 뒤따랐대."

"그럼, 지주 집안이 그렇게 멸문된 겨? 정호네가 지주구, 우리하구 진수네가 머슴 자손이구?"

"그렇지. 진수네와 우리가 그 두 명의 머슴 후손이다. 그중에 할아버지를 잘 만난 우리 집안이 지금은 부농으로 성공한 셈이지. 요즘 세상에 지주구 머슴이구 다 무슨 소용이겠니. 양반두 돈 주구 사던 시절이 훨씬 이전의 일인데. 그래두 처음에는 서루 상부상조하며 사이가

굴레의 사슬 91

좋았었대."

"그런데?"

"한 가지 분명히 알아둘 게 있다. 해방 전에, 정호 아부지와 우리 아부지가 일제의 보국대루 끌려가 다리를 놓는 현장에 배치되었대. 밤낮없이 온갖 고생을 하구 죽을 고비를 수없이 넘겼던 모양이여. 그러다가 교각을 세우던 옹벽이 무너져 많은 사람이 죽거나 물살에 휩쓸려 사라졌대. 그때 정호 아부지가 급물살에 쓸려가는 우리 아부지 목숨을 구해 주었다구 하더라.

훗날 둘은 거짓말처럼 탈출에 성공했다더구나. 하지만 아부지는 숨어서 강제징용을 면했는데 정호 아부지는 다시 전쟁터루 끌려갔대. 해방되던 해 한쪽 다리를 잃구 겨우 고향으루 돌아왔구. 그런데 해방이 되면서 모두들 소용돌이에 또 휘말렸던 겨. 마르크스에 심취한 정호 큰아부지의 좌익과, 마을 구장을 주축으루 한 우익이 생겨났구. 지주의 큰아들은 마르크스, 머슴의 아들들은 민주주의, 명분 없이 휩쓸렸던 셈이지. 전쟁 전에는 좌익의 정호 큰아버지가 못할 짓을 하구 다녔는데, 전쟁 후에는 진수 아부지의 날뛰는 모습이 뿔난 망아지 같았다구 하더구나. 전쟁이 터지자 정호 큰아부지는 행적을 감추었대. 휴전이 되구 피난 갔던 사람들이 돌아왔지만 그의 행적을 아는 사람은 아무두 없었구. 그래서 급기야는 공회당 사건이 터졌어. 부자를 끌어다가 정호 큰아버지 숨긴 곳을 실토하라며 집단폭행이 있었대. 그 사건이 오늘날까지 쉬쉬들 하며 숨겨온 사건이여!"

"그럼 우리 아부지는?"

"아부지두 어쩔 수 없이 휩쓸렸어두 정호네한테는 우호적이었든가벼. 목숨까지 빚진 입장인데 은혜를 원수루 갚을 수는 없었겠지. 청주루 이사 간 작은아부지가 약간 더 심했던 모양이여!"

"작은아부지?"

"그렇지만 작은아부지두 진수 아부지처럼 그렇게 심하지는 않았다구 하더라. 정작 아부지는 그들 부자에게 목숨 빚을 갚은 사람이여."

"그건 또 무슨 소리여?"

"거의 죽어서 가마니에 덮인 채 버려진 부자를 괴산으루 시집간 딸네집으루 옮겨 살린 사람이 아부지였다더라."

"형은 그런 얘기들을 누구한테 들었어?"

"할무니한테 들었다. 할무니는 입두 벙긋 못하게 하니까 아예 아는 체하지 마러. 묻어두는 것이 좋은 과거의 사건들이여. 우리 세대와는 전혀 상관없는 일들이지!"

나는 더는 어떤 이야기도 듣고 싶지 않았다. 더 이상 물어야 할 이유도 없었다. 모든 정황은 명백해졌다. 정라 할아버지의 장례식 때 멸문이 어떻고 머슴이 어떻고 엿들은 의문이 비로소 풀렸다. 정호의 성난 표정을 본다면 지금까지 치유되지 않고 존재하는 지주와 머슴이며 가해자와 피해자의 연속이었다. 선대에서부터 시작된 굴레의 사슬, 이것은 아직 끝나지 않은 전쟁이나 다름없는 싸움인지도 모를 일이었다. 나는 한낱 지주의 딸을 흠모하는 머슴의 아들이며, 피해자의 딸을 사랑하는 가해자의 아들일 따름이었다.

떠올랐는가 싶으면 저절로 기우는 태양의 반복이 하염없이 되풀이되었다. 느리게 물이 흐르고 바람도 흘러서 해가 바뀌고, 또 느리게 봄이 가고 여름이 왔다. 흐르는 세월이 그저 무의미하고 느린 연유는 오로지 정라의 무소식 때문이었다. 나는 숨은 쉬고는 있으나 살아 있는 것이 아닌 듯했다. 명치는 정라에 대한 그리움으로 늘 저렸다.

여름방학 역시 지척지척 고향으로 내려왔다. 농번기였지만 집안일은 관심 밖이었고, 무대뽀삼형제도 별반 어울리고 싶지 않아 은둔했다. 내가 하는 일이라고는 고작 책을 읽거나 보낼 곳도 없는 정라를 향한 편지를 낙서처럼 긁적이는 것이 전부였다. 재지원위연리지在地願爲連理枝, 재천원작비익조在天願作比翼鳥, 당나라의 시인 백거이의 장한가. 땅에서는 연리지가 되기를 원하고, 하늘에서는 비익조가 되기를 원하네. 애절한 그리움의 시! 뿌리가 다른 두 나무가 맞닿아서 하나의 몸이 된 연리지, 암컷과 수컷이 각기 눈과 날개가 하나뿐이어서 짝을 이루지 못하면 날지 못한다는 전설의 새 비익조, 오래도록 사랑하고 끊어지지 말자는 시나 명문들을 옮겨 적기도 하며 긁적인 그리움의 분량이 마침내 노트 한 권을 점령했다. 어머니는 두문불출 은둔해 있는 것만으로도 대입예비고사 공부를 하고 있는 것으로 여기며 지극히 만족해하는 눈치였다.

지난밤에는 별반 관심도 없는 스포츠게임의 텔레비전을 보다가 무심코 잠이 들었다. 어머니는 나를 깨워서 사랑채로 보내지도 않고 안방에 그대로 방치해두었는지, 새벽녘이 되어서 팽창된 방광 때문에 눈을 떴을 때 안방에 누워 잠들었음을 알았다.

"웬 늠의 비가 이렇게 밤새두룩 오는 겨!"

아버지의 푸념이 귓속을 간질거렸다. 밤부터 소나기가 줄기차게 내렸나 보았다. 몇 년 전의 홍수처럼 세찬 빗줄기 소리였다. 하지만 그때 같은 설렘조차도 내겐 느껴지지 않았다. 정라, 이제는 장마의 추억으로도 채울 수 없는 정라의 무소식 탓이리라.

"땅값은 지대루 쳐 준답니까?"

어머니의 목소리가 이불 틈을 비집고 스며들었다. 듣기에도 생소한 땅값을 운운하는 것으로 보아 중요한 대화를 나누고 있는 듯 보였다. 나는 부모님의 대화에 방해가 될까 봐 선뜻 일어나 소변 볼 일도 참은 채 숨죽여 대화를 엿들을 수밖에 없었다.

"그래두 봉계를 떠나야지 어쩌겠어. 이제 이장 자리두 넘겨주구 했으니까 땅만 팔리면 갑시다! 가격까지 다 맞춰 놨으니까 여기 논만 팔리면 바루 떠날 수 있구먼."

"석우가 사고만 치지 않았어두 안 가두 될 일이잖어유! 진영인가 갸가 꼬리친 거 맞지유?"

"새삼 들춰내서 무엇혀. 석우가 절대루 아니라구 하니 믿을 수밖에. 진영이 갸가 몸에 손댔다구 동네에 소문을 퍼뜨렸다 하더구만! 어쨌든 챙피한 일이니까 앞으루 입에 담지 맙시다 그려!"

"정말이지, 동네 아줌마들이 수군거리는데 뭐라 말을 못하겠어유!"

"자꾸 말하지 맙시다. 나두 챙피해서 얼굴두 못 들구 다니겠구려!"

"도대체 연못둥지 그 야산에서 과수원은 지대루 될까유?"

"죽기 살기루 개간해보는 거지. 5,000여 평은 되니까 잘만 하면 논농사보다는 나을 거!"

엿들은 대화 내용은 간단하게 정리되었다. 석우가 진영에게 사고를 쳤다. 사고를 쳐도 단단히 친 모양이었다. 그래서 쫓기듯 동네를 떠나 연못둥지라는 야산으로 이사를 가야 한다. 일순간, 주마등처럼 스치는 섬광이 있었다. 진수 집에 불이 났을 때 평소의 석우답지 않게 적극적으로 진화에 나섰던 행동이며, 불구덩이를 뛰어들어 진영을 구출하던 동작 하나하나의 느낌이 남달랐고, 석우의 목덜미에 매달린 진영의 몸짓 또한 예사롭지 않았었다. 그래도 설마 했는데 석우가 겨우 고등학생인 진영의 몸에 손을 댔다는 뜻이라면 단순한 불장난이나 첫사랑 수준이 아니었다.

"차라리 잘된 겨. 너무 오랫동안 살았던 동네여. 아부지가 돌아가시구 나서 떠났어야 했는데……. 난 지금두 공회당을 지날 때면 그때 일 때문에 소름이 끼치는구먼!"

"어쩔 수 없었던 일이라면서유. 그래두 당신이 없었으면 그들 부자는 죽었을지두 모른다구 했잖어유. 그만하면 당신은 할 도리 다 했어유. 막무가내인 진영이 갸 아버지가 문제였지!"

"당신하구 혼인하기 전 일이었으니까, 참혹한 건 상상두 못할 겨!"

"그나저나 혹시 석우 쟤가 진영이 갸하구 결혼한다면 당신은 받아 줄 거여유?"

"아직 한참 남은 일을 가지구 미리 걱정하지 맙시다. 이사 때문에 가뜩이나 머리 아픈데. 그냥 불장난쯤으로 여겨야지, 애들 앞날을 어찌 알 겨!"

아버지의 길게 내뿜는 한숨 소리가 이불 위로 내려앉았다. 그 한숨에는 조상 대대로 얽히고설킨 사슬의 고리를 이미 오래전부터 끊고 싶었던 강한 의지가 묻어났다. 누구보다 사건의 소용돌이 핵심에 있었던 고뇌가 응어리로 고스란히 점철되어 있었던 것이다. 아버지와 어머니가 밖으로 나가는 소리가 들렸다.

나는 눈을 지그시 찡그리며 이불 틈으로 밖을 훔쳐보았다. 바람을 타고 사선으로 날아온 빗줄기가 창틀을 세차게 때리고 있었다. 서둘러 몸을 털고 일어났다. 석우에게 좀 더 명확한 소문의 진위를 확인해야겠다는 생각 때문이었다. 그러나 석우는 어디에도 없었다. 그는 어디를 나갔다가 왔는지 오후가 되어서야 도둑고양이가 숨어들듯 집으로 기어들었다. 나는 석우를 붙잡고 자초지종을 따졌다.

"형, 간밤에 우연히 들었어. 진영이랑 난 소문은 도대체 뭐여?"

"이제 건방지게 니까지 윽박지르는구나! 이건 월권이여. 까불지 말구 니는 니 공부나 잘 혀!"

"형, 나, 꼭 알아야 혀!"

꼭 알아야 하는 이유가 정라 때문이라는 얘기까지는 차마 들먹일 수 없었다. 그녀와 나의 관계를 아는 사람은 아직은 정호밖에 없다는 판단 때문이었다.

"난 아무 짓두 안 했어. 겨우 키스 한 번으루 진영이가 날 꼼짝 못하게 붙잡으려구 꾸며낸 얘기여. 마을에 소문이 다 났으니까 챙피해서 떠나긴 하지만 니까지 신경 쓸 일 아니여. 신경 꺼!"

석우가 힘주어 잘라 말했다. 그러나 불안한 마음은 여전히 지울 수 없었다.

"그럼 앞으루 어떻게 할 겨?"

"그걸 내가 어떻게 알아. 그냥 돌아가는 대루 맡기는 거지."

"형두 진영이가 마음에는 있는가 보구나. 그렇게 막연하게 말하는 것을 보니!"

"사랑하는 것두 아니지만 싫지두 않어. 내가 내년 봄에 군대 갔다가 제대하구 진영이 갸두 졸업한 몇 년 후에 다시 생각해보기루 했어."

"그럼 지금 진영이를 만나구 오는 길이여?"

"어떻게든 매듭은 지어야 할 것 아녀. 동네에 소문을 냈으니까. 사과 받느라구 늦었어."

꼬여도 된통 꼬여버렸다. 발원지가 어딘지 모르는 까마득히 높은 쓰나미가 몰려와 덮쳤다. 머슴의 큰아들인 형은 머슴의 딸인 진영을, 머슴의 작은아들인 나는 지주의 딸 정라를, 하물며 진영은 정라보다 나이가 두 살이나 적었다. 가슴을 헤집고 들어오는 아릿한 통증은 무슨 의미인가, 손바닥으로 심장 언저리에 문지르자 새우등처럼 등이 저절로 굽어졌다.

"야, 니 왜 그려. 어디 아픈 겨?"

"아녀, 그냥……."

굴레의 사슬

"이모 음식이 입에 안 맞는다구 하더니 몸이 축났나 보구나. 까다롭게 굴지 말구 아무거나 적당히 처먹어, 인마!"

석우는 별 대수롭지 않다는 듯이 내 머리카락을 휘저어 헝클어놓았다. 나는 하늘을 원망하듯 허공 멀리에 눈을 던졌다. 비 그친 하늘은 차갑고 탁했다. 잿빛 하늘은 잿빛 하늘로, 질척이는 땅은 질척이는 땅으로, 한없이 원을 그리며 빙그르르 맴돌았다. 몸도 마음도 깊이 침몰되며 뿌옇게 스러져갔다. 정라의 얼굴이 아득히 스러져갔다.

정라와 단절된 숱한 날들이 뜨고 졌다. 기다림은 한없이 지속되었다. 우유부단함의 결과는 참담했다. 그녀를 만났던 날이 언제였을까 아득하여 가슴은 수시로 저리고 아려왔다. 그녀는 나를 완전히 잊기로 작정한 것이 틀림없었다. 그러지 않고서야 어쩌면 이토록 무심할 수가 있을까. 그녀는 나를 잊었다. 아니, 아예 버렸다.

사막에 흙먼지가 일듯 심장은 황폐해졌다. 입술은 바짝바짝 타들어갔다. 심한 몸살을 자주 앓았다. 열병은 혹독했다. 갑자기 열이 치솟아 온몸에 비 오듯 땀이 흘러내리다가도 한겨울 같은 오한으로 사시나무 떨듯 몸을 떨었다. 맑은 콧물은 감각도 없이 어느 틈에 흘러내리는데 입술은 메말라 건조했다. 기침은 토악질처럼 치받았다. 머릿속은 온통 연기 속처럼 혼미했고, 관절뼈 마디마다 이음새가 이완되는 듯 무기력해지더니 마침내 몸뚱이마저 물먹은 솜처럼 버거워졌다. 당연히 몸무게는 줄어 점점 쇠약해지고 눈언저리는 퀭해졌다. 마음이 몸을 지배한 결과였다.

이모는 무슨 병이 있는가 보다 의심하기에 이르러 어머니에게 연락하여 보약 한 첩을 보내오게 하였다. 하지만 원인이 다른 곳에 있는 바에야 차도가 있을 리는 만무했다. 어른들은 내 마음속에 응어리진 보이지 않는 병을 알 리 없었다.

그러다가 느닷없이 기발한 방법이 떠오른 것은 한여름 어느 날이었다. 정라의 학교 이름을 알고 있는 터이니 학교로 찾아가면 되겠다는 지극히 단순한 생각! 맞아, 내가 왜 그 생각을 미처 못했지. 상상하지도 못했던 방법에 이빨 사이로 감동의 신음이 튀어나갔다. 이토록 간단하게 해결될 일을 차마 생각조차 못한 내가 어리석고, 밉고, 바보스럽고, 한심스럽고, 모멸스럽기까지 했다.

곧바로 정라가 다니는 학교 주변에 잠복하기 시작했다. 하지만 일주일째 잠복하고도 그녀를 만나지 못했다. 하물며 그녀의 학교 인근에 대학교가 있어 데모 진압을 위해 쏘아댄 최루가스를 연일 마셔야 했다. 최루가스를 삼키며 정호가 불쑥불쑥 떠오르기도 하고, 그녀가 보고 싶어 핑계 삼아 코를 풀며 매캐한 눈물을 찍어냈다. 결국 그녀를 포기할 만큼 마지막 의지마저 서서히 약해져갔다.

여느 때처럼 정라를 만나기 위해 교문 인근에 숨어 있었다. 아침에는 멀쩡했던 날씨였는데 여름비가 내리기 시작했다. 비닐우산을 사서 썼는데도 불구하고 가끔 머리 위로 떨어진 빗방울이 눈두덩을 타고 입술 위로 흘러내렸다. 아랫입술을 삐죽이 내밀며 세찬 입김으로 빗방울을 허공으로 날려 보냈다. 물방울이 조각으로 분해되어 포물선을 그리며 날아갔다. 불쑥 불량학생처럼 느껴졌다. 아니, 나는 오래전에 이미 불량학생이 되어 있었다. 수업 도중에 이탈하는 것은 물론 등교를 거르는 날이 다반사였고, 툭하면 정라를 만나러 잠복하는 등 어디를 보아도 모범생의 행동이라곤 찾을 곳이 없었다.

학생들이 하교할 시점부터 숨어서 훔쳐보던 시간이 얼마간 지났을까. 인형 같은 학생들이 그나마 가늘어진 빗줄기를 피하려 럭비공처럼 이리 뛰고 저리 뛰었다. 큰 인형, 작은 인형, 통통한 인형, 가냘픈

인형, 어쩌면 제각각의 모습이 이다지도 다를까! 깡충깡충 뛰며 교문을 나서는 여학생들의 눈에 띌까 오늘따라 유독 잠복의 동태를 감추어야 했다.

하교하던 학생들 숫자도 눈으로 헤아릴 정도로 뜸해졌다. 오늘도 헛수고였다. 내가 미웠다. 형편없이 침몰한 내가 정말이지 초라하고 미웠다. 나는 나도 모르게 이미 등을 돌려 돌아서고 있었다. 그것은 바야흐로 영원한 이별의 뒷걸음이었다. 그런데, 그런데 우이동 언덕에서처럼 하얀 교복 상의에 감색 조끼의 교복을 정갈하게 입은 정라가 교문 옆에 비켜서 있는 것이 벼락같이 눈에 들어왔다. 비를 피해서 머리에 떨어진 빗방울을 털고 있는 그녀가 가까이 와 있었지만 놓쳐버렸고, 그녀는 당연히 나를 발견하지 못하고 있었던 것이다. 내가 지켜보고 있으리라고는 감히 상상조차도 못하고 있을 터, 우이동에서 처음 만날 때처럼 겨우 이름 석 자에 그리움을 쏟아내었다.

"조, 정, 라!"

자신의 이름에 놀라 주변을 두리번거리던 정라가 금방 나를 발견했다. 그녀의 눈동자가 열리며 동그란 구슬처럼 일순간 팽창되었고, 착한 눈썹꼬리는 아래로 처졌다. 나는 온몸의 에너지가 분산되어 그만 철퍼덕 주저앉고 싶었다.

"여, 여긴 어떻게?"

"니 만나려구, 오래전부터 기다렸어! 일주일 넘었어!"

내 눈동자는 여지없이 동정 어린 눈빛으로 변해버렸고, 목소리는 이미 힘을 잃었다. 그래도 애써 정신을 가다듬고 그녀 곁으로 냉큼 걸어가 우산을 받쳐주었다. 그녀는 굳이 호의를 피하려 하지 않았다. 다만 동료 학생들의 시선을 의식한 듯 두리번두리번 주변을 살피고는 다급히 말했다.

"빨리 따라와. 일단 버스 먼저 타!"

정라가 총총총 빠르게 걸음을 옮겼다. 그녀를 쫓아 오리새끼처럼 뒤따랐다. 정류장에 도착하자 움츠리고 버스를 기다리던 몇몇 학생들이 힐끗거렸다. 정라의 머리가 곧추세워졌다. 그것은 어쩌면 남학생이 우산을 받들고 있는 현실을 동료들에게 부각시키려는 우월본능으로 여겨졌다. 하지만 나는 아무래도 좋았다. 모른 척 그저 눈동자를 깔았다.

머지않아 버스가 도착했고 투명 끈에 엮인 듯 그녀를 따라 올랐다. 자리가 없어 각자의 손잡이를 잡고 통로에 섰다. 오랫동안 보지 못했던 마음 탓인지 무엇보다 머쓱한 생각마저 들었다. 더구나 승객들이 타고 내릴 때마다 찢어지는 차장 아가씨의 지친 목소리로 인하여 서로의 간극에 침묵만이 흘렀다.

마침내 그녀 곁으로 조심스럽게 접근을 시도했다. 어깨에 남아 있는 빗방울을 살며시 털어주었다. 맺혀 있던 빗방울이 내 손등으로 굴러 떨어졌다. 남자의 손길을 의식한 그녀의 곁눈질이 금방 다가왔다. 새치름하니 따가운 눈초리였다. 그녀의 시선을 애써 외면하며 손등의 빗물을 엉덩이춤에 쓱싹 문질러 닦아내었다. 다시 침묵이 이어졌다. 한참을 망설이다가 그녀에게 조심스럽게 물었다.

"어디루……. 이사 간 겨?"

"신, 내, 동!"

정라는 단어의 마디마다 짧게 끊어 대꾸했다. 나는 더는 묻지 않았다. 그녀가 내리는 곳까지 동행할 것을 마음먹은 바에야 그곳까지 가면 그만이었다. 차라리 중심 잡기도 버거울 정도로 덜컹거리는 버스가 오히려 고마운 입장이었다. 그녀도 나도 각자 비틀대며 다시 침묵했다. 그렇게 어색한 모습으로 또 몇 정거장을 흘러 보냈다.

굴레의 사슬

그녀가 앞서 내렸다. 서둘러 황급히 우산을 씌워주며 밀착했다. 어깨가 가볍게 스쳤다.

"어디까지 따라올 겨?"

정라가 매몰찬 목소리로 물었다. 그녀의 냉정한 억양에 움찔했다. 그러나 그동안 그리워했던 숱한 시간들을 돌이켜 생각하면 간단하게 물러설 수 없는 일이었다. 더구나 조상들의 얽히고설킨 과거로 인하여 괴리로 고착되어서는 아니 될 일이었다. 그래서 힘주어 말했다.

"비 맞구 가게 할 수는 없잖어!"

"상관 마!"

"집까지 가는 게 싫으면 아무 빵집이나 들어가. 나, 니한테 할 말이 있어!"

부러 퉁명스럽게 뇌까렸다. 내 깐에는 그녀로 하여금 긴장을 각인시키기 위한 강한 어필이었다. 정라는 내 의지를 눈치챘는지 말없이 걷다가 작고 허름한 분식집으로 문을 밀치고 들어섰다. 그리고는 자리에 앉자마자 하얗고 예쁜 손수건을 꺼내었다. 이어서 머리며 얼굴과 교복에 떨어진 빗방울을 찍어냈다. 내 눈은 빗물을 찍어내는 정라에게 고정되어 돌아오지 못했다. 다시 그녀의 밧줄에 묶이는 포로가 되고 말았다. 손수건을 한 겹 두 겹 사각으로 가지런히 접어 넣으며 그녀가 물었다.

"이사한 것은 언제 알았던 겨?"

"아주 오, 오래되었어. 주소 알려구 방장골 큰집까지 찾아갔었어!"

"왜 나를 그렇게 열심히 찾는 건데?"

여전히 도사린 물음에 선뜻 답변할 말을 생각해내지 못했다. 마땅한 변명도 떠오르지 않았다. 그동안 숱하게 울먹이고 숱하게 삼켰던 순간들은 어디로 달아나 버렸는지 알 길이 없었다. 그녀에게 하고 싶었던 단어들이 일순간에 지워지고 머릿속은 하얗게 돼버린 이유는 더구나 모를 노릇이었다.

그녀는 결론부터 말했다.

"앞으루, 나 찾지 마!"

나는 아예 벙어리가 돼버렸다. 깊은 나락으로 추락한 듯 고개를 꺾고 침묵했다. 그 이유가 무엇이며 꼭 그래야 하는지조차도 정라에게 되묻는다는 것이 그저 아득할 따름이었다. 그녀가 종지부를 찍듯 덧붙였다.

"정호 오빠한테 얘기 들었어. 뭐가 뭔지 혼란스러워 죽겠어. 아직까지 정리되지 않았어!"

이미 예견한 일이기는 했지만 그녀가 연락을 끊은 연유가 명료하게 밝혀졌다. 적어도 지금, 그녀는 피해자였고 나는 가해자였다. 피해자의 아씨를 선망하는 가해자의 머슴이었다. 그러나 화가 났다. 대관절 지금 그것이 무슨 소용이 있는가, 우리가 태어나기 훨씬 이전에 살기 위해 탈출의 여지가 없었던 조상들의 운명에 얽매여야 한다는 말인가, 가슴은 옥죄어 숯덩이가 되고, 모든 것이 엉망진창으로 뒤틀려버린 지 오래였다.

일순간, 심장에서 불끈 치밀고 올라와 머리를 때리는 울분이 있었다. 고개를 들었다. 비로소 그녀를 쏘아보듯 마주 보았다. 그러고는 힘주어 말했다.

"알어. 나두 정리 안 되기는 마찬가지여. 그런데 우리가 왜 이래야 하는지 몹시 화두 나!"

"그럴 필요 없어. 앞으루 나 찾아오지 마. 하물며 지금은 그냥 공부만 열심히 할 학생이잖어."

그녀는 여전히 단호하게 잘라 말했다. 내 항변은 결국 또 애원이 되

굴레의 사슬

고 말았다.

"나두 그러구 싶을 때가 많았어. 하지만 나, 니 연락이 안 되는 동안 아무것두 못했어!"

"지금은 고등학교 삼학년이라 공부가 더 급혀. 대학 간 다음에 생각혀. 조상들 얘기 자꾸 들먹이면 니, 그나마 싫어질지두 몰러!"

그녀의 싫어질지도 모른다는 말에 주춤 물러섰다. 아직은 싫지가 않다는, 싫어질지도 모른다는 표현만으로도 희망을 가져야 할 판이었다. 그래, 기다리자. 일말의 가능성만 있다면 지금껏 그래왔던 것처럼 기다리지 못할 이유는 없다. 기다림에 익숙해진 깊이만큼, 기다림에 익숙해진 넓이만큼, 조바심을 낼 문제도 아니다. 힘들고 어려운 건 그녀 또한 나와 다르지 않을 터, 나는 애써 평온을 찾으려 스스로에게 최면을 걸었다. 그리고 비로소 짤막한 바람을 정리하는 슬기를 보였다.

"알았어. 그런데 가끔 전화하는 거는?"

"그것두 당분간은 하지 말어. 집이 여러 가지루 복잡혀!"

"무슨 일이 있는데?"

"오빠가 군에서 사고를 치구 말뚝을 박는다나벼. 장기하사인가 뭔가 하구 시비가 붙어서 영창 갈래 말뚝 박을래 해서 일단 말뚝 박는다구 했구. 아부지두 요즘은 그냥 집에 있어. 수술하구 나서 겨우 얻었던 직장도 잃었어."

"수술! 무슨 수술?"

"위벽에 구멍이 뚫려서 길바닥에 쓰러졌는데 지나가던 고등학생들이 시립병원에 옮겨 겨우 살았어. 전쟁후유증 때문에 거의 매일 술이여. 그리구 할무니두 많이 아퍼. 아픈 아부지가 할무니를 돌보구 있어. 어머니는 대학 구내식당에 나가구……."

집이 이사를 하고 연락이 없었던 동안 그녀에게도 어지간히 많은 일들이 스쳐 지나간 듯했다. 남루하고 진득거리는 일상이 그녀의 얼굴에 그늘로 멍울져 보였다. 어쩌면 그리움을 빙자한 나의 아픔은 사치에 불과한 일이었다. 정라의 하소연에 내 입장만 표현하려 했던 것이 쑥스러워졌다.

"미안혀. 마음 아픈 일두 많았는데, 내 입장만 얘기해서. 정라 니 말대루 할게. 가끔, 가끔······. 편지하는 건 괜찮지?"

"알았어. 우선 편지만 혀. 그것두 너무 자주는 하지 말구. 나중 문제는 나중에 생각혀!"

그녀는 책가방에서 주섬주섬 쪽지를 꺼내어 주소를 적어주었다. 나는 주소를 적어주거나 알려주지 않았다. 그녀가 언제든지 연락할 수 있는 이모네 전화번호를 알고 있기 때문이었다. 다음 일은 다음에 생각하기로 마음먹었다. 적어도 다음을 기약하는 명분은 확보한 셈이 아니던가, 그녀와의 간극이 더 벌어지지 않게 노력하면 될 일이 아니던가, 당장은 응어리진 가슴앓이를 안고 가지 않아도 된다는 현실에 만족하는 인내를 배우면 될 일이었다.

라면으로 비에 젖은 한기를 달래고 분식집을 나왔다. 그녀와 나는 서로 어찌할까를 망설이며 머뭇거리기 시작했다. 본심은 정라를 집까지 배웅하고 싶었다. 하지만 지쳐 있는 그녀의 표정을 읽고는 굳이 집까지는 가지 않는 것이 현명할 것 같은 판단이 들었다.

"오늘은 내가 먼저 갈게. 이거, 우산 가져 가!"

"아니여, 니가 가져 가. 난 괜찮어!"

"그렇게 혀. 그냥, 니가 가져가는 게 좋겠어!"

극구 거절하는 그녀에게 무작정 우산을 건네주었다. 이사한 신내동까지의 거리는 모를 일이었으나 더는 빗방울을 맞게 하고 싶지 않은 배려에서였다. 나는 정라의 손을 슬그머니 잡았다. 용기를 잃지 말고

굴레의 사슬

꿋꿋이 이겨내자는 다짐이었고 그녀를 향한 위로의 표시였다. 정라는 미소를 보이면서도 살며시 손을 뺐다. 오랜만에 잡아보는 손의 감촉이 낯설었던 모양이다.

때마침 미끄러지듯 버스가 정거했다. 나는 줄곧 그녀를 바라보며 게처럼 옆걸음으로 차에 올랐다. 버스가 출발하자 정라의 모습이 구겨진 비닐우산 밑으로 가려졌다. 그녀는 그녀의 길로, 나는 나의 길로, 금세 저만치 거리가 멀어졌다. 그녀가 사라지고 없는 아스팔트로 다시 세찬 빗줄기가 쏟아지기 시작했다. 아스팔트는 뽀얀 물안개를 자욱하게 뿜어 올렸다.

편지를 쓰기 시작했다. 그저 단순히 안부만 전하며 위로하려던 생각이었는데, 그리움의 노트가 한 권이었던 만큼 그녀를 향한 고백은 절절했다. 평소에 말로 할 수 없었던 단어까지도 과감하게 나열했다. 특히 쑥스러움에 말하지 못했던 '사랑'이라는 단어도 저돌적으로 나열하며 정라의 마음을 엿보려 시도했다. 때로는 동정으로, 때로는 애원으로, 때로는 주체할 수 없는 그리움으로.

편지 1

정라야, 잘 있었니? 이렇게 편지라는 것을 쓰니 새삼 낯설다. 네가 옆에 없다는 의식을 하니까 염치없게도 넋두리를 쓰기에 조금은 가볍구나.

지난해부터 너를 만나지 못하고 전화도 할 수 없었을 때 나는 참으로 힘들고 무기력했다. 아마도 하늘색 원피스 차림을 보았을 때가 마지막이었으니 꽤나 오랜 시간이었다. 너를 만날 수 없다는 사실이 그토록 처량한 일인 줄은 나 자신도 몰랐던 일이다. 내가 태어나서 너를 보아왔던 세월보다 그 시간이 더 길었던 것 같다. 시간이 점점 지나면서 너의 목소리는 환청처럼 아련해지기까지 했으니까.

더구나 너를 뿌리치고 떠난 오빠 앞에서 울며 애원하던 모습은 아직도 가슴이 아리다. 그 후로 연락이 두절되고 만날 수 없다는 사실에 많이 아팠다. 너희 집을 찾아가고 방장골 큰집을 방문하고 학교 앞에서 기다리는 내내 많은 생각을 했다. 정라는 지금 어디서 무엇을 하고 있을까? 혹시 내 생각은 하고 있는 것일까? 그렇다면 이모네 집으로 전화 연락이라도 할 수 있을 텐데 무엇 때문일까? 뒤늦게 조상들의 사연을 알게 되어 연락이 없을 터인데 너의 마음은 얼마나 아플까? 오빠를 그렇게 보내야만 했던 아픔은 치유된 것일까?

생각은 꼬리를 물고 나를 놓아주지 않았던 날들이었다. 내 성격이 심각할 정도로 소심한 편은 아니라고 생각했는데 유독 너에게만은 그렇게 되었다. 설마 이런 나를 무시하며 힐책하지는 않겠지? 당당하지 못한 내가 더 미웠지만 너를 좋아하고 있는 마음의 표현이라고 이해해주면 좋겠다. 내 소박한 마음 그대로를 너에게 보여주고 싶은 심정뿐이다.

정라야, 이런 마음이 부담스러운 건 아니니? 하지만 그저 온전히 받아주었으면 한다. 어떤 이유도 부여하지 말고 조건도 달지 않기를 바란다. 정말이지 난 너의 머슴이 되어 괴로워하는 것만으로도 행복하다. 나의 처음이 그러하였듯 항상 너를 잊지 않으려 노력할게. 지금은 흐르는 대로 내버려두자는 네 생각을 존중할게!

너에게 고백하지만 난 고등학교를 분명 잘못 선택했다. 차라리 충주에 남아 재수를 하고 검정고시를 준비할 것을 후회가 된다. 삼류도 그런 삼류가 없어. 이제 와서 지난 시간을 돌이킬 수는 없지만 앞으로 남은 숙제가 더 많아졌다. 공부도 무지막지하게 해야 하는데 도무지 엄두가 나지 않는다. 어쩌면 농사를 지을 생각까지 한다는 것 자체가 초라한 도피일지도 모르겠구나.

정라야, 우리 기운 내자. 네가 기운이 없어 보이면 나도 기운이 없어진다. 아직은 미래가 더 화려한 학생이잖니! 조금 있으면 학교 갈 시간이야. 오늘은 이만 줄일게. 또 편지 쓸게. 안녕!

회신 1

　편지 잘 받았어. 편지를 받으니까 좀 이상해. 그래도 그냥 괜찮아. 가끔 생각나면 또 꺼내볼 수도 있으니까! 사실 난 아직 어려서 세상이란 게 뭐가 뭔지 잘 모르겠어. 오빠가 데모를 하다가 본의 아니게 군대를 가고, 거기서도 싸움을 해서 인생이 바뀌고 하는 게 납득이 안 돼. 할머니의 병환은 점점 심각해지고 있는 것 같아 걱정이야. 아버지가 수술할 때는 정말 하늘이 무너지는 것 같았어. 더구나 아버지는 수술부위가 회복이 늦어져 마음이 아파. 아버지는 나름대로 최선을 다해 사셨던 분이었는데, 우리 집은 왜 잘 풀리지 않고 꼬여만 가는지 도무지 이해가 안 돼. 이런 현실에 화가 나. 요즘은 복잡해서 공부도 잘 안 돼. 당분간 편지만 해. 지금은 이 정도까지만 양보할 수 있어. 안녕!

편지 2

　정라야, 내겐 너무 소중한 정라야! 할머니의 병환이 깊어지고 아버지의 건강 회복이 늦어진다고 하니 정말 걱정이다. 더구나 내가 해줄 수 있는 일이 아무런 것도 없다는 것이 더욱 미안하구나! 오빠의 일은 너무 마음 쓰지 않으면 좋겠다. 오빠는 누구보다 똑똑하여 마을에서 제일 선망 받던 남자였잖니. 오빠는 훗날 집안의 기둥 역할을 톡톡히 해내리라고 나는 믿는다.
　우리 두 집안……. 주변의 이야기를 종합해보면 너의 증조할아버지와 우리 증조할아버지가 지주와 머슴 관계였다지? 이것은 곧 너는 지주의 딸이고 나는 머슴의 아들이라는 얘기도 된다. 세상이 바뀌고 운명이 달라지면서 계급이 무너지고 역사의 소용돌이에서 많은 사람의 위치가 뒤바뀌었다. 대부분 지주의 지위는 추락하고 머슴의 지위는 상승했지. 차라리 그것으로 끝이었어야 하는데 한국전쟁이 조상들에게 더 몹쓸 짓을 시켰더구나. 이념이 무엇인지도 모르는 무지렁이들에게 우익과 좌익이라는 두 갈래의 선택만을 강요했고, 모두를 피해자로 만들었다. 누가 가해자고 누가 피해자인지 당사자 자신들도 모르는 상황에서 오늘날까지 여진이 남아 있는 것을 보면……. 생각해보면 그래도 지금 우리는 그때보다 행복한 거겠지. 적어도 목숨을 맡기고 끌려 다닐 수밖에 없었던 안타까움은 없으니까!

　정라야! 이제는 지주도 머슴도 동일한 입장에 놓여 있는 시대다. 하지만 나는 오히려 너의 머슴이고 싶을 때가 더 많다. 그 옛날 우리 조상들이 너의 조상들을 받들었듯이 나는 너에게 옛날처럼 돌아가고 싶은 것이 솔직한 심정이다. 그래서 아버지와 가족들의 노여움이 삭여지고 다시 화해의 기틀이 마련된다면 차라리 행복할 거다. 나 하나쯤은 정라를 위해서 너끈히 그렇게 버릴 수 있다. 너를 위해서라면!

　다만 너의 진정한 마음이 궁금해. 네 마음도 오빠와 같은 생각이라면 마음을 바꿔주었으면 한다. 물론 쉽게 정리되지 않는다고 했지. 혼란스럽고 나처럼 화도 난다고도 했지. 하지만 내가 노력할 테니 도와줘. 이토록 아픈 마음들을 가지고 계속 살 수는 없잖니? 너는 그냥 나의 주인이라는 부푼 긍지를 가지고 모든 것을 너그러이 덮어주면 좋겠어. 서로의 가족에게 의리 있었고 사이좋았을 옛날로 돌려놓는 데 내가 최선을 다할게. 언제까지나 마음을 활짝 열어놓고 너의 메아리를 기다리련다.

　정라야, 오늘은 너를 생각하면서 이만 잠들어야겠다. 우리 자그마할 때 흔히 하천을 헤집고 놀던 생각이 난다. 꿈속에서는 고향의 하천이라도 볼 수 있으려나! 언제 한번 그 추억의 하천을 다시 걸어보지 않으련? 길도 흘렀고 너도, 나도 흘렀지만…… 안녕!

회신 2

　양우야, 언제부터 그렇게 편지를 잘 쓰기 시작한 거야? 말수가 적어서 바보인 줄만 알았는데 제법 설득력 있네. 네 편지를 읽다가 보면 아무리 어려운 일도 쉽게 해결될 것 같아 다행이야. 어쨌든 고향 하천에서의 추억을 떠올리게 하고 용기까지 줘서 고마워!

　하지만 난 세상에 못마땅한 것이 너무 많은가 봐! 요즘은 자꾸 화도 나고 괜히 서러워서 가끔 눈물도 나. 엄마가 식당을 나가고 없는 시간에는 내가 집안일까지 해야 해. 할머니 병이 점점 악화되어 감당하기가 버거워졌기 때문이야. 그리고 아버지는 고집이 강한 성격이라 아직도 피해의식 속에 살아. 과거를 생각하면 이해하면서도 이제 좀 벗어났으면 싶은데 그게 잘 안 되나 봐. 현실을 직시하지 못하고 어둠속에 사는 아버지를 보면 안타깝다가도 벌컥 화가 나. 그래서 더 그런지 과거가 단순히 조상들만의 몫이라고 단정 지어지지가 않아. 당사자들인 우리 아버지가 있고 신진수나 너희 작은아버지가 살아 있는데 쉽게 화해될 일은 아닐 것 같은 불안한 생각이 자꾸만 머리를 떠나지 않아.

양우야, 지금은 모든 게 너무 복잡해. 몹시 피곤해. 우선 딴 생각하지 말고 공부나 열심히 하자. 이제 대입예비고사가 불과 네 달밖에 안 남았잖아. 안녕!

편지 3

정라, 사랑하는 정라! 감히 사랑한다는 말을 조심스럽게 해본다. 사랑한다는 단어가 머릿속에서는 맴돌지만 정작 말하기는 힘들고 어려웠는데 자꾸만 입속에 오물거리니까 이렇게 감미로운 줄은 몰랐다.

나, 너 정말 사랑해! 너 아닌 누구를 이토록 그리워하며 밤새도록 가슴 아파봤을까? 너 아닌 누구를 안타까워하며 그토록 가슴앓이 해봤을까? 소리를 듣지 못하게 된 베토벤이 연주가 끝난 줄도 모르고 계속 지휘봉을 흔들었다는 애절함 같은 것을 네가 아닌 누구에게 느껴봤을까?

너와 함께 미래를 꿈꾸어보지 않았다면 아마도 거짓일 테지. 어쩌면 하루에도 몇 번씩 너와 결혼하는 꿈을 그려보는지 모른다. 바보처럼……. 그래, 나는 바보다. 분수도 모르고 오로지 내 마음만을 믿고 네가 이해해주길 바라는 진정한 바보인지도 모른다. 그런데 이런 나조차 통제할 수도 없으니 정말 바보 같지?

참, 우리 집은 봉계를 떠나 연못둥지로 이사를 했다. 야산 구릉지에 저수지가 두 개씩 있어 지명이 연못둥지이고, 마을과 떨어진 외딴곳이다. 아버지는 임야 산등성이에 집을 짓고 사과과수원으로 개간하고 있다. 지난 일요일에 이사한 연못둥지과수원에 처음으로 내려갔다. 석우가 얼마 후 군대에 간다기에 송별회 겸 한번 보고 싶어 내려갔었지. 야트막한 야산의 과수원이었지만 꽤나 웅장하더구나.

과수원을 한 바퀴 돌면서 생각했다. 사랑하는 사람과 결혼하여 봄이면 파릇한 초원이, 여름이면 싱그러운 신록이, 가을이면 알알이 가득한 열매가, 겨울이면 순백의 그윽한 설경이……. 춘하추동 멈추지 않는 연못둥지과수원에서 무릎을 꿇고 대지의 양분을 기꺼이 호흡하리라. 아득한 옛 시절이 눈앞에 어리고 노을이 과수원에 선명하게 어리어 비칠 때 사랑하는 사람과 가느다란 노랫가락도 읊조리리라. 애틋했던 과거를 전설처럼 이야기하며 영원한 행복을 가꾸어 나가리라!

정라, 사랑하는 정라! 이런 혼자만의 넋두리가 당황스럽겠지. 학생의 신분도 벗어나지 않은 주제에 참으로 엉뚱하기도 하지. 네가 어떻게 생각할까 불안하지만 한편으로는 얘기해버려서 홀가분하기도 해.

이제 받아들여야 하는 몫은 너에게 돌아갔다. 차근차근히 탑처럼 사랑을 쌓는다면 십 년 후인들 약속할 수 없는 것도 아니지. 성급한 날 용서해주겠지? 누구에게도 널 빼앗기기 싫은 내 처절한 몸부림이라고 인정해주면 차라리 행복할 것 같다!

정라야, 오늘은 정말 잠이 올 것 같지가 않다. 이 편지를 꼭 보내야 할까 망설여지기도 한다. 하지만 용기를 내련다. 재지원위연리지在地願爲連理枝, 재천원작비익조在天願作比翼鳥. 땅에서는 연리지가 되기를 원하고, 하늘에서는 비익조가 되기를 원하네. 뿌리가 다른 두 나무가 맞닿아서 하나의 몸이 된 연리지, 암수의 눈과 날개가 각기 하나뿐이어서 짝을 이루지 못하면 날지 못한다는 전설의 새 비익조, 옛 시구詩句를 빌려 간절한 미래의 꿈을 실어 보낸다. 그리고 어떤 힐책도 달게 받으련다. 오직 내 솔직한 마음만은 받아주길 바라며, 안녕!

PS: 또 하나, 나는 아버지에게 대학을 포기하겠다고 처음으로 말했다. 그동안 게으름을 피운 나를 많이 힐책하셨지만 결국 받아들이기로 했다. 형이 군대를 가고 없으면 가뜩이나 일손이 부족한 과수원이라 어쩔 수 없이 수락한 듯하다. 사실 나는 농사를 짓고 싶었다. 차라리 잘된 일이라고 생각한다.

회신 3

양우야, 정말 당황스럽다. 당분간 편지도 하지 않는 게 좋겠어! 난 지금 한가하게 사랑 이야기나 할 만큼 여유가 없어. 뭐가 뭔지 마음이 온통 뒤숭숭하고 혼란스럽기만 해. 하물며 우리 입장과 나이에 벌써 결혼이라는 단어까지? 앞으로 그나마 너에 대한 약간의 싫지 않은 감정이 미움으로 바뀌지 않게 조심해줘. 나중에, 좀 더 커서 모든 것이 이해될 때쯤 다시 연락하는 게 좋겠어. 내 마음이 정리되면 그때 내가 연락할 테니 당분간은 편지도 하지 마.

PS: 나도 대학진학을 포기하기로 했어. 지금은 도저히 대학을 갈 만한 형편이 안 돼, 최악이야. 졸업하고 나면 직장 어디라도 알아봐야 할 입장이야. 내 가정 사정은 모르고 불어를 잘한다고 외국어대를 권유하는 선생님에게 미안해 죽겠어. 그나마 마을에서 수재였던 너와 내가 왜 이렇게 형편없이 무너지는지 정말 이해가 안 돼. 요즘은 눈물도 많아지고, 한심스럽고, 짜증스럽고, 화나고, 미치겠어.

연못둥지과수원

너무 앞선 고백의 대가는 참담했다. 가슴 밑바닥에 응축된 그리움을 끌어올려 겨우 피력한 본심이었는데 화근이 되어 절교라는 메아리로 돌아왔다. 더욱이 가정 사정이 최악까지 치달아 대학을 포기할 만큼 심각한 그녀의 좌절감이 근접조차 못하도록 작용했다. 싫지 않은 감정이 미움으로 바뀌지 않게 조심하라는 편지에 일말의 희망을 담아 작정하고 쓴 절절한 사과 편지조차도 답신으로 날아오지 않았다. 내가 할 수 있는 일이란 그저 편지를 쓰고 회답을 기다리는 것뿐이었다. 절대적 사랑 앞에 이유를 따지고 시기를 조절하고 그녀의 태도에 좌우된다는 것이 어처구니없는 일이지만 적어도 정라에게만은 그럴 수밖에 없었다. 나는 이미 오래전부터 그녀에게 길들여져 있는 머슴이었고, 그것이 나의 사랑법이기 때문이었다.

그녀와의 평행선은 속절없이 내달렸다. 가을이 지나고 겨울이 왔다. 결국 졸업을 했다. 졸업식에는 아예 참석하지도 않았다. 졸업장은 같은 반 동창 두 명을 통하여 겨우 내게 배달되었다. 졸업장을 배달한 녀석들의 닦달에 중국집에서 마치 성인식이라도 하는 양 사이다에 고량주를 섞어 마셨다. 망상해수욕장의 첫 음주 때와 마찬가지로 두 번째 음주도 끝내 모두 토해버렸다. 피를 토하듯 그렇게라도 버려야 할 만큼 얼룩진 유학시절을 보낸 내가 초라했다. 하물며 정라가 사무치게 그리워 꺼이꺼이 울고 싶었다.

 나는 모든 소지품을 싸놓고 연못등지과수원으로 내려갈 준비를 하였다. 그러나 정라의 얼굴을 보지 않고는 과수원으로 낙향할 수 없었다. 단 한 번만이라도 그녀를 만나야 했다. 어떤 위로도 그녀의 슬픔에 견줄 바는 아니겠으나 잠시라도 아픔을 함께하고 싶은 심정으로 용기를 내어 다시 편지를 썼다. 비로소 도착한 답신에는 여전히 아무런 연락도 원치 않는다는 짤막한 답변만이 쓰여 있었다. 다음을 도모할 도리밖에 없었다. 결국 실패한 서울유학의 잔재를 묻어두고 서둘러 연못등지과수원으로 낙향해야 했다. 지난가을 군에 입대하고 없는 석우의 자리를 하루라도 빨리 대신해야 했기 때문이었다.

 과수원 일은 끝없는 부지런함을 요구하였다. 돌을 걷어내어 축대를 쌓았다. 울퉁불퉁하게 솟은 둔덕을 평평하게 정리했다. 장마철을 대비하여 곳곳에 수로를 만들었다. 이웃 과수원과의 경계에 아카시아나무를 심어 영역을 표시했고, 사과나무 언저리를 파고 뒷간에 모아둔 거름을 지게로 실어 날라야 했다. 아침이 저녁이고 저녁이 곧 아침인 나날들, 먼동이 트기 전부터 움직거려 해가 어스름해질 무렵에야 겨우 하루가 마무리되는 끝없는 노동의 연속이었다. 그렇게 일 년을 흘려보냈다. 문득문득 열병처럼 정라를 그리워했지만 그녀에게서 연락은 없었다.

이듬해 봄이 오자 과수나무 사이마다 다수의 먹을거리를 심었다. 참외와 수박은 물론 딸기와 온갖 종류의 채소들도 심었다. 기온이 따뜻해지자 온도에 민감한 식물들은 씨앗으로부터 새순을 싹틔웠다. 겨우내 웅크리고 잠자던 홀씨에서도 봄의 몸짓들이 만개하였다. 온갖 잡풀들조차 생명이 돋아나 연못둥지과수원은 마치 양탄자가 깔린 듯 온통 파릇파릇했다.

아아, 정라가 미치도록 그리웠다. 고개를 들어 하늘을 원망하듯 태양을 마주보았다. 광선이 눈동자로 파고들어 햇살을 똑바로 바라볼 수가 없었다. 금세 아지랑이가 눈동자에 가득 찼다. 아지랑이는 머릿속을 아뜩하게 맴돌더니 나를 그 자리에 풀썩 주저앉혀 버렸다.

실눈을 째려 뜨고 한참을 진정하며 앉아 있는데 언덕 아래 샘물 근처에서 화사한 옷차림의 숙녀 두 명이 목격되었다. 핑크빛 양산을 쓰고 나타난 그녀들의 방향은 분명 과수원으로 향하고 있었다. 예약된 방문자가 있는 것도 아니었다. 호젓한 과수원에 도시적 분위기의 숙녀가 나타날 일은 더구나 없었다.

양산에 가려져 숨겨진 얼굴이 누구인가를 확인하고 싶은 충동에 그녀들을 유심히 관찰하였다. 그러나 고개를 상하좌우로 움직여 확인하여도 보일 듯 감추어진 얼굴은 좀처럼 식별할 수는 없었다. 그러다가 문득, 혹시 정라가? 그녀가 주홍이를 앞세워 나타난 것은 아닌가 하는 생각에 마구마구 흥분되기 시작했다. 나는 용수철 튕기듯이 벌떡 일어나 그녀들을 맞이할 마음을 가다듬었다.

하지만 점점 가까이에 이르러 마침내 그녀들의 얼굴이 구별되었을 때 적잖이 실망하고 말았다. 그녀들 중 하나는 생일이 나보다 세 달 느린 동갑내기 고종사촌 여동생이었다. 이복오빠가 군에서 자살했던 이후 곧잘 외가 왕래가 잦아진, 여자임에도 불구하고 어느 틈에 키가 나보다 훌쩍 커버린, 훤칠한 여동생이었다. 은근히 염원했던 정라가 아닌 탓에 나도 모르는 한숨이 허공으로 길게 흩어졌다.

고모네 아들, 즉 고종사촌 형이 군에서 자살한 것은 내가 고등학교를 다니던 때의 일이었다. 아버지보다 열 살이 많은 고모는 한국전쟁에서 전사한 남편과 사별하고 휴전 후 재가했다. 고모에게는 남겨진 장남이 있었고 고모부에게는 전실 장남이 있었다. 비록 나이차는 한 살 터울이었지만 피 한 방울 섞이지 않은 형제들은 절친했고 군에도 같은 날 입대하였다. 둘은 나란히 월남전에 참전하였으며 제대 한 달을 남겨두고 나란히 귀국하였다.

자대에 들어가 병역해제신고만이 남은 며칠 전에 군에서 비보가 날아들었다. 고모의 아들이 자살했다는 통보였다. 월남전까지 참전하고 돌아온 사람이 자살하리라고는 도저히 납득이 되지 않는 일이었으나 군의 일관된 조사내용에 가족들의 애타는 항변도 무용지물이었다. 죽은 아들은 끝내 말이 없었고, 고모는 청천벽력 같은 아들의 주검을 확인하고 와서는 몸져누웠다. 훗날 고모는 펴보지도 못하고 죽은 아들이 불쌍하다며 무당의 몸을 빌려 영혼결혼식을 올려주었다.

"양우야, 오랜만이여!"

나와 눈이 마주친 여동생이 먼저 인사를 건네 왔다. 여동생은 동갑내기임을 내세워 단 한 번도 오빠라고 부른 적이 없었다. 그녀와 동행한 숙녀는 초면의 얼굴이었다. 곁눈질을 하며 물었다.

"웬일이여? 여긴⋯⋯."

"그냥, 들렀어. 호암지虎岩池 구경 왔다가 외할무니나 한번 보구 가려구!"

"할무니는 청주 작은집에 갔는데. 벌써 며칠 됐어. 작은아부지가 좀 아픈가벼."

"많이 아프시대?"

"그냥, 약간! 우리 어무니하구 사이가 별로잖어. 핑계 겸…….."

나는 말끝을 흘려 대꾸했다. 그러면서 동행한 숙녀가 누구냐는 듯 시선으로 가리켰다. 눈치 빠른 사촌이 숙녀에 대한 소개를 했다.

"여긴 나하구 친한 친구여. 같이 왔다가 들렀어!"

사촌이 해명했다. 동시에 친구의 목례가 먼저 건너왔다. 나 또한 머리를 까닥거려 인사에 답했다. 첫눈에, 숙녀의 인상은 퍽 도시적인 세련미가 느껴졌다. 양산을 접자 그 세련미는 한층 더 도드라졌다. 언덕을 올라오는 동안 이마에는 땀방울이 송골송골 맺혀 있었고, 가는 호흡을 새근거리며 가다듬는 앞섶의 진동이 작은 울렁임으로까지 전달되었다. 사촌과 친구는 마당 끝자락 경사진 언덕에 만들어놓은 원두막에 걸터앉았다. 원두막은 과수원 전체가 내려다보이는 8부 능선 둔덕에 위치하여 바람의 상쾌함이 절로 닿는 명당이었다.

"어, 시원하다! 혜진아, 여기 경치 참 좋지?"

사촌이 두 팔로 만세 자세를 취했다. 한바탕 달려온 바람이 사촌의 머리카락에서 나부꼈다. 혜진이라는 이름을 가진 친구도 따라서 두 팔을 곧게 올려 한껏 심호흡을 시도했다. 그런데, 그런데 민소매 차림인 혜진의 노출된 겨드랑이가 공교롭게도 내 눈높이에 멈춰졌다. 그녀의 겨드랑이에 돋은 검은 머리카락이 느닷없이 눈동자에 박혔다. 헝클어진 머리카락이 아니었다. 남자의 생김처럼 촘촘하거나 수북한 군락도 아니었다. 목덜미 솜털과도 같이 여리고 보드라운 결이었다. 새의 깃털처럼 자연미가 아롱져 있는 결이었다.

묘한 호기심이 발동했다. 여성의 겨드랑이에서 또 다른 매력이 느껴지리라곤 상상하지 못했던 일, 이성의 끌림으로까지 작동될 줄도 예상치 못했던 일이었다. 이것은 분명 사내의 욕망, 남자라는 동물로 태어난 자연의 섭리였다. 이성보다 강한 본능이며 페로몬의 농간이었다. 나는 그런 음흉한 염탐이 들켜버릴까 민망하여 서둘러 사과나무 밑의 딸기밭으로라도 도망쳐야 할 판이었다.
"잠깐 기다려. 딸기가 제법 달어!"
뒷걸음질 쳤다. 그러면서 힐끔힐끔 혜진이라는 숙녀를 훔쳐보았다. 갸름한 계란형의 얼굴, 제법 오똑한 코, 탱글탱글한 젊음이 만개한 몸짓, 어느새 아랫도리 녀석이 꿈틀거리며 순식간에 단단해졌다. 주책없는 놈, 주인의 입장은 아랑곳하지 않고 또 제멋대로였다.
단단해진 녀석을 숨기기 위해 딸기밭 수풀에 쪼그리고 앉았다. 딸기 잎 사이를 헤쳤다. 먹음직하니 발그레하게 익은 열매를 따서 바구니에 담으려는데 풀숲에 숨어 있던 꿩이 난데없이 후드득 날아올랐다. 불거진 녀석 때문에 온통 긴장하던 차였으므로 소스라치게 놀라 땅바닥에 털썩 주저앉고 말았다.
나는 엉덩방아를 찧으며 주저앉은 민망함에, 그녀들은 꿩이 후드득 날아오르는 소리에, 동시에 눈이 마주쳤다. 흙바닥에 털썩 주저앉은 내 행색을 본 그녀들이 한바탕 깔깔거리기 시작했다. 나는 아직 진정되지 않은 녀석의 모양새가 들켰나 싶어 본능적으로 사타구니를 움츠렸다. 다행히 주책없는 사타구니는 들키지 않은 듯싶었다. 겸연쩍게 웃으며 녀석이 가라앉을 때까지 꽤 오랫동안 딸기를 땄다.
원두막으로 돌아오며 마침 부엌에서 나온 여동생 양희에게 딸기를 씻어올 것을 명령했다. 양희가 콧방귀를 뀌며 부엌으로 사라진 사이 그녀들이 걸터앉은 반대쪽 모서리에 엉덩이를 걸쳤다. 마침 사과나무 가지 끝에 앉은 까치가 몇 차례 울어댔다. 까치가 울면 반가운 손님이 온다는 길조인데 혜진이 반가운 손님이련가 흘깃 훔쳐보았다. 혜진은 그런 내 시선을 의식했는지 곁눈질을 피하는 척 특유의 요염한 몸짓을 발산시켰다. 그녀는 여성이 가질 수 있는 유혹의 특권을 서슴없이 표출하는 장점이 있어 보였다. 혜진의 그런 몸가짐이 싫지만은 않은 것은 아마도 근접하기에도 어려운 정라의 도사림 때문이 아니었을까.

"혜진아, 너 얘한테 물어볼 것이 있다면서? 어서 물어봐."

사촌이 혜진을 채근하며 말문을 열었다. 그녀들 사이에 무슨 밀담이 오갔는지 금시초문인 나는 서로를 번갈아 보며 영문을 몰라 했다.

"책을 좋아하고, 글도 잘 쓴다는 얘기를 들었어요. 여고 때 문예부에서 활동했던 적이 있어서, 그 쪽에 관심이 많거든요!"

혜진은 사투리를 감추는 능력까지 지니고 있었다. 언젠가 정라를 향한 그리움으로 가득했던 노트를 훔쳐본 사촌이 글의 내용을 기억하고 발설했던 듯싶었다. 하필 그 소중한 비밀을 혜진에게 늘어놓았던 모양이다. 그렇다면 그녀들끼리 작심하고 밀담을 나누었을 터인데 민망해진 것은 정작 나였다. 나는 겸연쩍은 웃음으로 혜진의 눈길을 피하며 뇌까렸다.

"별 쓸데없는 얘길 다 했나 보네. 내 노트를 도둑질해서 훔쳐본 사람이……"

"부끄러워하기는, 사내가!"

사촌의 웃음 섞인 맞장구에 혜진의 눈웃음이 반달처럼 올라갔다. 참 맹랑한 여자였다. 정라에게서는 진즉에 느껴보지 못했던 애교스러운 표정까지 저절로 발산되는 여자였다.

"여학교 때부터 내려오던 문예부가 있어요. 남자 애들도 꽤 있구요. 참석하지 않을래요?"

다짜고짜 내뱉는 혜진의 억양과 눈빛이 꽤나 저돌적이었다. 내 대답은 속절없이 자신감을 잃었다.

"난, 그런 모임에는 별 취미가 없습니다. 문예부라면 더욱 재주두 없구여!"

"그럼, 아무 때나 생각나면 참석하는 것으로 하세요. 우린 언제든지 환영이니까."

그녀는 또 눈썹꼬리를 반달처럼 실룩이며 배려하는 척 채근조차 하지 않았다. 하물며 보조개까지 옴팍 생기는지는 그제야 알았다. 그것도 오른쪽 입술 옆에서만 생겼다가 어느 순간 사라지는 보조개였다. 그리고 보조개와 일정한 간격을 유지하며 움직거리는 깨알만 한 까만 점, 그녀의 또 다른 매력 포인트였다.

마침 양희가 딸기를 씻어 나와 잠시 대화가 끊겨졌다. 문예부 이야기는 중단되었다. 다시 이어진 대화라고 해봐야 기껏 그녀들의 수다에 불과했다. 주로 그녀들의 친구 이야기였고 간헐적으로 문예부 여자들이 등장했다. 추후 문예부 참석을 자극하려는 의도에서 정보를 흘리는 것으로 나는 판단했다. 그런 와중에도 잠깐씩 스치는 혜진의 곁눈질을 의식하지 않을 수 없었다.

"양우야. 사실은……. 혜진이가 니한테 데이트 신청한다구 함께 왔어! 니 자랑을 한번 했더니 자꾸 나를 못살게 굴어서 어쩔 수 없이 끌려온 거여. 이건 순전히 내 잘못이 아니여!"

사촌이 혜진과 동행한 이유를 비로소 밝혔다. 난데없는 혜진의 문예부 이야기와 수다에 줄곧 머쓱해하던 나는 말끝을 흘려 또 얼버무렸다.

"오늘, 사람 참 여러 번 당황하게 만드네. 실없기는!"

"난 이제 빠질 거여. 니들끼리 알아서 혀!"

사촌은 토라지는 시늉까지 하며 발뺌을 했다. 딸기를 오물거리던 양희가 혜진과 나를 번갈아 흘겨보더니 음흉스럽게 키득거렸다. 겨우 고등학생인 양희가 남녀의 오묘한 줄다리기를 본능적으로 감지하고 보인 행동이었다. 그러나 혜진은 위기를 넘기는 탁월한 능력을 지니고 있는 듯 보였다. 그녀는 양희의 키득거림 따위는 간단하게 무시하며 오히려 나를 압박했다.

"다음 주 일요일에는, 나 혼자 또 올 거예요. 그때까지도 딸기는 남아 있겠죠?"

딸기를 빌미 삼아 무작정 방문하겠다는 일방적인 통보나 다름없었다. 겸연쩍은 웃음이 삐져나왔다. 혜진의 얼굴에 감춰진 묘한 표정을 외면하며 서쪽 먼 하늘을 응시한 것이 고작 나의 대답이었다.

뭉게구름 가장자리에 벌써 노을이 물들어 있었다. 그녀의 저돌적인 등장으로 평화로운 연못둥지과수원에 꿈틀대고 있는 기운은 무엇일까, 혜진이란 여자의 뜻 모를 눈웃음에 자꾸만 눈길이 가는 연유는 무엇일까, 이런저런 낯선 기운을 의심하는 사이 원두막 처마 끝자락에 매달렸던 태양이 금세 떨어졌다. 노을은 점점 붉게 물들어가고 혜진의 보조개에도 붉은 노을빛이 고여 들기 시작했다.

무대뽀삼형제가 느닷없이 연못둥지과수원으로 쳐들어왔다. 이틀 내내 비가 왔으니 월악산으로 송이버섯을 따러 가자는 것이 녀석들이 쳐들어온 이유였다. 예고도 없이 들이닥친 것이 황당했지만 녀석들의 스타일이었고, 나를 기억해준 사실이 한편으로는 고맙기도 했다.

나는 산적해 있는 과수원 일을 팽개치고 장화를 챙겨 신었다. 앞서거니 뒤서거니 반나절을 걸어서 겨우 월악산 깊은 골짜기에 도착했다. 녀석들은 버섯이 있는 장소를 미리 알고 있었던 듯 송이를 찾아내는 솜씨가 심마니 못지않았다. 다만 송이 채취가 처음인 나만이 닭이 모이를 헤집어놓듯 솔잎 사이를 온통 들쑤시며 분주하게 바닥을 헤집었다. 얼굴은 물론 등줄기에서도 금방 땀방울이 맺혀 엉덩이까지 흘러내렸다. 숲속을 헤매는 동안 녀석들은 벌써 송이 채취를 끝내고 둔덕에 걸터앉아 있었다. 진수가 등짐에서 막걸리를 꺼내며 포만하게 농지거리를 해댔다.

"야아, 전양우! 그만 캐구 이리 와서 막걸리나 처먹어. 거기는 아무리 찾아두 송이가 없는 곳이여. 허허허!"

"염병할, 니 눔들은 귀신같이 찾는데 난 당최 못 찾겠네!"

"괜히 기운빼지 마. 송이는 우리가 조금씩 나눠줄 테니까. 송이두 다 주인을 알아보는 법이여!"

녀석은 포만한 어깃장과 함께 공치사까지 늘어놓았다. 나는 이마에 흥건한 땀을 팔소매로 훔치고는 못이기는 척 녀석들 곁으로 이동했다. 그런데 가파른 둔덕을 오르려다가 미끄러져 나동그라지며 한참을 후진하는 꼴이 되고 말았다. 더구나 나무기둥에 부딪힌 팔꿈치에서 시작된 찌릿한 전율이 등뼈줄기로 소스라쳤다. 일시에 녀석들의 폭소가 터졌다. 하지만 나는 코미디를 연출한 멋쩍음에 씁쓸한 웃음으로 통증을 감추어야 했다. 결국 네 발로 기어올라 겨우 녀석들 틈에 합류했다. 바닥에 엉거주춤 주저앉자 진수가 내미는 막걸리 잔이 부딪힐 듯 턱밑으로 들어왔다.

"이건 이별주다!"

"이별주라니?"

"나, 다음 달에 군대 간다!"

나는 막걸리를 받아든 채 되물었다.

"군대? 벌써?"

"자원했어. 지금 다니는 직장두 마땅치 않구 해서 군대나 빨리 갔다 오려구!"

군대 갈 생각까지 한 진수가 불쑥 어른스럽다는 생각이 들었다. 중학교조차 본인들 성적으로 갈 수 없어서 재수까지 한 무대뽀가 훌쩍 커버린 것을 느낀 것은 망상해수욕장에서였다. 출발점이 다르다고 해서 끝도 다를 이유까지는 없는 일, 은근히 녀석을 깔보았던 마음이 새삼 부끄러워졌다.

"축하한다. 조심해서 갔다가 와라!"

그를 응원하는 말과 함께 막걸리를 높이 들었다. 그러자 삼형제가 건배에 동조하며 의기투합했다. 모두는 동시에 잔을 비웠다. 크으, 좋다! 하는 뒷마무리가 이어졌고 누가 먼저랄 것도 없이 턱을 동시에 훑쳤다.

영석이 담배를 꺼내 각자에게 건넸다. 무대뽀가 담배까지 피우는 줄은 모르던 일이었으나 엉겁결에 한 개비를 받고 말았다. 봉기가 불을 붙여 내밀었다. 담뱃불이 옮겨짐과 동시에 본능적인 흡입이 시작되었다. 매캐한 연기가 목구멍으로 넘어가는 듯싶은 짧은 순간, 연기는 곧바로 콧구멍으로 다시 역류하며 치밀었다. 기침은 더욱 자지러져 눈물까지 동반되었다. 마침내 토악질이 복받쳤다.

"캑캑, 더럽게 맵네. 이걸 무슨 맛으루 처먹냐?"

나는 담배를 땅바닥에 짓이기며 투덜대었다. 녀석들의 키득거림이 월악산 깊은 골짜기로 한바탕 메아리처럼 번졌다. 그러나 그들의 키득거림은 순박했다. 사심이 전혀 섞이지 않았고, 친구는 친구 그 이하의 의미를 두지 않았다. 무대뽀삼형제가 송이를 덜어주자 제법 푸짐해져 횡재한 사람은 정작 나였다. 오래전, 녀석들을 한꺼번에 물리친 후 줄곧 뒤지지 않으려던 안간힘이 불현듯 부끄럽다는 생각이 들었다.

산을 내려온 지 한참을 지나자 호암지 연못둥지가 보였다. 온전한 햇살을 받은 수면은 평화롭고 목가적으로 너울거렸다. 연못 가장자리에는 낚시꾼들이 듬성듬성 세월을 낚고 있었고, 맞은편에는 여럿의

보트가 가고 있는지 멈추어 있는지 종이배처럼 흘렀다. 간혹 은빛물고기가 튀어 올라 포말을 일으키며 동그라미를 수면에 그리기도 했다.

연못 모퉁이를 돌자 느닷없는 젓가락장단과 뽕짝노래가 들리기 시작했다. 고요하던 모두의 마음이 갑자기 깨졌다. 화녀까지 두고 사내들을 유혹하는 일이 잦아져 성토의 대상이 되고 있는 근래에 생긴 술집에서 흘러나오는 소리였다. 아무리 보아도 연못둥지 분위기와는 어울리지 않는 낯설기 짝이 없는 풍경, 더구나 대낮부터 노래까지 흘러나오는 것을 보니 또 누군가를 유혹하여 술판을 벌이고 있는, 언제부터인가 마을 아낙네들의 눈엣가시가 된 유흥업소이기도 했다.

그러나 그 젓가락장단이 우리에게는 먼 추억들을 실어다 주었다. 발가벗고 놀았기에 불알친구라고 일컬었던 유년의 친구들, 정월대보름이면 방장골과 돌팔매질을 하며 집단패싸움놀이에 신났던 무대뽀 형제들, 개천을 휘저으며 물고기도 우리도 자연의 하나였던 어린 시절, 그리고 추억의 끝은 멀리 망상으로부터 날아왔다. 해수욕장을 이야기하고 판쵸의 추억을 떠올릴 때 우리 모두는 맘껏 웃어 젖혔다. 한바탕의 웃음이 메아리로 돌아오는 사이 영석은 내게 은밀한 곁눈질을 보냈다. 아마도 정라와 별일은 없었느냐는 물음인 듯 보였다. 나는 별 신통치 않다는 동작을 보내면서도 녀석의 옆구리를 찔러 비밀 유지를 강요했다. 그에게서는 아직도 비밀을 지키고 있다는 암시의 눈빛이었지만 의외라는 신호가 갸웃거리며 건너왔다.

갈림길에서 모두와 악수를 하고 헤어졌다. 진수의 손은 더욱 굳게 잡아주었다. 진수는 뒤를 돌아보며 손을 흔들었다. 나는 손을 마주 흔들며 그의 껄렁껄렁한 뒷모습을 오래도록 지켜보았다. 마침내 녀석들이 사라지고 보이지 않을 때 비로소 과수원으로 방향을 틀었다.

과수원이 가까워지자 원두막에 걸터앉은 웬 낯선 여자가 목격되었다. 단발머리가 양희를 닮았지만 분명 양희의 덩치는 아니었다. 도무지 가늠이 되지 않는 자줏빛 옷차림의 여자가 누구인지 궁금한 마음에 헐레벌떡 언덕을 올랐다. 근처에 이르렀을 때, 군복 차림의 석우가 딸기 바구니를 들고 원두막으로 걸어가는 것이 눈에 들어왔다. 휴가를 나온 모양이었다. 석우를 부르면 여자도 나를 뒤돌아보겠거니 싶은 생각으로 되레 큰소리로 그를 반겼다.

"형, 휴가 온 거여?"

"어, 그려! 어디 갔다가 오는 겨?"

석우의 대답이 떨어짐과 동시에 등을 돌린 여자와 눈이 마주쳤다. 신진영이었다. 갓 고등학교를 졸업한 진영, 성인처럼 애써 차려입은 진영, 자줏빛 옷차림이 제법 성숙한 숙녀티를 풍기고 있었다. 그녀는 덩달아 반색하며 호들갑스럽게 나를 맞이했다.

"오빠, 어디 갔다가 오는데 그렇게 숨이 차?"

"어. 월악산에 버섯 따러 갔었어. 형은 언제 온 겨?"

"오전에……."

진영의 물음과 석우의 답변에 교차되는 몇몇 영상들이 스쳐갔다. 화제사건과 추행사건의 소문, 그들은 지난 사건들과는 무관하게 내내 만남을 유지해왔다는 것을 입증하고 있었다. 더구나 부모님의 노여움을 무시하고 과수원까지 대동할 만큼 뻔뻔해져 있다는 사실에 그저 놀랄 따름이었다. 하지만 모처럼 휴가를 나온 석우에게 불편한 내색을 표출할 수는 없었다. 나는 호들갑스럽게 반가워하는 진영에게 진수도 함께 버섯을 따러 갔다는 친절까지 해명하는 꼴이 되고 말았다.

"진수두 같이 갔었어. 무대뽀삼형제."

대답은 석우가 했다.

"그려? 그런데 넌 여자하구 약속까지 해 놓구는 멍청하게 바람맞히구 그러냐? 이름이 혜진이라구 했던가? 잔뜩 삐쳐서 돌아갔다!"

석우의 입에서 혜진이라는 이름이 튀어나오자 일순간 아차 싶었다. 비록 일방적인 약속이기는 했어도 이틀 전까지는 기억하고 있던 일이었다. 혜진이 와도 그만 안 와도 그만인 일이라고 치부하려 했었다. 하지만 첫 대면 이후 간헐적으로 떠오르는 겨드랑이가 이틀 전까지 그녀를 기억하게 만들었다. 혜진을 기억하고 있다는 사실은 은근히 그녀의 방문을 기다렸다는 흑심일 수도 있었다. 그런데 무대뽀삼형제의 돌발적인 방문으로 까마득하게 지워지고 말았다.

"얼굴두 예쁘던데 사내가 너무 도도하게 군 거 아녀?"

석우가 혜진의 미모에 관심을 보였다. 진영이 금방 콧방귀를 날리며 질투 섞인 눈을 흘기었다. 혜진의 말상대가 석우였을 터, 그가 혜진을 어찌 상대했을지는 빤한 노릇이었다. 그런 석우를 지켜봤을 진영의 질투 또한 어쩌면 당연한 행동이었다.

"그 여자가 일방적으루 온다구 해서 설마 했는데 정말 왔다가 갔나 보네!"

나는 별 대수롭지 않은 약속이었다는 듯 시큰둥하게 딴청을 피웠다. 나보고 어쩌라는 뜻인지, 되레 어깨를 치켜올리며 난처한 표정까지 지어 보였다.

"거봐. 양우 오빠는 여자 보기를 돌같이 하잖어. 오빠랑은 너무 달러. 형제인데두 말이여!"

진영은 여전히 질투를 부렸다. 어른 흉내를 내는 그녀의 말투가 영 못마땅했다. 나는 화제를 다른 방향으로 돌릴 요량으로 부러 딴청을 피웠다.

"형은 제대가 얼마나 남은 겨? 진수두 곧 군대 간다구 하던데."

"꼭 반이 남았어. 이제 슬슬 지겨워지기 시작이여. 그런데 진수는 군대 갈 때가 아직 좀 남지 않았어?"

"지원했다구 그러던데. 빨리 마치려구."

진영이 끼어들었다.

"내가 쫓아버렸어. 하는 일 없이 빈둥빈둥 세월만 허비하느니 빨리 군대나 때우라구!"

진영의 말 본새가 거칠었다. 말을 가려서 하는 그녀가 아님을 익히 알지만 그 단순함이 참으로 놀라웠다. 더구나 석우가 맞장구까지 쳤다.

"그것두 괜찮지. 어차피 한 번은 때워야 할 군대니까!"

어찌 보면 천생연분일 정도로 주고받는 대화가 착착 맞아떨어졌다.

"석우 오빠, 나 과수원 좀 구경시켜줘. 오천 평이면 얼마나 큰가 한 번 둘러보게!"

진영이 비음 섞인 목소리로 아양을 떨기 시작했다. 석우는 대답 대신 고개를 끄덕거렸다. 원두막에서 폴짝 내려온 진영이 대뜸 석우의 팔짱을 끼며 밀착해 들어갔다. 여전히 연인 흉내를 일삼으며.

당황한 석우가 나를 의식하며 눈치를 살폈다. 그러나 그것도 잠시일 뿐, 진영은 과장되게 사뿐거렸고, 석우는 못이기는 척 끌려가는 행복한 시늉을 연출했다. 석우가 진영에게 사고를 쳐도 단단히 쳤다는 심증을 지울 수가 없는 몸가짐들이었다.

혜진의 등장 앞에서, 진영의 행동 앞에서, 정라가 사무치도록 왈칵왈칵 그리워졌다. 더구나 또 이사라도 했다면 속수무책인 일, 무대뽀 삼형제의 단순함처럼 무작정 부딪쳐 볼 작심으로 서울행을 결심하였다. 절교 편지를 받은 후 처음이었다. 신내동 인근까지 동행했던 이후로는 근 2년 만이었다.

신내동에 도착하여서는 빈손으로 어른들과 맞닥뜨릴 수 없다는 생각에 교회 옆 가게에 들러 고기와 정종을 샀다. 집을 찾는 데는 그다지 어렵지 않았다. 야산 밑자락에 홀로 덩그마니 놓여 있는 야트막한 슬레이트집이었다. 대문이나 담벼락도 없었다. 지붕 위로 내려앉은 햇살이 아지랑이를 뿜어내고, 이불빨래를 넌 나일론 끈은 땅바닥에 닿을 듯 늘어진 채, 세월마저 멈춰진 듯 나른한 바람에 일렁거렸다.

인기척조차 느낄 수가 없어 우선 산 위에 숨어 주변 동향을 내려다보기로 했다. 바위에 걸터앉아 그녀가 나타나기만을 기다렸다. 오가거나 드나드는 사람조차 없이 정지된 고요만이 흘렀다. 밤나무 꼭대기에 둥지를 튼 까치는 훼방꾼의 등장에도 아랑곳하지 않고 둥지 주위를 맴돌 뿐이었다.

얼마를 기다렸을까. 가뭇한 졸음이 눈꺼풀을 괴롭히려 할 즈음 다리를 절름거리며 언덕을 오르는 정라 아버지가 시야에 들어왔다. 반가운 마음에 불쑥 나서려다가 아차 싶어 멈추어 섰다. 아버지는 수해 이후에 나를 본 적이 없었다. 더구나 동네에 살던 어린 꼬마로 기억될 일이었다. 하물며 누구의 자손인지가 확인된다면 반응은 어떨까. 지주와 머슴, 우익과 좌익, 피해자와 가해자, 그 상황을 감내하기에 감히 용기를 낼 수가 없었다. 또 기다려야만 했다. 정라가 나타나기만을.

시간은 더디게 흘렀다. 얼마 후 정라 어머니가 모습을 보였다. 그러나 역시 나서지 못했다. 하물며 아버지가 마당에 나와 담배를 피우며 산 위를 바라보았을 때는 밤나무 뒤에 몸을 숨기기까지 했다. 다시 오랜 기다림이 이어졌다.

어스름할 무렵이 되어서야 마침내 정라가 모습을 드러냈다. 먼발치에서도 야윈 몸태가 대뜸 느껴져 벌써부터 안쓰러웠다. 평범한 옷차림에 대충 동여맨 머리카락, 고개를 땅바닥에 떨어뜨리고 무기력하게 언덕을 오르는 지친 걸음걸이, 희고 생기 있던 얼굴은 어디에도 느껴지지 않았으며, 삶에 찌든 피곤함만이 절절이 흘렀다. 그 낯선 모습 때문에 그녀가 바람에 일렁이는 이불 사이를 지나 방으로 들어갈 때까지도 나는 차마 걸음을 옮기지 못하고 말았다.

해가 서쪽으로 떨어지자 어둠은 살같이 달려와 슬레이트집을 덮었다. 더는 망설일 시간이 없을 만큼 조바심이 났지만 땅바닥에 달라붙은 발바닥은 좀처럼 떨어지지 않았다. 다시 얼마의 시간이 지났다. 겨우 산에서 내려와 너울대는 이불 뒤에 숨었다. 이불에서 퀴퀴한 인분 냄새가 콧구멍으로 파고들었다. 알 수 없었다. 나름 깔끔한 정라 가족의 이불에서 인분 냄새가 나리라고는 도무지 납득할 수 없는 일이었다.

"아이고, 어무이!"

그때 갑자기 남자의 통곡이 문밖으로 튕겨 나왔다. 정라 아버지였다. 곧이어 어머니와 정라의 울음이 한꺼번에 쏟아지며 마당으로 흩어졌다. 그 울음은 방 안에 벌어진 상황을 단박에 직감할 수 있는 통곡이었다. 몹시 아프다던 그녀의 할머니가 막 세상을 떠난 모양이었다. 난감한 상황을 나는 어떻게 대처해야 할지 막막해진 것도 잠시, 마치 내가 겪고 있는 일처럼 슬픔이 밀려오기 시작했다. 가슴에서 비롯된 눈물이 왈칵 올라와 주변이 희뿌연 연무 속으로 흘러들었다. 나는 정라가 겪는 슬픔을 나누기라도 하듯이 속절없이 눈두덩을 훔쳤다.

통곡은 한참 동안 멈춰지지 않았다. 마침내 꺼이꺼이 울던 아버지의 울음소리가 흐느낌으로 바뀌고, 어머니와 정라의 울음소리는 작아지며 간헐적으로 끊어졌다. 나는 결국 다음을 도모하는 것이 최선이라는 생각에 이르렀다. 정종과 고기 뭉치를 봉당 귀퉁이에 가지런히 놓아두고 발걸음을 돌렸다. 물건을 발견하고 누가 다녀갔는지 유추하는 것은 이제 그들의 몫이었다.

언덕을 내려오며 몇 번을 뒤돌아보았는지 헤아리지 못했다. 무작정 걸었다. 오로지 걸었다. 걷는 내내 그 거리가 얼마였는지도 가늠할 수 없었다. 천근 같은 발걸음을 무심코 짓눌렀을 따름이었다.

지독한 갈증으로 입안은 메마르고 떫었다. 지난밤, 이문동 이모네 집으로 기어든 것은 늦은 시간이었다. 이모가 차려준 늦은 저녁은 절반도 비우지 못했다. 숟가락을 놓자 어이없게도 알 수 없는 허기가 쏜살같이 밀려왔다. 사촌을 유혹하여 중랑천으로 나갔다. 그리고 늦은 밤까지 술에 만취되고서야 정라를 조금은 잊을 수 있었다. 나는 사촌의 어깨에 걸쳐져 겨우 집으로 돌아왔다.

정라의 얼굴이 또 뇌리에서 뒤척이기 시작했다. 무기력했던 걸음걸이, 삶에 찌든 야윈 몸태, 할머니를 잃은 슬픔, 도대체 지워지지 않는 영상들이었다. 오후가 될 때까지 그녀의 영상들을 되새김하며 뒤척이다가 이모의 꾸중을 듣고서야 겨우 털고 일어났다. 찬물을 끼얹어 대충 세수를 했다. 물에 말은 밥은 먹는 둥 마는 둥 목구멍에 털어 넣었다. 그리고는 무작정 집을 나섰다. 그러나 어느 순간 발걸음은 이미 신내동으로 향하고 있었다. 간밤에 목격된 상황을 확인하지 않고서는 견딜 수 없는 우울함 때문이었다. 정라와 맞닥뜨리면 어떤 말부터 해야 할까를 고민하며 터덜터덜 언덕을 오르고 있을 때였다.

"어머, 이게 누구여?"

언덕을 내려오던 웬 숙녀가 나를 먼저 알아보고는 반색부터 했다. 걸음을 멈추고 놀란 눈동자를 그녀에게 던졌다. 정라와는 각별한, 처음으로 정라의 서울 주소를 알려준 주홍이었다. 연못둥지과수원으로 이사한 후 처음이고, 뜻밖의 서울이라는 곳이어서 반가워야 할 일이었지만 시큰둥하게 인사에 답했다.

"주홍이 니는, 벌써 문상 갔다 오는가 보구나?"

"으응, 그런데 니는 어떻게 알았어?"

그녀는 내가 정라 할머니의 사망소식을 알고 왔다고 생각하는 모양이었다. 그동안 정라와의 우여곡절을 모르고 있을 그녀에게 비밀을 들켜버린 것 같아 갑자기 머쓱해지기 시작했다. 더구나 마치 커다란 기회라도 포착한 듯 느물거리는 그녀의 눈빛을 피해 부러 딴청까지 피워야 했다.

"충주로 내려가는 겨?"

"어. 그런데, 그게 중요한 게 아니구. 할무니가 돌아가셨는지 니는 어떻게 알았냐구?"

그녀는 이미 다른 것에는 관심이 없어 보였다. 지난밤에 정라를 만나기만 했더라도 최소한 길이 어긋나 지나칠 일이었다. 그렇다고 대충 얼버무릴 수 없는 노릇, 그녀가 고향에서 소문낼 불씨를 어떻게든 진화시켜야 했다. 피해 갈 수 없다면 정면 돌파가 최선이었다.

나는 그녀의 옷소매를 끌고 언덕을 되돌아서 내려왔다. 의중을 알아차린 그녀가 시실시실 웃으며 마을 아래로 끌려 내려왔다. 다방을 찾았다. 지하다방이 있었다. 주홍이는 다방에 마주앉자마자 무슨 변명이라도 하라는 듯 줄곧 채근의 눈짓을 보냈다. 나는 커피를 주문하고는 침을 꿀꺽 삼키며 거짓을 말했다.

"이 근처에 교회 다니는 동창이 살아서, 우연히 알게 됐어!"

고기와 정종을 샀던 구멍가게 옆의 교회가 뜬금없이 생각난 변명이었다. 정말이지 거짓을 참말처럼 불쑥 뱉어놓고는 나 자신도 예측하지 못했던 엉뚱한 심보에 놀라고 말았다.

"거짓말하지 마. 정라는 교회에 안 다녀!"

주홍이는 일언지하에 묵살했다. 난처해졌다. 거짓말을 잘하는 편은 아니었지만 도무지 창피하여 아무런 대꾸도 못했다. 대책 없이 머뭇거리자 그녀가 키득거리며 내뱉었다.

"벌써 알구 있어. 영석이한테 들어서 동네 동창들두 거의 아는 얘긴데 새삼스레 뭘 그려!"

쇠망치가 날아와 뒤통수를 강타했다. 해수욕장의 쏟아지는 별빛에 취하여 음영석에게 비밀을 발설한 내가 멍청한 놈이었다. 내게는 소중한 비밀이 영석까지 소중할 리가 없을 터였다. 영석은 비밀을 지킨 것이 아니었다. 그렇다면 연못등지 갈림길에서 녀석의 표정은 무엇이란 말인가, 이제 정라 앞에 어떻게 나설 수 있다는 말인가, 무슨 낯으로 그녀의 얼굴을 대하고 혀를 놀릴 수 있단 말인가, 비밀을 발설한 사실이 정라에게도 전해졌다면 낭패였다. 나는 흘러내리는 콧물을 훌쩍거리며 소문의 파장을 확인하는 초라한 신세가 되고 말았다.

"영석이 그 자식 못 믿을 눔이네! 정라두 아니?"

"왜? 챙피해서 그려? 작년에는 정라 소식을 아냐구 오히려 나를 찾아와서 묻구는!"

"그때는 정라 소식을 모른다구 했잖어!"

"니가 다녀가구 한참 있다가 갸가 연락을 해서 다시 소식을 알게 되었어."

"니들은 당사자가 아니라구 맘 놓구 내 얘기했던 모양이구나!"

"본래 남의 비밀이란 재미있는 얘기 아니니. 동네 친구들 사이에 소문이 돌길래 정라에게 채근했더니 겨우 말하더군. 그때부터 우리 둘이는 자연스럽게 니 얘기했어."

"못 믿을 것들……."

"처음부터 비밀을 발설한 니가 잘못이지, 영석이 문제는 아니지."

"미치겠군!"

"그나저나 요즘 둘 사이가 별루이지?"

"그건 또 뭔 소리여?"

"대충은 알구 있어. 하지만 너무 비관하지는 마라. 정라가 그동안 너무 어렵구 힘들어서 신경 쓸 경황이 아니었을 거!"

기껏 나를 위로한답시고 그녀가 정라의 속마음까지 대변해주었다. 하지만 더는 어떤 의사도 표현하고 싶지 않았다. 음영석에게는 배신과 노여움이 겹쳐 견딜 수가 없었고, 정라에게는 도망가고 싶도록 창피했다. 정라의 근황은 주홍이의 입을 통하여 계속 설명되기 시작했다.

"사실, 요즘은 정라가 너무 안됐어! 형편이 너무 어려워져서 대학을 포기하구 취직을 했잖어. 작은 출판사의 경리 겸 허드렛일을 하는 직장이여. 퇴근한 저녁에는 틈틈이 할무니를 돌보아야 했구. 할무니는 지난번 수해루 할아부지가 돌아가시구 나서 치매증상을 보이더니 바깥출입까지 불가능해졌어. 그래두 낮에는 아부지가 상주하면서 할무니의 수발을 들었대. 워낙 다리가 불편한 아부지라서 온종일 간병은 역부족이었나 벼."

"왜? 무슨 일들이 있었어?"

"어쩌다 아부지가 외출하는 일이 생기는 날에는 방문을 걸어 잠그구 할무니를 가두어놓았대. 그런 날은 이불은 말할 것두 없구 온 방안이 소변과 대변으루 더럽혀졌구. 어무니는 궁색한 살림 때문에 대학 기숙사 구내식당에 다녀야 했기 때문에 대변을 본 이불이며 요를 밤늦게까지 정라가 빨아야만 했는가벼. 그렇게 고생하던 할무니가 돌아가신 것이 어쩌면 정라에게는 다행인지두 몰러. 슬픈 일이기는 하지만 할무니두 비로소 고통을 덜어낸 셈이 아닌가 싶어!"

이불에서 풍기던 인분 냄새, 그 냄새가 할머니의 배설물로 찌든 지울 수 없는 냄새였다니, 그런 줄도 모르고 편지 답신조차도 없는 정라를 원망했던 옹졸한 마음이 한없이 부끄러웠다. 고개를 떨어뜨리고 시종일관 침묵하고 있는 내가 불쌍해 보였을까, 측은한 눈빛으로 한참을 바라보던 그녀가 안달을 부렸다.

"여기 이렇게 마냥 있지 말구 올라가자. 정라는 보구 가야 하지 않겠어? 혼자 가기 곤란하면, 내가 같이 올라가 줄게!"

나는 주홍이의 동정심에 편승하는 것이 그나마 다행이다 싶었다. 그녀가 주섬주섬 매무새를 정리하는 사이 커피 값을 지불했다. 다방을 나오자 해는 벌써 어둠이 삼켜버리고 없었다. 하늘은 온통 검은 암흑이었다. 멀리 달빛조차 없는 산자락 밑, 상갓집의 초라한 불빛만이 주위의 암흑과 힘겨운 밀어내기 다툼을 벌이고 있었다.

주홍이를 뒤따라 오르는 언덕길이 천 리나 되는 양 한없이 멀었다. 마침내 집 앞에 이르렀을 때 정라의 모습이 눈에 들어와 박혔다. 하얀 소복을 입고 문상객의 식사 시중을 들고 있는 그녀는 멀리에서도 확연하게 돋보였다. 그러나 그리움만 앞세워 정라 가까이로 내처 다가갈 수가 없었다. 둘만이 간직하기를 원했던 비밀조차 떠벌린 것을 알고 있을 터, 곧바로 힐책할 만도 한 일을 지금까지 함구하는 것만으로도 정라가 느꼈을 실망감은 짐작이 되고도 남을 일, 내 가벼운 혀를 미워했을 그녀를 생각하면 감히 맞닥뜨릴 용기조차 나지 않았다. 나는 걸음을 멈추고 눈을 질끈 감아버렸다가 떴다. 그렇게 잠시 망설이는 사이, 주홍이가 먼저 정라의 이름을 부르며 뛰어나갔다.

"야, 정라야! 나 다시 왔어!"

주홍이의 목소리에 놀란 정라가 뒤돌아보았다.

"무슨 일이여. 충주로 내려가던 중 아니었어?"

"내려가다가 아는 사람을 만났어!"

주홍이의 말에 내가 누구인가를 확인하려는 정라의 고개가 거북이

목처럼 길게 갸웃거렸다. 눈이 부시어 심장이 멎을 지경이었던 소복, 할아버지의 슬픈 이별보다 시렸던 소복, 장례식에서 훔쳐보던 눈부시도록 아름다웠던 소복에 내 마음은 벌써 통제를 잃었다. 마른침을 삼켰다. 목울대를 넘어 내려가던 침이 헛기침 소리에 뒤섞여 되돌아 나왔다.

정라는 어둠 속에 멀뚱하니 서 있는 사람이 나인지를 금방 확인한 듯싶었다. 그녀가 갑자기 주홍이의 옷소매를 부여잡았다. 적잖이 놀란 반응의 몸동작이었다. 주홍이가 결국 해명에 나섰다.

"내려가다가 양우를 만났어. 아마 할무니가 돌아가신 걸 알구 왔는가벼. 이왕 왔으니 문상하구 가야 될 것 같아서 같이 왔어!"

주홍이의 해명을 듣고도 정라는 한동안 어떤 말조차 꺼내지 않았다. 야릇한 침묵만이 서로의 간극을 헤매었다. 아무 말도 못하고 있는 정라와, 할 말을 잃은 채 멍하니 서 있는 나를, 주홍이가 번갈아 보았다. 참다못한 주홍이 정라의 옆구리를 쿡쿡 찔렀다. 마침내 기어들어가는 작은 목소리가 먼저 건너왔다.

"어떻게 알구, 온 겨?"

"어제…… 왔다가…… 그냥, 돌아갔어! 우는 소리가 들려서!"

"어제? 그게 무슨 소리여?"

"작정하구 왔었어. 뒷동산에서 오래도록 기다렸다가, 할무니가 돌아가신 것 같아 그냥 갔어!"

정라의 눈이 갑자기 휘둥그레지며 팽창되었다.

"그럼, 문 앞에 놓인 게, 니가 놓구 간 거여?"

까맣게 잊고 있던 일이었다. 온통 정라를 만나는 일에 신경을 집중하다가 보니 정종과 고기를 놓고 갔던 기억을 그만 잊고 말았다. 문밖에서 그녀를 염탐하고 마치 도둑고양이처럼 행동했던 사실이 또 탄로 나는 순간이었다. 창피함을 주워 담기도 전에 궁색한 변명이 먼저 입 밖으로 쏟아져 나왔다.

"일부러 그런 것은 아니구. 니, 만나러 왔다가 통곡소리가 들려서, 차마 나설 수가 없었어."

"그래두 그렇지, 얼마나 놀랐는지들 알어? 무슨 귀신두 아니구!"

정라의 마음을 만회하려 작심하고 상경한 꼬락서니라니, 목표달성은 고사하고 의지마저 처량하게 침몰하고 있었다. 돌이킬 수 없을 지경이 되었다. 또 다른 변명의 여지조차 남아 있지 않을 때, 정라의 등 뒤에서 그녀를 부르는 굵은 목소리가 들려왔다.

"정라야, 거기서 뭐혀. 여기 좀 와서 거들어라!"

고개를 돌려 누군가를 확인한 정라는, 대화의 끝이 정리되기도 전에 곧바로 등을 보이며 되돌아갔다. 주홍이는 곧바로 정라와의 대화가 무슨 뜻인지 해명하라는 듯 눈썹꼬리를 위아래로 치켜뜨며 연신 신호를 보냈다. 나는 대꾸할 단어조차 찾지 못하고 그녀의 표정을 줄곧 회피했다. 주홍이 마침내 통박을 부렸다.

"별, 비밀스런 일두 많네. 기껏 동행해 주었더니 따돌림이니?"

그녀마저 실쭉하고 삐치며 문상객 틈으로 가버렸다. 주홍이가 냉큼 앉은 곳은 군인 특유의 짧은 머리카락이 돋보이는 정호 옆이었다. 두 사람 건너에는 손님들과 동석해 있는 유복자 사촌도 있는 것 같았다. 주홍이가 정호에게 밀착해 들어가며 내 이야기를 귀띔하는 듯싶은 행동이 엿보였다. 잠시 후 정호와 사촌의 얼굴이 내가 있는 방향으로 힐끔 돌아왔고, 곧바로 자리를 박차고 일어서는 정호가 목격되었다.

나는 미동도 못하고 금세 굳어져 버렸다. 우이동 언덕을 내려오며 맞닥뜨렸던 정호의 섬뜩한 분노, 정라를 자전거에 날름 태워서 빼앗아 가던 유복자 사촌, 울면서 뒤따르던 정라를 피해 강제입영의 길로 떠났던 정호의 영상과, 큰아버지의 날선 도끼가 유복자 사촌의 몸에서 생생하게 되살아났다.

정호는 점점 커다란 크기로 눈앞으로 다가왔다. 몸은 저절로 움츠러들었다. 이윽고 그가 벽처럼 내 가슴 앞에 멈추어 섰다. 군에서 다져진 거칠고 까칠까칠한 표정은 어둠 속임에도 불구하고 단호하며 냉정해 보였다. 비웃음까지 숨긴 그의 눈빛은 도사리고 있는 맹수의 눈빛처럼 살기가 서려 있었다. 나는 허리를 꺾어 무언의 인사만을 건넸다.

"니, 오랜만이구나."

비아냥거림이 잔뜩 섞인 말투, 으름장 같은 억양에 어떤 대응조차 할 용기도 없었다.

"아직두 둘이 만나구 다니냐?"

"……."

날카롭고 강한 발음이었다. 역시 대꾸를 못했다.

"미친 것들! 날이 날이니만큼 오늘은 그냥 넘어간다. 네 성의만 봐 줄 테니 조용히 돌아가는 게 좋아. 빨리 꺼져!"

근접할 틈조차 없는 말투였다. 애초부터 대꾸가 용납되지 않는 일방적인 추방이었다. 나는 정호의 기세에 눌려 등을 돌리는 신세가 되고 말았다. 그런데 눈물이 왈칵 복받쳤다. 이를 앙다물고 복받치는 서러움을 삼켜버렸다. 지난밤처럼 언덕을 내려오며 몇 번을 뒤돌아보았는지 헤아리지 못했다.

"양우야, 잠깐만! 잠깐만!"

낯익은 목소리가 천근같은 발걸음을 멈추게 했다. 애절한 정라의 목소리, 등을 돌려 뒤돌아온 언덕을 바라보았다. 어둠 속에서 더욱 선명한 하얀 소복이 미끄러지듯 내려오고 있었다. 눈부시도록 시린 소복, 순백의 소복이 애처로운 울림을 펼럭이며 마침내 내 앞에 멈추어

섰다. 호흡을 가다듬는 그녀의 앞섶은 쉴 새 없이 뛰었다.
"그렇게, 그렇게 가버리면, 어떻게 혀."
"어쩔 수 없었어. 정호 형이 너무 완강해서!"
"엄마가, 고맙다구 전하래. 누가 놓구 간 물건인가 궁금했는데 알게 돼서 다행이라면서!"
"내가 때를 잘못 선택한 거 같아. 아무리 기다려두 답장이 없어 큰 맘 먹구 올라온 건데."
"니 잘못 아니여. 때맞춰 할무니가 돌아가신 걸 어떡해."
"할무니는 고생을 많이 하다가 돌아가셨다구 들었어. 니 고생두 말이 아니었구. 난, 니가 고생하는 것을 생각하면 자꾸만 눈물이 나. 그런데, 답장은 왜 그렇게 모질게 안 했던 거니?"
"마음이 복잡하구 너무 힘들어서. 할무니가 돌아가시게 되면 그때쯤 하려구 했어!"
훌쩍거리던 정라는 하얀 옷소매로 눈물을 찍어내기 시작했다. 그동안 흘렸던 눈물도 모자랐던 듯 들썩이는 어깨는 서러움을 대변하고 있었다. 그녀의 깊고 애절한 격정이 내 가슴을 사정없이 할퀴었다. 정라를 살며시, 그러나 조심스럽게 끌어당겨 가슴팍에 의지하게 했다. 그녀는 가슴 깊이 묻어두었던 응고된 울분을 한꺼번에 토해내기라도 하듯 더욱 흐느꼈다. 마침내 나의 눈에도 눈물이 고여 그녀의 머리 위로 굴러 떨어졌다. 떨어지는 눈물은 그녀를 향한 그리움이 응집된 투명한 사리였다.

정라는 편지를 보내는 것마다 알뜰하게 답신을 보내왔다. 그리움을 실어 보내면 그리움으로 답했고, 애틋함을 실어 보내면 애틋함으로 답했으며, 아련함을 실어 보내면 아련함으로 답했다. 그녀의 마음이 돌아온 것은 무대뽀처럼 쳐들어간 서울행의 선물이었다. 어깨를 들썩이며 서러워할 때 기둥이 되어준 덕이었다. 봉당에 놓고 간 물건 덕분이기도 했다. 반목은 청주로 간 작은아버지와의 문제일 뿐, 아버지들끼리 서로의 목숨을 구해준 사실도 밝혀진 덕이었다. 더구나 정라는 비밀을 탄로 낸 혀의 가벼움조차도 힐책하지 않는 관용을 보였다. 나 또한 그녀의 관용에 힘입어 음영석에게 약간의 서운함을 표현했을 뿐 꼬집어 탓하지도 않았다.

기승을 부리던 무더위가 가라앉았다. 그녀가 곁에 있는 것 같은 가을의 단풍은 여느 가을과는 달리 붉었다. 가을인가 싶더니 어느 순간 겨울이 수은주의 눈금을 잡아 내렸다. 첫눈은 예년보다 일찍 내렸고, 더구나 폭설이었다. 연못둥지과수원은 동화 같은 순백의 정원으로 온통 포근하였다. 둔덕은 오염되지 않은 태초의 모습을 굴곡마다 품었고, 폭설에 묻힌 과수원은 더욱 그윽하고 평화로웠다.

하물며 그 첫눈과 함께 정라가 느닷없이 과수원에 등장했다. 그녀는 주홍이를 만나고 나서 겸사겸사 찾아왔다고 해명했지만 핑계에 불과하다는 것을 나는 동물적으로 직감했다. 언젠가 연못둥지과수원과 학창시절 단골 소풍지였던 탄금대도 보고 싶다는 편지가 생각났다. 그동안 염원해왔던 시간들이 얼마였던가, 주홍이를 만나러 온 핑계면 어떠랴, 그녀가 직접 과수원으로 찾아오다니, 나는 도저히 흥분을 가라앉힐 수가 없었다.

반면 어머니와 양희는 적잖이 어리둥절해하는 눈치였다. 마을에서 크고 자라는 모습과 여타 장례식에서 무심코 보았을 어머니나, 동네 언니로만 여겨오던 양희의 의아한 표정이 나의 상기된 표정과 사뭇 엇갈렸다. 다행히 어머니는 그녀 어머니와의 인연을 의식한 환대였는지 가족에 대한 안부를 묻는 것을 시작으로 극진한 손님 대우를 했다.

이런저런 물음에 정라는 조곤조곤 대답하며 내내 예쁜 미소를 잃지 않았다. 그처럼 호의적인 어머니에 반해 의심스럽게 눈알을 굴리는 양희가 나는 더 신경이 쓰이기 시작했다.

 "양희야, 니는 왜 거기서 멀뚱거리냐! 할 일이 그렇게두 없니?"

 내 말뜻을 간파한 양희가 입술을 삐죽이 내밀며 음흉스럽게 눈을 흘겼다. 양희가 밉살맞았으나 또 다른 변명은 오히려 독이 될 것 같아 빨리 자리를 피하는 게 상책이라 생각되었다.

 "여기루 이사했다는 소문 듣구 그냥 왔다나 봐유. 과수원을 한번 구경하구 싶다구 해서 왔다니까, 한 바퀴 돌구 올게유!"

 정라의 방문이 마치 남의 이야기인 것처럼 시치미를 떼고는 그녀에게 탈출을 종용하는 눈빛을 보냈다. 내 의중을 알아차린 그녀는 민망한 얼굴로 어머니의 눈치를 살피며 주뼛거렸다. 기회를 놓칠세라 내가 먼저 아예 자리에서 일어섰다. 당황한 그녀의 얼굴은 더욱 붉은 낯빛이 돌았다. 하지만 나는 줄곧 딴청을 피웠다. 어머니의 묵인이 떨어졌다.

 "점심 지어놓을 테니 먹구 가려무나!"

 그녀가 조심스럽게 무릎을 일으키며 엷은 미소로 응답했다. 나는 양희를 힐끗 쏘아보며 도망치듯 방을 나왔다. 바늘이 지나간 길에 실이 따라오듯 정라가 꽁무니에 따라붙었다.

 온통 하얗게 단장된 연못둥지과수원, 둔덕마다 작은 동산을 옮겨놓은 것 같은 몽실몽실한 평온함, 제멋대로 휘어진 나뭇가지마다 얼어붙은 멋스런 눈꽃송이, 간밤의 폭설에도 불구하고 맑고 청명한 하늘에는 움직임조차 없는 몇 조각의 구름이 정지되어 있었다.

 "참, 평화롭구 멋있다. 마치 동화 속에 나오는 얼음나라 같어!"

 긴장을 진정시킨 그녀는 달뜬 마음을 한껏 드러내었다. 그녀에게서 근래에 보지 못한 무구한 표정을 보니 나도 덩달아 무구해졌다. 나 또한 달뜬 목소리로 맞장구를 쳤다.

"사시사철 좋아! 봄은 봄대루, 여름은 여름대루……. 가을이면 집으루 올라오는 언덕에 코스모스 꽃이 활짝 펴서, 연못둥지에서 데이트하던 연인들이 가끔 사진 찍으러 오기두 혀!"

"니두 많이 행복해 보여."

"집에서는 대학두 못 갔다구 오히려 불만이여. 이럴 줄 알았으면 괜히 서울루 핵교 보냈다구 하는데 뭘……."

"대학이 전부는 아니여. 우리 오빠 봐. 서울대면 뭐혀!"

"오빠는 잘 있어?"

"지난달에 중사 진급했어! 제대하구 싶어두 잘 안 되는가 벼. 사고나 쳐야 제대시켜 준다구 해서 대충대충 하는데두 뭐가 잘 안 풀리는 거 같어."

그녀의 얼굴에 정호에 대한 연민이 떠올랐다. 집안의 부흥을 책임져야 할 장남이 반정부운동에 가담하여 군에 끌려가고 말뚝까지 박게 되었으니 당연한 일이었다. 어쩌면 정라의 연민은 장남이 짊어져야 할 짐을 그녀가 온전히 지고 있는 무게감 때문일지도 모른다는 생각이 들었다. 나는 진정으로 정라를 위로했다.

"오빠는 머리가 좋은 사람이니까 잘 해낼 거여. 믿구 기다려 봐!"

정라가 미소로 화답했다. 달뜬 분위기를 망치지 않으려는 멋쩍은 미소였다. 나는 마주 웃어주며 모퉁이를 돌았다. 광활한 또 다른 설국의 아름다움이 눈앞으로 달려왔다. 하얀 양탄자를 깔아놓은 순백의 정원이었다. 인간의 손길이 닿지 않은 태고의 신비를 간직한 동화 속의 풍경이었고, 결코 흉내 낼 수 없는 자연이 빚은 걸작 중의 걸작이었다.

"나 정말……. 이런 곳에 살구 싶다!"

정라의 입에서 여과 없는 감탄사가 절로 흘러나왔다. 나는 말없이 기다려 주었다. 벅찬 향수를 만끽하고 있는 그녀를 굳이 방해하고 싶지 않았기 때문이었다. 더욱이 훗날 결혼하면 살게 될지도 모르는 과수원에 흠뻑 빠져들었다는 사실에 고무된 탓하기도 했다. 그래, 그녀에게 편지로 고백했었지. 사랑하는 사람과 봄이면 파릇한 초원이, 여름이면 싱그러운 신록이, 가을이면 알알이 가득한 열매가, 겨울이면 순백의 그윽한 설경이……. 춘하추동 멈추지 않는 연못등지과수원에서 무릎을 꿇고 대지의 양분을 호흡하리라. 아득한 옛 시절이 눈앞에 어리고 노을이 과수원에 선명하게 어리어 비칠 때 사랑하는 사람과 가느다란 노랫가락도 읊조리리라. 애틋했던 과거를 전설처럼 이야기하며 영원한 행복을 가꾸어 나가리라……. 어느새 내 손이 그녀의 손으로 살며시 다가갔다. 따듯한 손길을 느낀 그녀는 얼굴을 살짝 외면하며 손을 허락했다.

정라가 걸음을 옮기기 시작했다. 하지만 바람에 휩쓸린 눈송이들로 소복해진 둔덕을 피해 가야만 했다. 그녀가 둔덕을 넘으려 옆으로 돌아섰다. 조금은 비탈진 내리막길, 그것이 화근이었다. 갑자기 몸이 기우뚱해지면서 잡고 있던 손이 쏜살같이 미끄러져 나갔다. 일순간에 발목이 눈 속에 빠져버렸고, 다음 걸음은 제대로 떼지도 못한 채 그대로 꼬꾸라졌다. 나 또한 그녀의 넘어지는 힘에 휩쓸려 나동그라지며 눈 위에 엎어지고 말았다.

누가 먼저랄 것도 없이 서로를 마주보았다. 눈동자가 허공에서 마주쳤다. 그녀의 볼에는 금세 홍조가 돋아났고, 내 얼굴에서도 후끈 달아오르는 열기가 느껴졌다. 그녀의 따뜻한 입김이 내 볼에 날아와 부딪혔다. 서로의 입술이 닿을 법한 순간, 그녀가 소스라치게 놀라며 몸을 일으켜 세웠다. 아마도 쌀 먼지를 불어달라고 했다가 기습적인 키스를 당했던 기억을 떠올렸던 모양이었다.

 공연히 머쓱해진 나는 시치미를 떼고 온몸에 묻은 눈을 털었다. 그녀 또한 눈을 대충 털고는 먼저 걸음을 옮기기 시작했다. 서로의 마음과 마음을 감춘 침묵이 이어졌다. 나는 말없이 그녀의 뒤를 따랐다. 어머니가 불을 지피며 점심을 짓고 있는 모양인지, 하늘과 맞닿는 초가지붕 굴뚝 언저리에 해무처럼 낮은 연기가 맴돌고 있었다. 나 정말 이런 곳에 살구 싶다는, 고즈넉한 풍광이 우리 앞에 아롱져 있었다.

 어머니의 정성이 깃든 음식으로 점심을 마치고 탄금대로 향했다. 고향에 들르면 찾고 싶은 곳이 탄금대라고 했기 때문이었다. 초등학교 내내 단골 소풍지였고, 가끔은 달천 강에서 수영을 하고 놀다가 우르르 몰려갔던, 어린 추억이 깃든 장소가 곧 탄금대였다.

 탄금대 또한 온통 은빛 세상이었다. 온갖 나뭇가지마다 내려앉은 눈꽃은 탄성을 절로 솟아나게 하였다. 크면 큰 대로, 작으면 작은 대로, 휘어졌거나 곧은 것은 휘어진 대로 혹은 곧은 대로, 각자의 기개를 뽐내는 소나무군락! 하물며 말라버린 잡풀조차도 저마다 생긴 모양대로 뽐내는 자태가 봄가을의 소풍 때와는 확연히 다른 풍경을 자아냈다. 더구나 눈에 띄는 사람조차 찾아볼 수 없이 한적했다.

 "먼 옛날, 이렇게 아름다워서 우륵于勒이 여기까지 와서 가야금을 탔나벼?"

 그녀가 우륵을 탄彈하며 탄금대를 청아하게 음미했다. 가야시대, 미묘한 가야금 소리에 사람들이 모여들어 마을 이름이 탄금대라 불렸다는 전설이 그녀의 가슴에서 음률로 되살아나는 순간이었다. 우륵의 가야금 소리가 바람을 타고 숱한 세월을 넘어 아련하게 들리는 듯 산들거렸다.

"대관절, 가야금을 얼마나 잘 탔으면 사람들이 모여 마을을 이루었을까?"

내 맞장구에 그녀가 아득한 미소를 지었다. 그녀와 나의 얼굴에 아스라한 우륵의 음률이 가슴으로 젖어들었다. 슬그머니 그녀의 어깨를 감싸 안았다. 그것은 내 의도가 아닌 온전히 우륵의 가야금 음률과 설경에 흠뻑 도취된 탓이었다. 잠시 새침한 표정을 보이던 그녀의 손도 마침내 내 허리를 감아 돌아왔다.

눈길은 목화송이처럼 희고 폭신했다. 우리는 굳이 아직 사람의 발길이 닿지 않은 곳을 찾아 둘만의 새로운 발자국을 새겼다. 뽀드득, 뽀드득……. 리듬을 타며 그려진 발자국의 흔적이 다소곳하게 꽁무니를 따라왔다. 소나무가지에 앉았던 한 무리의 참새들이 놀라 후드득 눈가루를 사방에 떨어뜨렸다. 떨어지는 눈덩이에 화들짝 놀란 다른 녀석들이 짹짹거리며 날아올랐다.

우리의 발자국은 충혼탑과 감자꽃노래비를 지나 열두대까지 길게 이어졌다. 열두대 절벽 아래 용섬은 온통 눈꽃의 설국이었다. 나는 크게 심호흡을 하며 신립장군의 기개를 떠올렸다. 배수진을 치고 밀려오는 왜군을 막고자 달궈진 활시위를 식히려 열두 번을 오르내렸다는 장군의 절규가 들리는 듯했다. 국운이 걸린 전투에서 패하여 남한강에 투신했을 때 장군은 어떤 한을 품었을까, 격전지가 탄금대가 아닌 문경새재였다면 임진왜란의 향배는 달라졌을까, 지난 세월이 그랬듯 오늘도 남한강은 열두대를 감고 휘어지면서 말없이 유유할 뿐이었다.

한동안 열두대와 눈 덮인 용섬을 바라보던 정라가 갑자기 조바심을 내기 시작했다.

"이제 그만 돌아가자. 나 늦기 전에 서울 가는 버스를 타야 돼."

고개를 돌려 그녀를 올려다보았다. 묘한 일이었다. 한 계단 위에서 재촉하고 있는 표정이 문득 포근한 누이 같은 얼굴이었다. 나는 손을 내밀며 올려달라는 무언의 어리광을 피웠다. 의중을 알아차린 그녀가 앙증스럽게 웃으며 손을 마주 잡아주었다. 무심코 팔을 당겼다. 그러나 올라서려는 순간 와락 딸려오는 무게감이 느껴졌다. 일순간에 그녀가 내 몸으로 쏟아졌다. 나 또한 덩달아 미끄러지며 뒤로 나동그라졌다. 온통 미끄러운 눈 위, 등짝이 나무밑동에 걸려 굴러가는 위기를 겨우 모면했다.

아찔한 공포가 머릿속을 쏜살같이 훑었다. 거친 호흡이 그녀에게로 달려갔다. 그녀의 거친 숨소리가 내 가슴으로 달려왔다. 그녀는 아예 머리를 내 가슴팍에 묻은 채 눈도 제대로 뜨지 못했다. 나는 애써 정신을 가다듬었다. 그녀가 마침내 실눈을 떴다. 잠시 후 전율은 다시 온몸의 핏줄을 타고 줄달음쳤다. 누구의 입술이 먼저 닿았는지는 중요하지 않았다. 누가 작심하고 저지른 입맞춤도 아니었다. 어느 순간 서로의 입술이 맞닿았고, 거친 숨소리에 섞인 짧은 입맞춤에 미동도 할 수 없었다.

안개 속의 덫

　　　　　　．
　　　　　　．
　　　　　．．
　　　．　．
　　　．　．
　　．　．
　　．
　．
．

　정라는 연못둥지과수원을 두 번이나 방문했다. 딸기가 한창인 봄과 사과가 빨갛게 익는 가을이었다. 그 사이 병역신체검사를 받고 겨우 현역입영대상인 2을종으로 입영을 기다리고 있었다. 불과 몇 백 그램만 덜 나갔어도 지역방위로 떨어질 형편없는 몸무게 탓이었다.

　현직대통령이 측근에게 시해되는 격동의 겨울을 보낸 이듬해 2월, 또래보다 늦은 나이에 홀로 입영했다. 기차역에 집결하여 훈련소 정문까지 앉은뱅이걸음으로 이동할 때부터 혹독한 훈련은 이미 예견되었다. 인솔조교에 의해 남자친구가 찌그러져 오리걸음으로 사라져가는 모습에 눈물을 짜는 몇몇 여자들을 보면서 정라와 동행하지 않은 것은 차라리 잘 했다는 생각이 들었다. 딴은 군 입대가 무슨 벼슬이라도 되는 양 요란을 떨고 싶지도 않은 나였지만.

　산골짜기 병영의 늦은 혹한은 좀처럼 누그러질 기미조차 보이지 않았다. 더구나 훈련소의 겨울 날씨는 심장을 도려내듯 매서웠고, 예비사령부의 훈련은 보병이라는 이름에 걸맞게 모든 이동수단이 오로지 구보였다. 평지는 말할 것도 없었고, 산은 산대로, 논은 논대로, 달려가는 곳이 곧 길이었고 훈련장이었다. 어쩌다 구보에서 낙오하는 자는 낮은 포복을 강요당하며 목적지로 이동하여야 했으며, 힘이 달려 겨우 기던 훈련병은 조교의 발길질에 채여 논두렁에 처박히고 안경이 깨져도 항의조차 못했다. 하물며 오리걸음으로 뒤뚱거리다가 게거품을 물고 널브러진 훈련병이 발생할 정도로 훈련은 거칠고 냉혹했다.

훈련병 중 한 녀석은 한 달째가 될 즈음 야음을 틈타 탈영까지 했다. 녀석은 결국 반나절 만에 잡혀 압송되었다. 모든 훈련병은 연대책임을 물어 하루 종일 혹독한 체벌을 감내해야 했다. 아마도 정라와의 거리가 가까워지지 않았다면 몹시 힘든 일이었는지도 모른다. 훗날 사내답고 늠름한 모습으로 거듭나고 싶은 의지는 오로지 그녀 때문이었다. 그녀를 향한 그리움은, 탄금대의 감미롭던 입맞춤은, 모든 훈련 과정을 인내하도록 만들었다.

지독한 8주의 보병훈련을 마치고 배치된 곳은 강원도 산골짜기에 숨겨진 보병대대였다. 작전차트병으로 배속되자마자 광주에서 알 수 없는 사건이 일어났다. 군이라는 고립된 특수상황에 사건의 내용은 철저히 비밀에 부쳐졌다. 제대를 얼마 남기지 않은 고참병들은 으레 신병의 신상파악을 하게 마련이었는데 전라도 출신의 신병은 다른 지역의 신병보다 가슴팍을 많이 맞았다. 뿐만 아니라 이유 없는 원산폭격을 수없이 당했다. 신병 또한 광주에서 무슨 일이 일어났는지도 모르는 상황에서 일방적인 폭력을 온전히 감내해야만 했다.

그중에 별명이 '온도계'인 신병은 다른 신병보다 특히 많은 폭력을 당했다. 아침점호 때 어떤 옷을 입고 있느냐에 따라 그날의 기온이 가늠될 정도로 날씨에 민감한 체질인 그는 하물며 굼벵이처럼 느리기까지 했다. 집단폭행은 매일 저녁 일과처럼 자행되었다. 다만 온도계는 그조차도 노여움을 안 탄다는 것이 다행스러울 따름이었다. 폭력은 점점 더 심해져 끝내 온도계의 빗장뼈가 부러져 후송되면서 겨우 잦아들었다.

비상근무가 해제되었을 때, 군화를 신고 근무한 것밖에는 별로 한 일도 없는 모두에게 '국난극복기장'이라는 이름의 손가락 마디만 한 기장이 수여되었다. 신병의 빗장뼈를 토막 낸 병장은 국난극복기장을 명찰 위에 자랑스럽게 붙이고 영내를 활보했다. 동기별로 하달되는 연대책임의 폭력에서 비켜 갈 수 없었던 나는 선임에게 얻어맞고 받은 기장을 화장실에 몰래 버렸다.

대대장이 바뀌었다. 신임대대장은 워낙 차트로 보고받고 지시하는 형식을 좋아했다. 작전상황실 벽면에 부착된 상황자료, 방문자를 위한 브리핑보드판, 보안실의 이동브리핑자료, 부대의 낡은 모든 상황게시판의 교체명령이 하달되었다. 하루 24시간이 모자랐다. 부대 곳곳의 상황자료는 여섯 달 만에 깨끗이 정리되었다. 종당에는 작전중사와 사병식당의 낡은 벽화까지 페인트로 그려야 하는 숨겨진 재주를 표출해야 했다. 무엇보다 다행스러운 것은 폭력이 자행되는 내무반 생활에서 열외되었고, 최고지휘관으로부터 신망을 받게 되었다는 사실이었다.

대대장은 팀스피리트 훈련까지 차출했다. 훈련은 보름 가까이 이어졌다. 미사일부대를 비롯한 보병부대, 미군부대까지 포진된 막사에서 나는 24시간 내내 군장도 풀지 못한 채 상황대기를 했다. 훈련이 종반으로 치달을 즈음 한미연합사령관이 인근 미사일부대를 방문한다는 소식이 날아들었다. 대대장은 그 기회를 놓치려 하지 않았다. 그는 훈련단장과 협의하여 미사일부대 작전상황과 함께 모든 훈련과정을 차트로 보고할 계획을 세웠다. 나는 대대장의 출세의욕에 희생양이 되어 이틀 밤낮을 꼬박 새워 보고서를 작성했다.

연합사령관의 헬기가 내리기 전후로 수많은 별들이 훈련장에 속속 도착했다. 체력이 바닥을 쳐 찌꺼기조차 남지 않을 정도로 지친 나는 긴장은커녕 몸조차 제대로 작동되지 않았다. 상황보고가 진행되는 순간에 마지막 힘을 끌어올려 막사 입구에서 고목처럼 굳은 채 보초를 섰다. 마침내 눈꺼풀은 내려앉아 안개 속처럼 1미터의 물체도 식별할 수가 없었으며, 날아가는 새도 떨어뜨린다는 이른바 별들의 무게감마저도 심각하게 와 닿지 않았다. 연합사령관이 돌아가자 끝내는 탈진하여 그 자리에 꼬꾸라지고 말았다. 작전중사는 나를 들쳐 업고 의무막사로 뛰었다.

긴 잠이었다. 참으로 오랜 죽음과도 같은 잠이었다. 무려 24시간 만에 앙다문 조개 입처럼 붙었던 눈꺼풀을 떼었다. 주변을 두리번거렸다. 의무막사의 침대는 낯설었지만 모처럼 맞이한 휴식은 안락했다. 그러나 그도 잠시 거짓말처럼 또 잠이 몰려왔다. 다시 깊은 잠의 늪에 빠져들었다.

어느 순간 밖의 웅성거리는 소리에 눈을 떴다. 곧이어 사병 하나가 사타구니를 움켜잡고 자지러지듯 울부짖으며 막사로 들이닥쳤다. 두세 명의 사병들 어깨에 걸쳐져 늘어진 채 들어오는 모양새가 예사 사고는 아닌 듯했다. 군복 하의로 흘러내린 피는 이미 하반신을 흠뻑 적신 상태였다.

사고병사가 처치대로 쓰이는 널빤지에 눕혀졌다. 군의관이 가위로 하의를 자르자 사병의 심벌이 드러났다. 사병의 고환은 호두알처럼 표피가 벗겨져 속살이 그대로 드러나 있었다. 응급처치가 이어졌다. 군의관은 알코올을 물 붓듯 부어 고환 언저리에 엉겨 있는 핏덩이를 세척했다. 그는 핀셋으로 쭈글쭈글 너덜거리는 거죽부위를 길게 잡아 끌며 지껄였다.
"절벽을 어떻게 뛰어내렸는데 이렇게 많이 찢어졌냐? 그나저나 씨나 받을 수 있을지 모르겠다. 다쳐도 하필 불알을 다쳐서!"
군의관의 푸념에 부상병을 걸치고 들어왔던 사병들이 킥킥대며 등을 돌렸다. 곁눈질로 부상병의 불알을 훔쳐보았다. 거무칙칙한 거죽이 핀셋에 매달려 닭 껍질처럼 길게 늘어나 있었다. 그 모양새가 하도 우스워 나 또한 외면하며 애써 웃음을 삼켜야 했다. 군의관은 이미 마취기운이 퍼져 혼절해버린 부상병의 거죽을 훑어보며 다시 농지거리를 해댔다.
"그나마 포경수술을 안 한 게 천만다행이군. 이참에 포경을 떼어서 땜질하면 되겠어. 불알거죽은 쪼글쪼글해서 아무 거죽이나 쓸 수가 없는데, 이거 일석이조군 그래. 허허허……."
일순간 의무막사에 폭소가 터져버리고 말았다. 농지거리를 해댄 군의관은 멋쩍게 웃어 넘겼다. 하지만 부상병과 동행했던 사병들은 아예 그 자리에 주저앉으며 자지러졌다. 그때, 주저앉은 병장의 얼굴을 스쳐 본 나는 용수철처럼 튕겨 일어날 수밖에 없었다. 자지러진 병장 계급장은 다름 아닌 진수, 특유의 장발이 아닌 짧은 머리카락이었지만 분명 신진수였기 때문이었다. 차마 이런 곳에서 맞닥뜨릴 것이라고는 상상조차 할 수 없는 만남, 결코 우연이라고 치부하기엔 부족한 운명적인 만남, 나는 반가운 마음이 앞서 그의 이름을 대뜸 호명했다.
"야, 신진수!"
병장이 고개를 돌렸다. 목소리가 어찌나 컸던지 부상병의 심벌 언저리 터럭을 면도하던 군의관까지도 일제히 나를 쏘아보았다. 군이라는 특수한 계급집단을 무시한 눈총에 나는 머쓱했다. 하지만 진수가 대뜸 나를 알아봐서 어색한 분위기는 겨우 모면되었다.

"야? 니가 어떻게……. 군대는 언제 온 겨? 여기는 어쩐 일이구?"

정겨운 사투리, 그는 한꺼번에 많은 것을 알고 싶어 했다. 내 손을 덥석 움켜잡은 손은 따뜻했으나 채 마르지 않은 부상병의 피로 미끈하였다. 부상병의 피가 내 손에도 약간은 묻어났다. 나는 주변의 시선과 계급을 의식한 나머지 엉겁결에 존댓말을 흘렸다.

"지난해, 2월에 입대했…… 습니다!"

"자아식, 그냥 대충 넘어가지 뭘 그려. 더럽게 반갑다! 그런데 어디가 아픈 겨?"

진수는 너스레까지 떨었다.

"탈진해서. 지금은 좀 괜찮어. 우리 잠깐 밖으루 나가면 안 될까?"

불편한 의중을 알아차린 그가 눈치 빠르게 막사 밖으로 이동했다. 나는 주위를 두리번거리며 주춤주춤 뒤따랐다. 부상병을 치료하던 이들은 우리의 이탈에는 이미 관심이 없었다. 진수는 대충 생긴 바위에 걸터앉았다. 녀석은 주머니 안쪽에서 곧바로 담배를 꺼내 물며 내게 권했다.

"하나 줘?"

나는 고개를 가로저었다. 그리고는 녀석보다 크기가 작은 바위에 나란히 걸터앉았다.

"아직 담배 안 배웠나 보네. 그런데 할 만혀?"

"아직 졸병인데 뭘, 니는 제대가 얼마 안 남았지?"

"아직 꽤 남았어. 얼마 전 겨우 병장 달았어. 니는 보직이 뭐여?"

"작전차트병! 그런 니는?"

"사단교육대. 난 많이 힘들어. 더구나 못살게 구는 말뚝하사 하나가 있어서……."

"어차피 절반은 넘겼는데, 잘 견뎌내야지 뭘!"
"니, 정호 알지? 정라 오빠! 갸가 같은 부대 말뚝하사여. 몇 달 전에 우리 교육대로 새로 부임해서 알았어. 여기 훈련은 불참했지만……."
진수가 담배연기를 길게 내뱉으며 투덜대었다. 마치 짜증을 연기에 실어 날려 보내고 싶은 사람처럼. 일순 쇠망치가 뒤통수를 때렸다. 수많은 생각이 짧은 순간 뇌리를 스쳤다. 망상해수욕장에서 음영석에게 들었던 정호와 진수의 조상들이 얽힌 이야기, 지주와 머슴으로 시작되어 피해자와 가해자로 이어진 숨겨진 이야기, 진수 아버지가 가장 적극적이었다던 공회당의 폭행사건, 정호는 이미 오래전부터 진수 집안과의 관계도 알고 있었다는 증거였다. 나는 보이지 않는 정호의 살기에 소름이 돋았다.
"많이 갈구니?"
"아주 노골적이여."
"제대두 얼마 안 남았는데 대충 얼버무리구 넘기면 되지 뭘 그려!"
"지난 해 대통령이 죽었을 때 실탄두 지급되구 해서 나는 꼭 전쟁이 나는 줄 알았다. 그때 차라리 전쟁터에서 죽구 싶더라! 그런데 요즘은 더 힘들어, 어떨 땐 탈영까지 하구 싶어!"
진수의 느닷없는 푸념에 내가 더 놀라고 말았다. 월남에서 돌아와 제대 며칠을 남겨두고 자살한 사촌형과, 훈련소에서 탈영해 잡혀왔던 병사의 압송 장면이 뇌리를 스쳤다. 냉정한 척 핏발을 세우며 힐책해야 했다.
"개뿔! 군에서 일 저지르면 개죽음이여! 적당히 때우다가 제대나 혀. 만약 그랬다간 니 나한테 혼날 줄 알어!"
의외의 거친 내 반응에 진수가 눈알을 멀뚱거렸다. 한참이 지난 후 그가 혼잣말처럼 힘없이 중얼거렸다.

"그런데 이해하지 못할 이상한 게 있어."

"뭐가?"

"정호가 우리 집에 불난 것을 알구 있더라구. 그땐 서울루 이사 간 뒤의 일인데두 말이여!"

"본인이…… 직접…… 말을 혀?"

나는 갑자기 말더듬이가 되어버렸다. 범인이 밝혀지지 않은 잊혀진 방화사건이 쏜살같이 스쳐갔기 때문이었다. 적막이었다. 진수가 중얼거리듯 덧붙여 설명했다.

"아니, 우리 집에 불난 것을 정라한테 들었다나 뭐라나. 정라가 그걸 어떻게 아느냐구 물었더니 대충 얼버무려서 더는 묻지 못했어."

곧이어 정라의 얼굴이 떠올랐다. 우이동 계곡에서 스치듯 말했던 진수네 불 이야기, 그렇다면 정라도 혹시나 하여 정호에게 확인 작업이 들어갔다는 의미이다. 때마침 방장골에 내려갔던 정호를 나처럼 의심했다는 추론이 가능하다. 아니다. 정라가 그랬을 리가 없다. 그녀는 불 이야기를 꺼냈던 내 말을 시큰둥하게 귀담아 듣지도 않았다. 도리질을 쳤다. 진수에게 일단 시치미를 떼어야 했다.

"별 신경 다 쓴다. 사내자식이. 이건 니답지 않어!"

결코 진수의 운명에 동참할 수 없는 비껴가고 싶은 심정의 발로였는지도 모른다. 무릇 정호가 정라의 오빠임을 부정할 수 없는 노릇이 명백한데 누구의 편을 들어야 한다는 말인가, 진수는 정호의 몫이고 정호는 진수의 몫일 따름일진대.

"그래, 고맙다. 그래두 오늘 니를 만나서 힘이 되네!"

그가 씁쓸하게 웃으며 내 어깨를 툭툭 쳤다. 안심하라는 의미의 다짐이면 제발 좋으련만. 그저 지나가는 푸념이면 좋으련만.

"벌써 저녁 배식인가 보네. 그만 들어가 봐야 하잖어?"

야전식당 천막으로 줄지어 이동하는 사병들을 보며 내가 뇌까렸다. 정해진 틀에 짜여 훈련에 길들여진 탓일까, 진수는 마지막 담뱃불을 길게 삼키고는 꽁초를 우악스럽게 바위에 비벼 껐다. 그리고 서둘러 악수를 청했다.

"그려. 근무 잘 혀라. 다음에 또 볼 수 있을지 모르겠네!"

나는 어느 결에 진땀으로 눅눅해진 손바닥을 엉덩이에 문질러 닦았다. 엉거주춤 손을 내밀어 악수에 응했다. 특수상황에서 반갑게 만난 우연치고는 짧고 어색한 헤어짐이었다.

뒤돌아 걸어가는 진수의 뒷모습은 건장한 체격과는 달리 더없이 나약해 보였다. 한참을 물끄러미 바라보고 있노라니 몸은 다시 나락으로 떨어질 듯 가라앉았다. 정호와 진수, 정라와 나, 석우와 진영……. 모든 것이 뒤엉켜 철저하게 맞물려 돌아가고 있었다. 나는 돌아서면서, 돌아서면서 멀어져가는 진수를 굳이 외면했다.

며칠째 불면에 시달렸다. 도무지 잠을 이룰 수가 없었다. 진수 생각에 돌아누워야 했다. 정호 생각에 모로 누워야 했다. 탈영까지 하고 싶다던 진수의 슬픈 눈과, 애원하는 정라를 뿌리치고 입영하던 정호의 분노가, 쉼 없이 엇갈렸다. 공교롭게도 같은 부대에, 그것도 상급자와 하급자로……. 대관절 어디에서부터 시작되었는지 모르는 사슬의 고리를 끊을 묘안은 내게 없었다. 어쩌면 진수가 조상들의 과거를 정확히 모르고 있는 눈치가 다행이라면 다행일 뿐이었다.

시간이라는 명약으로 불면이 다소 해소될 즈음 첫 휴가 일정이 잡혔다. 대대장은 팀스피리트훈련 참가의 공로와 늦은 휴가를 이유로 정기휴가 15일에 위로휴가 7일을 덧붙여 22일의 휴가를 배정해주었다. 나는 서둘러 정라에게 휴가일정을 알리는 편지를 보냈다. 그녀가 연못둥지과수원과 탄금대로 내려왔으면 하는 혼자만의 희망을 간절히 품은 편지였다.

과수원에서 혹시나 정라에게 소식이 오기만을 학수고대하며 야금야금 휴가 일정을 잡아먹고 있었다. 막 제대한 석우는 과수원에 머물지 않고 거의 싸돌아다녔다. 협회에 가담하면서 부쩍 외출이 잦아졌고 급기야는 외박까지 일삼는 날이 많다며 어머니는 못마땅한 듯 푸념을 늘어놓았다. 더구나 진영과는 줄곧 만나는 눈치라며 은근한 걱정까지 했다. 어머니가 신진영 이야기를 꺼냈을 때 군에 있는 진수가 떠올랐다. 그러나 곧 남의 일처럼 애써 잊어버렸다. 나는 정라의 일만이 당장 유일한 관심사일 뿐이었다.

그녀를 향한 기다림은 늘 그랬던 것처럼 슬슬 조바심이 일기 시작하던 일주일째, 불쑥 머리를 스친 것이 있었다. 그녀를 만나기 위해서는 서울로 상경하는 편이 지름길이라는 생각이었고, 그 다짐의 증표로 금반지 하나쯤 선물하면 어떨까 하는 엉뚱한 생각이었다. 금반지를 끼고 있는 내내 나를 생각할 것이라는 기대는 적잖은 흥분까지 동반되었다.

용단이 필요했다. 소요자금은 휴가를 빌미 삼아 어머니에게 갈취하였다. 그 길로 내처 시내로 달려갔다. 금은방에서 평범하고 간결한 디자인이지만 황금빛으로 반짝이는 금반지 한 돈을 샀다. 반지를 소중하게 포장해 주머니에 깊숙이 찔러 넣자 마음은 벌써 정라와 마주한 듯 들떠 올랐다.

이튿날 군복 차림 그대로 상경했다. 군복 입은 모습을 정라에게 보여주며 머슴처럼 조아리고 싶은 계략에서였다. 정라를 만난 곳은 화려하거나 허름하지도 않은 종로의 레스토랑이었다. 늘 빵집 아니면 공원이었던 데이트 장소가 자연스럽게 레스토랑으로 바뀐 것이다. 그녀가 선택한 장소, 데이트 장소가 바뀐 것은 어느 순간 성인이 되었다는 의미와도 같았다. 더구나 나보다 늦게 나타나 마주 앉은 정라는 적당히 어두운 조명과 어우러져 완벽한 숙녀로 변신해 있었다. 반가운 마음에 무슨 말이라도 먼저 해야겠다 싶었다.

"그동안…… 이뻐졌구나!"

"별소릴 다 하네. 군복을 입으니까 제법 능청스러워졌어!"

정라에게 건넨 말이 너무 상투적이었던 모양이다. 그녀의 대꾸를 듣고 보니 머쓱해진 것은 정작 나였다.

"진심이여. 사람 진심을 너무 몰라준다. 서운하게!"

"알았어. 그렇다구 정색하기는."

그녀의 엷은 미소는 붉은 조명과 함께 화사하게 다가왔다. 고른 치열을 따라 지극한 매력이 발산되었다. 나는 어스름 속에 더욱 선명한 정라의 착한 눈썹을 훔쳐보며 탁자 귀퉁이에 놓여 있는 메뉴판을 슬그머니 밀쳤다.

"우리 뭘 먹을까? 정라 니가 골라봐!"

"스테이크같은 거 먹어두 돼?"

"그, 그럼. 먹구 싶은 거 시켜!"

"알았어. 맥주두 두 병만 시키자!"

조잘거리는 억양에 또 놀라 고개만을 끄덕거렸다. 대낮부터 맥주라니, 의외였다. 무엇이든 물어보기 전에는 먼저 물어본 적이 없었던 그녀였다. 평소와는 다르게 자신감이 내포된 억양, 그간의 정라와는 사뭇 다른 분위기가 표출되고 있었다. 측은함은 동정이었고 자신감은 낯설음일까, 어려운 가정 사정으로 늘 측은하여 자신감 있기를 바라왔는데 변화된 모습을 보고 당황스러운 내 마음은 무슨 심보인지 모를 일이었다.

마침 우리에게 다가온 종업원에게 함박스테이크와 맥주를 주문했다. 그녀에게 되물었다.

"무슨 일 있어? 맥주를 다 시키게! 술두 할 줄 알어?"

"아주 조금. 가끔 한두 잔 정도. 난 그냥! 군복 입은 니를 보니까 그래야 될 것 같아서!"

"그동안 많이 변한 것 같아. 내가 군대 가 있는 동안!"

"사회생활이 다 그렇지 뭐. 니도 많이 어른스러워진 것 같아 보여!"

그녀가 좀 더 큰 회사로 옮긴 것은 입대한 얼마 후로 기억하고 있다. 병영훈련을 마치고 자대에 배치되었을 무렵 편지 답신으로 알게 된 그녀의 회사는 변압기를 생산하는 작은 소기업이라고 했고, 그녀는 경리라고 했다. 회사의 규모가 어찌되었든 그녀가 명랑해지고 부드러워진 것만으로도 나는 다행이라고 여겨야 할 판이었다.

"다니는 회사는 힘 안 들어? 남자 직원은 몇 명인데?"

"견딜 만혀. 그런데 남자 직원은 왜 물어? 신경 쓰이는 게 있나 벼!"

"그럼, 신경 안 쓴다면 거짓말이지."

"별 신경 다 쓰네. 너무 싫어진다 얘!"

"나 원 참, 맘 놓구 질투두 못하겠네."

전례 없이 사락거리는 대화가 이어졌다. 그러나 대화의 사이사이마다 그녀의 구석구석을 훔쳐보는 못된 버릇은 어김없이 도졌다. 연미색 블라우스 안에 숨겨진 봉곳한 가슴을 훔쳐보았다. 스커트 아래 하얀 종아리 속살을 훔쳐보았다. 또한 입술을 훔쳐보았다. 연한 립스틱까지 바른 발그레한 입술, 힘겨운 군대생활을 버티게 했던 아련한 입술, 탄금대의 입술을 의식한 본능이었다. 그러면서도 그녀를 훔칠 때마다 불쑥불쑥 조상들의 이야기가 생각나는 것은 피할 수 없었다. 서로가 철저히 함구하고 있다는 사실이 다행인 운명적인 얽힘, 그래서

안개 속의 덫 157

또 궁금했다.

"부모님은 잘 계셔?"

속내는 부모님의 소식은 물론 진수와 얽힌 정호의 근황을 염탐하기 위한 수순이었다.

"으응, 연못둥지과수원두 괜찮지? 올해 사과는 많이 땄어?"

"아직 나무가 어려서 수확이 별반 없어. 몇 년은 더 있어야 사과가 많이 열려!"

"나무가 크려면 그렇게 오래 걸리는 거여?"

"나무들두 사람과 마찬가지인 거 같애. 노력과 시간이 지나야 열매가 맺히는 거 보면."

"꽤 철학적이네!"

"무슨 철학씩이나. 그냥 느낌이 그렇다는 거지."

결국 정호의 근황과 화재사건에 대하여 오빠에게 물었다던 궁금증은 묻기를 포기했다. 공연한 관심은 오히려 의구심을 불러오게 마련이라는 판단 때문이었다. 단지 그동안 나누지 못한 평범하지만 우리에게는 결코 평범하지 않은 많은 대화를 나누었다. 대화 사이에 레스토랑 여주인은 미리 맥주를 놓고 사라졌다.

정라가 자연스럽게 잔을 채워주었다. 서로의 잔이 가득 찼다. 우리는 너무도 자연스럽게, 그녀와의 술자리는 처음인데도 늘 그래왔던 것처럼, 잔을 부딪쳐 건배를 했다. 정라가 따라준 난생처음의 술잔이어서일까, 마주한 황홀한 데이트여서일까, 식도로 넘어가는 느낌이 예삿일이 아닐 정도로 상큼했다. 그녀는 한 모금만을 마신 후 잔을 놓았고 나의 비워진 잔을 다시 채워주며 말했다.

"갈증이 많이 났었나 보네!"

"차 타구 오는 동안 번거로워서 점심을 안 했거든. 물 한 모금두 안

했더니 목이 탔나벼!"

"그래두 천천히 마셔. 옛날처럼 사레들리지 말구!"

정라는 빵집에서 만두를 덥석 깨물고 호흡이 뒤엉켜 눈물까지 찔끔 거린 사건을 떠올리고 있었다. 순간 내 마음은 이미 오래된 그날의 갈증으로 내달렸다. 서울이란 곳에서 처음으로 그녀에게 달려가던 날, 골목에 숨어서 그녀를 염탐하던 날, 그날 이후로 갈증은 늘 존재했었다. 아니, 지독한 장마에 집이 휩쓸린 날부터 시작된 갈증이었다. 갈증은 바가지를 주우려던 가슴골을 훔쳐보면서 증폭되고, 탄금대에서의 입맞춤으로 아찔한 갈증에 이르렀었다. 그 갈증을 식히려 연거푸 세 잔을 털어 넣었다. 위장의 싸한 전율과 함께 알싸한 흥분이 머릿속을 맴돌기 시작했다.

스테이크가 왔다. 정라는 발그레한 입술을 연신 오물거리며 맛깔나게 음미했다. 나는 또 주문한 맥주와 곁들여 느릿느릿 스테이크를 해치웠다. 그러는 사이, 레스토랑의 은은한 조명을 받은 그녀가 점점 더 예뻐지게 느껴지는 것을 자각하지도 못하는 사이, 빈 맥주병은 벌써 네 병째가 되었다.

문득문득 그녀의 입술에 또 눈동자가 멈추었다. 스테이크를 먹는 동안 어느새 립스틱이 지워진 본래의 입술이었다. 각자의 느낌과 감정만을 소중하게 간직한 탄금대의 앙증한 입술이었다. 나는 그 입술에 다시 텀벙 빠지기 시작했다. 입술에 키스를 먼저 할까, 손가락에 반지를 먼저 끼워줄까, 망설임은 극도에 이르렀다. 그러다가 어느 순간 손을 냉큼 잡아끌었다. 반지를 꺼내어 그녀 앞에 덜렁 놓았다. 한껏 부끄러운 표정을 감추지도 못한 채.

"이게, 뭐여?"

"반지!"

"무슨 반지?"

"그냥…… 선물!"

"이거 왜 주는 건데?"

대답하지 못했다. 의외의 새치름한 반응 때문이었다. 부끄러움이 극에 달해 보인 행동이었는데, 영화처럼 멋있게 손가락에 끼워주려던 계획이었는데, 무언가 잘못되었다는 판단이 엄습했다. 단지 정라의 마음을 남에게 빼앗기기 싫어서였다. 그녀의 마음을 동아줄처럼 꽁꽁 묶어놓고 싶어서였다. 더욱 절실한 어필이 필요할 것 같았다. 나는 약간의 술기운까지 빌려 강한 어조로 말했다.

"아무런 이유 없어. 난 그저 니가 정말 좋아서, 최소한 반지라두 끼구 있으면 내 생각할까 싶어서. 그게 전부여!"

나의 격앙된 해명에도 불구하고 그녀의 대답은 확고했다.

"우린 어리잖어. 이제 겨우 20대 초반이여. 무작정 반지 받는 거 아직 부담돼!"

나는 더는 어필할 말을 잃었다. 결국 기어들어가는 목소리로 말끝을 흘리고 말았다.

"그냥, 정말 그냥, 주구 싶었던 선물일 뿐인데…….."

"그래두 나중에, 줌 더 시간이 지나 어른이 되면, 우리는 아직 친구잖어!"

또 벽이었다. 그녀의 마음을 꿰뚫지 못한 벽, 아직도 나는 그녀에게 친구 이상의 누구도 아니었다. 늘 친구 이상이기를 염원했었다. 이제는 벽을 넘을 때도 되었다고 생각했었다. 그녀에게서의 나는 여전히 고향의 개여울에서 함께 뛰어놀던 어린 친구임을 확인한 셈이었다. 결국 돌진하던 발길을 뒷걸음질 치듯 맥 빠진 채 뇌까렸다.

"그래, 알았어. 다음에 다시 선물할 기회를 줘."

뜯지도 않은 작은 반지상자를 군복 오른쪽 주머니에 슬그머니 집어넣었다. 끝까지 고집을 부려서라도 전달하고 싶은 반지였지만 그녀와 충돌하는 것이 더는 도움이 안 되겠다고 판단했기 때문이었다. 그러고는 아무렇지도 않은 것처럼, 마음의 상처가 없는 것처럼, 서운함을 위장한 채 별로 중요하지도 않은 대화거리를 주저리주저리 지껄였다. 그런 불편한 심기를 알아차린 정라 또한 중요하지도 않은 대화임을 알면서도 콧등에 잔주름까지 만들면서 관심 있는 척 명랑한 응수를 보냈다. 내가 취하여 혀가 꼬부라질 때까지 적어도 정라는 휴가 나온 군인의 여자친구 역할을 톡톡히 해내고 있었던 것이다.

나는 화장실을 다녀오면서 굳이 그녀의 맞은편이 아닌 옆자리에 앉아버렸다. 계속된 취기 탓인지 시간이 지날수록 레스토랑의 분위기는 더욱 얄궂게 다가왔다. 비틀거리는 내 눈동자에 정라가 흔들리기 시작했다. 흔들리는 입술은 마침내 춤을 추기까지 했다. 그 입술 위에 탄금대의 설경 또한 되살아나 흔들거렸다. 너무도 예쁘게, 정말로 갖고 싶을 만큼, 눈동자와 뇌리에서 그녀의 입술이 흔들렸다. 이대로 놓아버리면 영영 사라질 것만 같은 입술이었다. 훔쳐버리지 않으면 남이 훔쳐가 버릴 것만 같은 입술이었다. 그 어느 때보다 커다란 조바심을 일으키는 입술이었다.

엉덩이를 끌며 정라에게 밀착해 들어갔다. 방심하던 그녀가 놀라 옆으로 이동하며 투덜대었다.

"어머머, 얘가 갑자기 왜 이려?"

"히힛, 정라 니가 너무 이뻐서!"

어디로부터 비롯된 객기일까. 바람기 잔뜩 섞인 난봉꾼 같은 목소리가 비틀거렸다. 화들짝 놀란 그녀가 뇌까렸다.

"어머, 징그러 얘!"

정라의 목소리는 더욱 자지러졌다. 그러나 그녀의 야멸친 목소리는 나를 더욱 몸살 나도록 자극했다. 얼마나 그리운 가슴이었던가, 얼마나 아련했던 입술이었던가, 너 아닌 누구를 그리워하며 밤새도록 가슴 아파봤을까, 너 아닌 누구를 안타까워하며 그토록 가슴앓이를 해봤을까, 늘 몸이 달게 했던 그녀의 입술이 눈앞에서 옅어져가고 있었다. 희미해져가고 있었다. 조바심이 났다. 안달이 났다. 조바심과 안달은 팽창하여 삽시간에 빵빵한 복어처럼 부풀어버렸다.

내 입술이 그녀의 입술로 돌진했다. 저돌적인 내 입술이 무방비인 그녀의 입술과 충돌했다. 갑작스러운 입맞춤에 그녀의 감정이 어떠한지는 생각할 겨를이 없었다. 여러 가지 과일 맛이었던 첫 키스의 향기도, 내가 어디에 있는지 가늠할 수 없었던 탄금대의 아련함도 느낄 겨를이 없었다. 짧은 순간 내 가슴팍을 밀쳐내어 나동그라졌고, 기습당한 그녀의 놀란 눈동자가 달무리처럼 눈앞에서 아롱졌을 따름이었다.

소파에 벌렁 내던져진 나는 일어나지도 못한 채 곧바로 암흑세계로 빨려 들어갔다. 그녀의 얼굴은 안개처럼 희미해졌다. 천정이 내 가슴팍으로 마구 쏟아지는 착각에 몸을 비틀어 옆으로 돌아누워야 했다. 돌아누운 채 스스로 일어나지도 못하는 옆구리로 정라의 쌕쌕거리는 거친 호흡이 소나기처럼 쏟아져 내렸다. 그녀의 걱정스러운 말조차도 아련히 사라지며 곧 아무런 소리도 들리지 않았다. 정라는 물론 주위의 어느 것도 눈동자에 남아 있지 않았다. 나는 깊은 어둠 속으로 추락하며 침몰했다.

정신을 차리고 보니 이모네 집이었다. 어떻게 왔는지, 누가 데려다주었는지, 생각나지 않았다. 더구나 정라와 무슨 일이 있었는지조차 도무지 기억해낼 수 없었다. 간헐적으로 떠오른 것은 고작 강제로 돌진한 입맞춤과 끝내 전하지 못한 안타까운 금반지 생각뿐이었다. 바지 주머니에 손을 넣어보니 반지는 상자에 담긴 그대로 손에 잡혔다.

때마침 일요일이라 등교하지 않은, 이제는 대학생이 된 사촌을 붙잡고 경위를 채근했다.

"나 혼자 들어왔니?"

"아니, 넘어지고 토하고 난리였어. 그 여자 애인 아니었어?"

"그 여잘 니가 어떻게 알아?"

"금방 알아보겠던데 웬 내숭이야. 벌써 그렇고 그런 사이 같던데!"

"지랄하구 있네. 넘겨짚지 마, 인마. 무슨 얘기 안 하던?"

"잠깐 들어왔다가 가래도 극구 그냥 가버렸어. 형, 큰일 났어. 많이 삐친 얼굴이던데!"

당연히 그럴 터였다. 그 봉변을 당하고도 무반응이라면 사람도 아니지, 더구나 막 피어난 꽃송이 같은 여자의 나이에! 못난 놈, 한심한 웃음이 콧구멍을 기어 나오다가 멈춰버렸다. 이제 그녀를 무슨 낯으로 대하나, 그나마 겨우 돌려놓았던 마음을 도망치게 만든 것은 아닐까, 온갖 불안한 추측이 마음을 꽁꽁 옭아매고 마른 갈증은 입안을 겉돌았다. 농익은 콧물을 자학하듯 굳이 거칠게 흡입하여 식도로 밀어 넣었다. 식도를 타고 폐로 넘어가는 콧물덩어리의 느낌이 영 칙칙했다.

정오가 넘어 정라에게 전화를 했지만 통화할 수가 없었다. 외출했다는 답변뿐이었다. 아버지였을 남자의 음성은 다행히 누구냐고 묻지도 않았다. 그녀와의 연락은 요원했다. 어쩌면 처음 음주를 시작했던 망상해수욕장에서부터 이어지는 트라우마, 어긋난 술버릇의 당연한 대가였다. 이모 집을 나왔다. 그것도 곧바로 연못둥지과수원으로 떨어진 낙동강 오리알 신세가 되었다.

며칠이 속절없이 지나쳐버렸다. 간극의 시간은 무심하게 흘렀다.

고작 귀대를 하루 앞두고 장문의 편지를 쓴 것이 유일한 반성문이었
다. 오로지 잘못했다, 술 탓이니 이해해 달라, 네가 너무 예뻐서 비롯
된 행동이었다, 다시는 그러지 않을 테니 용서해 달라, 더구나 군바리
가 아니더냐, 그런 요지의 애원을 무려 여섯 장의 편지지에 나름 진지
하게 엮어서 날려 보냈다.

 귀대한 지 한 달이 지나도 정라로부터의 답신은 없었다. 두 달이 지
났다. 세 달도 지났다. 메아리 없는 편지 횟수는 숫자를 헤아릴 수 없
을 지경이 되었다. 비록 그녀에게서의 답신은 없을지라도 수십 통의
편지를 쓰면서 부대로 진입하는 방법을 알려주고 단 한 번만이라도
면회 와주기를 줄기차게 나는 소원했다. 그것은 그녀에게 진정한 사
과를 받아주기를 바라는 유일한 방도 중의 하나였다.

 산꼭대기에서 시작된 단풍이 미끄럼을 타듯 영내로 쏟아져 내려온
가을, 시도 때도 없는 하품이 쩍쩍 벌어지는 무료한 일요일, 거짓말
같은 현실이 도래하였다. 정문 초병을 통해 내게 전달된 소식은 기절
초풍할 아찔한 수준이었다. 조정라는 이름의 아리따운 아가씨가 면
회를 왔다는 황홀한 전갈, 그녀가 벼락처럼 찾아온 것이다. 초병의 전
화를 받은 나는 어린아이처럼 한참을 우왕좌왕거렸다. 추리닝을 전투
복으로 갈아입는 데도 족히 삼십 분은 걸렸으니 말이다.

 벌겋게 흥분된 얼굴로 영내 피엑스로 달려갔다. 딱딱한 나무의자에
다소곳이 앉아 있는 정라는 초병의 표현대로 '아리따운'을 고스란히
머금고 있었다. 그녀는 먼저 엷은 미소로 나를 맞이했다. 그 미소 한
번에 그동안의 응어리는 봄철 눈 녹듯이 단박에 녹아내렸다. 내 목소
리도 벌써 흥분되어 갈라졌다.

 "정라야. 오, 오랜만이다! 기별두 없이 불쑥 오면 어떡해. 부대에 없
으면 어쩌려구."

"그러게 말이여. 그 생각은 못했네. 많이 놀랬지?"

이것이 어디 단순히 놀라기만 한 현실이겠는가, 심장이 튀어나와 기절이라도 할 형국이었다.

"어떻게 된 일이여? 편지 연락두 없이……."

"난 원래 편지 같은 거 쓰기 싫어하잖어. 화 많이 났어?"

그럼, 화났지, 너무 무심해서 몹시 화가 났지, 어떻게 사나이 마음을 이토록 애태울 수가 있니? 그것이 입속을 맴도는 대답이었다. 하지만 입술은 영락없이 따로 놀았다.

"화나기는. 이렇게 면회까지 와준 것만두 너무 고마운 걸!"

"여기 오느라구 고생 좀 했어. 무슨 산길이 이렇게 험하구 깊어!"

"강원도 군부대가 다 그렇지 뭐."

휴일이라 할 일 없는 병사들이 피엑스를 힐끗거리며 그녀의 자태를 훔쳐봤다. 수컷들의 호기심이라고 치부하려 해도 질투가 거침없이 솟았다. 오로지 나만이 숨겨놓고 싶은 그녀가 녀석들의 음흉함에 공개되는 것이 영 못마땅했지만 달리 대책은 없었다. 오히려 그것을 눈치채지 못하는 그녀의 표정이 다행이라면 다행이다 싶었다.

나는 동물원 안 같은 피엑스를 탈출하기 위해 서둘러 외출을 신청해야겠다고 생각했다. 마침 당직사관은 직속상관인 작전과장이었으므로 쉽게 외출을 허락받을 수 있었다. 그녀와 나만의 시간을, 그것도 강원도 깊은 산골짜기에서 호젓한 데이트를, 절호의 기회를 거머쥔 셈이었다.

피엑스를 나왔다. 정라에게 '아리따운'이라는 표현을 쓴 위병소 초병이 그녀의 '아리따운'을 훔치려 지나치게 기웃거렸다. 도망치듯 서둘러 굽어진 길로 방향을 틀었다. 그것을 빌미로 냉큼 손을 잡았다. 정라는 눈을 흘기거나 입술을 삐죽거리지도 않았다. 되레 나의 손을 힘주어 잡기까지 했다. 아마도 나뭇가지가 바람에 서걱거리는 음습한 숲길에서 자신을 보호받으려는 본능일 터였다. 멀리 산 능선에서 지저귀는 새소리가 길게 잦아졌다. 내 마음도 새소리를 타고 마냥 높이 날아가고 있었다.

"이 길을 혼자 걸어서 온 거여?"

"아니, 한참을 기다렸다가 부대 들어오는 트럭 타구 왔어. 부대 저 아래에 있는 마을의 작은 구멍가게에서 물어보니까 걸어가기에는 멀기두 하구, 혼자는 무서울 거라구 해서……."

"잘 했어. 차는 금방인 것 같어두 꽤 먼 길이여. 그런데 어떻게 면회 올 용단을 내린 겨?"

"니 편지가 너무 간절한 것 같아서. 이마저두 안 하면 친구 하나 잃을 것 같았거든!"

그녀는 또 친구라고 했다. 그래, 친구면 어떠냐? 아무래도 좋았다. 그녀에게 나는 친구일지라도 나에게 그녀가 연인이면 족하고, 지금은 내가 이끄는 대로 그녀를 맡기고 있다는 사실이 소중할 뿐이었다. 괜한 욕심을 부리다가 친구의 위치마저도 박탈당하면 애달플 일, 몇 번의 경험으로 단련된 일이었고 당장은 그것이 몸서리치게 더 두려울 판이었다.

"마을에서 한 시간 정도 차 타구 나가면 바다가 보이는데, 우리 바다 구경하러 갈려?"

판쵸의 해수욕장을 이야기했을 때, 바다를 보고 싶다던 그녀의 소망을 기억해낸 용단이었다. 내 말을 들은 그녀가 갑자기 폴짝폴짝 뛰면서 반색했다. 그녀에게서는 진즉에 보지 못한 해맑은 표정이었다.

"정말? 바다라면 동해바다?"

"그럼, 대대장 따라서 차트하러 부대에 갔다가 한번 간 적이 있어.

낙산해수욕장!"

언젠가 대대장이 연관부대를 방문할 때 나를 동행시킨 적이 있었다. 대대장보다 높은 계급의 지역사령관 부대를 방문했을 때 업무보고 차 동행시켰던 것이다. 대대장은 차트를 작성하고 나서 남는 시간을 할애해 주었다. 더구나 작전중사와 함께 낙산해수욕장을 구경하는 특혜를 누렸었다. 중사에게 생선회까지 얻어먹는 호사를 누리며.

"이게 웬 횡재여, 그런데 서울루 가는 시간에 지장 없을까? 저녁 6시가 막차던데……."

"거기서 버스 타는 게 나을지두 몰러. 대도시이니까 서울 가는 버스두 자주 있지 않겠어."

"그렇겠네. 양우 니가 책임지구 알아서 혀. 난 그냥 졸졸 따라만 다닐 테니까!"

그녀의 책임지라는 말에 음습한 오솔길이 한결 화사하게 열리는 착각이 들었다. 하물며 숲속을 배회하던 꿩이 인기척에 후다닥 날아오르자 놀란 그녀가 내 가슴팍으로 파고들기까지 했다. 엉겁결에 얼싸안은 그녀의 머리카락에서 땀 냄새가 코끝으로 스며들었다. 부대로 오는 동안 솟아났을 땀 냄새, 향긋했다. 그녀의 얼굴이 금세 붉어졌다. 나는 어쩔 줄 몰라 고목이 되었다. 멀리 마을 어귀로부터 비포장도로를 올라오는 군용트럭의 흙먼지가 눈에 띄지 않았다면 그저 모른 척하고 한참을 얼싸안고 있었을지도 모를 일이었다.

군용트럭은 유류 운송차량이었다. 경례를 하자 선탑한 수송부 하사 녀석이 이미 다 보았다는 듯 음흉스러운 눈빛을 밖으로 던졌다.

"야아, 전 일병! 보기 좋다. 부럽다, 부러워!"

비음 섞인 하사의 농지거리가 군화코 앞으로 떨어져 뒹굴었다. 우리는 트럭꽁무니를 따라가던 뽀얀 흙먼지를 맥없이 뒤집어쓰고야 말았다. 그녀가 머리카락을 풀어헤치듯 고개를 마구 휘저어 흙먼지를 피하려 애썼다. 나는 콧구멍에 먼지가 흡입되어 재채기를 했다. 그것도 연거푸 두 번씩이나.

"에이, 못된 놈! 저 놈이 수송부에서 제일 악랄한 새끼여."

내 푸념에 그녀는 괜찮으니 신경 쓰지 말라는 듯 손사래를 쳤다. 고개를 들자 멀리에서 마을 안으로 시내버스가 들어오는 것이 시야에 들어왔다. 오전과 오후, 하루에 두 번 들어오는 버스를 놓치면 낙산해수욕장까지는 엄두도 못 낼 일이었다. 더구나 시내버스 정류장에서 속초행 직행을 갈아타야 하는 과제가 남아 있었으므로 내쳐 뛰어야 할 판이었다.

"우리 뛰자. 저 차 놓치면 바다까지는 못 가!"

그녀와 함께 뛰기 시작했다. 누가 먼저랄 것도 없이 손을 잡았다. 마치 짝을 이룬 소년 소녀가 운동회 날 달리기 경주라도 하듯.

우리는 겨우겨우 버스를 잡아탈 수 있었다. 버스에 오른 그녀는 자리를 잡고 앉아 가쁜 숨을 몰아쉬었다. 그녀의 앞섶이 호흡의 울림을 타고 벌렁거렸다. 시선을 돌려 그녀의 앞섶을 외면했다. 내 눈길을 의식하고 민망해할까 싶은 생각에서였다. 그리고 아무런 말도 건네지 않았다. 시내버스나 직행버스를 갈아타고 속초로 이동하는 버스 안에서도 이어진 대화는 별반 없었다. 차창에 부딪히는 풍광을 눈동자 망막에 담고 있는 그녀를 음미했을 뿐이었다.

버스터미널에서 택시를 앞세워 낙산해수욕장에 도착한 시간은 점심시간을 훌쩍 넘긴 시간이었다. 시간이 멈춰진 것인지 흐르는 것인지 알 수 없는 바다에 비로소 나란히 섰다. 끝도 보이지 않을 만큼 펼쳐진 모래언덕으로 파도가 줄지어 부서졌다. 켜켜이 밀려와 해변을 때리며 부서지는 포말, 모래사장까지 밀려와서는 일시에 분산되어 뽀얀 물방울로 흩어졌다. 다시 모래톱을 핥아 애무하고는 붉어진 낯빛으로 숨어버리는 수많은 바다의 이야기들, 아득히 먼 곳에서 태동하여 발끝까지 달려와서는 본래의 바다로 회귀하는 순결한 띠, 밀려오는 포말의 행렬은 키 순서대로 꼬리에 꼬리를 물었다. 그녀가 바다를 품 안에 안듯 두 팔을 한껏 펼치며 탄성을 질렀다.

"와아, 멋있구 상쾌하다! 니한테, 면회 오기를 정말 잘했다!"

"그렇게 좋아?"

"그럼! 바다는 상상두 못했던 일인데!"

정라가 앉은뱅이 자세를 취하더니 몰려드는 파도에 손을 담갔다. 파도가 그녀의 손을 핥고는 쏜살같이 도망쳤다. 그녀가 파도를 두 손에 가두고 바다 맛을 입술로 음미했다. 짭짤했을 맛, 태초의 맛을 접한 반짝이는 눈동자가 나를 향했다. 나에게도 바다 맛의 동참을 권하는 감응의 눈빛이었다. 그녀 곁으로 다가갔다. 그리고 그녀와 똑같이 손을 담갔고 손안에 담긴 바다 맛을 혀끝에 묻혔다. 향긋하고 달착지근하고 풋풋하고 선선하기까지 한 묘한 바다냄새와 상쾌한 미역냄새가 혀끝에서 되살아났다. 그녀와 내가 느끼는 맛이 다를 수 없을 일, 태고의 맛이 몸 안으로 깊이 스며드는 순간이었다. 그녀와 나는 영락없는 어린아이였다.

그렇게 온전히 호흡하는 바다의 만끽을 흘려보낸 시간이 얼마쯤일까, 비로소 몸을 일으킨 그녀가 내 곁으로 다가와 팔짱을 꼈다. 그녀를 보았다. 그녀의 눈동자는 여전히 바다의 여운을 깊이 머금고 있었다. 황홀한 순간의 기억을 오래도록 간직하고 싶어 하는 구슬 같은 눈동자였다.

"그나저나 배고프지 않어? 시간이 꽤 지났는데."

내 물음에 그녀는 그렇다는 대답을 단지 민망한 미소로 대신했다.

이처럼 멋스러운 풍경 앞에 배 속의 허기를 말하기가 쑥스럽다는 미소였다. 나는 시장기를 달래주기 위해 그녀의 팔이 낀 옆구리를 틀어 방향을 바꾸었다. 모래사장에 나란히 발자국을 새기고 지나오는 순간에도 우렁찬 파도소리는 뒤통수에 닿아 음률이 되었다.

음식점을 찾아 여전히 바다를 볼 수 있는 2층 창가에 앉았다. 창가 너머 파도는 여전히 하얀 실타래처럼 뒤틀며 촘촘히 해안가로 밀려왔다. 고기비늘처럼 춤추는 수평선 끝자락으로 흐르는 고깃배, 바다에 추락해 흩어지고 갈라지며 일렁이는 뭉게구름, 먼 바다는 코발트빛을 머금어 차라리 시렸다. 해변과 해송 사이로는 갈매기들이 지그재그로 날고 있었다.

매운탕을 시켰다. 불판에 냄비가 올려졌다. 매운탕을 끓이는 내내 바다냄새가 자욱하게 번졌다.

"참, 양우 니한테 줄 게 있어!"

그녀가 핸드백을 열고 무언가를 꺼냈다. 내가 물었다.

"이게 뭐여?"

"전동면도기. 정호 오빠한테 들었던 게 생각이 나서 사 왔어."

"무슨 얘기?"

"오빠 부대에 있는 사병이 칼날만으루 면도를 하다가 크게 다쳤대. 면도하는 줄두 모르구 등을 탁 쳤는데 칼날이 코밑에서 입술까지 긋구 지나갔나 봐. 너두 혹시 칼날만으루 면도하지는 않나 해서…… 마땅히 사올 것두 없구."

그녀는 겸연쩍어하며 바닥을 통해 전동면도기를 내 앞으로 밀쳐냈다. 쑥스럽게 면도기를 집어 들며 고마움을 전했다.

"고마워, 면도할 때마다 니 생각 나겠다. 다친 그 친구는 아예 콧수염을 길러야겠군!"

공허한 내 농담에 정라가 달게 웃었다. 하지만 곧이어 전동면도기에서 보이지 않는 정호를 보였다. 진수 또한 보이지 않는 곳에서 전동면도기로 바람처럼 달려왔다. 정호의 근황이 좀 더 궁금했지만 묻지 않았다. 진수만 맞닥뜨리지 않았어도 모르고 지나칠 일, 아직도 지워지지 않은 팀스피리트의 악몽 때문이었다. 나는 애써 악몽을 숨겨버리고 배 속의 허기를 채워나가는 데 열중했다. 위장을 포만하게 채우는 시간은 그리 오래 소요되지 않았다. 이미 숟가락을 놓은 그녀를 보며 말했다.
　"그만 가자, 남은 시간이 많지 않으니까 홍련암이나 가보자!"
　식당을 나와 사람들이 줄지어 오르는 홍련암에 올랐다. 해수욕장 끝에서 시작된 바위는 의상대를 받들고 동그랗게 굽이돌아 알몸으로 암자를 떠받들고 있었다. 절벽 아래로는 가파른 바다가 터져 열렸고, 야생미역의 검푸른 줄기가 밀려오는 파도의 음률에 따라 일렁거렸다.
　군화를 벗고 암자에 올라 마음속에 담았던 소원을 얹어놓았다. 제발 좀 정라를 내 사람으로 만들어 달라고 부처님께 귓속말을 전했다. 중생을 향한 손바닥은 알았다는 뜻일까, 부처님의 올라간 입 꼬리는 긍정의 미소일까, 내 간절한 바람과는 달리 그녀는 무슨 소원을 빌었는지 알 길이 없었다.
　더구나 희한한 일이 목격되었다. 도드라진 엉덩이를 하늘로 향하고 바닥의 무언가를 교대로 살피는 몇몇 중생들, 대관절 무엇을 보기 위해 저런 동작을 일삼는지 호기심이 발동했다. 차례를 기다려 바닥에 코를 박았다. 손바닥 크기의 투명유리를 투과하여 볼 수 있는 그곳, 찢어진 바위틈으로 바다의 알갱이들이 헐떡이며 부서져 흘러들었다. 깊숙이 파인 작은 동굴은 밀물과 썰물을 쉼 없이 받아내며 붉고 검은 세월을 안고 있었다. 옛날 암자를 지은 대사는 무엇을 보았으며, 앞선 중생은 무엇을 보았고, 나는 무엇을 보았는지 서로가 알 수 없는 작은 동굴이었다.

그녀에게 자리를 내주었다. 그녀 역시 무엇을 보았는지 물을 수 없기는 매한가지였다.

"동굴 모양이 꼭 여자의 거기를 닮았다나 봐!"

뒤돌아 나오는데 패거리사내들의 음탕한 수군거림이 스쳤다. 아하, 해석 한번 그럴싸하게 찍어 붙이는구나 싶으면서도 홍련암을 짓게 된 대사의 생각이 아무려면 그랬을까 갸우뚱해졌다. 밑도 끝도 없는 음흉한 수군거림을 엿들은 정라의 얼굴이 갑자기 홍당무가 돼버렸다. 홍당무가 된 얼굴이 별반 다르지 않을 내가 얼른 화제를 돌렸다.

"낙산사는 다음에 기회가 되면 보기루 하자. 귀대시간 늦으면 큰일 나니까 그만 돌아가야 혀! 니는, 터미널루 가야지?"

"아니, 다시 니 부대가 있는 터미널루 가. 거기 가서 버스 탈게. 바다를 보여준 보답으루 거기까지만이라두 같이 가구 싶어."

"서울까지 가는데 늦지 않을까?"

"아침에 올 때 막차시간 확인해두었어. 시간은 괜찮을 것 같어."

늘 기습하기만 했던 나에게 오늘은 그녀가 기습이었다. 장마가 몰고 온 가슴사건은 나의 기습이었다. 쌀 먼지의 유혹을 못이긴 첫 키스도 나의 기습, 탄금대의 입맞춤, 취기가 불러온 레스토랑의 키스도 나의 기습이었다. 그녀는 늘 거기에 있는데 내가 언저리를 맴돌며 기습을 감행했는데 오늘은 정라의 기습이었다. 그녀의 기습은 황홀하고 특별했다. 손을 꼭 잡았다. 온기가 돌았다. 돌아오는 버스 안에서도 그 온기는 내내 지속되었다. 새벽부터 서둘러 면회를 왔을 그녀가 내 어깨를 의지하며 잠깐씩 졸음을 달래는 동안에도 그녀의 온기는 따사로웠다.

하지만 머지않아 예기치 못한 싸늘한 일이 벌어지고 말았다. 버스에서 내려 서울행 고속버스로 갈아타야 하는데 어찌된 일인지 막차가 끊긴 시간이었다. 동분서주하며 확인한 결과 동절기와 하절기의 시간대가 다른데 안내판을 수정하지 않았다는 무책임한 답변뿐이었다. 안내원은 그저 우리가 당하는 일일 뿐, 대안은 없다고 잡아떼었다. 터미널 관계자의 황당함 이전에 당장의 대책이 막막했다. 그녀가 안절부절 하며 동동거렸다.

"이제 어떻게 혀?"
"정말, 큰일 났네. 어떻게 하지! 정라야, 뭐 좋은 생각이 없어?"
"몰러. 아무것두 생각이 안 나!"

낯선 땅에 발이 묶인 형국이니 당연히 정신이 달아날 만도 한 일이었다. 더구나 강원도의 어둠은 일찍 왔다. 높은 산등성이는 저녁 해를 신속하게 빨아들였고 노을은 멀어서 어둠과 같았다. 그때 번뜩 기발한 대안이 떠올랐다.

"일단 부대 앞 마을까지 가자. 부대에 들어가 다시 외박이라두 신청해야겠어!"

정라는 선택의 여지가 없었다. 낯선 곳에서 하룻밤을 지새워야 할 지경이니 내가 보호자가 되는 것만으로도 위안을 삼아야 할 판이었다. 그녀는 불안한 표정을 지우지 못한 채 어미닭을 뒤쫓는 병아리처럼 뒤를 졸졸 밟았다. 하지만 마을 앞까지 도착한 상황은 더욱 점입가경이었다. 마을 어귀에 있는 뽀얀 먼지를 덮어쓴 초라하지만 유일한 구멍가게, 늘 졸기만 하던 할아버지의 흥분된 목소리는 우리를 더욱 황당하게 했다.

"부대에 지금 비상이 걸렸네. 방금 대대장이 귀대하고 난리법석들이구먼!"

"무슨 일 났답니까?"

"나야 모르지. 밤에 대대장이 귀대하는 건 처음 보는 거 같네!"

환장할 노릇이었다. 꼬여도 된통 꼬여 입술이 타들어 갔다. 이미 온통 어둠뿐인 골짜기는 더욱 음산한 공포로 목을 조여왔다. 정라는 처분만을 기다리며 매미처럼 달라붙었다.

"할아부지, 부탁이 있어유. 제가 만약 외박을 못 나오면 동생 줌 하루만 여기서 재워주세유. 비상이 풀리면 다시 나올게유!"

정라를 동생이라고 말했다. 그래야만 할아버지가 조금이라도 정성껏 살펴줄 것만 같았고, 더는 물러설 곳도 없어서였다. 구멍가게를 겨우 유지하는 데는 군부대의 힘이 절대적이어서 거절을 못할 일이었으며, 할머니와 같이 머물러 있을 수 있으니 그나마 다행이라고 생각되었기 때문이었다. 어디에서 그런 기지가 돌발되었는지 나 스스로도 놀란 기특한 대안이었지만, 그녀는 여전히 불안해하며 못 미더워했다. 어린아이를 버리고 떠나듯 측은하고 못 미덥기는 나 또한 마찬가지였다. 그녀를 설득하고 진정시켰다. 할아버지에게 부탁하여 집에 시외전화를 하게 하여 후한 전화세를 지불했고, 어떻게 해서라도 꼭 외박을 나올 테니 기다리라고 힘주어 강조했다. 정라는 외박을 나올 수 있다는 내 말에 유일한 희망을 걸어야 했다.

나는 미끄러지듯 스르르 이탈하는 손을 놓고는 떨어지지 않는 무거운 발걸음을 옮겼다. 그녀는 곧 어둠에 묻혀 사라졌다. 몇 번씩 뒤돌아보며 캄캄한 암흑의 길을 짓눌렀다. 내 군홧발 소리에 내가 놀라며 귀대하는 길이 이토록 멀고 암담할 줄은 진즉에 경험한 적이 없었다. 무슨 연유에서일까, 밤이 되어 더욱 서걱거리며 부딪히는 숲의 소리 때문일까, 서늘한 냉기가 몰아치는 골짜기의 밤바람일까, 갑자기 소름이 돋더니 인중을 타고 콧물이 흘러내렸다. 이유를 알 길 없는 공포

섞인 소름이었다.

여전히 비상이 지속되고 있는 부대는 낮게 깔린 음산함이 바닥을 기어 다니고 있었다. 탄약고 쪽에서 영내를 침입한 흔적이 철조망에 남았다고 보고되어 실탄을 지급받은 5분대기조가 샅샅이 수색 중이었다. 더구나 인근 군단소속 부대의 삼청교육대에서 폭동이 일어났다는 엄청난 소식이 기다리고 있었다. 작전상황병인 보직을 염두에 둔다면 외박이란 단어는 입도 벙긋 못할 처지였다. 상황병인 나의 귀대는 그야말로 오랜 가뭄의 단비 수준이었기 때문이었다.

하지만 나는 정라의 일이 더 중요했다. 공포에 떨고 있을 그녀가 더 중요한 일이었다. 대대장에게 입장을 어필하고 외박을 요청했다. 대대장의 거듭된 거절에도 굴복하지 않았다. 그러나 대대장은 역시 군인이었다. 그동안 당번병보다 아끼며 그토록 편애하던 모습은 어디에서도 찾아볼 수가 없었다. 외박의 의지는 결국 허공으로 증발되어 산산이 흩어졌다. 아, 나는 밤새워 상황을 섰고, 밤새워 나를 기다렸을 정라의 아침이 벌써 밝아오고 있었다.

다행히 비상은 일찍 종료되었다. 폭동은 진압되었다는 소식이 날아들었다. 영내 진입 흔적은 오판으로 판명되었다. 대대장은 내 어필을 기억하고 인사과장에게 외출을 지시했다.

뜬눈으로 밤을 꼬박 밝혔다는 정라의 눈은 퀭해져 있었다. 그러나 내 마음은, 정말 내 마음은 음흉하기 짝이 없었다. 그녀를 소유할 수 있는 절호의 기회를 놓쳤다는 아쉬움이 뇌리를 떠나지 않았다. 피할 수 없는 상황에서 하나가 되었다면 그녀를 내 사람으로 옭아매는 욕심이 좀 더 수월했을 것이라는 수컷의 본능일까, 사내로서의 흑심을 감추는 과정이 결코 쉽지만은 않았다.

밤새 지친 그녀는 아침 겸 점심을 함께하고는 곧바로 상경 길에 올랐다. 퀭해져 더욱 예쁘고 아쉬워 보이는 그녀가 탄 버스가 보이지 않을 때까지 나는 바지춤에 있는 전동면도기를 하릴없이 만지작거렸다.

뒤틀리는 운명들

병영의 시간은 느리게 흘렀다. 마침내 상병계급장을 달았다. 정오부터 아랫배가 아프기 시작하더니 통증은 저녁이 가까워오면서 명치까지 치밀고 올라왔다. 우적우적 구겨 넣은 염적무가 화근인 듯싶어 소화라도 시킬 요량으로 홀로 영내를 뛰었다. 그러나 몇 바퀴를 뛰어도 통증은 여전히 잦아들 기미가 없었다. 허리까지 치민 통증은 밤새도록 모로 눕고 뒤로 눕기를 반복하게 만들었다.

날이 밝아오면서 그래도 참을 만한 시간이 얼마간 흘렀다. 아침점호가 밝았다. 웬만해서는 점호를 빼먹을 만큼 게으른 적이 없는 나는 그래도 상병이랍시고 불참하는 꾀를 부렸다. 다소 여유를 부려도 되는 계급 탓일까, 공연히 점호를 불참한 것이 꾀병 같기도 하여 내친김에 의무대로 지적지적 걸어가 아예 누워버렸다. 하지만 출근한 군의관이 무릎을 몇 번 점검하고 나서 예기치 않은 비상이 걸렸다. 급성맹장염으로 진단내린 군의관은 밤새 증식된 염증은 곧 터져 복막 전체로 흩어질 것이라며 곧바로 대대장에게 보고했다. 대대장은 급히 군단병원으로 후송시키기 위한 배려로 자신이 직접 타고 다니는 1호차를 내주었다. 더구나 의무병 두 명을 동행시키기까지 해 사태의 심각성은 더욱 증폭되었다.

군단병원에 도착하기가 무섭게 수술 팀이 달려들었다. 난생처음 수술대에 눕혀졌다. 알몸이 되어 아랫도리 언저리의 터럭이 팀스피리트의 부상병처럼 깎여나갔다. 마취가 시작되었다. 하체의 감각은 빠르게 무뎌져갔다. 중위계급장을 단 썩 예쁜 여자군의관이 살갗을 찌르며 감각의 정도를 물었다. 무언가 뾰족한 것이 피부를 찌른 듯했지만 통증은 전혀 느낄 수 없었다. 시시때때 곤두서던 심벌은 여자 앞에 버젓이 노출되었지만 성깔조차 부리지도 못했다.

비로소 흰 천막이 턱밑까지 드리워졌다. 살을 째는 서걱거리는 소리가 너무도 명료하게 귓전을 파고들었다. 얼마 후 예쁜 군의관이 염증으로 탱탱하게 살찐 헌혈마크처럼 늘어진 맹장을 보여주며 말했다.

"이것 때문에 아팠던 거니까 이젠 괜찮을 거야. 조금만 늦었으면 터져서 복막염으로 번질 뻔했어. 지금까지 견뎌낸 것을 보면 참을성이 대단하군. 그런데 뭘 못 먹어서 이렇게 말랐나!"

여자군의관이 심술궂게 심벌을 툭툭 치는 소리가 아득하게 들렸다. 아직 포경으로 쌓인 녀석은 놀림감으로 이리저리 맥없이 흔들리는 듯싶었으나 감각은 없었다. 수술에 동참했던 의무병의 킥킥대는 표정이 엿어졌다. 마침내 나는 깊은 수면의 나락으로 추락했다.

마취가 풀려가는 모양이었다. 아랫배 깊숙한 곳으로부터 치밀고 올라오는 통증 때문에 눈을 떴다. 낯선 병원에 발가벗겨진 채 홀로 누워 있는 꼬락서니라니, 가벼운 소화불량으로 여기고 거의 하루를 지탱했던 서러움이 불쑥 복받쳤다. 어머니의 손길이 아쉽고 정라의 얼굴이 그리움으로 떠올랐다. 더구나 자세가 영 불편했을 뿐만 아니라 소변까지 마려웠다.

짝눈으로 의무병의 동태를 살폈다. 그러나 의무병은 등을 돌리고 있어 내 상태를 알릴 길이 없었다. 어쩔 수 없이 홀로 일어나려 시도했으나 통증을 못 이기고 그만 포기하고 말았다. 수술 부위가 울려 식은땀이 솟았다. 도움을 요청할 요량으로 일부러 헛기침을 했다. 의무병이 하던 일을 멈추고 나를 쳐다보았다. 그의 일등병 계급장을 확인한 나는 길게 말끝을 흐렸다.

"소변이……."

"지금 움직이면 안 됩니다. 다른 맹장환자보다 급해서 속살은 그냥 실밥이 있는 상태로 꿰맸습니다. 실밥은 나중에 배 속에서 집 짓고 살아요!"

의무병이 소변통을 가져와 귀두에 끼우며 수술 경위를 설명해주었다. 실밥이 무슨 개미새끼도 아니고 몸속에서 집을 짓고 살다니, 이해 못할 황당한 설명에 소변이 뚝 끊어진 듯싶었다. 한참을 지나도 소식이 없자 의무병은 소변통을 아예 옆구리에 걸쳐놓았다. 또 잠이 쏟아져 내렸다.

저녁 무렵 병실로 옮기라는 명령이 하달되었다며 환자복을 입은 사병들이 들것을 들고 나타났다. 내과병실은 각지에 흩어진 군단 소속의 환자들로 북적거렸다. 완쾌가 되었는데도 힘든 병영생활을 피하기 위해 귀대를 늦추는 일부 사병들이 있는가 하면, 멀쩡해 보이는데도 허리를 못 펴는 속병환자도 섞여 있었다. 그들에 비하면 나는 경환자에 속했다. 이튿날 항문으로 가스가 방출되고부터는 제법 걸어 다닐 만하게 호전되었다.

그로부터 사흘, 나흘, 닷새…… 보름째 되던 날이었다. 수술부위의 실밥도 뽑았고 목욕도 자유롭게 할 무렵이었다. 이제나저제나 귀대만을 손꼽아 기다리며 무료한 시간을 보내던 목요일 오후, 집에서 석우가 면회를 왔다. 최소한 수술 소식은 알려야겠기에 보낸 편지 덕분이었다. 석우의 첫 물음은 간단했다.

"이제 참을 만하냐?"

"괜찮어. 최소한 한 달은 있어야 퇴원이 된다기에 지루해두 참구 있는 중이여!"

"그래두 그만하길 다행이다. 어디 수술자국 좀 보자."

가운을 허리까지 올리며 배를 불쑥 내밀었다.

"잘 아물었네. 상처두 길지 않구."

"배 속에 실밥이 그대루 있어. 꼭 지네발처럼 잡히는 걸. 아부지 어무니는 좀 어떠셔?"

"늘 그렇구 그려. 수술했다니까 니 걱정 좀 하는 정도지 뭐."

어머니가 손수 만들어준 음식을 먹으며 그간의 궁금 사항을 모두 체크했다. 할머니는 청주의 작은아버지 집에 아직 있는지, 고등학교를 졸업하고 서울로 올라간 여동생 양희는 취직은 했는지, 시내 고모는 어떻고 고향의 동창들은 무엇을 하고 있는지를 물었다. 석우는 할머니는 여전히 청주에 있고, 양희는 취직을 했으며, 동창들 소식은 잘 모르겠노라며 성의껏 대답해주었다.

"참, 나 내년 봄쯤 결혼할 계획이다! 그땐 너두 제대하지?"

석우의 결혼소식은 금시초문이었다. 내년이면 겨우 스물여덟 살이 되는 나이를 감안할 때 전혀 생각하지 못한 일대사건이었다. 적잖이 놀라 다급하게 질문을 던졌다.

"누구하구 하는데? 신부가 누구여? 혹시……."

"그려 맞어! 신진영이다!"

석우는 짧게 이름만을 밝혔다. 신진영, 진수 여동생 진영! 그 이름이 갑자기 먼 우주에서 들리는 소리처럼 아득하게 메아리쳤다. 고향 봉계를 버리고 연못둥지과수원으로 떠나게 만든 장본인이 신진영이었다. 어린 나이임에도 석우를 옭아매려는 계략으로 염문을 퍼뜨린 당사자가 신진영이었다. 진영의 나이 고작 스물셋이다. 말문이 막힐 지경이었다.

"형은 그 애를 사랑하기는 하는 거여?"

"그 애라니. 말조심해야겠다. 이제 곧 니 형수가 될 사람이다!"

진영이 형수가 된다는 말에 더 이상 그를 윽박지를 의지마저 달아나 버렸다. 더구나 진영의 단순성이나 석우의 대충대충인 일상을 염두에 둔다면 참견할 의미는 더욱 필요 없는 일이었다. 대상이 비록 나의 형이며 친구의 여동생이라 할지라도 그들 나름의 선택이고 운명이다. 그들 앞에 무너지는 자가 왜 하필 내가 되어야 하느냐가 서글플 뿐이었다.

"진영이하구 결혼한다니까 아부지 어무니는 뭐라구 하셔?"

"애까지 가졌는데 뭘 어쩌시겠니. 허락하구 넘어가야지."

"벌써 애까지 가졌다구? 철저히 몰아붙였군. 그럼, 진수네는?"

"불미스러운 일이 터져서 집안 꼴이 말이 아니다. 진영이가 불쌍해 보인 것두 결혼을 앞당기는 데는 한몫했지!"

"무슨 일?"

"참, 니는 아직 모르구 있겠구나. 진수가 군에서 큰 사고를 쳤어!"

"사고? 무슨 사고?"

팀스피리트 훈련장에서 맞닥뜨렸던 진수의 얼굴이 벼락처럼 머리 위로 떨어졌다. 정호와의 갈등, 그리고 진수의 분노 어린 고뇌, 기어이 사단이 난 모양이었다.

"진수가 자해를 해서 완전히 불구가 됐어. 삼청교육대가 생겨서 교관을 하라구 명령했는데 더는 못 한다구 버텼나 보더구나. 처음에는 그럭저럭 명령에 따르더니 나중에는 상관에게 대들었구, 결국 지가 지 목에 총을 쐈단다."

"총을 쏴? 얼마나 다쳤는데 불구까지 된 겨?"

"한쪽 턱이 완전히 날아갔어. 다행히 목숨은 건졌지만, 자해 혐의루 감옥 갔다 제대했다."

"도대체 어떻게 했길래 턱이 날아가?"

"총구를 턱밑에 놓구 발가락으루 당겼다나벼. 길이가 안 맞아 턱이 위루 치켜지다 보니 그나마 겨우 살아난 게지!"

"염병할……."

할 말이 더는 생각나지 않았다. 피가 거꾸로 솟아 흩어졌다. 공포가 달려와 심장에 칼을 꽂는 쓰라림으로 몰아쳤다. 그 충격으로 찍힌 머릿속은 하얗게 고요했다. 엄청난 사건에 경악한 나에 비해 비교적 간단한 설명으로 마무리하는 석우가 되레 낯설 따름이었다. 석우는 한바탕 회오리를 겪고 난 뒤의 일인지 이미 진수를 포기하고 있었다.

사건을 유추해보면, 교관이었던 진수가 상급자인 정호의 명령을 어겼다는 추론이 가능하다. 진수는 끈질기게 버텼고 정호는 끈질기게 명령했을 수직관계, 정호가 방화사건의 주범일지도 모른다는 진수의 공포, 군이라는 특수상황, 피할 길 없는 벼랑에서 자신의 목에 총을 쏜 동기가 무엇이었는지 알 것 같았다. 황당한 사건의 저변에 숨겨진 갈등의 비밀을 석우는 아마도 상상하지도 못할 일이었다. 정라가 면회를 왔던 날 비상이 걸렸던 이유가 삼청교육대 폭동, 잊고 있었던 낯선 명칭에 의문이 솟구쳤다.

"형, 삼청교육대가 도대체 뭐여?"

"그것 때문에 쉬쉬들 혀. 조금만 건들거리구 다녀두 막무가내루 잡아 가. 소위 사회개혁을 이룬다는 명분으루 끌구 간다는데 그곳이 군대인 줄은 나두 몰랐었다. 진수 때문에 알았지. 인간적으루 가혹행위가 지독했다더군. 처음에는 그나마 명령에 따랐는데 진수두 도저히 못 견디겠던 모양이더라. 오죽 괴로웠으면 죽으려구 그 짓까지 했겠냐!"

그래도 그렇지, 못난 놈! 어떻게 자신을 그 지경으로 학대했다는 말인가. 가혹행위가 얼마나 험악했으면 교육생들이 폭동까지 감행했을까를 생각하니 샌드위치처럼 가운데에 낀 진수의 괴로움이 어느 정도였는지 알 법도 했다.

"생활이나, 말 하는 데는 지장이 없는 겨?"

"혀두 일부 날아가서 말이 새나간다. 무슨 말인지 알아들을 수 없을 정도여. 진수는 집에만 처박혀 있구 두문불출이다. 폐인이 다 됐어."

"진수가 무슨 얘기는 안 혀?"

녹아드는 깊은 의문, 진수의 자해가 누구의 표적으로부터 비롯되었는지 소리칠 수 없는 현실, 정호를 염두에 둔 물음이었다.

"없어. 눈알은 아직 살기가 있는데, 벙어리처럼 입을 다물구 있어!"

"바보 같은 자식!"

먼 하늘을 바라보며 씹어뱉었다. 비를 머금은 먹구름이 가까이에 있었다. 한바탕 소나기라도 쏟아 부을 부릅뜬 기세였다. 석우는 가뜩이나 짧은 나의 머리를 헝클듯 휘저으며 투덜대었다.

"니는 남은 복무나 잘 해라. 신경 쓰지 말구."

끈끈하고 축축한 습기가 금세 살갗으로 내려앉았다. 먹구름이 낮게 깔리며 몰려오기 시작했다.

서둘러 퇴원을 자청했다. 군대라는 특수상황을 감안할 때, 대다수

병사는 기간을 질질 끌며 하루라도 더 지체하기를 원하는 것이 절대적이었다. 하지만 나는 무엇보다 지루함을 느끼기 시작했으며, 작전 중사가 면회를 와서 일이 많다며 귀대할 것을 은근히 종용하는 것 같아 퇴원을 결정하기에 이른 것이었다. 딴은 하루라도 빨리 진수를 만나 근황을 살펴보고 싶은 조바심의 발로이기도 했다. 퇴원 요청에 군 위관은 별 특이한 놈 다 봤다고, 군대가 재미있는가 보다고, 비아냥거리며 퇴원을 허락했다.

대대장은 나의 귀대를 더없이 반겼다. 그는 그간의 밀렸던 자료를 완성케 하고 위로휴가로 보상해주었다. 맹장수술을 했으니 영양보충 좀 하고 오라는 명분이었다. 어머니의 삼계탕으로 속을 채운 휴가 다음 날, 나는 곧바로 진수를 방문했다.

진수는 어두운 골방 벽에 등을 기대고 앉아 멍하니 천정을 응시하고 있었다. 누가 오고 가는지조차 관심 밖인 그의 눈동자는 오래전에 삶을 포기한 자의 초점이었다. 그의 처참한 모습은 속절없이 소름을 돋게 만들었다. 조준점이 없는 단순한 시선, 어떤 물체의 움직임에도 반응이 없는 무정형의 눈동자, 일그러지고 떨어져 나가 너덜대는 턱관절의 언저리, 달아난 윗입술을 위장하기 위해 기른 다듬어지지 않은 검은 수염, 정라에게서 전동면도기를 선물 받으며 지껄였던 수염 운운이 불현듯 연상되었다.

"야, 신진수! 나 알아보겠니?"

조심스럽고 나지막하게 물었다. 진수의 대답은 없었다. 동석한 진수의 어머니는 벌써부터 눈물을 찍어내고 있었다. 복받치는 울음을 참아내려는 어머니의 훌쩍임은 심장을 할퀴고도 넘쳐흘렀다.

"어무니, 사람두 알아보지 못하는 건가유?"

"가끔, 멀쩡하다가두 어떨 땐 지금처럼 넋을 놓구 그려. 산송장이나 다름없다네."

"어찌 이리두 험한 짓을 했답니까?"

"그걸 우리 같은 무지랭이가 어찌 알겠나. 지가 그랬다구 허니까 그런 줄 알아야지!"

"말은 좀 혀유?"

"혀가 고장 나서 무슨 소린지 알아들을 수가 없네."

어머니에게 더는 여쭈어볼 의미가 없었다. 아니, 용기도 없었다. 진수 가족이 처한 명백한 현실 앞에 상처를 덧내고 피로 얼룩지게 하는 것은 가혹한 폭력이었다. 모든 정황을 누구보다 잘 알고 있는 내가 구태여 비굴하게 하는 작태는 또 다른 살인일지도 모를 일이었다. 어머니는 급기야 긴 한숨을 방바닥에 토해내고는 힘없이 밖으로 나가버렸다.

나는 얼마간 멀거니 진수를 바라보기만 했다. 그는 사는 것을 포기한 체념의 시선을 천정에 고정시킨 채 말이 없었다. 고요는 적막하고 괴괴하며 한 치 앞도 보이지 않을 만큼 낮고 흐렸다. 그 속에 무언가가 흘렀다. 정호와 진수가 흘렀다. 석우와 진영이 흐르고, 정라와 내가 흐르고 있었다. 흐름의 무게와 방향은 보이지 않았다. 서로가 얼마나 더 모질어져야 끊을 수 있는 고리일까, 모든 것이 부질없는 짓거리였다.

마침내 그를 포기하기로 마음먹고 몸을 일으켰다. 그런데 등을 돌린 순간 바짓가랑이를 붙잡는 섬뜩함이 뒤통수를 잡아당겼다. 마치 전설의 공동묘지에서나 있음 직한 '내 다리 내 놔' 식의 팔에 걸려 저절로 주저앉고 말았다. 더구나 몸이 한 바퀴나 뒤틀려 돌아가며 진수의 얼굴과 충돌할 뻔했다. 그의 찢겨져 나간 턱주가리 표피와 선명한 눈동자가 내 눈동자를 찌르고 침투했다. 눈을 질끈 감았다가 이러면 안 되지 하고 겨우 정신을 가다듬었다.

진수가 무슨 말을 하려는지 중얼거리기 시작했다. 그러나 온전치 못한 반쪽의 혓바닥 진동만으로는 억양을 종잡을 수가 없었다. 그가 윗목에 비치해둔 종이와 볼펜을 끌어당겨 움켜쥐었다. 아마도 필요한 의사전달을 위해 미리부터 준비한 소통수단이었던 모양이었다. 그가 종이 위에 글자를 옮겨 썼다.

 - 와줘서 고마워.

"괜찮은 거니?"

 - 빨리 죽고 싶어.

"염병하구 있네. 미쳐두 단단히 미쳤구나. 이게 뭐여, 씨발!"

 나는 억지로 강한 척 욕지거리부터 퍼부었다. 진수에게 노여움을 끌어내어 살고자 하는 오기라도 발동시켜주려는 심산이었다. 그러나 내 목소리는 울먹거렸으며, 책망은 동정으로 표출되었다.

 - 너도 조심 해.

"뭘?"

 - 정호!

 진수도 알고 있다는 의미였다. 그가 모르고 있을 것이라 여겼던 조상들의 얽히고설킨 사슬들, 진수의 입에서 나오기 전에 알고 있냐고 내가 먼저 확인할 수 없었던 사건들, 그도 그것을 이미 알고 있었다.

"너두, 알구 있었니?"

 - 어, 집에 불 지른 것도 정호 같아. 끝까지 말하지는 않았지만······.

"미치겠군!"

 - 정라 사귀는 것, 다시 생각해봐.

"그건 또 어떻게 아니?"

 - 음영석, 친구들도 다 아는 얘기야.

"영석이 자식, 해수욕장에서 달빛에 취해 말한 내가 잘못이지 누굴 탓하겠어!"

– 정호는 완전히 또라이야!

"무슨 소리여?"

– 삼청교육대로 잡혀온 사람들한테 못할 짓을 시켰어. 정말 사람이 할 짓이 아니었어. 정호가 제일 지독했어. 죽이고 싶었어.

"그래두 참았어야 옳은 거 아니었어. 그래서, 결과가 고작 이거여?"

– 나중에는 내가 죽는 게 낫겠다 싶어 그랬어. 차라리 그때 죽었어야 하는데……. 돌겠어.

"옛 같은 소리 집어 치우구 정신 차려. 가족은 어떻게 하구 니 생각만 하니?"

몸서리를 치며 야멸치게 맞대응 쳤다. 어쩌면 그것은 현실에서 도망치고 싶은 나의 심약한 위장술일지도 몰랐다. 진수가 느끼는 공포를 내가 느끼지 않을 리 없었다. 섬뜩섬뜩, 성큼성큼 다가오는 보이지 않는 어둠 속의 그림자! 할머니의 죽음 앞에서도 정라에게 근접하는 것을 강하게 통제했던 살기 어린 눈동자! 진수가 써내려가는 볼펜을 통하여 정호가 목을 조여오는 착각으로 엄습했다. 그가 다시 쪽지를 내밀었다.

– 진영이 시집가면 잘해줘. 불쌍하게 된 애야!

"그건 석우 몫이여. 나한테는 형수인데 내가 뭘 어쩌겠어!"

– 너만 믿는다.

대답하지 않았다. 다만 눈꺼풀을 깜박여 긍정을 표현했다. 그가 쓰고 내가 말하는 방법으로 진행된 소통은 거기까지였다. 나는 등을 돌려 방을 나왔다. 진수는 다시 격리되었다. 마음의 무게가 군화 밑창으로 무겁게 쏠렸다. 멀리서 개 짖는 소리가 날아와 고막에 부딪쳤다. 녀석이 내깔리는 파열음은 누군가의 접근을 저지하려는 강력한 경고음으로 오래도록 지속되었다.

 마을을 돌아 나오는 동네 어귀에서 신진영과 맞닥뜨렸다. 진영은 석우를 만나고 오는 길이라며 간단한 인사만 건넬 뿐 평소처럼 밝지만은 않았다. 아마도 진수 때문이리라 여겨졌다. 곧 형수가 될 사람이라는 생각과 무슨 말이라도 해야겠다 싶은 부담감에 사로잡힌 것은 오히려 나였다. 어느새 형수라는 감정이 자리 잡고 있었던 모양이었다.

 "왜 그렇게 기운이 없…… 니?"

 말꼬리를 흐렸다. 존댓말을 해야 하는지 헷갈려서 나도 모르게 말꼬리를 흘려버린 것이다.

 "그냥, 괜히 기운이 없어…… 유!"

 진영도 어색하게 말끝을 길게 끌었다. 그녀의 어투에서 서로가 낯설고 멀기만 한 것이 나만이 느껴지는 감정이 아니라는 인상을 받았다. 그녀의 아랫배로 슬그머니 시선이 옮겨졌다. 아직 표시 나는 몸태는 아니어서 임신 사실을 감지할 수는 없었다.

 "그래두 기운을 내야지유."

 결국 존댓말로 답하고 말았다. 내 스스로 진영을 형수로서의 반열에 올려놓은 셈이었다.

 "수술한 데는 괜찮어유?"

 "예…… 에!"

 "제대할 때까지 몸조심하세유."

 진수를 염두에 둔 진영의 걱정이었다. 이제는 한 가족의 일원이니 어쩌면 당연한 염려로 들렸다. 진영과의 대화도 거기까지였다. 진영은 지척지척 신발을 바닥에 끌며 집으로 향했다. 그런 진영의 쓸쓸한 뒷모습에 한숨이 길게 뿜어져 나왔다.

 하늘은 잿빛이었다. 그나마 밀려오는 산들바람이 민낯에 나부껴 위안이 되었다. 그런데 불쑥불쑥, 나부끼는 바람처럼 정라를 향한 그리움이 스치는 것은 무슨 까닭일까, 석우와 진영과 진수를 생각한다면 정녕 정라로부터 마음을 거두어야 할 현실인가, 그녀의 가슴에 쏘아 버린 큐피드의 화살을 스스로 뽑아내야 한다는 말인가, 이 혼란을 멈출 길은 무엇인가, 정답 없는 생각은 생각의 꼬리를 물고 답을 주지 않았다.

밀려오는 그리움에 결국 정라에게 전화를 걸고 말았다. 다행히 전화는 그녀가 직접 받았다. 직장은 건강하게 잘 다니느냐고 물었다. 맹장수술한 곳은 어떠냐는 물음표가 건너왔다. 서로의 상투적인 안부가 이어지던 어느 순간, 그녀의 느닷없는 훌쩍임이 수화기를 타고 달려왔다. 혹시 정호의 신변에 문제가? 갑자기 밀려오는 불길한 마음이 순식간에 그녀에게 달려갔다.

"왜 그려, 무슨 일 있어?"

"아니여, 별 일 아니여!"

예기치 않은 다그침에 놀랐는지 그녀가 들킨 마음을 애써 숨기려 했다. 나는 더욱 채근했다. 무슨 일이냐고 캐물었다. 대답하지 않으면 지금 곧장 서울로 올라가겠노라고 볶아댔다. 내 적극성에 결국 그녀가 마음을 무너뜨렸다.

"아부지가, 아부지가 유치장에, 사기혐의에 휘말려서……"

정라는 더욱 훌쩍거리며 말을 더듬었다. 유치장이라는 단어는 환청과도 같이 멀리서 왔다. 갑자기 오금이 저려 몸을 떨었다. 나는 겨우 자초지종을 물었다.

"어떻게 된 거여? 심각한 거여?"

"아직은 몰러. 아는 사람한테 약간의 용돈을 받구 이름을 빌려주었든가 벼. 당사자는 연락이 끊어지구 피해자들이 고소를 해서……"

사건은 금방 파악되었다. 정호와 연관된 사건이 아닌 것에 안도하며 정라 아버지의 얼굴을 떠올렸다. 무지할 정도로 순진한 심성의 아버지이다. 갑갑할 정도로 완만하고 축축한 아버지이다. 그런 성정으로 인하여 늘 당하고만 살아왔던 노년에 또 불미스러운 일에 휘말렸던 모양이었다. 제발 별일 없기를 바라면서 그녀를 위로하는 것이 고작 내가 할 수 있는 전부였다.

"그래두 너무 걱정하지 마러. 아직 사건이 종결된 것두 아니잖어!"

"작정하구 사기 친 거라 피할 길이 없는가벼."

"정호 형은 뭐라셔?"

"오빠는 군대에 있으니까 별 힘이 못 돼. 법대 나온 대학 친구한테 부탁해서 알아보구는 있는데 도움이 될지 아직은 잘 모르겠어."

정호는 결정적인 순간마다 테두리 밖을 맴도는 위치였는가 싶었다. 할아버지가 물에 빠져 허우적댈 때도 정호는 없었다. 치매에 걸린 할머니가 세상을 떠나던 순간에도 정호는 없었다. 또한 아버지가 유치장에 들어갔는데도 공교롭게 원거리에 있다. 아무것도 할 수 없는 나 역시 무엇이든 참견해야 할 것 같았다.

"어떻게 잘 되겠지 뭐. 나 오늘 올라갈까?"

"그러지 마. 아버지 때문에 가뜩이나 복잡혀, 넌 좀 쉬었다가 부대에 들어가야 하잖어!"

정라의 태도는 단호하고 분명했다. 별 도움도 못 되는 나의 등장도 귀찮기는 매한가지일 터였다. 단지 그녀의 아픔을 함께하고 싶은 것이 내 마음이란 것을 알게 할 길은 없었다.

"알았어. 소식은 편지루 혀."

"으음, 알았어!"

정라와의 연결선은 그렇게 토막으로 끊어졌다. 불미스러운 일들이 점점 굳어져 응고된 채 몸집을 불려가고 있다는 느낌을 지울 수 없었다. 마을의 개는 여전히 맹렬하게 누군가에게 짖어댔다. 덩달아 까마귀까지 불길하게 울며 높은 하늘을 맴돌았다.

몇 달 남지 않은 복무기간에도 부대 밖 상황은 빠르게 변해갔다. 정라 아버지는 결국 6개월의 실형을 선고받고 서울구치소로 이감되었다. 정호는 중사로 진급했다. 석우는 협회의 지역연합회장이 되었다. 진영은 출산이 임박했고, 진수는 조심스럽게 외출을 시도한다는 소식 등, 각자에겐 각자의 일만이 중요하게 흘러갔다. 영내에 박힌 나는 제대를 손꼽아 기다리며 비가 오면 그것이 비였고, 바람이 불면 그것이 바람이었고, 무지개가 뜨면 그것이 무지개였을 따름이었다. 참, 한 가지 특이한 사실을 잊고 있었다. 의무대중사를 꾀어 야매로 포경수술을 했다. 맹장수술을 했던 여자군의관의 행동이 자꾸만 거슬려 살붙이를 떼어 군대에 버렸다. 군대에 버린 신체는 맹장에 포경까지 추가된 셈이었다.

제대 이틀 전, 나의 송별식은 여느 사병의 제대와는 사뭇 차별화되었다. 차트로 부대 곳곳에 족적을 남긴 대가로 1차 송별회는 내무반에서 치러졌다. 1차에서 이미 거해진 뒤였지만 2차로 작전과 후임들에 이끌려 상황실로 불려갔다. 작전과장조차 굳이 상황장교를 자청했을 정도로 나의 송별회를 배려해주었다. 비록 사병이지만 그만큼 부대에 기여한 비중이 컸다는 방증이었다.

작전과 후임들은 관습대로 제대 세 달 전부터 술을 준비했다. 계곡에서 꺾어온 잣송이로 담근 달착지근한 밀주가 서서히 돌아가기 시작했다. 군대란, 특히 제대란 보내는 자의 아쉬움보다 떠나는 자의 후련함이 더 큰 집단이다. 그러나 알 수 없는 나의 마음은 예외였나 보다.

뒤틀리는 운명들

끊임없이 술잔이 돌아 거의 바닥날 즈음, 몸을 가누기도 힘겨울 지경으로 술에 노예가 되었을 때, 나는 이유 없이 펑펑 흘러내리는 눈물을 멈출 수가 없었다. 대관절 어떤 연유에서 복받치는 눈물인지 가늠되지 않는 깊은 슬픔이었다. 나는 울면서 뇌까렸다.

"과장님, 전양우는 이제 갑니다! 중사님, 양우는 이제 갑니다!"

대다수의 사병들은 웃으며 떠나게 마련이었다. 그들과는 달리 특이한 행동을 보이고 있는 나를 모두는 납득하지 못하는 표정이었다. 추태를 보다 못한 과장이 겸연쩍은 얼굴로 위로했다.

"전 병장이 뭔가 서운하긴 엄청 서운한가 보군! 차라리 말뚝이나 박을 걸 그랬나 봐!"

"그러게 말입니다. 이거 오입 한번 시켜서 보내야 하는 거 아닌지 모르겠네! 야, 전 병장! 궁상떨지 말고 노래나 한 곡조 시원하게 뽑아라! 이따가 내가 좋은 데 데려다 줄게!"

중사가 맞받아쳤다. 눈물은 더욱 사납게 고여 범벅이 되었다. 그래도 일어나서 웃으면서 울면서 전선야곡을 마구 불러 젖혔다. 맹렬하게 울부짖는 작태가 볼썽사나웠는지 과장은 슬그머니 자리를 피했다. 겨우겨우 노래를 마무리한 나는 자리에 앉으려다가 결국 의자와 함께 나뒹굴고 말았다. 그리고 암흑이었다. 암흑 속에서 진수의 모습이 보였다. 제대 전 말년휴가를 갔을 때도 다시 찾아가지 못한 진수, 그의 환영이 암흑 속에서도 나를 덮쳐왔다.

눈을 떠 보니 영내가 아닌 어디인지 알 수 없는 골방이었다. 하물며 발가벗겨져 버려진 알몸뚱이 그대로였다. 몸뚱이 위로는 창틈을 비집고 침입한 햇살이 맹렬하게 부서지고 있었다. 어찌된 영문인지 기억은 머릿속에 남아 있지 않았다. 헹가래처럼 들려 어디론가 이동시켜진 조각난 기억이 고작이었다.

"야, 전 병장! 넌 하지도 못할 놈이 옷은 왜 벗고 지랄 떨었냐?"

옆방 문이 벌컥 열리며 굴러들어온 소리였다. 인기척을 기다리기라도 한 듯한 중사의 느닷없는 침범이었다. 나는 순간적으로 알몸을 감추려는 여인네처럼 이불로 몸을 가리며 움츠렸다.

"야 인마! 너 고자냐?"

중사의 빈정대는 이죽거림에 기억나지 않는 상황이 그나마 띄엄띄엄 투영되기 시작했다. 내 몸뚱이가 헹가래 위로 들려져 군용트럭에 실려 영외로 밀려왔던 기억, 어딘가의 선술집에 강제로 떠밀림과 동시에 등장했던 낯선 여자의 기억, 그랬다. 오입 운운하며 히죽거리던 중사의 짓이었다.

그럼 동정은 낯선 여자가 가져간 것인가? 발가벗겨져 버려진 것을 보면 동정을 빼앗긴 것은 영락없는 현실일 터였다. 그런데, 중사의 '하지도 못할 놈' 등의 빈정대는 말은 무슨 의미인가? 부끄럽게 확인했다.

"중사님, 어떻게 된 겁니까?"

"뭐가 어떻게 돼. 그렇구 그렇게 됐지!"

중사는 키득거리기까지 했다. 그러나 그 웃음이 거짓웃음이란 것을 삼 년 동안 같이 근무한 나는 충분히 간파하고 있었다.

"놀리지 마십시오. 어제 전 아무 짓두 안 했다구요!"

제발 그랬기를 바라면서, 가물가물한 기억에 의지해 못이라도 박아야 하듯이, 사투리의 '유'를 '요'로 발음하며 힘주어 정의를 내렸다.

"자식, 그래도 기억은 조금 나는가 보네. 야, 전 병장! 너 지랄같이 사랑하는 애인이 있다면서? 그래서 오입하면 안 된다고 발버둥 쳤다던데. 어떻게 된 놈이 거꾸로 됐냐. 여자가 빼고 남자가 덤벼야 하는데, 남자가 빼고 여자가 덤비게 뒤집혔으니 말이야!"

기억이 조각조각 되새김되기 시작했다. 그랬다. 직속상관이었던 중사는 나에게 마지막 호의를 베풀 요량으로 색시 집까지 끌고 나왔다. 색시 집 골방에 떠밀리자마자 여자가 투입되었다. 여자는 비교적 크고 말랐으며 나름 예쁘기까지 했다. 여자는 중사의 지시를 받았는지 직업적으로 후다닥 웃옷을 벗으며 가슴을 드러내기부터 했다. 하지만 이상한 일이었다. 여자의 맨가슴을 처음으로 마주했음에도 동물적인 욕정이 솟지 않았다. 늘 숨겨져 볼 수 없는 정라의 가슴보다 맨살의 드러낸 가슴이 흑심을 불러일으키지 못한 연유는 알 길이 없었다.

나는 모든 감각이 마비될 만큼 술에 떡이 되었어도 자꾸만 정라를 상기시켜 떠올렸었다. 당장의 욕정보다 정라의 가치를 뇌리에 주입하며 타협과 배반의 틈바구니에서 숱한 싸움을 했다. 여자에게 고향은 어디냐, 어떻게 이런 곳까지 왔느냐, 여자가 싫어할지도 모르는 물음들을 주저리주저리 지껄이며 수컷으로서의 욕망을 회피하려 애썼다. 여자는 몹시 화가 난 듯 했었지만 차츰 부드러워지는 모습을 보였다. 고향은 부산이며, 애인에게 버림받아 흘러왔다, 이제는 가고 싶어도 갈 수 없다, 그런 여자의 과거 이야기를 들었다. 나는 사랑하는 여자가 있는데 지주의 후손이며, 피해자의 딸이다, 그러나 미치도록 사랑하는 여자다…… 라는 고백을 쏟아냈다. 이어서 여자는 나이가 나보다 네 살이나 많아 남동생 같으니 예쁜 사랑 엮어서 행복하게 살라면서 어느 순간 누이처럼 말했다.

"하기 싫으면 안 해도 돼요. 그냥 서로 옆에서 자기만 해요! 그 대신 키스만 해줄게요!"

이어서 여자의 입술이 내 입술로 다가와 곧바로 맞닿았다. 이번에는 기습을 한 것이 아니라 기습을 당했다. 늘 호시탐탐 기습의 기회를 엿보던 정라의 아련한 입술이 아닌 돈이면 언제나 가능한 입술의 역습이었다. 놀란 나는 마침내 왈칵 뒤집혔다.

"병장님, 처음이군요!"

여자가 재미있다는 듯 배 위로 올라타며 맹렬하게 입술을 비볐다. 나는 꼼짝을 못하고 받아야만 했다. 여자의 냄새는 멀리서 왔으나 젖은 입술은 능숙하고 깊었다. 하물며 여자의 겨드랑이, 언젠가 연못둥지과수원 원두막에서 목격했던 혜진이라는 여자의 것과 흡사한 겨드랑이, 붓끝처럼 돋은 겨드랑이에서 느껴지는 시각적인 정염은 입술을 밀쳐낼 수 없도록 자극했다.

키스만 한다던 여자가 욕정이 도졌는지 나의 군복을 벗기기 시작했다. 그토록 견고하고 두텁게 32개월 20일 동안 나를 가두었던 껍데기는 너무도 쉽게 떨어져 나갔다. 여자는 마치 궁지에 몰린 쥐를 유린하는 고양이처럼 능숙하게 몰아붙였다. 나는 방향을 잡을 수 없이 완전히 고립되어버렸다. 어느새 아랫도리는 출정을 앞둔 병사들의 외침소리처럼 울어댔다. 온몸의 핏덩이는 사타구니로만 몰입되어 굳어졌다.

여자의 물컹한 맨가슴이 얼굴을 통째로 점령해왔다. 밀려가고 밀려오는 파도소리처럼 넘실거리는 가슴의 감촉, 그토록 아련한 정라의 감촉, 쏟아지는 장대비를 맞으며 뒤에서 느꼈던 정라의 가슴이 이것이었나? 아니었다. 그건 결코 아니다. 정라의 가슴은 꼭꼭 숨겨놓은 귀한 감촉이었다. 온몸을 전율로 휘감고 나를 노예로 옭아맨 졸도할 듯 황홀했던 정라의 가슴, 정라의 가슴은 물결처럼 아련한 가슴이었고 여자의 가슴은 돈에 얽매인 쓰라린 가슴이었다. 정라의 아련한 가슴 때문이었을까, 뇌세포의 명령을 받은 병사가 슬금슬금 후퇴하기 시작했다. 어찌된 영문인지 그토록 울어대던 무기가 어느 순간 울음을 포기하고 스러져버렸다. 병사의 무기는 적군의 심장으로 돌진하기에는 이미 기능을 상실한 장식품에 불과했다.

"어머, 애가 왜 이래!"

여자는 싸움을 포기해버린 병사의 무기를 확인하고는 만지작거리며 뇌까렸다. 여자가 병사의 무기를 탐하려 본격적으로 시도했다. 병사의 무기는 발끈 성을 내며 전열을 가다듬고 다시 전투태세를 갖추었다. 그러고는 곧바로 자신을 희롱하는 적군을 향해 돌진했다. 하지만 병사는 공격 지점을 쉽게 찾지 못했다. 적군은 엄폐물에 가려진 은신처를 맘껏 개방했어도 어설픈 학도병같이 공격지점만 맴돌 뿐 포인트까지는 끝내 근접하지 못했다. 몇 번의 공격실패에 병사는 또 다시 맥이 빠졌고 무기는 흐느적거리며 힘을 잃어갔다.

"술을 먹어도 지독하게 먹었나 봐. 이런 일은 처음 보네. 애인 생각 때문에 안 되겠어!"

측은지심이었을까, 여자는 모든 행동을 멈추고 어머니처럼 병사를 품었다. 학도병의 몸은 비로소 평온해진 갈등의 끝자락에서 기진맥진 허물어졌다. 필름이 끊어져 바야흐로 자유를 얻은 것이었다. 병사는 여자의 맨살에 젖어 잠들었다. 잠든 병사의 꿈속에 여자의 가슴은 없었고 어린 소녀, 정라의 가슴만이 흘렀다.

우라질! 간밤의 기억이 거기에서 멈춰져 흩어졌다. 꼭꼭 감추었다가 정라에게만 보여주고 싶었던 보물을 낯선 곳에서 잃어버렸다. 아니, 도둑맞았다. 빼앗긴 것이나 다름없었다. 몇몇 사병들이 쉽게 버리고, 더러는 그것이 수컷의 훈장처럼 회자되는 것과 나의 관념은 정반대였다. 적어도 나는 통념에 편승하지 않으려 퍼덕거려왔다. 여자보다 더한 정조의 관념이 병적일 정도였다. 그것은 누가 강요했던 것도 아닌 오로지 나의 주문에서 비롯되었다. 장마 이후 느닷없이 찾아온 사랑의 홀씨가 발아되었을 때 물을 주고 햇볕을 쬐어 성장시킨 소중한 자존심이었다. 누가 알아주기를 바란 것도 아니었다. 누구에게 내

세우고자 한 것도 아니었다. 오로지 정라에게 떳떳해야 한다는 당위성 때문이었다.

이제 정라의 얼굴을 어찌 대할지 막막해졌다. 그녀의 눈을 똑바로 마주볼 뻔뻔함이 남아 있을지가 의문이었다. 좀 더 세월이 흐르면 오늘의 기억조차 희미해질까, 좀 더 모질게 나를 학대하면 씻어질 수치심일까, 나는 고작 군복을 위장용으로 삼아 주섬주섬 알몸을 감추었다.

나의 제대는 어디에도 큰 영향을 미치지 못했다. 세상은 물론 가까이에서 살을 맞대고 살아가는 가족에게조차도 그저 살아야 하는 일상의 연속일 뿐이었다. 하물며 함구하고 있는 제대 마지막 날의 탈선을 알 리도 없었으며, 적의 은신처까지 침투하지도 못한 사건을 심각하게 곱씹는 것도 시간의 흐름 속에 거짓말처럼 옅어져갔다. 동물적 탈선의 끝을 피할 수 있었던 것은 어쩌면 밀주된 잣 술 때문이었다는 나름의 변명이 점차 설득력 있게 나를 정당화시켰던 것이다. 그래서 정라에 대한 나 혼자만의 부끄러움을 흐르는 세월에 흘려보낼 수 있었고, 그녀를 만나야겠다는 용기가 새순처럼 작고 여린 싹을 다시 밀어 올렸다.

하지만 그녀의 아버지는 여전히 구치소에 있었으며, 한번 추락하여 수렁에 빠진 정라네의 모질고 끈적끈적한 살림살이는 좀처럼 회복되지 못한 채 질퍽이고 있었다. 그것이 나의 용기를 막았고, 그녀를 만난다는 것이 너그러울 수는 없도록 작용했다. 그 수평적 흐름은 무심하게 흘러 가을까지 속절없이 이어졌다.

하늘이 높아 시리고 청명해진 가을, 석우의 결혼식은 시내 향군회관에서 치러졌다. 사교적이지 못한 나에 비해 비교적 건들거렸던 형의 하객은 예상외로 북적였다. 연합회장이라는 타이틀을 남용하였으며, 굳이 참석할 이유가 없는 먼 이웃의 얼굴까지 가끔 눈에 띄는 것으로 미루어 볼 때 석우는 연락 가능한 사람들은 모두 하객의 범위에 포함시켜 불러 모았던 듯 보였다. 월악산에 버섯을 따러 간 이후 주봉기와 음영석을 만난 계기를 제공한 것이 석우의 짓이었고, 할머니를 작은집에서 큰집으로 돌아오도록 설득한 것도 석우의 짓이었다.

여하튼 시끌벅적한 만남들이 뒤섞인 예식장은 첫출발의 싱그러움으로 와글거렸고, 곳곳에서 꼬리를 문 가벼운 입방아들이 낮게 흘러 다녔다. 입방아의 주요 요리감은 혼전 출산한 석우의 아들이었다. 결혼식보다 먼저 태어난 사내 녀석은 이문동 이모 품에 손자처럼 안겨 세상모르게 새근대고 있었을 따름이었다. 남의 이야기라면 서슴없이 흠잡는 어른들의 본능적 시기심과는 달리 아이의 숨결만은 맑고 순했다.

"석우 어무니, 손주 안아보는 기분이 어떠여?"

"그 녀석, 되게 급했나벼!"

누군가는 노골적인 빈정거림도 가리지 않았다. 어머니는 날이 날이니만큼 연신 웃음으로 화답하면서도 예식장까지 손자를 데리고 온 것을 후회하는 표정이 역력했다. 결국 하객의 발걸음이 뜸해지는 기회를 틈타 신랑 부모석으로 피신하듯 몸을 옮긴 어머니는 누군가와 눈이라도 마주칠까 봐 우정 앞만 바라보고 앉아 있었다.

예식을 알리는 사회자의 목소리가 확성기로 증폭되어 고르게 깔렸다. 장내는 조용해졌다. 예식은 양측 어머니의 축복 어린 촛불이 켜지면서 부부로서의 첫걸음을 밟아나갔다. 주인공들이 등장했고 성혼선언문 낭독 등 여타 결혼식과 다르지 않은 예식이 진행되었다. 그러나 조금은 상기되어 있는 신랑에 비해 어린 신부는 전혀 당황하거나 수줍어하는 기색이 없었다. 그런 진영의 태도는 이미 첫 아이를 출산한 어미로서의 자신감으로 내겐 비추어졌다.

　석우가 소속된 협회 총연합회장의 주례사는 길었다. 별반 자랑거리가 없는 신랑 전석우와 신부 신진영의 소개로 시작된 주입식 주례사는 난파선처럼 표류하며 떠다녔다. 듣는 이가 거의 없는 상황에서도 혼자만의 명분을 늘어놓던 주례는 식은땀을 흘리며 횡설수설까지 해 하객들의 빈축을 샀다. 하객들은 옆 사람과 속닥거리며 주례사를 경청하는 이가 거의 없었고, 석우와 진영마저도 지루함을 이겨내려는 몸짓이 간간히 노출되었다.

　뒤편에 서서 예식을 지켜보던 나는 잠깐 악수만 하고 인사를 나누었던 주봉기와 음영석을 두리번거리며 찾았다. 혹시나 진수를 본 적이 없느냐는 궁금증을 확인하기 위해서였다. 녀석들은 이미 식당 술자리로 튀어버렸는지 한참을 둘러봐도 눈에 밟히지 않았다. 하지만 나는 곧 하객들의 사정거리를 벗어나 숨어 있는 진수를 발견하는 데 성공했다. 마스크로 얼굴을 가린 채 구석에 숨어 진영을 바라보기만 하는 진수, 모자를 깊게 눌러쓰고 눈 밑까지 가려 눈동자만 살아 있는 범죄인 모습의 진수, 하객들의 틈을 비집고 그에게로 접근했다. 진수는 살금살금 좁혀지는 나의 접근을 전혀 눈치채지 못했다.

　그의 곁으로 다가가서 옆구리를 찔러 신호를 보냈다. 자신을 알아본 나와 맞닥뜨린 진수가 놀란 것은 너무도 당연했다. 그러나 그는 곧 의도적으로 등을 돌렸고 나로부터 벗어나고자 식장을 빠져나갔다. 뒤따라 재빨리 팔을 잡았다. 그대로는 차마 보낼 수 없는 신부의 가족이었기 때문이었다.

　"잠깐만, 그냥 가면 어떻게 혀! 식사는 하구 가야 할 것 아니여?"

　진수가 멈칫하며 들숨을 골랐다. 그의 등판이 날숨과 함께 처량하게 굽어졌다. 그가 고개를 돌려 시선을 내 눈동자에 박았다. 여동생을 바라보며 생겨난 습기인 듯 동공 언저리에 연민의 물기가 배어 있었다. 진수의 물기 어린 눈동자 안에 진영이 있었다. 나는 그의 눈을 똑바로 마주볼 수가 없어 눈동자를 깔았다. 말없는 그가 단지 내 손을 힘껏 움켜쥐었다. 진영을 부탁한다는 무언의 의미가 온몸으로 전이되며 심장으로 빠르게 스며들었다. 진수의 시선을 억지로 피하며 아무 말도 못하고 있는 사이, 그의 손이 스르르 미끄러져 손아귀를 이탈해 나갔다. 그리고 그는 하객들 틈으로 소리 없이 묻혀 멀어져갔다. 내게는 그를 붙잡을 용기는 물론 가족으로서의 배려조차도 챙길 틈이 없었다. 아니, 책임을 회피했다고 해야 옳은 표현이었다.

그가 사라진 방향을 멍하니 바라보고 있는데 신랑 신부의 퇴장식이 마무리되고 기념촬영이 진행될 순서였다. 갓 탄생한 부부의 언저리에 포진한 가족 중 양희가 나를 발견하고는 밖에서 서성대지 말고 오라는 손짓을 연신 보냈다. 애써 진수 생각을 털고 신랑 측 위치로 돌아갔다. 신부 측 자리에 진수가 없는 것을 문제 삼는 이는 아무도 없었다. 신부의 가족인 진수는 가족사진 속에 없었다.

폐백이 진행되었다. 어른들 순서에 이어 항렬순서가 되었을 때 맞절을 하고 있는 진영을 나는 유심히 관찰했다. 평생 한번 있을 곱게 차려입은 옷맵시였다. 검은 피부색을 포장한 화사한 새색시의 옥빛 얼굴이었다. 그러나 눈을 내리깔고 익숙하지 못한 상황에 지친 어린 신부의 몸짓, 진영의 얼굴에서 문득 알 수 없는 수심을 보았다. 그 수심의 깊이에는 예정되지 않은 미래에 대한 두려움이라기보다 진수를 기억하는 수심으로 귀결되었다. 나는 애써 불운한 생각을 떨쳐버리려 제일 먼저 자리에서 이탈하였다.

식당으로 내려왔다. 주위를 힁 하니 훑어보고는 영석과 봉기의 자리에 합석했다. 영석이 먼저 말을 건넸다.

"어서 와라. 수고 많았다. 원래 이런 큰일에는 주변 사람들이 더 고생이 많은 법이여!"

"맞어, 자질구레한 일들이 많지!"

이미 술기운이 적당히 올라 있는 영석과 봉기가 각각 한마디씩 인사치레를 했다. 영석이 먼저 잔을 내밀었다.

"자아, 한잔 받어라."

녀석은 술잔이 출렁일 때까지 가득 따랐다. 건배가 이어졌다. 줄곧 나름 긴장했던 갈증 탓인지 목젖으로 넘김이 가벼웠다. 봉기가 물었다.

"그런데, 양우 니 진수는 못 봤냐?"

녀석들은 진수를 만나지 못했던 모양이었다. 나는 선뜻 대답하지 못했다. 아니, 대답하지 않을 참이었다. 뒤돌아 식장을 벗어나는 초라한 등판이 아직도 아른대며 맴돌고 있었기 때문이었다.

"그나저나 그 녀석, 큰일 났어!"

영석이 푸념하듯 중얼거렸다. 큰일이라니, 나는 눈을 동그랗게 치켜뜨고 영석을 치받았다.

"큰일? 내가 모르는 무슨 일이 또 있는 거여? 무슨 말이여?"

"니 아직 모르구 있었니? 아무래두 진수 오래 못 살 것 같다."

"그게 무슨 뜻이여?"

"갸가 설암인가 뭔가가 혀에 생겼단다. 혓바닥 언저리에 병균이 침투했다나 뭐라나."

"염병할……."

내 입에서 욕지거리가 저절로 튀어나왔다. 놀라움과 두려움 따위가 아니었다. 갈가리 찢겨진 육신보다 그렇게 추락하도록 자신을 아끼지 못한 진수에 대한 연민도 아니었다. 어디가 종착역인지 알 수 없는 진수에 대한 분노의 울부짖음이었다. 뒤틀린 운명들을 향한 반항의 몸

뒤틀리는 운명들 201

부림이었다.

"말해 뭐혀. 인생이 꼬여두 어떻게 그렇게 꼬이냐?"

봉기의 푸념 섞인 목소리는 이미 아득했다. 무대뽀삼형제의 세 바퀴로 지탱하던 무대뽀 우정도 두 바퀴만이 뒤뚱대며 굴러갈 판이었다. 녀석들의 표정은 그것이 더 안쓰러운 모양이었다. 녀석들이 번갈아 준 술잔을 거푸 들이킨 나는 우울한 진수 이야기를 그들과 주절주절 섞고 싶지 않았다.

때마침 식당으로 들어오는 신랑 신부를 발견하고는 핑계 차 자리를 떴다. 신랑 신부는 하객들에게 일일이 인사를 올리고 신혼여행지인 경주로 떠났다. 떠나는 모습을 배웅한 나는 진수의 몫까지 보태어 신혼부부의 행복을 간절히 빌었다.

신혼부부가 여행을 떠난 이튿날 늦은 오후, 한낮부터 을씨년스럽게 떨어지던 가랑비가 이내 소나기로 변해버렸다. 과수원 둔덕을 흩날리던 흙먼지는 젖어들었고, 아카시아 나무 꼭대기의 까치집은 오늘따라 위태롭고 처량 맞아 보였다. 나는 빗물이 고였을지도 모르는 과수원의 고랑 곳곳을 점검하기 위해 장화를 신고 삽을 왼쪽 어깨에 걸쳤다.

전날 도착 사실만을 통보한 신혼부부는 지금쯤 무엇을 하고 있을까, 소나기 때문에 신혼여행을 망치는 것은 아닐까, 답을 알 수 없는 생각을 추측하는 동안 빗물에 취약하던 고랑에 어느덧 발길이 멈춰 있었다. 빗물이 고인 둔덕을 터 물길을 풀고, 무더기로 엉킨 낙엽들을 걷어내었다. 길이 막혀 멈췄던 물방울들은 서로 먼저 달아나려 안달을 부리며 낮은 곳으로 내달렸다. 늘 하던 그 일이 갑자기 싫증난 것은 아마도 심신이 지친 탓일 터, 스산함까지 느낀 나는 과수원 둘레를 더 살펴보아야 함에도 불구하고 물길을 대충 얼버무려 놓고 집으로 걸음을 되돌렸다.

그러나 뜻하지 않은 소식이 과수원으로 날아들어 있었다. 봉계로부터 날아온 내용은 간단했다. 전화를 받은 어머니의 말에 의하면 진수가 달천강 물에 빠져 죽었다는 내용이었다. 신혼부부에게는 연락하지 말아달라는 진수 아버지의 전갈도 함께 당부되었다는 어처구니없는 비보였다.

내 심장은 물 풍선 터지듯 일시에 터져버렸다. 어깨에 걸쳤던 삽을 그대로 팽개쳤다. 곧바로 헛간에 있는 자전거를 몰고 신진수 집으로 치달았다. 사선으로 날아오는 세찬 빗방울이 나를 때리는지 내가 빗방울을 때리는지 분간할 수 없었다.

벌써 어둠에 에워싸인 그의 집은 적막하고 괴괴했다. 대문 밖에는 삼삼오오 모여 집안 분위기를 염탐하는 동네 사람들로 흉흉하기 이를 데 없었다. 집밖으로 뿜어져 나오는 싸늘한 냉기는 낮게 표류하며 주위를 맴돌았고, 창틈을 비집고 나온 희미한 불빛은 처마에 매달려 흔들리는 듯 음산했다.

나는 구경꾼들의 사이를 비집고 빨려들듯 방 안으로 돌진했다. 진수는 잠자는 모습과 별반 다르지 않았다. 단지 밖을 보지 않으려 머리까지 덮어쓴 숨바꼭질 모양새가 낯설 따름이었다. 미친 놈, 이건 사고가 아니라 분명 자살이었다. 사고로 위장한 자살이었다. 턱의 일부가 날아간 흉물스러운 얼굴, 말조차 자유롭지 못할 정도로 마모된 혀, 그 혀에 설암까지……. 그래, 그것이 편한 길이었다면, 더 이상은 버틸 수 없는 최후의 선택이었다면, 편히 잠들기만을 애써 삼키는 것이 내가 할 수 있는 전부였다.

나도 모르는 눈물이 어느새 볼따구니로 흘러내렸다. 흘러내리는 물줄기가 빗물인지 눈물인지 확인하고 싶지도 않았다. 팔소매로 물방울을 훔치고 주위를 둘러보았다. 열려진 문 밖에는 영석과 봉기가 막 도착하고 있었다. 녀석들은 내가 쪼그리고 앉아 있는 방 안을 힐끗힐끗 염탐하고는 안절부절했다. 녀석들에게 약한 모습을 들키기 싫은 나는 소매로 얼굴을 마구 문질러 빗물인지 눈물인지를 닦아내었다. 녀석들이 죄인처럼 슬금슬금 방으로 기어들어왔다. 영석이 나지막한 목소리로 물었다.

"언제 왔니?"

"좀 전에……."

묻고 답한 언어는 거기가 끝이었다. 녀석들은 좌우에 나란히 앉아 침묵했다. 진수의 주검 뒤에는 하천 둑에서 실력을 발휘하던 손때 묻은 기타가 제멋대로 팽개쳐져 죽어 있었다. 녀석들과 나의 시선이 멈춘 기타에서는 추억의 아련한 음률이 울어대고 있었다. 굳이 말하지 않아도 내게 들리는 음률이 그들에게 들리는 음률이고, 그들이 듣는 음률이 진수의 음률일 터였다.

한참을 그렇게 쪼그리고 앉아 있던 우리들 중 영석이 먼저 슬그머니 자리를 떴다. 건넛방으로 몸을 넘긴 그가 진수 아버지 앞에 무릎을 꿇어앉았다. 영석을 알아본 아버지가 눈두덩을 훔쳤다. 아마도 무대뽀삼형제인 영석의 얼굴에서 아들 진수가 투영된 모양이었다.

"아버님, 어찌된 거여유?"

"아침에, 물고기 잡으러 달천강으루 간다구 하더니만 저 지경이 되어 돌아왔네."

영석의 물음에 답하는 아버지는 몹시도 힘겨워 보였다.

"혼자 갔어유? 누가 본 사람 없대유?"

"모르겠네. 강가에서 자갈 채취하던 사람들이 건져 올렸나벼."

나는 건넛방으로 건너갔다. 그리고 영석의 옆구리를 찔러 신호를 보냈다. 가뜩이나 힘든 아버지를 더는 힘들게 하지 말라는 무언의 권고였다. 의도를 알아챈 영석이 금방 물음을 멈추었다. 아버지는 진수를 어찌 처리하면 좋을까를 두고 우리의 의견을 구했다. 내가 조심스럽게 여쭈었다.

"아버님 생각은 어떠신대유?"

"글쎄다. 장가두 안 간 녀석이니 삼일장을 치르기두 그렇네."

아버지는 곧바로 화장을 하여 달천강에 뿌리거나, 어디 적당한 곳이 있으면 소리 소문 없이 매장하고 싶다고 덧붙였다. 넋 나간 어머니는 그저 아버지의 처분에 따르려는 듯 아무런 의견도 내세우지 않았다. 단지 살아 있는 우리를 보고 서러움이 복받친 듯 흐느낌을 토해낼 뿐이었다. 우리 중 어느 누구도 진수의 처리 방법에 대하여 감히 의견을 제시할 수는 없었다. 그저 아버지의 선택에 따라 마지막 가는 길을 배웅해야 할 따름이었다.

나의 어머니로부터 소식을 들었는지 아버지가 들이닥쳤다. 아버지는 진수 아버지의 괴로움을 달래주기에는 더없는 지인이었다. 봉계를 떠나 연못둥지과수원으로 갈 수밖에 없었던 진영의 사건을 제외하고는 그다지 불편한 관계는 아니었다. 이제는 사돈지간으로 맺어진 혈연관계며, 조상까지의 인연을 생각한다면 당연한 도리이기도 했다. 진수 아버지의 자초지종을 모두 전해들은 아버지는 뜻밖의 제안을 꺼냈다.

"그래두 어떻게 화장을 하겠나. 우리 과수원 귀퉁이래두 묻어주면 어떨까 싶네. 여동생이래두 가끔 무덤을 살펴줄 게 아닌가!"

내게는 의외의 생각으로 받아들여졌다. 아버지의 판단이 어디로부터 비롯되었는지 여쭐 명분은 없었다. 아버지의 마음이 존경스러울 뿐 어떤 이유도 제기할 수 없는 일, 나의 침묵은 아무런 영향을 미치지 못했다. 내 생각은, 우울한 진수의 죽음을 오래 기억한다는 것은, 앞으로 진영의 인생에 그다지 도움이 되지 않을 것이라는 것뿐이었다.
"고맙네, 이다지두 신경 써주니 몸 둘 바를 모르겠구먼!"
진수 부모는 아버지의 호의에 한없는 고마움을 표했다. 영석과 봉기 또한 더없이 반기는 표정이 역력했다. 이어서 논의된 매장 날짜는 이튿날로 매듭지었다. 진영이 돌아오기 전에 진수를 묻어 더는 추한 모습을 남기지 말자는, 살아 있는 자를 배려한 결론이었다. 서둘러 사망진단서를 발급받았다.
아버지는 늦은 저녁 돌아갔다. 나는 무대뽀 두 명과 함께 밤을 밝혔다. 마지막 가는 진수의 차가운 몸뚱이 앞에 뜨거운 우리는 술잔을 기울였다. 동해의 망상해수욕장에서, 버섯을 따서 나누어 갖던 월악산 골짜기에서, 함께 뜨거웠던 진수는 싸늘하게 식은 채 말이 없었다. 예식장에서 본 진수의 습기 어린 눈동자가 끊임없이 아른거렸다. 너는 내 마음을 알겠지? 하면서 응시하던 마주볼 수 없었던 눈동자, 그의 눈동자는 점점 명료해졌고 나의 눈동자는 점점 자욱해졌다. 남겨진 우리는 진수와의 고리를 끊기 위해 술에 취하고 슬픔에 취해서 그 자리에 하나씩 널브러졌다.
비는 어슴푸레하게 먼동이 틀 무렵에야 그쳤다. 진수 아버지는 동네 사람들의 눈에 덜 띄게 하려는 일념으로 일찍부터 채비를 서둘렀다. 미리 연락된 사내들에 의해 절차나 의식도 없이 입관된 진수는 미처 해가 뜨기도 전에 연못둥지과수원으로 출발했다. 상여도 아니었다. 영구차도 아니었다. 진수의 식은 몸뚱이는 트럭 짐칸에 널빤지처럼 실려 덜컹대며 흔들거리기까지 했다.
더구나 과수원에 도착해서도 원두막 언덕까지 조성된 꽃길의 정면을 통과하지도 못했다. 개울가에 차를 세우고 겨우 우리의 손에 의해 과수원 끝자락 귀퉁이로 옮겨졌다. 그리고 잠시의 짬도 없이 한 평 남짓 되는 미리 파놓은 구덩이에 관이 밀려 떨어졌다. 일말의 망설임도 없었다. 이미 예정된 순서대로 신속하게 진행되는 매장에 그 누구도 이유를 달지 않았다. 마치 누군가에게 들켜버리기라도 한다면 안 될 사람들처럼 우리도 매장을 도왔을 뿐이었다.

진수의 몸뚱이는 그렇게 맥없이 흙으로 회귀했다. 흙으로 돌아간 자가 누구인지를 알리는 비석은 물론 없었다. 더구나 봉분조차 어설퍼서 볼품없었다. 멀리 비 그친 산자락에는 보기 드문 쌍무지개가 떴다. 하늘은 멀었고 무지개는 가까웠다.

"우라질, 뜬금없이 웬 쌍무지개여!"

영석이 투덜대며 비로소 눈가를 훔쳤다. 나는 등을 돌려 무지개는 물론 영석의 얼굴조차 외면해버렸다. 빌어먹을, 또 눈동자에 안개가 서려 치밀었다. 눈물이 매웠다.

색깔이 다른 피

신혼여행에서 돌아온 진영은 진수의 이야기를 듣고 몹시 슬퍼했다. 하지만 그녀의 슬픔은 그리 오래 지속되지 않았다. 적어도 내가 볼 수 없는 공간에서 홀로 슬퍼하는 느낌조차 감지할 수 없었다. 어쩌면 진영은 이미 오래전부터 낌새를 감지했을지도 모른다는 생각이 문득 들었다. 아니, 흉한 몰골로 살아가야 하는 불행과 설암으로 겪어야 할 고통을 스스로 절단한 것에 대하여 남겨진 사람들의 입장을 중요시했을지도 모르는 일이었다.

늦가을이 되자 진수의 무덤은 더욱 스산한 바람과 낙엽들로 뒹굴었다. 정라의 편지는 가끔, 짤막한 안부 정도의 소식만을 전해왔다. 그녀의 아버지는 출소하였고, 정호는 어쩌면 제대가 가능할 것 같기도 하고, 어머니는 여전히 대학 구내식당에 나가고, 그녀는 또 새로운 직장으로 옮겼다는 소식 정도였다. 일상은 무료함의 연속이었다. 무료함은 정라를 더욱 그립게 만들었다. 상경을 결심했다.

정라를 만난 곳은 종로2가 레스토랑이었다. 반지를 주려다가 거절당한 안 좋은 기억이 있는 장소였지만 그녀가 편하게 여기는 장소인 듯했고 달리 마땅한 장소를 알고 있는 처지도 아니어서였다. 약속장소에는 그녀가 먼저 도착해 있었다. 미안한 마음에 상투적인 인사말을 건넸다.

"많이 기다렸어?"

"아니, 나두 좀 전에 왔어."

그렇게 응답하는, 완숙해진 숙녀의 착한 눈썹에 시선이 멈춰졌다. 밝은 곳은 밝고 어두운 곳은 어두운 극명한 음영에 그녀의 눈썹은 더욱 선명했다. 나는 그녀의 섹시한 눈썹에만 시선을 고정한 채 맞은편 자리에 어색하게 걸터앉았다.

"이제, 시집가두 되겠다!"

그녀를 보고 한다는 말이 고작 그거였다. 성숙한 티가 물씬 젖어 사랑스럽다는 표현이 고작 그거였다. 그녀가 앙증스럽게 웃으며 대꾸했다.

"그렇지 않아두 시집가라구들 난리여. 얼마 전에는 억지루 선까지 봤는걸!"

이건 또 뭐람, 선을 봤다니? 지구가 뒤집혀 거꾸로 돌아갈 말이었다. 그런데 정라는 아무렇지도 않다는 듯 태연하게, 그것도 당당하게 지껄이고 있는 게 아닌가. 갑자기 더워진 핏덩이가 정수리로 치솟았다.

"어떤 놈인데 선까지 봐?"

"어머, 얘가 왜 이래. 억지루 끌려간 걸 가지구 질투하기는……."

"그렇다구 해두, 아무 감정없이 선을 보구 그러니? 여자들은……."

"여자들이라니? 괜히 화까지 나려구 그러네. 별일두 아닌 걸 가지구 과민반응이다 얘!"

그녀가 되레 정색을 하며 말문을 막았다. 나는 짧은 순간 생각했다.

아무리 술에 노예가 되었다손 치더라도 낯선 여자의 알몸까지 더듬었던 주제에 기껏 선만 본 그녀를 질투할 수 있는 것일까? 이미 먼 과거 속으로 감추어놓았다고 해서 잊어질 일이었는가? 쥐구멍에라도 숨고 싶은 마음에 저절로 꼬리가 내려졌다.

　마침 주문을 받기 위해 다가온 여주인이 아니었다면 어떤 구실도 명분 없을 뻔했다. 나는 정라의 의견은 묻지도 않고 전처럼 맥주를 포함한 스테이크를 주문하는 일로 수치를 모면했다.

　"오늘은 전처럼 술 많이 먹지 않기다. 니 술 먹는 거 보면 가끔 무서워질 때가 있어!"

　정라가 지난 일을 기억해내며 술 단속을 잊지 않았다. 하지만 그녀가 다른 놈과 선을 봤다는 사건만으로도 술의 통제가 가능할지 의문시되는 일이었다. 어쩌면 질투를 참아야 하는 인내의 수위만큼 술이 필요할지도 모를 일이었다. 나는 부러 딴청을 피웠다.

　"참, 나 서울루 와서 직장 다니게 될지두 몰러."

　불쑥 내뱉고는 능청스럽게 그녀의 반응을 살폈다. 그것은 분명 그녀가 선을 보았다는 발언에 대한 반항일 터였다. 그녀가 의아해하며 물음표를 던졌다.

　"무슨 이야기여? 과수원은 어쩌구?"

　언제부터인가 진영의 단순함과 석우의 방관으로 과수원 일에 흥미를 잃었었다. 석우의 태만이 날로 심해지는 것을 잠재우기 위해서라도 서울에서 직장을 구하면 어떨까를 짬짬이 생각했었다. 어쩌면 내가 자리를 비워주어야 석우의 설 자리가 생기지 않을까 하는 결심이 굳어지던 중이었다.

　"할 일이 그다지 많지 않어. 아버지두 있구, 석우두 있잖어. 내가 있으니까 형이 오히려 밖으로 나도는 것 같어. 그냥 먼저 올라와야 한다는 생각이 먼저여!"

"하긴, 서울에서 고등학교를 다녔으니까 무작정 상경하는 사람들보다는 길이 많겠지 뭐."

그동안 생각만 맴돌던 서울행은 정라 앞에서 공식화되어 버렸다. 나는 왜 진즉에 이런 결정을 내리지 못했는지 후회스럽기까지 했다. 멀리서 애달프게 조바심내지 말고 가까이에서 감시하는 것이 무엇보다 효율적이라는 사실을 겨우 깨달은 것이다. 불쑥 떠올라 또 말했다.

"참, 석우 형 결혼했다!"

"하마? 신부가 이뻐? 어디 살던 여자여?"

"하마는 무슨, 석우두 이제 스물아홉이여! 진영이 알지. 신진영!"

갑자기 굳어지는 그녀의 얼굴빛이 역력했다. 석우와 진영의 결혼 자체에 의구심이 생긴다는 표정이었다. 잘 어울리지 않을 것 같은 커플, 아직 결혼하기에는 어린 진영의 나이, 내가 느끼는 감정과 그녀가 느끼는 감정이 다를 리 없었다.

"어떻게 된 겨? 진영이 나이가 지금 몇 살이지?"

"우리보다 두 살 아래니까 스물넷."

"의외네. 석우 오빠가 진영이하구 결혼했다는 게……."

그녀는 말끝을 흘렸다. 나는 설명을 덧붙이지 않았다. 혼전임신이 빌미가 되었다는 말은 곧 나를 깎아내리는 것과 진배없으리란 판단에 서였다. 더구나 정라와의 미래를 생각한다면 나이 어린 진영의 아랫동서가 된다는 현실을 굳이 설명하고 싶지도 않았다. 하물며 진영의 아버지와 정라 아버지의 반목까지 상기한다면 까무러칠 사건일 터였다.

나는 그녀와 단순한 근황 이야기를 나누는 동안 술을 연거푸 마셨다. 어두운 조명 탓인지 취기가 쉽게 오르는 곳은 레스토랑이었고, 그녀와 마주앉아 집착이 반복되는 곳도 레스토랑이었나 보다. 시간이

지날수록 알코올은 여지없이 조바심을 불러일으켰다. 조바심의 근원은 늘 적당한 거리에 머물면서 근접을 허락하지 않는 그녀의 매력에 있었다. 아니다. 오늘만큼은 나를 두고 다른 남자와 선을 보았다는 고백이 자꾸만 뇌리에서 맴돈 탓이었다. 일종의 괴리감, 불안감, 배신감들이 요동친 탓이었다. 그녀의 사랑은 확인해야만 안심이라는 생각이 지배한 탓일까, 나는 그녀를 자극하여 선을 본 남자보다 더 큰 관심을 갖고 싶다는 욕심에 사로잡혔다. 그녀에게 통제당하고 싶었다. 다시 맥주를 주문했다. 여지없이 정라는 나를 통제하려 들었다.

"양우야, 너무 마시는 거 아니니? 니는 언제부터 술을 그렇게 많이 배웠니?"

"걱정 마, 이 정도는 괜찮어."

"스테이크가 나오지두 않았는데 벌써 취하면 어쩌려구 그래!"

맥주가 왔다. 나는 번개처럼 털어 넣었다. 그녀의 통제를 아랑곳하지 않고 일부러 두 잔씩이나 목구멍에 부어버렸다. 벌써 트림이 복받쳤다. 정라의 힐책이 이어졌다. 그러나 그녀의 힐책은 오히려 객기까지 발동시켰다. 마음속에 기생하던 또 다른 훼방꾼이 농간을 부리기 시작했던 것이다. 나를 맹렬하게 공격한 훼방꾼은 내면 깊숙이 숨겨진 불만의 찌꺼기까지 들이대고 꿈틀대었다. 녀석이 혓바닥을 타고 세상 밖으로 튀어나오게 한 것은 정라의 야멸친 다음 말이었다.

"양우야, 술 그만 마셔야겠다. 이런 모습 정말 싫어!"

"상관 마. 언제부터 날 그렇게 생각했는데······."

"얘가 갑자기 왜 이려? 니는 항상 일방적이여. 내 생각을 많이 한다구 입으루는 말하지만 정작 내 본심은 늘 모르구 있어!"

"정라 니두, 내 생각은 별루 한 적 없잖어. 난 애달프구, 그립구, 보구 싶어서 아무 일두 못한 날들이 너무나 많어. 그게 너무 오래되어서 이젠 병이 되었단 말이여. 그냥, 있는 그대루, 느끼는 그대루, 줌 살갑게 해주면 안 되니?"

나는 이미 사랑을 구걸하고 있었다. 그녀 앞에서 목마르게 수백수천을 구걸했을 터인데, 그녀의 사랑은 구걸해서 얻어지는 것이 아님을 오래전부터 터득했을 터인데, 그놈의 술 때문에 객기를 부리고 있었다. 처음 음주를 시작했던 망상해수욕장의 트라우마, 또 어긋난 술버릇이 도졌다. 그녀는 더더욱 발끈했다.

"그건 무슨 궤변이니? 사랑이 확인하구 소유해야만 꼭 사랑이니?"
"그려, 다른 눔하구 선 보는 거 정말 싫어! 대체 어떤 눔이여?"
"그게 왜 그리 알구 싶은 겨? 그냥 떠밀려서 봤다구 했잖어!"
"신경 쓰이잖어. 다른 사람두 아니구 니가 선을 봤다는데, 니 같으면 궁금하지 않겠어?"
"이제 그만해라. 한 번 본 것으루 끝이었으니까!"

그녀가 몹시 거슬렸는지 세차게 성깔을 부렸다. 하지만 내가 아닌 낯선 남자와 선을 보았다는 소리가 자꾸만 귓전을 맴돌며 떠나지 않았다. 결혼과 연애가 다를 수 없다는 생각, 사랑이 없다면 질투도 없다는 생각, 강력한 어필만이 다시는 선과 같은 일이 없을 것 같았다. 조갈증에 더욱 집착을 보이고 말았다.

"그냥 마음의 표현이라구 이해해주면 안 되니. 그저 온전하게 받아주면 안 돼. 우리 두 집안, 할아부지의 아부지 때부터 인연이 있었잖아. 세상이 바뀌면서 운명두 바뀌었지만 우리 둘이 화해의 기틀을 마련했으면 해서여. 난 무엇보다 니 마음이 궁금혀."
"내 앞에서 조상 이야기는 하지 마. 옛날 이야기를 들먹이면서까지 도대체 왜 이려?"
"내 말뜻은 옛날조차두 장애받구 싶지 않다는 의미여. 피차 마음에 걸렸던 건 사실이잖어. 나한테는 벽으루 여겨질 만큼 걸림돌이었어. 니, 날 사랑하기는 하는 거니?"

 젠장, 이건 또 뭐람. 정작 주워 담지도 못할 말을 내뱉어버렸다. 그것도 하필 정라에게! 어쩌면 진수의 망령이 사주한 정호의 두려움에 대한 방어인지도 몰랐다. 가슴 밑바닥에 애써 잠재웠던 정호의 눈동자가 갑자기 겹쳐왔다는 변명은 더욱 치졸할 터였다.

 정라가 갑자기 성난 표정으로 벌떡 일어서며 뇌까렸다.
 "그걸 꼭 말로 표현해야 되니? 이 정도가 고작 니 사랑이었어?"

 그러고는 맹랑하게 토라져 한 마디 인사도 없이 밖으로 동동동 나가고 말았다. 너무 돌발적으로 생긴 일이어서 스테이크가 오기도 전에 떠난 그녀를 붙잡을 수 없었다. 아니, 용기조차도 내겐 없었다. 확인하지 않으면 더럭 달아날 것만 같은 조바심이 화근이었다. 곁에 두어도 그리운 목마름이 화근이었다. 손안에 움켜쥐어야 내 것이 될 것 같은 불안, 어떻게든 확인받아야 얻어질 것 같은 사랑, 몹쓸 집착! 사랑은 결코 구걸해서 얻어지는 물건 같은 것이 아니었다. 나의 사랑은 다시 원점으로 되돌려졌다.

 전화기 건너의 정라는 싸늘했다. 그녀의 목소리는 전혀 흔들리지도 않았다. 대책 없이 흐트러져 추락한 나를 힐책한다면 차라리 편할 텐데 요지부동이었다. 노여움이 어찌나 완강한지 감히 그녀 앞에 나설 용기조차 엄두를 낼 수 없었다. 낯선 여자의 알몸까지 더듬은 주제에 질투라니, 내 질투는 본의가 아닌 온전히 조물주의 장난이라는 핑계라도 대고 싶었다. 정말이지, 그녀를 향한 사랑은 한순간의 먼지처럼 흩어져버렸고, 기약은 아득하여 처량했다.

 그 처량한 가을이 언제였는가 싶게 스치듯 지나가고 있었다. 집안 분위기는 더욱 처량 맞았다. 한 달 전, 교회에 맹신적인 작은어머니는 노환이 심한 할머니를 거의 쫓다시피 과수원으로 되돌려 보냈다. 배변이 원활치 않은 할머니는 손가락으로 항문을 후벼 파서 방 안 여기저기에 흩뿌렸다. 어머니는 맏며느리라는 명분 앞에 힘든 병수발을 감내하였다. 입으로는 작은어머니의 기회주의 습성을 욕했지만 운명처럼 받아들이는 모습은 차라리 감동이었다. 다만 옆에서 거드는 진영의 타박은 날로 심해져 가관이었다. 석우는 그런 진영을 서슴없이 옹호하고 두둔했다. 어머니는 장남이라는 이유 하나만으로 석우의 두둔을 나무라지 못하고 하극상을 가슴에 담았다.

뿐만이 아니었다. 석우의 저지레는 나날이 엉뚱해졌다. 과수원만으로는 생계에 위협을 받는다며 지난여름부터 송아지 세 마리를 키우기 시작하더니, 급기야 토끼 이백 마리를 키우겠다고 설쳐댔다. 양털 대용으로 키우는 앙골라와 늘어나는 육류 대용으로 친칠라 종자를 사들여 사육해보겠다고 연일 아버지를 졸랐다. 아버지는 무언으로 승낙하였고 마침내 토끼를 사육할 5층짜리 토끼아파트가 제작되기에 이르렀다.

그러나 석우의 저지레는 무작정 저질러놓고 뒤치다꺼리는 다른 사람들의 몫이 되는 데 문제가 있었다. 송아지와 토끼에게 먹일 무한정 필요한 풀을 확보하는데 거의 모르겠다는 수준이었다. 엄청난 양의 풀을 베는 일은 당연히 아버지와 내 차지가 되었다. 하물며 풀이 말라버릴 동절기를 대비하여 볏짚과 칡넝쿨을 준비하느라고 아버지와 나의 기운은 이미 고갈되어 있었다. 설상가상으로 습한 날 토끼는 대책 없이 널브러져 죽어나갔다.

대낮부터 술에 취해 건들거리는 석우에게 내장이 뒤틀리자, 나는 거칠게 항의했다.

"형, 지금 이게 뭐 하는 겨? 토끼를 키우겠다구 설쳐놓구 나 몰라라 하면 누가 다 키워?"

"니가 하는 게 뭐 있다구 이 난리냐?"

"토끼 툭하면 죽는 거 알어? 지금 몇 마리나 남았는지 알기나 혀?"

"토끼란 원래 죽는 수보다 낳는 수가 많은 동물이여. 대수롭지두 않은데 뭘 따지구 그려?"

"앙골라는 어떻구. 털을 깎아 팔기루 해서 키운 거 아녀. 털을 안 깎아주어 서루 엉켜서 쓸모없게 됐다구. 또 친칠라는 왜 그렇게 많이 처먹구 등치가 커. 도대체 판로는 있는 겨?"

"나두 백방으로 알아보구 있는 중이여. 가뜩이나 골치 아파 죽겠는데 니까지 왜 난리냐?"

"이번 달 내루 별 방도가 없으면 다 때려 부술 겨. 형은 도대체 그 눔의 연합회장이 밥 먹여줘?"

더욱 작심하고 대들었다. 심각한 상황을 별 대수롭지 않게 지껄이는 석우가 미워서였다. 그건 형제간에 점점 증폭되어 가는 반목을 직시하지 못하고 장남을 통제하지 못하는 부모에 대한 불만의 표현이기도 했다.

"이 눔 봐라, 형한테 막 대들어!"

"대들긴 누가 대들어, 현실을 말하는 것뿐이지."

"나도 최선을 다하는 겨, 니가 장남의 멍에를 알어?"

"멍에? 누가 형한테 멍에를 씌웠어. 그건 순전히 혼자 생각이지. 항상 형 맘대루였잖어!"

"이 자식이!"

석우의 손바닥이, 내 왼쪽 뺨에, 일순간 달라붙었다. 전혀 예측하지 못한 반응이었다. 모든 것이 뒤엉키는 짧은 순간이었다. 만감이 교차되는 상실감, 한없이 초라해지는 몸뚱이, 무너지는 것은 결코 남루한 자존심이 아니었다. 뺨을 맞아 아픈 것보다 혈육의 균열이 더 아파왔다. 석우의 행동은 독을 품지 않았음을 모르는 바는 아니나 연못둥지 과수원은 깊은 괴리에 빠져들었다. 석우 또한 자신이 저지른 행동이 우발적이었다는 표정으로 안절부절했다. 너나없이 조상으로부터 이어받은 심약한 근본을 타고났고, 이럴까 저럴까를 고민하고 망설이다가 세월만 허비하는 햄릿과도 같은 나약함이 석우와 나의 공통점이었다. 언제부터인가 닮은 그것이 싫어 닮지 않으려고 나름 애써왔는지도 모를 일이었다.

그는 등을 돌려 도망치듯 집밖으로 걸어 나가기 시작했다. 그의 처진 등판이 자신도 스스로를 통제할 수 없었다는 나약함을 말하고 있었다. 나는 멍하니, 그저 멍하니 과수원을 떠나 어디론가 가버리는 석우의 뒷모습을 어이없이 지켜보다가 무심코 하늘을 올려다보았다. 먼 하늘의 구름들은 겨울바람을 타고 어지럽게 뒤엉키며 빠르게 흘러가고 있었다.

나는 초저녁부터 사랑채에 처박혀 결론 낼 수 없는 괴로움으로 좌불안석이었다. 맹장에 걸렸을 때처럼 묵직한 느낌인 몸뚱이가 오늘따라 유독 부담스러웠다. 몸을 뒤집어 엎드렸다. 그래도 불편하여 다시 모로 누었다. 집 나간 석우는 어디에서 무엇을 하는지 모를 일, 그와의 화해 방법은 다람쥐처럼 똑같은 물음표만이 맴돌 뿐 귀결되는 것은 없었다.

"도련님, 오늘 형 못 봤어유? 애가, 열이 펄펄 끓어유!"

밖에서 진영의 다급한 목소리가 고요를 깨뜨렸다. 벌컥 문을 열어젖혔다. 칠흑 같은 어둠 속으로 불빛이 튀쳐나가며 진영을 밝혔다. 진영은 불안에 떨며 앞마당을 왔다 갔다 콩콩대고 있었다. 그녀의 등에는 어린 조카가 업힌 채 칭얼거렸다. 어디쯤 처박혀서 술이라고 진창 푸고 있을 것 같은 석우의 동태를 직감한 내가 다급하게 물었다.

"집에 누구 없어유?"

"아무두 없어유. 낮부터 열은 있어두 괜찮겠지 했는데…….."

진영은 거의 울먹이고 있었다. 울먹이면서, 어머니는 인근 마을에 가고 없다고 말했다. 또한 아버지는 어디를 갔는지 귀가 전이었고, 가래를 뱉지 못하고 가릉거리는 할머니만이 있다고 전했다.

달리 대안은 없었다. 사랑채를 나와 엉덩이가 반쯤 벗겨진 채 호흡을 꿀꺽이는 할머니를 먼저 살폈다. 다음은 헛간에서 자전거를 꺼내어 불안에 떠는 진영을 뒷좌석에 태웠다. 조카는 그녀의 등짝에 꽁꽁 동여맸다. 자전거에 올라타자마자 서둘러 페달을 밟았다. 과수원을 벗어나자 주위는 지독한 어둠에 짓눌려 깊은 고요로 죽어 있었다. 자전거의 작은 헤드라이트 불빛은 끊어질 듯 비틀대며 어둠 속을 가까스로 버텨내었다.

한참을 달려 도착한 도립병원 응급실에 아이와 진영을 내려놓았다. 찬바람을 온몸으로 맞받으며 달려왔음에도 등줄기에는 땀방울이 한바탕 흥건했다. 찬 공기에 식혀지는 등줄기의 서늘함이 오히려 쾌적하게 휘감겼다.

아이를 진찰대에 내려놓은 지 얼마 되지 않았을 때였다. 녀석이 갑작스럽게 경기를 일으키기 시작했다. 작은 몸을 부르르 떠는가 싶더니 팔다리가 뒤틀리며 각도가 휘어졌다. 눈동자는 가장자리로 몰려가 허공을 헤매었다. 놀란 진영이 비명을 지르며 자지러지게 달려들었다. 의사들이 달려와 아이를 발가벗겼다. 거즈에 알코올을 붓고 아이의 전신을 훑었다. 다른 한 의사는 커튼을 쳐 아이를 격리하고 보호자의 접근을 막았다. 그러나 그녀는 비밀리에 아이를 처치하려는 의사를 막무가내로 밀쳐내고 진찰대를 부여잡았다.

"보호자님은 나가 계세요! 열이 높아 그러니 곧 괜찮아질 거에요!"

그러나 아이의 상태를 목격한 진영은 전혀 괜찮지가 않았다. 눈알이 뒤집히고 심장이 튀어나와 까무러칠 기세였다. 진영의 절규에서 끓어오르는 모정이 읽혀졌다. 그녀를 보는 나의 부정적 시각이 달라지고, 어머니라는 단어를 새삼 떠올리게 하는 순간이었다.

다행히 아이는 서서히 안정을 되찾았다. 녀석은 곧 거짓말처럼 고요하게 잠이 들었다. 의사는 하루쯤 지켜보다가 이상이 나타나면 몇 가지 검사를 해야 한다며 치료를 마무리 지었다. 자지러지던 진영은 진액을 빼앗긴 동물처럼 흐느적거리며 비로소 의자에 몸을 내려놓았다. 내가 조심스럽고 나지막하게 물었다.

"친정어머니한테 연락해야 하는 거 아녀유? 우리 집은 내가 가서 말하면 되지만……."

잊었던 일이 그제야 생각난 듯 진영은 다시 의자를 박차고 일어났다. 그녀는 공중전화가 있는 현관으로 사라졌다. 잠시 후 돌아온 그녀는 비로소 말문을 열었다.

"오늘 정말 고마웠어유. 도련님 덕분에 큰일을 피한 것 같어유. 그나저나 애 아버지는 어디서 무얼 하는지 미치겠네!"

"어디 짚이는 데 없어유. 낮에두 약간 술 냄새가 나던데……."

"글쎄유, 요즘 툭하면 술이니. 가끔 호암지 어딘가에 있는 술집에 간다는 얘긴 들었어유."

그 술집이라면 위치를 정확하게 알고 있는 바였다. 월악산에서 무대뽀삼형제와 버섯을 채취하고 돌아오던 길에 요란한 젓가락소리와 뽕짝노래에 고요하던 마음이 깨졌던 곳이다. 여자와 남자의 뒤엉킨

색깔이 다른 피 219

목소리가 문밖까지 튀어나와 불쾌했던 선술집. 석우가 혹시 화녀까지 끼고 술판을 벌이는 것은 아닌가 하는 의구심이 들기에 이르렀다. 그곳이라면 그녀 앞에서 술집 위치를 모르는 척 더욱 시치미를 떼어야 하는 장소이기도 했다.

"친정어무니가 오시면, 집으루 가는 길에 한번 들러보지유."

"아니에유. 혼자 있을 테니 지금 가보는 게 좋겠어유. 늦게 오면 사위로서 우리 어무니 눈치두 봐야 할 것 아녀유. 혹시 형 만나면 빨리 오라구 전해줘유!"

진영은 석우의 입장까지 배려하는 성숙함을 보였다. 여자는 약하지만 어머니는 강하다는 격언을 입증이라도 하는 듯 훌쩍 커버린 마음 씀씀이가 낯설기까지 했다. 나는 그녀의 권유대로 병원을 나와 다시 자전거에 올랐다.

병원을 올 때보다 페달의 무게는 가벼웠지만, 헤드라이트 불빛은 끊어질 듯 여전히 비틀거렸다. 화녀를 끼고 흥청댈 술 취한 석우를 만나야 한다는 불편한 생각은 갈피를 못 잡고 더욱 비틀거렸다. 작은 마을모퉁이를 돌아 나오자 그제야 떠오른 흐린 달빛이 연못 위에 일렁거렸다. 달빛은 밤하늘에도 하나, 연못에도 하나, 두 개였다. 멀리 맞은편 호숫가의 일렁이는 불빛도 두 개였다. 선술집에서 나오는 불빛 하나, 연못에 일렁이는 데칼코마니의 불빛 하나. 인간의 욕망과는 무관하게 자연만은 아름다운 섭리 그대로 너울거렸다.

연못을 돌아 나온 사이 자전거는 벌써 목적지에 도달해 있었다. 먼저 안에서 흘러나오는 왁자지껄 중에 석우의 목소리가 있는가를 염탐해야 했다. 석우가 있을지도 모른다는 단순한 심증만으로 무작정 쳐들어가 훼방꾼이 될 수는 없었기 때문이었다. 만에 하나 석우가 없다면 봉변을 당할 각오가 되어 있지 않을 바에야 무모한 행동을 저지를 나도 아니었다. 그렇게 방 안의 목소리에 귀를 기울이고 있을 즈음, 미닫이문이 드르륵 열리며 찬란한 한복을 입은 여인이 모습을 나타내었다.

"어이쿠 깜짝이야, 거기 누구여?"

화들짝 놀란 것은 그녀만이 아니었다. 여인의 놀라는 소리에 내가 더 장승처럼 굳어버렸다.

"언니, 언니. 여기 좀 나와 봐!"

찬란한 한복이 방 안을 향해 소리를 질러댔다. 언니라는 또 다른 한복이 미닫이문을 와락 열어 젖혔다. 몇몇 사내들과 두세 명의 한복들이 불빛을 따라 와르르 쏟아져 나왔다. 그 질펀한 틈에, 그 흥청대는 자욱한 담배 연기 틈바구니에, 석우의 얼굴이 문득 스쳤다. 아니기를 바랐는데, 제발 아니기를 내심 바랐는데, 기대는 일시에 무너져 흩어졌다.

"이 밤에 누구신가?"

방 안의 한복이 자라처럼 목을 길게 빼고는 나를 훑기 시작했다. 사내들의 흥이 멈춰지고 나머지 한복들의 머리도 자라처럼 기어 나왔다. 족히 이십여 개의 안쪽 눈과 두 개밖에 없는 내 눈이 허공에서 엉켰다. 연신 훑쳐 내리는 눈총들을 회피하려 용건만을 힘주어 뱉어버렸다.

"사람 찾으러······. 석우, 전석우라는 사람이 있는가 해서유!"

석우라는 이름이 지목되자 흐트러진 제각각의 자세가 정리되기 시작했다. 그들의 행동은 우두머리를 모시는 병졸의 행동 바로 그것이었다. 우두머리는 거저 얻어지는 지위가 아니다. 더구나 오합지졸에서의 우두머리란 오로지 병졸들을 배불리 먹이는 일만이 우두머리를 유지할 수 있다. 평소 술값은 석우의 몫이었다는 추측이 여실이 입증

색깔이 다른 피 **221**

된 셈이었다.

"안으로 들어오세요. 형이 너무 취해서 동생을 알아나 볼지 모르겠네!"

나는 씁쓸한 웃음을 삼켜 넣었다. 분명 동생이 빌미가 되어 술을 퍼마시게 된 핑계였을 터였다. 초라한 구실에 불과한 자기합리화, 하극상이 이유가 된 술자리였을 터였다. 더구나 우두머리의 비위에 맞장구를 치며 배불리 채웠을 무리들, 나를 응시하는 작태들이 볼썽사나웠다. 나는 불만을 잔뜩 보태어 내뱉었다.

"형, 밖으루 좀 나와 보시여!"

그러나 석우의 대답은 없었고, 나이 많은 한복의 비아냥거림이 내 앞으로 던져졌다.

"이왕 왔으니 거기 서 있지 말고, 안으로 들어와 한잔 걸치시구려."

"시방 아들 눔이 입원했단 말이여. 술 먹구 죽쳐 있을 상황이 아니란 말이여!"

나는 한복의 유혹을 무시하고 한층 더 볼멘 목소리를 안쪽으로 밀어 넣었다. 마침내 석우의 얼굴이 병졸들 틈을 비집고 내비쳤다. 눈은 이미 죽은 생선의 눈처럼 풀려 있었고, 앉은 자세임에도 제멋대로 비틀거리는 꼬락서니가 말이 아니었다. 그제야 상황파악이 되었는지 옆에 있던 한복이 석우를 억지로 앉히려 시도하기 시작했다. 또 다른 한복이 함께 부축하자 오징어처럼 늘어졌던 그가 곧게 세워졌다. 석우가 게슴츠레 눈을 치떴다. 한참 후 겨우 나를 확인한 입에서 앙금이 섞인 이죽거림이 튀어나왔다.

"뭐, 할 말이 아직 남은 거여, 뭐여? 인마!"

대꾸하고 싶지 않았다. 하지만 상황은 알려야겠기에 어깃장으로 대꾸했다.

"아들 놈이 도립병원에 입원했다지 않았어."

이어서 석우에게 들리지 않을 만한 소리로 혼잣말을 중얼거렸다.

'도대체 술을 어디로 처먹은 거야!'

그런데, 석우를 부축하고 나온 한복의 여자가 태연하게 나를 알아보는 게 아닌가?

"전양우 씨, 석우 씨 병원까지 자전거로 태워다 주고 다시 와요. 내가 한잔 대접하게……."

내 이름을 서슴없이 호명하는 어둠에 가려진 한복의 얼굴을 힐끗 쳐다보았다. 화장으로 위장된 아리송한 여인의 얼굴이었다. 석우같은 남자쯤은 제대로 홀려버릴 재능을 겸비한 야릇한 그녀와 틀림없이 구면이기는 했다. 그러나 생각나지 않았다. 머쓱해하는 나를 보고는 여인이 스스로 자신을 확인시켜 주었다.

"양우씨, 저 혜진이에요! 언젠가 사촌이랑 과수원에 갔던. 나를 바람맞힌 유일한 남자 전양우 씨!"

그녀와의 짧았던 접촉이 벼락처럼 상기되었다. 퍽 도시적인 세련미가 느껴졌던 첫인상의 여자였다. 보조개와 깨알만 한 까만 점의 움직거림, 새의 깃털처럼 적당히 보드라운 겨드랑이의 결, 자연미가 아롱진 겨드랑이에서 느닷없이 여성의 또 다른 매력을 느껴지게 만들었던 여자였다. 무대뽀삼형제에게 월악산으로 끌려간 탓에 바람맞힌 꼴이 되어버렸던 혜진이라는 여자가 어떻게 여기에 있을까. 더구나 왜 이런 모습으로 있는지 도무지 추측이 되지 않았다. 뜻하지 않은 이질감으로 아무런 대꾸도, 아는 척도 할 수 없었다.

"자세히 말해봐. 내 아들 놈이, 어디가 아파서, 입원했다는 거여? 꺼억……."

석우가 몸을 가누려 애쓰며 끊어지는 호흡으로 뇌까렸다. 비로소 상황파악이 된 모양이었다. 다시 짤막하게 정황을 설명했다. 아들이 열이 펄펄 끓어 입원시켰고 경기까지 일으켜 진영이가 펑펑 울었노라고, 중요한 순간에 자리를 비운 아버지란 사람이 이 모양이면 어떻게 하느냐고, 빨리 병원에 가자고, 연거푸 설명하고는 자전거 핸들을 꺾어 대령했다. 혜진에 대한 의문점 따위는 다음으로 미루어야 할 별개의 사안이었다.

"빨리 뒤에 타!"

"자전거 이리 내. 나 혼자 갈 겨!"

"도대체 그렇게 취해 가지구 어떻게 혼자 가겠다는 겨?"

"까불지 마 인마. 나 혼자 갈 수 있다는데 왜 지랄이여!"

석우는 여전히 바늘로 찌르듯 염장을 질렀다. 나는 옥신각신하고 싶은 맛까지 아예 달아나버렸다. 낯선 사람들에게 혈육 간의 불협화음이 적나라하게 노출되니 울화까지 치밀었다. 될 대로 되라는 심정으로 자전거 핸들을 팽개쳤다. 석우가 핸들을 잡기도 전에 자전거는 나동그라졌다. 나동그라진 충격에 바퀴가 빙그르 한참을 제멋대로 돌아갔다. 석우는 비틀대며 자전거를 일으켜 세우려 애썼지만 번번이 실패하고 말았다. 그런 석우가 싫었지만 어쩔 수 없이 자전거를 다시 세우며 소리쳤다.

"뒤에 타. 자전거 하나두 지대루 세우지 못하면서 똥고집은……."

석우가 겨우겨우 뒷자리에 올라타고는 허리를 꽉 감아 잡았다. 나는 혜진에게 인사는 물론 뒤도 돌아보지 않고 페달을 짓눌렀다. 술 취한 석우를 태운 자전거의 작은 불빛은 가까스로 무게중심을 버텨내며 더욱 비틀거렸다. 비틀대는 것은 내 마음도 마찬가지였다. 혜진이라는 여자는 도대체 어찌된 노릇인가, 더구나 제대 전 술집에서의 낯선 여자의 망령이 되살아나 교차되는 것은 무슨 조화인가, 궁금증을 견딜 수가 없어 등 뒤로 물음표를 던졌다.

"술집에 있던 혜진이라는 여자, 그 여자는 어떻게 된 거여?"

"누구, 누가 어떻게 됐다구?"

내 말을 알아듣지도 못한 석우의 꼬부라진 혓소리가 어깨를 타고 건너왔다. 나는 목소리를 더욱 증폭시켰다.

"혜진이라는 여자가 술집에 왜 있냐구?"

"아아, 성혜진! 그걸, 내가 어떻게 알어. 얼굴만 이쁘지 머리는 돌이여. 하하하……."

참으로 대책 없는 웃음이 등 뒤에서 흩날렸다. 남의 불행이 그렇게 웃어넘길 일인지 어처구니가 없었다. 그녀의 성姓이 성씨였던 모양이다. 사람은 누구나 정상적이고 행복하게 살아가야 할 이유가 있는 동물이다. 성혜진도 마찬가지이다. 더구나 글을 좋아해 문예부 참가를 권유했던 고종사촌의 친구가 아니던가. 과수원을 찾아와 내게 관심을 보였던 나름 매력이 있던 여자, 고단한 술집으로 흘러들어온 경위가 몹시도 궁금했지만 진위는 석우가 아닌 고종사촌에게 확인할 일이었다.

석우를 병원 앞에다 버렸다. 밉살맞기도 했지만 아직 할머니가 혼자 있을지도 모른다는 불안한 생각이 떠오른 게 더 큰 이유였다. 나는 다시 집으로 내달렸다. 미친 듯이 밤길을 이리저리 내달려서일까, 진즉부터 넓적다리가 뻐근해오기 시작했다.

한참 만에 도착한 과수원은 지극히 고요하고 적막했다. 안방에 불빛이 없는 것으로 보아 아직 아무도 돌아오지 않은 모양이었다. 나는 자전거를 아무렇게나 헛간에 밀어 넣고는 희미한 미등만이 새어나오는 사랑방을 조심스럽게 열었다. 마치 도둑놈이라도 된 것처럼 살며시 할머니의 동태를 엿보았다. 그러나 괴이한 광경을 목격하고 말았다. 늘 누워만 있던 할머니가 벽에 기대고 앉아 거친 호흡을 토해내고 있었다. 마를 대로 말라서 뼈만 남겨진 몸, 살붙이 하나 없이 광대뼈만 도드라진 얼굴, 분노와 공포에 휩싸인 퀭한 눈동자가 내 눈과 맞닥뜨렸다. 섬뜩한 소름이 등줄기를 훑었다.

"할무니, 왜 그러세유?"

놀라 물었다. 하지만 할머니의 가래 오르내리는 숨소리만이 거칠게 메아리로 되어 돌아왔다. 무릎으로 엉금엉금 기어 방 안으로 들어갔다. 가까이에 이르자 할머니가 갑자기 내 멱살을 움켜쥐었다. 도대체 이해할 수 없는, 그 어디에도 남아 있을 것 같지 않았던 할머니의 힘이 일시에 내 몸으로 옮겨졌다. 강렬한 힘이 전율과도 같이 엄습했다. 퀴퀴한 구린 대변 냄새와 함께 지린내까지 콧구멍으로 밀려들어 왔다. 나는 거듭 목소리를 높여 외쳤다.

"할무니, 왜 그러시냐구유?"

"…… 으음, 으…… 음!"

할머니의 신음소리는 거의 절규나 다름없었다. 그 파열음은 엄청난 고통에 짓눌려 저절로 치미는 신음이었다. 여전히 내 멱살을 잡고 있던 할머니의 손이 덮고 있던 이불더미와 등 뒤를 연거푸 가리켰다.

"등에다 이불 고여 달라구유?"

할머니의 의사표시는 여전히 신음이 전부였다. 이불을 끌어당겨 깡마른 등과 벽 사이에 끼워 넣었다. 워낙 마른 몸이어서 공간이 메워지지 않았다. 할머니의 신음소리는 여전히 잦아들지 않았다. 나는 팔을 잡고 양발로 할머니를 벽으로 밀어 이동시켰다. 할머니의 몸은 마치 종잇장처럼 가볍게 떠밀려 이불과 맞닿았다. 그제야 조금은 편해진 듯 쪼글쪼글한 입술로 막혔던 호흡이 한꺼번에 쏟아져 나왔다.

할머니를 잡았던 손을 떼었다. 그러나 내 손아귀 힘에 밀려 주름졌던 거죽이 제자리로 돌아오지 않았다. 살 거죽표면과 뼈가 이완되어 이미 분리되고 있었던 것이다. 일순, 느닷없는 공포가 뇌리를 때렸다. 눈물이 벼락같이 올라와 시야를 왈칵 적셨다. 때마침 밖에서 인기척이 들렸다. 방문을 벌컥 열어 젖히자 힘없는 걸음으로 마당에 들어서고 있는 아버지가 보였다.

"아부지, 빨리 들어와 보세유. 할무니가 이상해유!"

아버지는 신발을 팽개치며 멧돼지처럼 저돌적으로 돌진해 들어왔다. 할머니 앞에 무릎을 꿇은 아버지의 목소리는 벌써 울먹이고 있었다.

"어무니. 왜 그러세유? 말씀 좀 해보세유. 어디가 아픈지?"

"…… 흠, 으…… 음!"

할머니의 대답은 여전히 신음이었다. 할머니와의 마지막 이별이 임박한 것 같았다.

"양우야, 니 어무니는 어디 갔냐. 빨리 오라구 혀!"

"저두, 어디 가셨는지 몰러유!"

"석우하구 며느리는?"

"애가 아파서 도립병원에 입원했어유."

할머니의 숨소리는 가물거리며 점점 스러져가고 있었다. 호흡은 꺼졌다가 살아나는 촛불처럼 일어섰고, 다시 스쳐가는 바람으로 사라졌다. 그러다가 간헐적인 호흡조차 서로 부딪혀 목구멍을 막았다. 또한 고통이 치밀 때마다 스스로 움직거릴 수도 없는 몸을 애써 뒤채려 안간힘을 썼다. 아버지는 어린아이처럼 울부짖었고, 그 울음은 굵고 깊은 절망으로 토해졌다. 그토록 슬픈 울음을 나는 처음 접했다.

"아이구, 어무이! 양우야, 나가서 빨리 니 어무니 좀 찾아봐라!"

나는 혼을 빼앗긴 채 꼼짝도 못하고 굳어 있었다. 때마침 어머니가 마당으로 들어서고 있는 모습이 목격되어 천만다행이었다. 아버지는 또 다른 심부름을 내게 주문했다.

"양우야, 니는 동네에 가서 반장에게 전해라. 할무니가 돌아가실 것 같다구!"

나는 엉덩이로 엉금엉금 기어 나왔다. 헛간에 팽개쳤던 자전거를 다시 꺼냈다. 외딴 과수원집에서 반장 집으로 향하는 길이 이토록 공포의 밤길인지는 진즉에 느껴보지 못한 길이었다. 볼따구니에서는 할머니 생각에 여전히 눈물이 왈칵거렸다.

동네 반장이 아저씨 한 명과 함께 내 뒤로 도착하기 전, 그러니까 잠깐 마을로 나간 사이 할머니는 이미 세상을 등졌다. 할머니의 가래는 조용해졌다. 자식인 아버지는 통곡하다가 길게 흐느꼈다. 며느리인 어머니는 훌쩍이다가 부엌으로 나갔다. 반장과 아저씨는 할머니의 몸이 굳기 전에 준비해온 칠성판 위에 반듯하게 뉘였다. 가까스로 지탱하던 메마른 육신은 비로소 고요해졌다. 할머니는 바야흐로 이승의 고통에서 해방된 듯 보였다.

할머니의 무덤은 과수원 양지바른 언덕으로 정해졌다. 삼일장 내내 친족은 물론 봉계와 연못둥지 사람들로 외딴 과수원은 모처럼만에 왁작거리며 붐볐다. 할머니의 노후 수발을 포기한 작은어머니는 염치없이 부엌 주변만 맴돌았고, 이튿날에도 술이 덜 깬 석우는 사사건건 목소리를 높이며 장남이라는 권위를 내세우려 활보했다. 보다 못한 아버지의 핀잔을 듣고 시큰둥해진 석우는 그의 장인과 함께 진수의 무덤 앞에서 술잔을 기울이는 것이 목격되어 더욱 힐책을 들어야 했다. 더구나 술에 취한 진수 아버지는 작은아버지를 붙잡고 공화당 사건을 자꾸 되뇌었다. 진수 아버지는 작은아버지에게 청주로 이사한 동기가 정라 큰아버지 때문이었냐며 술주정을 해댔다. 줄곧 발뺌하던 작은아버지는 그렇다고 인정을 하고서야 겨우 술주정에서 벗어났다.

반면 나는 온갖 잔심부름으로 지쳐갔다. 그 와중에 고종사촌의 입을 통해 성혜진에 대한 궁금증을 해결해야 했다. 혜진은 문예부장과 열애를 했는데 버림받은 충격으로 술집을 전전하게 되었다는 요지였다. 군대에서 겪은 여자의 과거도 같은 이유에서였다. 두 여자의 이유가 상투적으로 꾸며낸 이야기라는 생각이 스친 것은 알 수 없는 우연이었다. 어쩌면 남자에게 동정을 끌어내기 위한 수단일 수도 있다는 추측에 그나마 내재되어 있던 동정심마저 사그라져 버렸다.

장례가 끝나고 나는 용단을 내렸다. 정라에게 서울로 상경할지도 모른다는 귀띔을 행동으로 옮길 시점이 마침내 도래한 것이다. 석우와의 갈등으로 상처내고 피 흘리는 짓은 이제 접어야 마땅했다. 또 다른 좌절의 끝을 확인할 미련조차 남기고 싶지 않았다.

"아부지, 저 일간 서울루 올라갈까 합니다!"

"결국, 결정한 거냐? 아주 올라가는 겨?"

아버지는 발음을 한 박자씩 끊어내며 무덤덤하게 물었다. 이미 예견이라도 했던 아버지의 표정이 읽혀졌다. 아버지의 무덤덤한 일면에는 간간히 불거지는 석우와의 충돌도 한몫했을 것이었다. 나날이 깊이 가는 석우의 대만은 이제 맏아들을 그렇게 키운 부모의 몫이었다.

"예에, 서울루 가서 취직하려구유!"

"그러려무나. 애비가 용돈은 많이 못 주니까 알아서 잘해보거라."

"아부지한테 무슨 돈이 있어유. 가축 사느라구 다 썼을 텐데……."

"그럼 어쩌겠니. 지난 번 사과 판 돈이 조금 있으니까 가지구 가거라. 그리구 형하구 있었던 다툼은 잊어라. 다 내 잘못이구나. 아무리 투닥거려두 결국 피는 물보다 진한 법이여!"

대답하지 않았다. 장남이면 무조건적인 아버지의 가르침이 못마땅

색깔이 다른 피 **229**

했기 때문이었다. 아버지도 더는 강요하지도 않았다. 내 속내를 읽고 있기 때문으로 여겨졌다.

  이튿날 곧바로 짐을 쌌다. 짐이라고 해봐야 기껏 옷가지 몇 개였지만 마음의 짐은 되도록 모두 거두어 쌌다. 일단은 이문동 이모네 집, 음식이 입에 맞지는 않았지만 그래도 고등학생 내내 함께한 만만함이 우선이었다. 때마침 군에서 휴가를 나온 사촌이 중랑천에서 환영회를 베풀어주었다. 내가 군대에 가고 고향에 머물러 있는 동안 중랑천은 말끔하게, 그러나 썰렁하게 정비되어 있었다. 수없이 즐비하던 중랑천의 판잣집들은 강제로 철거되어 어디론가 증발되고 흔적조차 보이지 않았다. 빈한한 육신을 뉘고 남루한 희망을 연명하던 숱한 사람들은 대관절 어디로 흘러간 것일까, 나일론 빨래 줄에 땅콩처럼 매달려 바람에 흔들거리던 브래지어의 여인은 어디로 사라진 것일까, 향수를 달래며 술을 잔뜩 마신 우리는 서로의 어깨를 걸치고 집으로 돌아왔다.

성城을 떠난 사막

　직장을 알아본다는 사촌 녀석의 소식만을 줄곧 기다릴 수는 없었다. 주위의 가능성 있는 모두에게 부탁해야 할 입장이었다. 그러나 무엇보다 먼저 정라를 만나야 했다. 그녀를 만나서 원점으로 되돌아간 오해를 풀고 미래를 도모해야 할 명분이라도 반드시 확보해야 했다.
　그녀가 직장을 나가지 않았을 일요일을 잡아 또 잠복을 시도했다. 신내동 야산 밑자락의 야트막한 슬레이트집 뒷산이었다. 대문이나 담벼락도 없는 세월이 멈춰진 고향의 모습과도 같은 곳, 햇살이 고스란히 내려와 아지랑이가 아롱지는 집, 마당에는 여전히 이불빨래를 널었던 나일론 끈이 포물선을 그린 채 바람에 일렁거렸다.
　예상은 적중했다. 길지 않은 기다림 끝에 방에서 나오는 그녀를 목격했다. 그녀는 누구와의 약속이 있는 듯 원피스를 곱게 입은 차림이었다. 행여나 또 선이라는 것을 보러 가는 것은 아닌가 하는 의구심이 일어 순간 멈칫해졌다. 하지만 시도하지 않으면 결과도 없는 법, 이미 저만치 언덕을 내려가는 그녀를 따라잡기 위해 황급히 산에서 내려왔다.

또박또박 걷는 그녀의 뒤에서, 보름달처럼 꽉 찬 엉덩이 뒤에서, 원피스 밑자락 종아리의 블랙스타킹 뒤에서, 흑심이 속절없이 자라나기 시작했다. 산들바람에 흩날리는 머리카락은 낙산해수욕장의 추억을 불러 일깨웠다. 어깨 너머로 하늘거리는 스카프는 탄금대의 추억과 포개졌다. 와락 껴안고 싶은 충동이 여지없이 나를 유혹했다. 하지만 선을 보았다는 트집이 화근이 되었던 터였다. 흑심을 질끈 묶고 재빨리 걸음을 옮기는 게 상책이었다. 그녀와의 거리가 좁혀졌다. 검은 그림자의 인기척을 느낀 그녀가 고개를 힐끗 돌려보았다. 그리고 짧은 순간.

"어머머, 깜짝이야!"

정라의 머리카락이 영화에서처럼 흩날리며 내게로 쏟아졌다. 눈썹 꼬리는 아래로 처져 더욱 착해졌다. 매초롬한 입술은 열려 하얀 치아가 살며시 트였다. 나는 어린아이처럼 장난이라도 치는 양 무작정 비시시 웃기만 했다. 그녀의 마음을 얻을 요량으로.

"전양우, 니가 여긴 어쩐 일이여?"

"그냥……. 니 보려구!"

"니는 항상 사람을 이렇게 놀라게 하니?"

"나두 몰러. 지난번 일 때문에, 니가 안 만나줄 것 같았거든!"

타는 속내를 숨겨야겠기에 여유 있는 척 호기까지 부렸다. 특별한 이유가 없는 듯, 곱게 차려입고 누구를 만나러 가는 중이냐고 묻고 싶은 말은 깊숙이 밀어 넣고서.

"나, 지금 약속 있는데…….."

그녀가 고개를 도리 쳐 흩날리던 머리카락을 다듬었다. 익숙한 몸놀림으로 머리카락은 찰랑이며 가지런해졌다. 그런 그녀의 동작마다 오금이 저려 나는 다시 한없이 작아지고 있었다.

"난 괜찮어. 다음에 만나지 뭐. 버스 정류장까지 같이 가두 되지?"

"그럼, 그렇게 혀. 그런데 니는 언제 올라온 거여?"

"며칠 됐어!"

"저번에 말한 것처럼 아주 올라온 겨?"

그녀는 지난번 내가 했던 말을 기억하고 있었다. 그렇다면 서울로 상경하기를 은근히 기다리기라도 했다는 말인가, 그렇게 맹랑하게 토라져 가버리고 나서도 나를 생각했다는 말인가, 그녀의 요지부동이던 마음이 이젠 용서된 것일까, 어쩌면 시간의 흐름에 무뎌진 것일 터, 이것은 환상일까. 환상이라도 과분하다. 그녀 옆에 나란히 걸어갈 수 있는 현실만으로도 나는 행복했다. 그래서 상기된 목소리로 말했다.

"으응, 서울에서 취직하려구 아주 올라왔어!"

"과수원은 어쩌구?"

"형이 있는데 뭘. 그런데, 지금 어디까지 가는 겨?"

"그건 왜 물어? 또 선이라두 보러 갈까 봐?"

그녀가 잠시의 짬도 없이 뽀로통한 입술로 되받아쳤다. 무관심한 척 물어본 본심을 알고 있다는 앙다문 입술은 위협적이었다. 나는 그녀의 노여움을 무마하기 위해 얼른 진위를 풀어 나열했다.

"그냥 무심코 물어본 거여. 지금 버스 정류장까지 같이 가는 길이잖어! 그때는 내가 정말 제정신이 아니었다구. 술 취해서 한 말이니까 이제 좀 이해해주라. 더구나 첫선이었잖어!"

"알았어. 다시는 그러기 없기다!"

"예, 알았습니다. 마님……"

그녀의 부드러워진 억양에 허리를 꺾어 머슴이기를 자처했다. 몸도 굽실거리며 살랑살랑 꼬았다. 마님의 아량 있는 처분을 기다리는 머슴의 어리광이었다. 내 넉살에 피식하는 비음과 함께 엷은 미소가 그

성을 떠난 사막 233

녀의 입가에 번졌다. 진즉에 이렇게 부딪힐 것을 왜 가슴앓이를 했는지 바보 같았다. 대관절 이런 행동이 어디에서 비롯되어 튀어 나오는지 나 자신도 의문스러웠지만, 그녀의 굳었던 마음을 녹이는 데는 더할 나위 없는 방법임을 깨우쳤다. 그녀가 내게 되물었다.

"이문동으루 갈 거여?"

"그래야지 뭐. 별 일두 없는데……."

"오늘은 좀 그렇구……. 내일 퇴근하구 만나!"

"정말? 어디서?"

나는 나도 모르게 펄쩍 뛰었다.

"글쎄, 종로는 안 좋은 기억이 있어서 싫구. 그래. 저기두 괜찮네! 퇴근하구 저녁 8시!"

그녀가 가리킨 손가락 끝으로 시선을 쏘았다. 버스 정류장 인근의 허름한 건물 지하의 노란색 다방 간판이 눈에 띄었다. 아무래도 좋았다. 쾌재였다. 시간과 장소를 약속받은 것 자체가 서울 재입성의 가장 큰 소득이었다. 때마침 버스가 왔다. 그녀가 먼저 올랐다. 뒤따라 튀어 올랐다. 그녀가 나를 뒤돌아보며 미행은 왜 하느냐는 투로 물었다.

"버스는 왜 타. 혹시 따라오는 겨?"

"아니여. 난 중랑교 지나서 내릴 거여. 방향이 같잖어!"

이제 그딴 짓 안 한다는 듯 정색하며 반론했다. 마침 빈자리가 있어 나란히 함께 앉았다. 옆구리로부터 따스한 온기가 스치듯 느껴졌다. 늘 그녀에게서 느껴지는 체온, 낙산해수욕장에서 부대로 오는 버스 안에서 잠깐씩 졸음을 달래던 체온, 손을 잡거나 살짝 스치기만 해도 전해오던 체온, 여전히 따스함 그대로 옆구리에 남아 있었다.

지하다방은 넓었지만 습하고 어두웠다. 하물며 다소 불량스러워 보이는 패거리들이 귀퉁이에 거만하게 앉아 담배 연기를 연신 뿜어내어 자욱했다. 여종업원의 짧은 치마는 엉덩이 가까이에서 나풀거렸다.

기다리는 시간이 더없이 길게 느껴지는 십여 분이 지난 시간, 출입 문가에 정라가 모습을 나타내었다. 그녀는 전날 입었던 원피스와 스카프 차림으로 습한 다방 분위기를 화사하게 높였다. 불량스러운 패거리 녀석이 그녀를 힐끗거리며 염탐하는 눈길이 몹시 거슬렸다.

"오래 기다렸어?"

그녀는 먼저 명랑한 기분으로 무안함을 전했다.

"조금 됐어. 우리 커피만 마시구 밖으루 나가자. 지하라서 그런지 공기가 별루 안 좋네!"

내 답변에 정라가 주위를 한번 휑하니 둘러보았다. 눈치 빠른 그녀는 내가 서두르는 분위기를 금세 알아내고는 응수를 보냈다.

"그럼, 그렇게 하지 뭐. 밖에서 저녁이나 혀!"

평범한 커피를 통일되게 시켰다. 나는 식지도 않은 커피를 쫓기듯 서둘러 털어 넣었다.

"천천히 마셔 얘. 무슨 커피를 꼭 물 마시듯 하니!"

"난 아직 커피가 무슨 맛인지 몰라서 그려. 쓰구 텁텁하게만 혀."

"그럼, 다른 것 시키지 그랬어."

"차 정도 마시는 일에 그렇게 요란 떨구 싶지두 않어!"

자꾸만 불편한 감정이 튀어나왔다. 혹시나 정라를 아는 동네 녀석인가 싶을 정도로 그녀에게서 시선을 떼지 않는 불량배 때문이었다. 내 행동을 감지한 그녀가 서둘러 커피를 비웠다.

곧바로 다방을 나왔다. 불량스러운 패거리들의 눈길을 벗어나자 겨우 정라에게만 집중할 수 있었다. 저녁은 허름한 인근 식당을 들러 가 정식 백반으로 주문했다.

"참, 정호 오빠는 곧 제대한다나 벼!"

그녀가 잊었던 일이 생각난 듯 불쑥 상기된 얼굴로 말했다. 정라는 그동안 짊어졌던 삶의 무게를 장남에게 넘기게 되었다는 한결 가벼워진 표정이었다.

"어떻게, 제대가 가능해졌대?"

"진급을 못해서 제대를 하나 벼. 제대하려구 일부러 사고까지 치구 했다니까 차라리 잘됐지 뭐."

"잘됐네. 장남이 가까이 있으면 믿음이 가구 좋지 뭐!"

말은 그렇게 했지만 마음은 밀려오는 불안으로 어수선해지기 시작했다. 정호의 제대 이야기는 그녀의 상기된 표정과는 달리 공포를 지울 수 없는 요인이었다. 적어도 진수의 죽음과 무관하지 않은 공포가 착상되어 있는 탓이었다. 어쩌면 정호는 사나이라는 이름으로 해결해야 할 사안이기도 했다. 언제부터인가 부딪히며 해결해야 할 숙제로 야금야금 다짐한 부분이기도 했다. 이제 그 시기가 도래한 것일 뿐. 맞서자, 정호는 정라를 넘어 나의 몫이다. 나는 스스로 뇌까리며 불안한 마음을 그녀에게 들키지 않으려 애썼다.

하지만 정라가 야기시킨 불안은 그뿐만이 아니었다. 가정식 백반을 거반 비울 때쯤 그녀가 꺼낸 이야기는 더욱 충격적이었다.

"나, 니한테 고백할 게 있어. 지난여름에 어쩔 수 없이 끌려가 소개받은 남자가 있는데, 요즘 은근히 결혼 얘기까지 해서 미치겠어!"

이건 또 무슨 발설인가. 둔탁한 충격이 내리꽂혔다. 정신을 차릴 틈도 없었다. 그토록 우려했던 남자를 또 보았다는 말인가, 하물며 그녀에게 결혼 이야기까지 했다는 말인가, 정말이지 게거품을 품고 싶을 지경이었다. 나의 목소리는 거의 폭발음 수준이었으나 의지와는 다르게 메말랐다.

"그래서?"

"뭘 그래서야. 그냥 그렇다는 얘기지. 그쪽에서 안달이었을 뿐 난 그런 남자 관심 없어! 전처럼 니가 신경 쓸까 봐 말하는 것뿐이지."

그녀는 선을 보았다고 생떼를 놓았던 지난 과거를 염두에 두고 있었다. 그러나 나는 당연히 쓰러지고도 남을 일이었다. 어쩔 수 없이 끌려갔다는 말은 지난번에도 같았다. 어떻게 얼굴도 본 적도 없는 낯선 남자와 마주 앉아 상대를 염탐할 수 있다는 말인가. 선을 보고도 수시로 만나지 않았다면 결혼 이야기는 없었을 것 아닌가.

"그럼, 마음에 드는 남자가 나타나면 언제든지 시집은 갈 참이여?"

"또 과민반응이네. 질투여, 협박이여?"

그녀가 부러지듯 되레 강하게 윽박질렀다. 자신은 정작 아무렇지도 않은데 웬 난리냐는 표정이었다. 나의 과민을 이해할 수 없다는 어처구니없는 얼굴이었다. 그렇다. 지난번과 같이 질투를 부리는 행동으로 다시 원점으로 돌아가서는 허무한 일이 될 터였다. 그녀의 마음이 선을 본 사내에게 없다는데 굳이 미련을 떨 필요성이 있을까, 나는 최대한 집중력을 갖추어야 했다. 안으로는 꼬리를 내리고 겉으로는 태연함을 억지로라도 보여야 했다.

"질투두 협박두 아니여. 어떤 사내인지 궁금해서이지!"

"그럭저럭 잘나가는 편인 것 같어. 집안두 보통은 되구……. 나이는 서른셋."

"꽉 찼군!"

나의 공허한 투덜은 정라의 실소로 되돌아왔다. 그녀는 비로소 마침표를 찍었다.

"신경 쓸 거 없어. 난 아직 시집갈 생각이 없으니까!"

나는 대꾸하지 않았다. 어쩌면 혼기를 앞둔 여자의 신분상승 기회는 남자보다 다양하고 많다. 그녀가 어쩔 수 없이 보았다는 선이라는 것도 화려한 기회를 엿보는 행동의 단면인지도 모른다. 사랑이라는 명분으로 극복해야 할 과제들이 산재되어 있고, 더구나 확고한 믿음을 심어주지 못한다면 여자의 선택을 나무랄 수는 없다. 그녀는 나를 늘 친구라고 못 박았다. 얼마나 많은 관문을 통과해야만 내 사람으로 만들 수 있을지, 얼마나 강한 신뢰를 얻어야 옭아맬 사랑일지, 나의 가슴은 아득하기만 했다.

생각이 여기에 이르자 저녁을 먹는 내내 정라를 물끄러미 바라보는 버릇이 도졌다. 고왔다. 조명에 흘러내리는 결이 고왔다. 오물거리는 입술은 앙증해서 더욱 고왔다. 마냥 빨려 들어가는 나의 시선을 의식한 그녀가 대충 수저를 놓으며 조잘대었다.

"다 먹었으면 그만 가자. 그리구, 그렇게 뻔히 쳐다보는 버릇 고쳐!"

움찔했다. 하지만 들켜버린 음흉함을 만회하려 또 능청을 부렸다.

"왜, 부담돼? 난 그냥, 니를 내 눈에 넣어두려구 그런 건데……"

내 능글스런 변명을 듣는 순간 그녀가 갑자기 까르르 폭소를 터뜨렸다. 그 웃음이 얼마나 명쾌하고 크던지 건너편 사람들의 눈동자가 일시에 우리에게로 쏠렸다. 그녀는 물론 나의 얼굴도 금세 붉어졌다. 주위를 두리번거리던 그녀가 손바닥으로 입을 가리며 작은 목소리로 속삭였다.

"니는, 그런 말 어디서 배웠어? 아무 여자한테나 쓰는 수법 아니여?"

"아녀, 정말! 니를 보구만 있어두 늘 그랬어. 가볍게 여길까 그동안 말을 못했던 거지."

나 역시 속삭임으로 위기를 넘겼다. 그녀가 알았다는, 고맙다는, 행복하다는, 아름답다는, 복합적인 미소와 함께 손사래까지 쳤다. 그러고는 그만 나가자는 손짓을 연신 보냈다. 그녀의 눈가에는 행복감이 가득 흐르고 있는 것이 엿보였다. 식당을 걸어 나가는 걸음걸이는 마치 나비와도 같이 가볍게 사뿐거렸다.

계산을 치르고 앞서 나간 그녀를 뒤따라 나왔다. 한낮에 잔뜩 찌푸렸던 잿빛구름이 몸집을 불려놓았던 모양이다. 바람을 탄 눈송이가 어지럽게 날아다니고 있었다. 흩날리는 하얀 눈송이는 금방이라도 세상을 하얗게 덮을 기세였다. 몇몇 송이는 그녀의 얼굴로 착상했고, 머리카락에 앉은 눈송이는 바람결에 흩어지며 나부꼈다. 정라가 양팔을 벌려 학 같은 자세를 취했다. 선녀와도 같은 동작에 나는 또 온전히 오그라들었다. 그녀 옆으로 다가갔다. 내가 옆에 있는 것을 확인한 그녀가 오른팔로 옆구리를 꿰찼다. 한층 살가워진 그녀의 행동에 나는 덩달아 고무되었다. 따듯한 분위기를 조금이라도 더 유지하고 싶은 마음에 의중을 떠봤다.

"맥주 한잔 하구 갈까?"

"아니, 그냥 이렇게 걸어서 집에 갈래!"

"그럼 집 근처까지 가두 되지?"

그녀가 고개를 끄덕였다. 누가 먼저랄 것도 없이 나란히 발맞추어 걸음을 옮기기 시작했다. 느릿느릿, 하얀 꽃송이를 벗 삼아 서두를 이유 없이, 물 한 모금 입에 물고 하늘 한번 쳐다보는 병아리처럼 하늘을 보다가 서로를 보면서, 나란히 걸었다. 먼 하늘로부터 잉태하여 지상으로 낙하하는 눈송이는 앞뒤에서 마구마구 춤을 추었.

그렇게 걷기를 얼마였을까, 양손에 무엇인가를 들고 뒤뚱대는 아주머니의 뒷모습이 보였다. 나는 여느 아주머니려니 무관심이었지만, 정라의 고개는 무시로 갸우뚱해졌다. 그녀의 길게 뽑아진 고개는 혹시 아는 사람인가를 확인하려는 행동이었다. 그러고는 마침내 말을 내뱉었다.

"잠깐만, 저기 앞에 가는 사람, 꼭 우리 엄마 같은데?"

그녀의 중얼거림에 나의 머리도 거북이목처럼 길게 뻗어 나왔다. 어둠 속에서, 더구나 장마 이후 십여 년이 지난 지금 그녀의 어머니를 알아본다는 것은 천부당이었다. 내가 서너 차례 갸웃거리는 사이 이미 어머니임을 확인한 그녀의 팔이 살같이 옆구리를 빠져나갔다.

"엄마아!"

눈 깜짝할 순간에 그녀는 저만치 어머니 곁으로 달려가 있었다. 얼마나 반가웠으면 저럴까 싶을 정도로 물건을 빼앗고 반가움에 콩콩 뛰기까지 했다. 엄마 지금 퇴근하는 거야부터 시작하더니 이게 뭐야, 택시 타지 그랬어, 식당에서 음식 이렇게 싸오는 거 앞으로 하지 마, 오늘은 왜 이렇게 늦었어 등등……. 나의 존재는 아예 잊어버린 것 같았다. 그녀가 스무 걸음쯤 뒤에서 뻘쭘하게 서 있는 나를 의식한 것은 그로부터도 한참이 지난 다음이었다.

"참, 엄마! 반장집 아들 양우 알지? 봉계 살던……."

"누구라구? 봉계 반장집 아들? 석우가 여길 어떻게?"

어머니가 실눈을 찡그리며 어둠 속을 두리번거렸다. 정라는 쥐고 있던 물건을 한 손으로 옮기고 가까이 오라는 수신호를 보냈다. 어머니께 인사시키려는 행동이었다. 나는 적잖이 긴장한 탓에 한쪽 발이 짧은 장애아처럼 주뼛거리며 기웃기웃 걸음을 옮겼다.

"엄마두 참, 석우 동생 양우라니까! 나하구 동갑내기……."

그녀가 석우 이름을 내 이름으로 밝힐 때쯤 나는 이미 어머니에게 허리를 깊이 꺾어 머리를 숙이고 있었다. 허리를 폈을 때, 나를 쳐다보는 어머니의 자태에서 고향냄새가 느껴졌다. 바람에 헝클어진 머리카락, 쓸쓸해 보이기까지 하는 수수한 옷차림, 착한 눈썹과 눈빛, 희고 동그란 얼굴, 정라가 어머니를 닮았다는 생각을 금방 떠올리게 하는 모습이었다. 눈발은 점점 더 떼거지로 흩날리며 어머니와 나 사이를 춤추며 날았다.

"어려서 봐서 그런가, 못 알아보겠네. 니가 석우 동생 양우여?"

"그렇다니까 엄마는 참, 캄캄한 데서 보니까 더 그렇지!"

"그런데 어떻게 된 거여? 니들은 여기서 어떻게 만난 겨?"

"엄마, 얘는 나처럼 서울에서 고등학교 다녔어. 고향에 잠깐 있다가 서울루 올라왔대!"

나는 벙어리였고, 어머니가 물으면 정라가 대답하고 해명하는 일이 벌어지고 있었다.

"그럼, 지금 둘이 연애하는 겨?"

"엄마는 참, 남세스럽게 연애는 무슨……. 시골동창이니까 그냥 만나는 거지!"

정라가 정색을 하며 부인했다. 연애한다고 말해주기를 바랐는데, 그래서 한 걸음씩 부딪혀 나갔으면 했는데, 지나친 기대였는가 싶었다. 어머니는 그녀를 더는 의심하지 않는 듯했다. 어머니가 물었다.

"자네, 어무니는 잘 있는 겨?"

내 어머니와의 친분을 떠올린 궁금증이었다. 나는 비로소 말할 수 있는 기회를 얻었다.

"예, 과수원 일로 바빴는데 요즘은 손주가 생겨서 더 분주합니다!"

"과수원이라니? 갑자기 손주는 또 뭔 소리여?"

이번 역시 나보다 먼저 정라가 설명을 덧붙였다.

"엄마는 참, 궁금한 것두 많다. 얘네 봉계에서 연못둥지과수원으루 이사 갔어. 석우 오빠가 결혼한다더니 아들을 낳았나벼!"

"석우가 하마 장가를 갔어? 석우 어무니는 한시름 덜었겠네!"

나는 정라의 대답이 떨어지기 전에 서둘러 대화를 가로채는 치졸함을 보였다.

"예, 지난해에 예식 올렸습니다."

내 대답을 들은 어머니는 곧바로 한숨을 길게 내뿜었다. 어머니의 더운 입김이 허공으로 흩어져 스러져갔다. 아마도 군에 묶여 있는 정호와의 비교 때문일 터였다. 보통의 어머니와 같이 그녀의 어머니도 장남에게 거는 기대가 남다를 터, 정호가 제대하기를 가장 손꼽아 기다리는 사람이 어머니라는 생각을 잊고 있었다.

"이제 곧 정호 형두 제대한다구 들었습니다. 서둘러 결혼시키면 되겠지유!"

내 입에서 튀어나온 말은 참으로 넉살 좋은, 어쩌면 정호가 먼저 장가를 가야만 정라의 차례가 쉬워지리라는 생각에서 비롯된 아부였다.

"참, 양우 니는 언젠가 우리 집에두 한번 왔었던 것 같은데……."

어머니는 지난 일을 떠올리며 생각을 정리하고 있었다. 나는 내친 김에 공치사까지 늘어놓았다.

"할무니 돌아가셨을 때……."

"그려 맞어. 고기를 문간에 놓구 간 사람이 니였다구 했었지!"

나는 뒷머리를 긁으며 머쓱하게 웃었다. 어머니와의 대화를 듣던 그녀가 느닷없는 안달을 부리기 시작했다.

"엄마, 추운데 그만 가자. 길에서 얼어 죽겠어!"

"갑자기, 애가 왜 이려?"

어머니가 정색을 했다. 그러나 정라는 어머니의 팔을 내처 잡아끌었다. 내 입에서 엉뚱한 말이 나올까 두려워하며 대화를 차단하려는 의도로 느껴지는 행동이었다. 나는 머쓱해졌다. 그녀는 나에게 돌아갈 것을 종용하는 신호를 보내며 떠밀듯 말했다.

"양우야, 니는 그만 여기서 가야겠다. 다음에 또 연락혀!"

정라는 대관절 무엇 때문에 그런 행동을 보일까, 나의 무엇을 감추고 싶어서 그러는 것일까, 서운함은 눈송이처럼 마구 흩날리면서 점점 크게 뭉쳐졌다. 그러나 당장은 이것이면 족했다. 다음의 일은 다음을 기약하면 될 일, 오늘 어머니와의 만남은 기대하지 않은 큰 소득이었다.

"그럼, 그러자. 양우는 기회 되면 또 보자꾸나!"

"예에…… 어, 어머님, 살펴가세유!"

정라의 일방적인 힘에 떠밀려 그녀의 어머니가 돌아섰다. 나는 등 뒤에 인사를 했다. 고개를 들자 정라의 손짓은 이미 어둠 속으로 작아져갔다. 그녀의 머리카락과 스카프는 바람결을 타고 너울거렸다. 정라 어머니의 굽은 등 뒤로 눈발이 달라붙었다. 눈송이는 도시의 야경을 받아 은빛으로 울었다. 영락없는 폭설의 조짐이었다.

양희를 만났다. 비록 좁은 방 한 칸에서 직장 동료와 자취하는 양희였지만 나름 활기차 보였다. 양희에게 고향 이야기는 관심 밖의 일이었다. 석우와 혜진과의 우려를 말하고, 내팽개쳐진 가축 등 과수원에 태만한 실정을 이야기해도 올케인 진영을 못마땅해하는 것을 제외하고는 석우에 대한 감정은 그다지 나빠 보이지 않았다. 양희에겐 자신의 즐거움만이 최선인 듯싶어 간단하게 취직만을 부탁하고는 헤어졌다.

열흘이 지났어도 사촌들, 하물며 양희나 정라에게조차 취직에 대한 희소식은 없었다. 기다림이란 단어는 정라의 일로 어느 정도 단련된 나였지만 예측보다 취직이 안 되는 지루함은 황당하기 짝이 없었다. 그런 상황에 허구한 날 정라를 만나자고 전화를 한다는 것도 차마 염치없는 노릇이었다. 고작 한 번을 만나 정호가 제대한 사실을 전해 들었고, 나와 맞닥뜨린 어머니에 대한 느낌이 어떠했는지를 알고자 애썼을 뿐이었다. 정라는 어머니가 별다른 궁금증을 나타내지 않았다며 내 기대를 꺾어버렸다.

열흘이 더 지났다. 누구에게서도 연락은 없었다. 그동안 군 경력을 써먹을 수 있을까 싶어 차트학원을 기웃거리기도 했지만 진로가 미약해 탐탁하지 않았다. 신문을 보고 빵 제조공장을 가보았지만 출근거리가 멀어 역시 내키지 않았다. 더구나 벼랑에 몰린 심정으로 올백머리를 하고 나이트클럽 보이 자리를 면접보기도 했으니 비루함은 이루 말할 수가 없었다.

자괴감에 빠져 겨울 칼바람이 몰아치는 중랑천 둑에 쪼그리고 앉아 홀로 소주를 마셨다. 그 많던 사람들이 철거되어 사라진 황량한 중랑천, 검은 젤리처럼 찌꺼기가 퇴적된 중랑천에 돌을 던졌던 일이 상기되었다. 돌멩이가 가라앉으며 뽀글뽀글 떠오르는 공기방울을 응시하다가 느닷없는 공포에 빠져들던 곳, 무수히 늘어선 판자촌의 희망 잃은 사람들이 자살이라도 하면 시체를 찾기는커녕 퇴적층에 가라앉아 썩고 있을지도 모른다는 엉뚱한 생각이 엄습하던 곳, 오물찌꺼기로 켜켜이 엉겨 있는 퇴적층에는 얼마나 많은 시체들이 가라앉아 있을까를 생각하다가 중랑천을 포기해버렸던 학생시절, 나의 운명이 중랑천 앞에 정지되어 있었다. 머릿속은 냉기로 더욱 왁작거렸다.

취했다. 완전히 정신을 놓아버렸다. 칼바람을 온몸으로 맞받아쳐내는 동안 병균이 침투하여 활개를 치는 것도 자각하지 못했다. 만신창이가 된 몸과 마음을 이끌고 집에 들어와 엎어졌을 때는 이미 독감이 골수를 파먹고 있었다. 아무것도 생각나지 않았다. 나는 죽었다. 죽음은 혹독했다.

이틀을 내리 죽었다. 거의 굶다시피 하여 몸속에 기생하던 분노의 찌꺼기를 배출하고 나니 허하게 가벼워졌다. 하지만 일어나 움직거릴 명분이 없었다. 그나마 겨우 몸을 가누고 기운을 차리게 한 것은 미리 부탁은 했지만 전혀 기대하지 않았던 고등학교 동창에게서의 연락 때문이었다. 당분간 아르바이트라도 해볼 생각이 없느냐는 물음에 그마저도 다행이다 싶어 받아들였다.

동창이 소개한 곳은 다이어리를 제작하고 판매하는 소규모 제조회사였다. 청계천 고가도로가 끝나는 삼각동 인쇄타운의 지하실에 있는 공장을 찾아간 시간은 저녁 무렵이었다. 자격요건이 따로 없는 아르바이트였으므로 친분이 있는 사람의 소개만으로도 출근 일정이 잡혔다. 무엇보다 정라에게 소식을 알려야 했다. 나는 부끄러웠지만 아르바이트 이야기를 들은 정라의 목소리는 맑았다.

"잘됐네. 내가 알아본 데는 조금만 기다려 보라구 해서 연락 못했는데……. 우선 그거라두 하다 보면 일이 풀리겠지. 우리 오빠두 외국계 회사에 취직되었어."

"외국계 회사? 잘된 일이다. 우리 이번 주말에 만날까?"

"다음에. 이번 주말에는 가족끼리 충주 근처에 있는 조상님 산소에 가기루 했어."

"충주?"

"어, 엄정면 추평리 선산!"

"그려, 그러면 다음에 연락하지 뭐. 조심해서 다녀와!"

선산이라면 그녀의 집안이 지주였을 적에 살았던 곳을 일컫는 말이었다. 그곳은 나의 조상 몇몇도 묻혀 있다. 지주였던 그녀의 조상 그늘에서 머슴으로 살던 나의 조상들, 그들도 언저리에 흩어져 같이 묻혔다. 지난 몇 해 전 아버지와 석우를 따라 벌초를 간 적이 있었다. 돌보지 못한 지주의 무덤은 황량했고, 돌보아오던 머슴의 무덤은 단정했었다. 칡넝쿨로 어지럽게 에워싸인 지주의 무덤 언저리는 이름을 알 수 없는 버섯이 촘촘했으며, 잔디가 잘 자란 머슴의 무덤 언저리는 잠자리 떼가 군무를 추었다.

정라 가족이 조상의 무덤을 찾는 이유는 정호의 제대와 맞물리는 듯싶었다. 정호의 전면적인 등장은, 더구나 외국어에 능통하여 단박에 외국계 회사에 취직한 능력과 힘은 엄청난 무게감으로 엄습했다. 하늘을 올려다보며 긴 호흡을 뿜어내었다. 하늘은 붉었다. 청계천 고가도로에서 내리꽂히는 자동차 헤드라이트 불빛이 얼굴로 쏟아져 내렸다. 더구나 거대한 빌딩의 검은 유리창에 반사되어 튕겨 나온 역광의 불빛조차 나를 맹렬하게 할퀴고 달아나 일순간 눈을 감아야 했다.

비록 아르바이트였지만 사뭇 긴장되었다. 아침 일찍 일어나야겠다고 몇 번씩 되뇌다가 새벽에 잠든 탓에 늦게 눈을 떴으며, 버스노선을 정확히 익혀두지 않은 방심에 두 번을 갈아타고 가까스로 공장에 도착했다.

"여기는 1년 중 지금이 제일 바쁜 시기야. 세 달 벌어 1년을 먹고 살지. 잘해보세!"

공장장은 말이 떨어지기 무섭게 기계 앞으로 돌아갔다. 일은 스스로 알아서 찾으라는 뜻인 듯했다. 나는 무엇을 먼저 해야 할지 몰라 서성대며 눈치를 살폈다. 생산라인은 좌우 두 곳이었는데 왼쪽은 아주머니들 다섯 명이 수다를 떨며 다이어리에 연신 비닐표지를 끼우는 작업이었다. 오른쪽은 다이어리에 구멍을 뚫어 스프링으로 표지와 결합하는 수작업 제본라인이었다. 양쪽 라인의 흐름을 보면서 내가 자리할 적당한 위치를 찾았으나 망설임이 앞섰다.

"이봐, 총각! 거기 멀뚱하니 서 있지만 말고 이리 와서 박스 좀 싸!"

왼쪽 라인의 활달해 보이는 아주머니가 손짓을 보내며 지원을 요청했다. 그 손짓이 그토록 반갑고 정감 어릴 수가 없었다. 내처 다가가 표지에 끼워진 다이어리를 포장하기 시작했다. 아주머니들은 손으로는 표지를 끼우면서도 입으로는 심심풀이로 신상을 파고들었다. 고향은 어디며, 사는 곳은 어디고, 애인은 있느냐, 연애는 해봤느냐, 적당한 농까지 섞어가며 질문을 던졌다. 나는 고향은 충주이고, 이문동에 산다는 것만 답변하고 다른 물음에는 그저 웃음으로 넘겼다. 아주머니들은 숨겨놓은 애인이 있는 모양이라며 놀림감 삼아 한참을 시시덕거렸다.

아주머니들의 의미 없는 입놀림을 들으면서 줄곧 이어진 포장작업에 그나마 오전이 후딱 지나가 버렸다. 오후에도 오로지 포장작업만 했다. 농사일로 단련된 몸이라 별반 힘든 작업은 아니었다. 단순한 반복동작으로 허리가 약간은 뻑적지근했지만 체격보다 손이 맵다는 아주머니들의 칭찬에 마음은 개운했다.

이튿날 상황은 더욱 분주해졌다. 좌측 라인의 포장은 물론 우측 라인의 포장도 눈치껏 번갈아 도맡아 해야 했다. 온종일 줄곧 포장을 했다. 뿐만 아니라 매장에서 출고전표가 떨어진 납품회사의 물건은 지하에서 지상으로 옮겨 차량에 실어야 하는 노동도 추가되었다. 그나마 나보다 어린 남자아르바이트생 다섯 명이 스프링 작업을 하는 중간마다 합류하여 천만다행이었다.

그러나 본격적인 노동은 시작에 불과했다. 다이어리는 한 해를 시작하기 전에 거래처에 배포해야 하는 특수성 때문에 주문량이 한꺼번에 몰렸다. 매장에 비치되는 다이어리의 크기나 디자인만 해도 수십 종이었으며, 앞부분에 회사 홍보자료를 첨부하고 표지에 상호를 각인하는 형태를 유지하고 있었다. 주문되는 업체의 다이어리마다 사양이 모두 달랐으며 수량이나 납기가 각양각색으로 딜러들의 주관적인 입

맛에 맞추어야 하는 일이었다. 더구나 다이어리는 해를 넘겨서는 거의 쓸모가 없게 되는 물건이었다.

한 해의 마지막 달에 접어들자 일요일 특근은 으레 당연해진 현실로 고착되었다. 네 명의 아르바이트생이 충원되었어도 거의 매일같이 야근까지 해야 했다. 숙련되지 않은 아르바이트생은 물론 직원들마저 작업 능률은 날이 갈수록 무뎌져 갔다. 하지만 공장장은 농익은 여유로 국방부 시계가 가듯 다이어리 시계도 돌아간다는 농담을 섞어가며 나날이 작업진행을 교통정리했다.

사람은 기계처럼, 기계는 사람처럼 엉켜 국방부 시계인 양 매일매일 흘렀다. 라디오에서 흘려보내는 크리스마스캐럴도 남의 음악이었으며, 남북 이산가족 찾기로 텔레비전에서 연일 눈물바다를 이루어도 남들의 이야기로 치부되었다. 우리에겐, 특히 나에겐 아르바이트였지만 연말까지 버텨내는 것만이 관심사일 뿐이었다. 그런 상황에 정라를 만나기란 엄두조차 낼 수 없었다. 가끔 전화통화만 할 수 있는 상태라고 말했을 때 그녀도 바쁘다는 이유가 오히려 위안이 되었다.

크리스마스 이틀 전, 그래도 이브인데 아르바이트생은 야근까지는 안 시키겠지 싶어 모처럼만에 정라를 만날 계획을 세웠다. 선물은 어떤 것을 할까, 장소는 어디에서 만날까, 혼자만의 계획을 세우다가 마침내 정라로부터 데이트 약속을 받았다. 내 마음은 벌써부터 들떠 올랐다.

그런데 저녁 무렵 회사가 발칵 뒤집혔다. 기업체에 납품한 다이어리에서 결정적인 오류가 발견되었다는 소식이었다. 스프링다이어리 앞에 첨부한 홍보자료의 앞뒤 순서가 바뀌었다는 황당한 사건이었다. 하물며 수량도 2만 부에 달하는 만만치 않은 분량이었다. 재작업으로 납기를 미루자니 해를 넘길 것은 당연한 일이었고, 수선작업을 하자

니 밀려 있는 업체들의 납품이 불가능해지는 진퇴양난의 입장이었다.

　책임자들은 긴급회의에 들어갔다. 논의된 결과는 공장장의 입을 통해 전달되었다. 납품된 다이어리를 회수하고, 스프링을 해체하여 화보를 교체한 다음, 다시 스프링을 결합하는 수선작업이 결정되었다. 시간은 곱절이 소요될 것이라고 덧붙였다. 연말까지 아주머니들만 제외하고 철야작업 일정이 잡혔다고 통보되었다. 인근에 여관을 얻었으니 퇴근도 하지 말 것을 명령했고, 2교대로 편성된 명단이 벽에 나붙었다. 하물며 나는 군대를 다녀온 빌미와 다른 아르바이트생들보다 나이가 많다는 이유로 조장에 이름이 올라 있었다.

　정라에게 전화를 걸었다. 미안한 마음을 섞어 자초지종을 말하자 공장 근처에서 잠깐 커피나 해도 된다며 성숙된 이해심을 보여주었다. 저녁에 잠시 종로에 나가 그녀에게 선물할 자주색 스카프를 겨우 준비해두었다. 그리고 크리스마스이브, 신앙에는 무관심인 내가 크리스마스를 빙자하여 정라를 만났다. 그녀를 만나는 데 주어진 시간은 한 시간 남짓, 처음부터 시간의 쪼들림에 불안해진 나는 다방에 앉자마자 곧바로 스카프를 건넸다. 그녀가 의아한 듯 물었다.

　"이게 뭐여? 난 선물 준비 안 했는데……."

　"괜찮어. 그냥 주구 싶어서 샀어."

　"뭔데?"

　"스카프, 니는 스카프가 너무 잘 어울려서!"

　나는 그녀의 어머니와 신내동 길가에서 맞닥뜨렸을 때 눈발과 함께 흩날리던 스카프를 추억하며 말했다.

　"참 세심하기두 하다. 스카프가 어울리는지 나두 잘 모르는데 언제 다 본 거여?"

　"지난번 길에서 어머니 만났을 때. 그날 니 정말 이뻤어!"

정라가 나름 정성스럽게 여민 포장지를 어루만지듯이 풀었다. 가지런하게 접힌 자줏빛 스카프가 조명을 받으며 더욱 선명하게 도드라졌다.

"어머, 색깔이 너무 이쁘다. 어쩜 이렇게 고운 색깔을 낼 수가 있지!"

"맘에 들어?"

"그럼 맘에 들구 말구, 정말 고마워!"

작은 선물에 크게 감동하는 그녀의 착한 표정이 무구해졌고 나도 덩달아 무구해졌다. 그녀가 무척이나 좋아하는 것을 보니 진즉에 금반지 따위가 아닌 이런 선물공세를 펼 것을 하는 아쉬움이 밀려왔다. 하지만 지금 이대로라도 말할 수 없는 행복감이 밀려왔다.

주문한 커피가 왔다. 스카프를 만지작거리며 즐거워하는 정라를 부러워하는 여종업원의 질투 어린 눈빛이 나에겐 우쭐함으로 자라났다. 스카프를 꺼내어 요리조리 살피며 연신 행복해하는 그녀를 보니 늘 그랬던 것처럼 요즘의 집안 분위기가 궁금해졌다. 특히 정호의 소식.

"정호 형은 회사 잘 다녀?"

"나두 잘 모르겠어. 오빠 때문에 속상해 죽겠어. 거의 매일같이 술이여. 결혼 같은 건 아예 생각두 없구, 그냥 그렇게 살겠대. 조상들이나 아부지의 무능력이 징그러워서 맘 내키는 대루, 되는 대루! 아주 병적이여, 하루라두 빨리 결혼해서 가정두 꾸리구 애두 낳아서 대를 이으라구 하면, 그딴 게 다 무슨 소용이 있냐며 막무가내여. 정말 미워. 맘에 안 들어 미치겠어!"

"의외네. 누구보다 진취적인 사람이잖어?"

"군대 갔다 와서 사람이 180도로 바뀌었어. 험한 꼴을 많이 겪었나벼. 술 취하면 광주, 삼청교육대, 지난번에 있었던 미문화원점거 운운하면서, 내 관심 밖인 정치적 소리만 지껄이는데 난 도대체 뭐가 뭔지 모르겠어. 아마 제대두 그런 것 때문에 하게 된 것 같어!"

"시간이 지나면 좀 나아지겠지. 맘 편하게 가져!"

"사실 난 정치나 이념 따위에는 관심 없어. 그것 때문에 우리 집이 대대루 이렇게 고생한 거잖어. 그런데 달라진 게 뭐여."

"그래두 형 같은 사람들의 목숨 건 견제가 있으니까 이나마 아니겠어! 반목보다는 화해가 더 빠른 지름길인지두 모르지만!"

"그런가? 넌 참 이해심 많은 친구여!"

그녀의 얼굴은 금세 밝아졌다. 하지만 나는 친구라는 말에 반사적으로 실쭉했다.

"난, 친구가 싫은데."

"또 그런다. 친구두 친구 나름이지. 미운 정 고운 정 다 든 친구는 친구 이상이 아니겠어!"

내심 쾌재를 불렀다. 드디어 친구 이상의 친구라는 생각을 확인한 셈이었다. 그녀에게 친구 이상의 친구라는 의미는 결코 평범한 뜻이 아니었다. 얼마나 듣고 싶었던 단어인가. 크고 작은 정이 쌓여 매듭이 되고 그 많은 매듭들이 대나무처럼 촘촘하게 되었다. 세찬 바람에도 꺾이지 않을 터, 끊어지지 않는 견고한 매듭을 자꾸자꾸 엮으면 될 일, 한 아름의 희망이 내게 쏟아지는 듯 밝아왔다. 그 빛은 정말이지 장마 이후 가장 편안하고 따사로운 빛이었다.

이런저런 대화를 나누는 동안 정라는 들떴다. 나는 내내 행복했다. 커피를 비운 그녀가 문득 벽에 걸린 시계를 보았다. 잠깐이었던 것 같은데 족히 한 시간이 흘러 있었다.

"양우 니, 이제 들어가 봐야 하는 거 아녀?"

"그러네, 그만 들어가 봐야 할까벼!"

"내가 괜히 미안하네. 니는 이런 날 특근까지 하는데 말이여!"

"별 소릴 다 하네. 고작 아르바이트나 하는 주제에 요란 떨어 오히려 민망한 걸!"

그녀가 목덜미에 스카프를 두르며 미소를 보냈다. 깊은 마음속에서 배어나오는 수줍은 미소였다. 스카프 위로 머리카락을 가지런히 정리하는 숙녀 본연의 정갈함, 다방의 미등과 어우러진 그녀의 여덟팔八자 착한 눈썹은 가히 살인적이었다. 나는 또 왈각 굳어져 버렸다.

"양우야, 뭐 혀. 안 나갈 겨?"

그녀의 채근에 정신을 가다듬었다. 나는 주뼛거리며 일어섰고 이미 앞서 나가는 그녀의 뒤를 머슴처럼 줄래줄래 뒤따랐다. 거리는 크리스마스를 즐기려는 젊은이들로 온통 덮여 있었다. 그 대열에 휩쓸려 물결처럼 흘러 다니고 싶은 마음을 애써 억눌렀다. 그녀 또한 같은 마음이었는지 자꾸만 눈치를 살피며 아쉬워하는 표정을 내게 들켜버렸다.

"양우야, 난 저 버스 타구 갈게. 넌 어서 들어가!"

버스가 왔다. 버스가 몰고 온 바람에 스카프가 너울거리며 끌려갔다. 그녀가 너울대는 스카프자락을 왼손으로 정리하며 악수하자는 의미의 오른손을 내밀었다. 나는 습관처럼 엉덩이에 쓱싹 닦고는 손을 맞잡았다. 서로의 미소가 교환되었다. 버스에 오르며 손을 흔들어 작별 표시를 한 그녀는 버스 안에서도 차창을 통해 줄곧 손을 흔들어 보냈다. 자줏빛 스카프의 색감이 유독 선명하게 차창에 아롱졌다. 멀어지는 버스가 보이지 않을 때까지 나는 오래도록 멈춰 서 있었다.

예정보다 늦게 공장에 들어서자 공장장이 별도로 나를 호출했다. 다른 동료들은 열심히 일하는데 너만 퉁뼈나는 핀잔이려니 생각되어 내심 긴장되었다.

"야, 전양우! 너, 좋겠다!"

정라를 숨기고 만난 것이 누군가의 눈에 띄었는가 보았다. 일단 모른 척 시침을 뗐다.

"무슨 말씀이신지?"

"사장님한테서 특별지시가 내려왔다. 얼마 전에 너 어떠냐고 묻기에 칭찬 좀 했더니 연말까지만 아르바이트 하라신다!"

"본래 그러기루 했던 것 아니었습니까?"

"야 인마, 신년부터 정식직원으로 채용한다는 뜻이야. 네 의향을 물어보라고 하셨다."

의외였다. 나름 최선을 다한 결과였다. 꾀를 부리지 않고 우직하게 일한 대가였다. 나는 공장장에게 허리를 깊숙이 꺾었다. 그리고 단숨에 현장으로 돌진했다. 어깨에 저절로 힘이 실렸다. 체증처럼 걸려버린 응어리가 목구멍을 타고 입 밖으로 흩어졌다.

장남들의 곡예비행

　엄청난 노동은 곧바로 이어졌다. 오전에 화장실에 가야지 생각했다가도 잊은 채 오후가 돼버리기 일쑤였고, 사적이든 공적이든 웬만한 일은 아예 무시되었으며, 여관과 공장만을 오고 가는 긴박한 상황이 연일 지속되었다. 마치 치열한 전쟁과도 같은 혹독한 하루하루가 밀물처럼 밀려왔다가 썰물처럼 빠져나갔다. 그리고 어느 순간 뒤돌아보니 발 디딜 틈조차 없던 공장 내부가 거짓말처럼 비워져 휑해졌다. 공장장의 농담처럼 국방부 시계가 멈추듯 비로소 다이어리 시계가 멈춘 것이다. 인간의 힘으로 어떻게 그 많은 물량을 해냈을까 스스로들 감탄하며, 업무를 마감하던 회식자리에 누구랄 것도 없이 취해 널브러졌다. 몸무게가 4킬로그램이나 족히 빠진 나 또한 짜릿한 희열과 함께 원 없이 무너져 내렸다.
　이튿날, 정규직으로 바뀌기 전에 며칠간의 위로휴가를 받았다. 충주행 고속버스에 몸을 맡기자 눈꺼풀이 스르르 내려앉으며 금세 가뭇한 졸음이 밀려왔다. 내내 흔들거리며 졸음에 시달리다가 허겁지겁 터미널에 내려서는 약간의 선물을 샀다. 특근수당을 포함한 약간의 보너스를 받았기 때문이기도 했지만 신년 초에도 내려오지 못한 불효를 염두에 둔 나름의 면죄부였다.

그러나 마음을 온전히 거두어들인 탓일까, 푸릇한 신록의 생동감이 겨울잠에 묻힌 까닭일까, 여름에는 잘 보이지 않던 신진수의 무덤이 도드라지게 드러난 때문일까, 과수원 어귀에 들어서는 마음이 더할 나위 없이 한산하고 썰렁하게 다가왔다. 과수원은 그 자리에 그대로 있는데 단순히 내 마음 때문이려니 위로하며 원두막에 먼저 선물꾸러미를 내려놓았다. 몇 달 사이 제법 덩치가 커진 똥개가 뛰어와 꼬리를 흔들며 나를 반겼다. 녀석의 꼬리를 발끝으로 툭툭 쳐 반가움을 대신하면서 사방을 둘러보니 알 수 없는 감회가 허공으로 흩어졌다.

"어머, 도련님 오셨시유?"

때마침 부엌에서 나오던 진영이 나를 발견하고는 반갑게 인사말을 건넸다. 처녀 때보다는 말라서 불쑥 나이 들어 보이는 진영, 헐렁한 일 바지를 대충 여민 시골 아낙의 차림새, 화장기 없는 푸석한 얼굴, 불현듯 그녀의 반가운 기색이 낯설어 겸연쩍은 미소를 지었다.

"예……. 잘 있었어유?"

"우여곡절이 많았네유. 어머님이 정초에는 내려오나 기다리던 눈치였는데 좀 늦었네유!"

"일이 바빴는데 이제 끝났어유! 4킬로그램은 빠진 것 같어유."

"그래두 보기 좋으네유. 형보다 열심인 걸 보니."

진영의 푸념이 한숨으로 길게 나왔다. 그녀의 한숨 또한 찬 공기와 마찰을 일으키며 허공으로 증발했다. 나는 우여곡절이란 것이 무엇인지 궁금하여 되물었다.

"내가 없는 동안 무슨 우여곡절이 그렇게 많았나유. 한숨을 다 쉬게."
"형 때문에 속상해 못 살겠어유! 싸움에 휩쓸려, 큰 사고 쳤네유!"
"사고라뉴? 무슨 사고유?"
"술집에서 시비가 붙었는데 상대편 이빨이 두 개나 나갔대유. 아직 합의가 안 되어 걱정이래유. 오늘 조사받아야 한다며, 아버님 어머님이 같이 경찰서에 가셨어유!"

진영이 진저리를 치며 말했다. 내용만 간단히 들었는데도 참으로 환장할 노릇이었다. 사건의 과정은 굳이 알아야 할 필요조차 없었다. 혜진이었다. 혜진의 요염한 보조개에 빨려 들어간 석우의 병이 깊어 있음을 직감했다. 혜진은 이미 집안 언저리에 깊이 들어와 꿈틀대고 있었던 것이다. 단지 그 사실을 내가 잊고 있었을 따름이었다.

석우의 탈선에 동생인 내가 더 민망했다. 상세한 내용은 석우에게 물어봐야 할 숙제로 남겨둔 채 조카를 주려고 준비한 과자 종합선물세트를 쑥스럽게 내밀었다.

"도련님밖에 없네유. 녀석이 엄청 좋아하겠는데유!"

진영의 반색에 어쩌면 진수의 몫까지 삼촌 노릇을 하고 있다는 서글픈 연민까지 떠올랐다. 나는 진수와 혜진의 잔상을 쫓아버리려 딴청을 굳이 피워야 했다.

"가축들은 잘 커유?"
"도련님 모르구 있었시유? 소하구 토끼 하나두 없어유!"
"그건 또 무슨 소리여유?"
"열흘 전에 다 팔았어유. 가축 먹이려구 저장한 풀두 동나서 어쩔 수 없었대유. 하여튼 이번 사고에 그 돈 다 들어가겠다구 어머님이 화가 많이 나셨어유!"

까무러칠 노릇이었다. 석우의 신중하지 못한 가벼움에 몸을 떨었다. 장남에게 강력하지 못한 아버지의 연약함에 더욱 원망이 솟았다. 어느 집안이든 장남이 문제였다. 신진수가 그랬고, 조정호가 그렇고, 석우가 그렇다. 나는 첫정에 대한 부모의 일방적인 비호에서 비롯된 병폐로밖에 치부할 수 없었다.

서둘러 외양간으로 향했다. 외양간은 남루하고 휑뎅그렁했다. 말 그대로 적막이었다. 토끼 사육장에는 아직 치우지 않은 까만 토끼 똥이 지천으로 흩어져 어지러웠다. 지붕 모서리와 처마에는 길게 열린 고드름만이 겨울 햇볕을 받아 쓸쓸하도록 영롱했다. 지난봄과 여름 그리고 가을, 아버지와 함께 풀을 거두어 가축을 먹이던 숱한 고역들이 주마등처럼 제각기 스쳐 지나갔다. 잠시 잊고 있었던, 땀방울로 일군 과수원의 풍경이 불현듯 가슴에 저렸다.

마침 언덕 끝자락에 아버지, 어머니가 힘없이 오르는 모습이 목격되었다. 석우는 보이지 않았다. 아버지는 두 손을 등 뒤에 꼬고 걸었다. 어머니는 십여 미터 뒤를 따랐다. 부모의 등 뒤로 맑은 겨울 햇볕이 가득 달라붙었다. 나는 원두막까지 마중 나가 인사보다 먼저 사건의 해결에 물음표를 던졌다. 아버지가 등 뒤의 깍지를 풀며 짤막하게 결과를 알려주었다.

"합의했다."

"형은 어디 갔어유?"

"지 놈두 양심이 있는지 같이 오기 싫었던 모양이다. 친구 만난다는 핑계 대구 사라졌다!"

아버지는 가뜩이나 무거워 보이는 몸을 툇마루에 걸쳤다. 처마로부터 응달이 내려와 허리춤에서 사선의 그림자가 그려졌다. 흑백의 극명한 명암으로 상체만 그늘에 가려진 아버지의 얼굴이 부쩍 노쇠해 보였다. 고개를 땅에 박고 터덜터덜 뒤따라 올라오던 어머니가 그제야 나를 발견하고는 눈동자를 크게 열었다.

"니는 기별두 없이, 언제 온 겨?"

"얼마 안 되었어유!"

"그런데 왜 그리 마른 겨? 어디 아픈 겨?"

"별일 아녀유. 일이 줌 고된 것뿐이예유!"

어머니도 툇마루에 걸터앉았다. 역시 극명한 사선의 그림자가 얼굴에 드리워졌다.

"추운데 안으루 들어가세유. 감기 걸려유."

내 말을 듣고서야 어머니는 구부정한 허리를 추스르며 방으로 들어갔다. 진영이 뒤따라 들어가자 아버지가 담배를 꺼내 물며 대화를 시도했다. 나는 아버지 옆에 나란히 걸터앉았다.

"형이 밉지?"

대답하지 않았다. '형이 밉지?' 라고 묻는 뜻이 '아버지가 밉지?' 라고 들렸기 때문이었다.

"가축 모두 팔아 치웠다. 석우가 큰일이다. 마음을 잡지 못해서……."

"토끼집하구 외양간, 빈 거 봤어유. 형은 본래, 농사에 취미가 별루 없잖어유!"

"요즘은 시내에 나가 두유 대리점이라두 하겠다구 성화다. 콩으루 만든 새루 나온 우유라구 하는데, 앞으루 전망이 밝다는구나!"

"두유 대리점이유? 또 벌여놓기만 하면 어쩌시려구유?"

"정신 차리겠지. 사고까지 저지른 눔이 또 그 모양이겠니. 둘째 애도 생겼다는데……."

부엌에서 나오던 진영의 푸석한 차림새가 떠올랐다. 그녀의 지친 행색이 배 속에 아이를 가진 여인의 몸짓이었던 모양이었다.

"형수 임신했어유?"

"그렇다는구나. 니는 두유 대리점이 어떠냐?"

"아버지 뜻대루 하세유. 하지만 전 반대유."

아버지가 어쩔 수 없이 장남에게 또 끌려가고 있다는 것을 이미 느낌으로 알고 있었다. 나는 뜻대로 하라고 힘주어 말하면서도 분명한 반대 의사를 밝혔다. 아버지의 담배 연기가 직선으로 길게 뿜어져 나왔다. 곧이어 푸념처럼 흘러나온 자괴심 섞인 넋두리가 이어졌다.

"석우가 어릴 때, 크게 다칠 뻔한 일이 있었다. 그때 놀라서 갈피를 못 잡나 싶구나."

금시초문이었다. 석우가 다칠 뻔한 이야기는 가족 어느 누구에게도 들은 기억이 없었다.

"전 모르는 일인데, 어떻게 다칠 뻔했는데유?"

"아마두 첫돌이 지나지 않았나 싶다. 니 어무니가 할무니만 믿구 아이를 사랑방에 두구 빨래를 나갔다. 내가 논에 물꼬를 내고 들어오는데 석우가 자지러지게 울더구나. 놀라서 사랑방을 열어보니 볏가마 밑에 석우가 깔려 있었다. 가을이어서 막 거둔 볏가마를 사랑방에 쌓아놓았는데 그게 넘어지면서 밑에 깔렸던 게지. 놀라서 볏가마를 치워보니 층층이 쌓였던 가마가 비스듬히 넘어져서 그 안에 석우가 갇혀 있더구나. 천운처럼 살았지만 그때 석우가 죽을 뻔했다. 캄캄한 굴속에서 울던 녀석의 눈빛이 아직두 생생혀. 그 후로 경기하듯 자주 놀라곤 했었다. 석우가 당최 마음을 못 잡는 게 그때 놀라서 그런 건 아닌가두 생각되는구나. 그때부터 니 어무니는 할무니를 믿지 못했지. 시어무니한테 많이 서운했던 겨!"

"다치지 않았으면 그만이지, 마음에 두구 있으면 뭘 혀유. 아주 오래된 일인데유!"

"할무니와는 그 후로두 몇 번씩 그와 비슷한, 니 어무니가 서운해

할 사건들이 있었다. 크고 작은……. 그래서 할무니가 청주 작은집에 자주 갔던 겨."

"다 부질없는 짓이에유."

"그러게 말이다. 그리구 또 석우가 첫째가 아니다!"

아버지의 넋두리를 먼 옛날 이야기처럼 듣던 내가 기겁했다. 석우가 장남이 아니라니!

"형이 첫째가 아니라니유? 그럼 형 위에 누가 또 있었어유?"

"여자아이가 하나 있었는데 백일두 되기 전에 죽었다. 장마철 어느 날부터 아무런 이유두 없이 시름시름 앓더니만 닷새만에 죽더구나. 손쓸 틈두 없이 멍하니 당한 일이여. 그때 동네 어린애들 여럿이 그렇게 죽어나갔다."

과거의 상처를 지금까지 숨겨놓은 아버지의 아픔이 나의 등줄기를 훑었다. 그래서 또 연이어 자식을 잃을까 봐 극진히 보호했을 아들, 이래서 다칠까 저래서 아플까 노심초사하며 애지중지 보호받은 석우, 부모에게 석우의 존재는 석우 그 이상이었던 것이다.

"저만 모르구 있었나 보네유. 형두 그 사실 알어유?"

"그려. 아마 중핵교 때부터 알았을 게다. 숨기구 싶었던 일이어서 니한테는 말 안 했을 뿐이다."

"그래두 이건 아니여유. 형 스스루 바뀌지 않으면 안 될 문제여유!"

"내 책임이 너무 크다. 그나저나 니는 언제 올라갈 겨?"

"며칠 있다가 올라갈 거여유!"

아버지와 나는 더 이상 묻거나 답하지 않았다. 스산한 바람이 한바탕 볼따구니를 때렸다. 멀리 남산의 능선으로 시선을 던졌다. 아버지의 시선 또한 나와 같은 위치에 던져졌다. 한 무리의 대열을 이룬 새 떼가 일렬로 날았다. 하늘과 땅이 명료하게 구분되는 능선을 따라 꼬리에 꼬리를 물고 점으로 날고 있는 철새 가족이었다. 그중에 제일 뒤를 따라가는 철새는 다른 철새보다 한참을 뒤처져 힘겹게 날갯짓을 하고 있었다. 아마도 가족은, 꼬리에 꼬리를 물고 편대를 구성하여 이동하는 철새인지도 모를 일이었다. 편대를 이탈하면 길을 잃는.

늦은 밤까지도 석우가 들어오는 인기척은 없었다. 문밖 멀리에서 우는 부엉이 울음소리만이 창틈을 비집고 굴러 떨어졌다. 진수의 무덤 어디쯤에서 울고 있는 부엉이 소리, 잊을 만하면 한번 울고 또 잊을 만하면 우는 녀석의 울음은 깊고 음산하며 괴기하기까지 했다.

어디로부터 밀려오는 폭풍 전야인지 엎드려 책을 보아도 허전했다. 누워서 천정을 보아도 불안했다. 석우만 생각하면, 정호만 생각하면, 진수만 생각하면, 운명 같은 답답함이 먼저 쌓여왔다. 나는 그들의 생각과 행동에 늘 근처에도 미치지 못했다. 특히 정호는 정라를 사랑하는 데 강력한 훼방꾼이었다. 정호를 떠올리는데도 정라가 더 그리워지는 밤, 이 밤에 혹시 석우는 혜진과 있는 것이 아닐까, 굽이치는 걱정이 꼬리에 꼬리를 물었다.

그때였다. 잠시 고요하던 부엉이 소리가 귀밑에서 울었고, 아악! 하는 아이의 외마디 비명이 창호지를 뚫고 튀어 들어왔다. 더구나 비명을 지른 아이의 둔탁하게 넘어지는 소리에 내가 더 소스라치게 기겁했다. 반사적으로 몸을 튕겨 툇마루로 뛰쳐나갔다. 마룻바닥에는 어린 조카 녀석이 나동그라져 있었다. 녀석의 사타구니는 벗겨져 바짓가랑이가 무릎에 걸린 채였고, 언저리는 튕겨 나간 오줌줄기가 포물선을 그리며 방울져 있었다. 이어서 아버지 어머니가 쫓아 나왔고, 진영이 뒤를 이어 뛰쳐나오며 소리쳤다.

"아가야, 괜찮니?"

녀석은 놀라움에 울지도 못하다가 진영의 목소리를 듣고서야 비로소 울음부터 터뜨렸다. 그녀가 아들을 일으켜 세우며 가득 품어 안았다. 녀석의 울음은 엄마가 두드리는 손바닥의 진동으로 높낮이가 조절되지 않았다. 나는 조카의 경기를 경험했던 적이 있었던 터라 여차하면 병원으로 데려갈 마음의 준비를 하였다.

"내 오늘은 저 눔의 부엉이를 죽여버리구 말아야 혀!"

아버지가 소리치고는 갑자기 툇마루를 내려섰다. 신발을 신으려 어둠 속을 더듬거리는 동작은 분노가 서린 몸짓, 그것이었다.

"여보, 그냥 두세유. 영물을 해치면 벌 받어유!"

어머니의 만류에도 신발을 대충 꺾어 신은 아버지는 이미 도리깨를 들고 뒤뜰로 사라졌다. 무슨 영문인지 모르는 나는 그저 아버지를 쫓아 뒤뜰의 어둠 속으로 향했다. 인기척을 듣고 헛간에 있던 똥개가 달려 나와 컹컹대며 내 뒤를 따르더니 금방 앞서 뛰어나갔다. 한 치 앞도 보이지 않는 칠흑 같은 어둠이었다. 부엉이는 이미 뒤뜰에 없었다. 놈은 진수의 무덤 언저리 사과나무까지 물러나 커다란 까치집처럼 검게 앉아 있었다.

아버지는 어둠 속에 무작위로 도리깨질을 하고 있었다. 허공에다 휘젓는 도리깨질은 마치 도깨비가 춤추는 형국과 같아서 소름이 돋았다. 똥개는 아버지 주변을 마구 날뛰며 천방지축이었다.

"저 눔이 진수 갸 영혼인가 벼. 허구한 날 밤이면 와서 지랄이구먼. 어떨 때는 오늘처럼 뒤뜰까지 와서 우는 바람에 사람까정 놀라게 하는구나!"

아버지는 내가 옆에 와 있는 것을 알고는 도리깨질 행동에 대하여 해명을 늘어놓았다. 결혼식 날, 말없이 쏘아보던 진수의 퀭한 눈동자와 부엉이의 검은 눈동자가 섬뜩하게 교차되었다. 개는 짖는 것을 멈추고 먼 부엉이와 우리를 번갈아 보면서 쿵쿵거렸다. 아버지는 푸념처럼 또 중얼거렸다.

"저 무덤을 거기에 쓰는 게 아니었는데 말이여. 내가 성급했던 겨!"

"그게 무슨 말씀이세유?"

"도대체 되는 일이 없어 하는 소리다. 장가두 안 간 총각귀신이 집 언저리에 서성대구 있는 꼴이 아녀!"

"조카가 저렇게 놀라는 일은 자주 있었나유?"

"저런 일은 오늘이 처음이다. 요강에 오줌을 누다가 그랬으니까 괜찮겠지. 저 개만 해두 그렇다. 벌써 4대째 새끼 난 날 어미가 내리 죽었지 않았니?"

아버지가 끙끙거리는 똥개를 손가락질하며 총각귀신에 연결 지었다. 그랬다. 새끼를 난 당일 어미개가 죽어 미음을 먹여 키운 것이 꼭 4대째인 개였다. 어미개는 그날 바로 진수의 무덤 언저리 과수원 둔덕에 묻어주었다. 진수의 조준점 없던 시선, 어떤 움직임에도 무반응인 무정형의 눈동자, 일그러지고 떨어져 나가 너덜대던 턱관절, 잊어버린 줄 알았던 진수의 얼굴이 어둠 속에 더욱 명료하게 되살아났다. 어미개의 죽음과 진수의 죽음이 연관 있다는 소름끼치는 논리, 오금이 저렸다. 서둘러 등을 돌렸다.

"이상한 건 그뿐만이 아녀!"

그러나 아버지의 계속되는 말은 나의 발목을 동아줄처럼 붙들어 매었다. 나는 허벅지가 땅속에 깊이 박힌 것처럼 꼼짝도 할 수가 없었다. 윗입술 아랫입술은 심하게 떨려 따로 파닥거렸다.

"달포 전 일이다. 깊이 잠들 때였는데 밖에서 자꾸만 전 서방, 전 서방…… 하구 부르는 소리가 들리지 않았겠니. 한참을 망설이다가 불두 안 켜구 방문을 벌컥 열어 젖혔는데, 석우가 그 소리를 따라 몽유병 환자처럼 밖으루 걸어나가구 있었다. 냉큼 소리쳐 석우를 불러들여 물어보았더니 석우두 똑같은 소리를 들었다 하더구나. 석우가 술에 취해 지가 그랬을지두 모른다구는 했지만 그날 일이 자꾸만 마음에 걸린다."

"그, 그런 일이 사실이라면, 이사라두 해야 하는 거, 아니에유?"

"그게 그리 쉬운 일이 아니지 않니. 이제 겨우 사과를 수확할 때가 되었는데 어떻게 또 이사를 가. 버텨봐야지……."

아버지가 길게 한숨을 토해내었다. 나는 빨려 들어갈 것 같은 공포로부터 속히 도망쳐야 했다. 그러나 여전히 발걸음을 움직일 수 없었다.

"아부지, 거기서, 뭐, 하세유? 꺼억!"

어둠 속에서 느닷없는 석우의 목소리가 들렸다. 술에 진창 꼬부라진 헐거운 혓소리였다. 아버지의 볼멘소리가 곧바로 터져 나왔다.

"우라질 눔, 그렇게 사고를 치구두 술이 입에 처들어가냐?"

내 생전에, 짧은 인생에, 그토록 강렬한 아버지의 분노를 겪어본 적이 없었다.

"꺼억, 죄송합니다, 아부지……. 죄송합니다, 아부지!"

석우는 토씨 하나 틀리지 않는 같은 말을 두 번씩이나 반복하며 머리를 조아렸다. 아버지의 분노는 멈추지 않았다.

"그 따위루 하려면 살림 내서 시내루 이사 가라. 못난 눔!"

"꺼억, 죄송합니다, 아부지……. 죄송합니다, 아부지!"

다람쥐 쳇바퀴 돌듯 석우의 조아림 또한 멈추지 않았다. 오늘따라 평소의 그답지 않게 깍듯이 조아리는 행동이 오히려 낯설었다. 자신을 힐책하는 말을 조금이라도 꺼내면 되레 뿔따구를 부리고 뛰쳐나가던 평소의 그가 아니었다. 똥개는 석우의 주위에서 마구 꼬리를 흔들며 반가움을 표현했다. 똥개가 바짓가랑이를 물고 애교를 떨자 그가 성을 발끈 내며 걸어찼다. 애꿎은 똥개는 깨갱거리며 헛간으로 도망쳤다.

서로의 얼굴을 확인할 수 없는 어둠에서도 요행히 그가 나를 알아보았다.

"어, 양우 아니여? 꺼억, 니는 언제 온 겨?"

석우의 모양새가 꼴사나워 대꾸하지 않았다. 그가 여전히 헐거운 혀를 놀렸다.

"양우야. 소개할 사람 있다. 저기, 저, 여자! 혜진이……."

석우가 가운뎃손가락으로 등 뒤를 가리켰다. 어둠 속에 흰옷을 입은 여인이 유령처럼 서서 옥신각신하는 우리를 지켜보고 있었다. 암흑에서도 금세 식별할 수 있는 성혜진, 그 여자가 외딴 여기까지 웬일일까, 더구나 칠흑 같은 야심한 밤에. 유령 같은 혜진이 아버지와 나에게 진짜 유령처럼 목례를 보냈다. 나는 엉겁결에 목을 빼며 주뼛거렸지만 아버지는 의도적인 헛기침을 하며 혜진을 노엽게 나무랐다.

"이봐, 색시! 지난번 왔을 때 내가 뭐라 그랬나. 다시는 얼씬두 하지 말라구 안 했든가!"

"언니가, 전 서방이 너무 취해서 혼자는 못 갈 거라구 해서……."

"누가 전 서방인가? 어째서 색시 서방이 되는가? 못된 것들!"

아버지의 노여움에 혜진은 말꼬리를 닫았다. 혜진이 말한 언니란 술집의 대장이고, 전 서방이라는 말은 석우와 혜진이 그렇고 그런 사이라서 부르는 호칭인 모양이었다. 그렇다면 야심한 밤에 몽유병처럼 전 서방을 부르는 소리를 따라나선 것은 술에 취한 석우의 기억할 수 없는 자작극인 셈이었다. 혜진이 대놓고 과수원까지 찾아온 것이 처음이 아니라면 무슨 의미인가, 공공연하게 얼굴을 들이미는 행동을 묵인하는 석우의 심보는 무엇인가, 참으로 어이없는 촌극이었다.

혜진의 변명을 무시한 아버지가 나를 앞질러 나왔다. 분을 삭이지 못한 아버지는 혜진과 석우를 번갈아 쏘아보며 마침내 고함을 냅다 질렀다.
"에잇, 염병할 늠! 내일 당장 집에서 나가라. 버러지만두 못한 늠!"
아버지는 화풀이로 도리깨를 아무렇게나 집어던지고 방으로 들어갔다. 공교롭게도 도리깨채가 툇마루에 부딪혀 튕겨 나오며 혜진의 종아리를 쳤다. 때마침 스산한 겨울바람이 한바탕 치맛단으로 몰아쳤다. 흰옷이 더욱 희게 흔들리며 백여우의 꼬리처럼 펄럭거렸다. 소름이 돋았다.
아버지는 뒤도 돌아보지 않고 안방 문을 거칠게 열고 닫으며 사라졌다. 밖의 인기척을 들은 진영이 조카를 진정시켜 뉘였는지 건넌방에서 나왔다. 여자들의 동물적인 오감은 선천성을 타고난 모양이었다. 사물을 식별하기 어려운 어둠의 공간에서도 진영과 혜진의 눈빛은 충돌했고 서로의 손톱이 솟아나는 살기가 동했다. 곧바로 교전의 포문이 열렸다. 조강지처의 우위에 있는 진영이 먼저 막말을 쏟아 부었다.
"야아, 낯짝 한번 두껍다. 지난번에 그렇게 챙피당하구 또 와!"
혜진은 대꾸하지 않았다. 아마도 모처럼 마주친 나를 의식하여 모멸감을 참고 있는 함구인 듯했다. 석우가 주책스럽게 끼어들었다.
"어라? 야, 신진영! 얘가 언니뻘인데 니 까분다!"
석우는 혜진을 옹호하며 진영을 깔아뭉갰다. 석우의 어이없는 작태에 말문이 막혔다. 결국 내가 폭발하고 말았다.
"지금, 뭐하는 짓거리들입니까? 이게 사람의 탈을 쓰구 할 짓들입니까?"
굳이 혜진만을 두고 한 말이 아니었다. 혜진을 겨냥하면서도 석우나 진영까지도 싸잡아 씹어낸 말이었다. 특히 혜진은 내게 바람 맞은 앙금을 간직하고 있을 듯싶어 작심하고 대못을 박아버렸다. 석우 또한 과수원을 떠난 나에게 불만이 있을 것이라는 판단에 뱉어낸 말이었다.

"이 자식 봐라. 혜진이두 내 새끼 가졌단 말이여! 진영이 쟤는 무섭다구, 꼭 귀신 들린 여자 같어! 허구한 날 지 오라버니 무덤에 가서 꼭지가 돈다구. 잘 알지두 못하면서 지랄이여!"

이건 또 무슨 소리인가, 말문이 막혀버렸다. 혜진이 석우의 아이를 갖고, 진영은 오빠 무덤에서 신들린 여자처럼 행동하고, 아버지는 그런 사실들을 알고 괴로워하고, 뒤뜰이나 무덤가에서 부엉이는 울어대고……. 뒤틀려도 된통 뒤틀린 과수원이었다.

진영이 땅바닥에 털썩 주저앉았다. 그녀의 힘만으로는 대항할 수 없다는 체념의 행동이었다. 이어서 흐느꼈다. 흐느낌은 곧 통곡으로 바뀌었다. 통곡하면서, 진영은 앙칼진 항의를 쏟아냈다.

"그런 소리 하지 마. 저 년 때문에 외롭구 한심해서 오빠 무덤에 가는 겨. 거기라두 가서 하소연해야 마음이 가라앉으니까. 거기라두 가야지 겨우 버텨낼 수 있으니까……. 흐윽, 흑!"

"저 년은 나이두 어린 게 언니뻘한테 꼭 이 년 저 년 지랄이여!"

"저 년이 왜 내 언니여? 화냥년이지! 흐윽, 흑."

진영은 극점으로 치달았다. 그들은 서로가 서로에게 할퀴고 상처내고 피를 흘리고 있었다. 혜진이 돌아섰다. 엄청난 모멸에도 한 마디 대꾸나 항변도 없이 돌아서는 인내심이 섬뜩하도록 무서웠다. 혜진은 피를 빨아먹는 흡반과도 같이 냉혈한 여자라는 것이 실감되었다.

"에잇 씨팔 좆도! 꺼억!"

석우가 욕지거리를 쏟아 붓고는 혜진을 뒤따라 어둠 속으로 멀어졌다. 진영은 석우를 잡지도 못한 채 길바닥에 버려진 어린아이처럼 서러운 울음소리를 토해냈다. 목구멍 안쪽으로 말려들어가는 불규칙적인 호흡, 모든 것을 빼앗겨버린 허탈한 통곡, 짧은 호흡은 폐로 들어갔고 긴 통곡은 심장에서 뒤엉켰다. 석우의 나침판 잃은 곡예비행은 추락 지점을 가늠할 수가 없었다.

 석우는 혜진을 뒤따라 간 뒤 귀가하지 않았다. 하물며 이른 아침 진영과 조카까지 보이지 않아 집안은 다시 발칵 뒤집혔다. 가출할 때 남기는 흔한 편지도 없었고, 소지품을 챙긴 흔적도 없었다. 석우와 진영의 변하는 모습은 마치 귀신에 홀린 것처럼 브레이크가 없다며 아버지는 참담하게 말했다. 아버지의 명을 받은 나는 성혜진이 있는 연못둥지 술집으로 향했다. 술집에 있을 가능성이 큰 석우를 만나 진영의 가출 소식을 알리고 귀가할 것을 강요하기 위함이었다. 아버지는 동생인 나에게 형의 멱살이라도 잡고 오라는 불가능한 명령까지 당부했다.
 석우는 술집에 없었다. 물론 혜진도 보이지 않았다. 그들 또한 지난 밤에 들어오지 않았다는 한심한 이야기만을 전해 들었다. 그들의 행방은 아마도 시내 어디인가에 처박혀 있을 것이라고 하여 나까지 우롱당하는 느낌을 받았다. 석우를 지칭하여 전 서방이라고 일컫는 언니의 비웃음을 본 순간 불을 지르고 싶은 심보는 어디서 발동한 복수심인지 알다가도 모를 일이었다. 나의 냉정함은 괴멸되고 말았다.
 "형을 놓아주시오. 계속 거머리처럼 달라붙어 있으면 가만히 있지 않을 테니까. 불을 확 질러버릴 겨!"
 폭언을 던지고는 곧바로 술집을 나와버렸다. 폭언의 대꾸나 어이없어하는 표정 따위는 염탐할 바가 아니었다. 적어도 내 말이 엄포가 아니라는 것을 감지한다면 그것으로 족했다.
 술집을 나와 고모네로 향했다. 동갑내기 고종사촌 여동생을 만나서

책임을 묻기 위해서였다. 사촌에게 혜진에 대한 근황을 상세히 얘기했다. 사촌은 적잖이 놀랐다. 동창들 간에 혜진의 소식은 입소문으로만 떠돌았는데 석우와 그런 일이 생긴 것은 금시초문이라는 항변이었다. 사촌에게 어떻게 해서든 그들을 분리시켜 놓으라는 주문을 했다. 혜진에게 따끔하게 충고하여 스스로 물러나게 하고, 석우를 설득하여 황당한 관계를 중단하도록 힘을 합해야 한다고 강조했다. 사촌은 혜진을 미친년, 못된 년 욕하면서도 남의 말을 전혀 듣지 않는 애라며 쉽게 해결되지 않을 것 같은 뉘앙스를 깔았다. 사촌은 석우를 걱정하면서도 비록 요염하기는 해도 순박했던 혜진이 변한 것은 같은 문예부사내에게 버림받은 결과라고 푸념했다. 독을 품은 여자의 이면에는 사내들의 원인 제공이 있다는 반론이었다.

나는 그길로 진영의 친정을 찾아갔다. 그러나 그녀의 행방은 묘연했다. 자초지종을 들은 진영이 부모는 대노하면서도 딸을 더 힐책하는 나약함을 보였다. 그 나약한 모습에서 내가 발견한 것은 늘 아버지를 뒤따르던 하위서열이 몸에 밴 행동이었다. 진수의 무덤을 과수원에 쓰고 나면서부터 그런 행동은 더욱 깊어져 보였다.

진영을 찾는 데 허탕을 치고 집으로 돌아온 후, 다행히 그녀는 저녁 늦게 과수원으로 귀가했다. 그녀는 시내 친구에게 가서 하룻밤을 신세타령하고 돌아왔다고 시부모님 앞에 조아리고 해명했다. 진영의 눈물은 자신이 저지른 결혼에 대한 후회로서 석우의 유린을 온전히 감내하는 눈물이었다. 나는 진영이 감내하는 마음의 상처나 깊이에 대하여 석우의 곡예비행만큼이나 헤아릴 수가 없었다.

정라는 한 달에 한두 번 정도 만나는데도 훌쩍 여름이 되었다. 그녀의 푸념에 의하면 징호는 마치 사는 깃을 포기한 사람처럼 어느 누구의 충고도 귀담아 듣지 않는다고 했다. 하물며 거리에서 죽을 뻔했던 사건까지 저질렀다며 억지로 울화를 삭혔다. 술에 만신창이가 되어 차도 한가운데 널브러져 있는 것을 경찰 덕분에 겨우 살았다는 푸념, 길바닥에서 자주 넘어져 얼굴에 피딱지가 가시지 않는다는 푸념, 그의 막나가는 행동은 빈도가 잦아지고 위험수위는 점점 높아간다고 했다.

진영의 태아는 달이 차기 전에 유산되었다고 전해졌다. 성혜진은 태아를 모태 밖으로 배출시키는 임신중절수술을 택해 인위적으로 생명을 끊어버렸다고 했다. 석우의 두 분신은 햇빛도 보기 전에 그렇게 죽었다. 그뿐만이 아니었다. 연못둥지과수원에서 들리는 소식은 거의 시한폭탄 수준이었다. 석우는 기어이 두유 대리점을 냈다. 그러나 소비자에게 생소한 음료라서 고전을 면치 못했으며, 술버릇은 날로 험악해지고 있다는 소식이 이모를 통해 속속 내게 당도했다.

낙엽이 하나둘 추락하기 시작하는 늦가을 늦은 밤, 과수원으로부터 다급한 연락이 왔다. 긴밀히 의논할 일이 있다는 아버지의 음성은 고단하고 지쳐보였다. 무슨 일이냐고 되물었으나 굳이 얼굴을 보고 할 얘기라는 말에 의문은 더욱 증폭되었다. 회오리치는 불안으로 밤잠을 설쳤다. 출근과 동시에 사장에게 허락을 얻어 충주행 버스에 몸을 실었다. 차창으로 달려와 부딪히는 밖의 풍경을 무심하게 흘려보내며 내내 결론 없는 생각을 굴렸다. 그러다가 덜컹거리는 리듬에 깜박 잠이 든 얼마 후 버스는 목적지에 나를 뱉어놓았다.

과수원에서의 마음이 점점 멀어진 탓일까, 익숙했던 길마저 문득 어색하게 파고들었다. 까닭 모를 불안에 보폭의 속도가 빨라질 무렵, 참으로 어처구니없는 광경을 목격하고 말았다. 연못으로부터 흘러 충주평야에 물을 공급하는 농수로 진흙탕 늪에서 웬 여자가 퍼덕이는 광경이었다. 여자는 누군가를 일으켜 세우려다가 몸무게를 이겨내지 못하고 함께 꼬꾸라지기를 반복했다. 신세를 한탄하는 듯 울음을 연신 토해낼 때마다 헝클어진 머리카락에 엉겨 붙은 검불가닥이 흔들거렸고, 몸뚱이는 이미 진흙탕으로 범벅이 된 채였다. 한데 엉켜 허우적거리던 여자가 마침내 주저앉으며 설음을 토해내기 시작했다. 여자는 진영이었다. 그녀가 수로에서 꺼내려는 사내가 석우라는 것은 너무도 자명할 터였다.

상황인즉, 술 취한 석우는 수로에 빠져 인사불성이고, 진영은 석우를 꺼내어 둔덕에 세워놓은 리어카에 실으려 애쓰는 형국이었다. 진흙탕 수로에 털썩 주저앉아 서럽게 흐느끼던 진영의 눈동자와 나의 시선이 일순간 부딪혔다. 그러나 진영의 눈동자는 초점을 찾지 못하고 허공에 떠 있었다. 정상적인 사람의 눈동자가 아닌 무정형의 눈동자, 영락없는 진수의 눈동자였다.

"형수님, 괜찮으세유?"

나는 소리쳤다. 진영의 눈동자가 하염없는 먼 강을 지나오듯 건너왔다. 상의의 단추가 풀려 융기된 메마른 가슴골이 절반은 노출되었음에도 여밀 의지조차 없어 보였다. 바짓단은 터져 엉덩이 맨살이 도드라졌다. 눈물인지 흙물인지 범벅이 된 얼굴 표정은 무엇을 원하는지 읽을 수가 없었으며, 마치 실어증에 걸린 사람처럼 아무런 대거리도 없었다.

나는 생각을 정리할 틈도 없이 내처 수로로 뛰어들었다. 바짓가랑이 틈으로 파고든 찬물이 종아리를 타고 사타구니까지 튀어 올랐다. 고약한 냄새가 코털을 헤집고 허파까지 깊숙이 들어왔다. 썩어서 발효된 진흙이 현기증 나도록 역했다. 먼저 석우의 양팔에 손을 끼워 넣었다. 죽은 짐승처럼 늘어진 몸과 함께 진흙이 한 움큼 손아귀에 잡혔다. 급한 대로 그를 건져 올려서 둔덕에 빨래처럼 널었다. 그러고는 흙탕물을 뿌려 머리와 몸에 엉긴 진흙덩어리를 제거했다. 물세례를 받은 석우는 옆으로 꼬꾸라지며 신음인지 주정인지를 풀풀거렸다. 영락없는 폐인의 꼬락서니였다.

"형수님, 이제 됐어유. 빨리 가야지유!"

이번에는 진영을 다독거려야 했다. 그러나 진영의 대답은 침묵이었다. 수로에 털썩 주저앉은 채 움직이려는 시도는 물론 쳐다보지도 않았고, 입가로 흘러내리는 시실거림은 영락없이 실성한 사람의 조소였다. 다시 수로로 뛰어내렸다. 석우처럼 그녀의 양쪽 팔짱을 껴 일으켜 세웠다. 질척거리는 진흙은 여전히 뭉치로 떨어지며 흘러내렸다. 진영의 몸에서 느껴지는 질감은 석우와는 사뭇 다르게 건조한 질감이었다. 이제 스물일곱밖에 되지 않았음에도 애초에 탱글탱글한 몸이 없었던 것처럼 뼈대가 잡혔다. 무대뽀삼형제와 하천 둑에서 뒤풀이를 하던 때의 재잘거리던 여고생의 모습은 어디에서도 찾을 수가 없었다.

진영을 둔덕에 앉히고 풀숲에 널브러진 석우를 먼저 리어카로 옮겼다. 핸들을 잡아주는 이가 없어 바퀴가 몇 번 굴러가는 바람에 가까스로 그를 실었다. 진영 또한 뒤에서 밀고 뒤따라 올 만큼의 경황이 아닌 듯 판단되어 리어카로 떠밀었다. 그녀는 마치 어린아이처럼 냉큼 리어카로 올라타면서 흰 이빨을 드러내고 히죽거렸다.

요동치는 핸들을 겨우 잡았다. 이 어이없는 노릇을 어떻게 해야 하나 생각했지만 혼돈만이 작열했다. 결코 어떤 방법도 떠올릴 수가 없었다. 힘겹게 핸들을 끌며 등 뒤의 진영에게 물음표를 던졌을 뿐이었다.

"형수님, 집에 아무두 없어유!"

그러나 그녀의 대답은 건너오지 않았다. 고개를 뒤돌아 동태를 살폈다. 사물을 응시하는 시선의 초점은 허공의 어디쯤이었다. 더구나 눈동자의 방향은 동서남북을 가늠하지 못했다. 나는 마른침을 넘겨

목구멍을 적셨다. 몇 번씩 뒤를 돌아보며 오르막 언덕 앞에 도착했다. 하지만 혼자의 힘만으로는 과수원의 언덕을 오를 수도 없는 무게였다. 우선 리어카와 석우를 팽개치고 궁여지책으로 진영을 먼저 집으로 데려가야겠다는 결정을 내렸다.

"거기서 내려오세유. 저랑 같이 먼저 집에 들어가세유!"

그녀에게 손을 내밀며 동정의 눈빛을 보냈다. 그러나 되돌아온 것은 날름거리는 혓바닥과 절대적으로 석우를 보호하려는 냉혹한 몸짓이었다. 혓바닥은 나를 경멸하는 행동이었고, 석우를 얼싸안는 몸짓은 아이를 보호하려는 본능적인 모정의 행동이기도 했다. 황당해진 나는 핸들을 엉덩이로 깔고 주저앉아 멍하니 하늘을 보았다. 아침에는 구름이 높았던 가을 하늘이었는데 어느새 검은 구름이 떼 지어 응집되어 있었다. 금방 소나기라도 쏟아 부으려는 기세에 홀로 처량하게 뇌까렸다.

'그래 피눈물이라도 한바탕 퍼부어라, 젠장!'

석우는 이제 가족이 아니라 적이나 다름없었다. 괴멸로 치닫는 종착역은 추락의 깊이를 장담할 수 없는 벼랑 끝이었다.

한참을 주저앉은 채 한숨만 뿜어대는데 다행히도 먼 거리에서 아버지의 모습이 눈에 들어왔다. 아버지의 등은 세상의 모든 짐을 홀로 짊어진 듯 새우등처럼 구부정했다. 머리의 무게를 지탱하기가 부담스러운지 땅바닥으로 떨어질 듯 고개를 출렁이며 발걸음을 옮기는 모습에 눈물이 울컥 고여 나왔다.

"저기, 아부지 온다. 아부지 온다!"

진영이 아버지를 발견하고는 평소 그녀의 목소리가 아닌 어린아이같이 지나치게 변성된 목소리로 반색했다. 목소리의 떨림이나 성량은 차치하더라도 '아버님'이라고 부르던 호칭이 '아버지'로 바뀐 것에 나의 머리는 다시 하얗게 지워졌다. 아버지를 손가락으로 가리키며 헤벌쭉 웃는 진영의 영혼은 분명 다른 세계에 존재해 있는 영혼이었다. 십 미터쯤 가까워져서야 비로소 아버지가 우리를 보았다. 한심한 광경을 목격한 아버지의 표정은 대뜸 야성적으로 돌변했다.

"시방, 이게 무슨 꼴들이여?"

아버지의 호통에 진영이 리어카에서 냉큼 뛰어내렸다. 꼭 그녀만을 지칭한 것이 아니라는 사실도 인지하지 못한 그녀가 침까지 흘리며 배시시 몸을 꼬았다. 내가 자초지종을 보고했다.

"형이 취해서 수로에 처박혔던 모양이에유. 형수 혼자 끙끙대길래 싣구 오는 길이구유!"

"염병할 눔. 아예 뒈지게 그냥 두지 왜 끌구 와."

"저두 그러구 싶었어유. 그런데 형수 꼴 좀 봐유. 어디 버려두구 오게 생겼나!"

"그런데 쟤는 왜 저래?"

"모르겠어유. 아무래두 혼이 빠진 거 같어유!"

"어찌 제정신이겠나. 미쳐두 벌써 수백 번은 미쳤을 게다!"

이미 경험이라도 한 일인 양 아버지는 무너져 내리지도 않았다. 이글거리는 분노와 역정만이 매 발톱처럼 도사리고 있었다. 평소 같으면 자리를 슬쩍 피했을 상황이건만 진영은 여전히 몸을 좌우로 꼬며 히죽이었다. 히죽일 때마다 지향점을 잃은 눈동자가 반대방향으로 쏠렸다. 나는 마침내 울먹이며 소리쳤다.

"이게 도대체 무슨 일이에유?"

"지금 올해 딴 사과라두 싸게 팔구 오는 길이여. 곧 과수원 버리구 도망가야 할 판이다!"

"그게 무슨 소리에유. 과수원을 버리구 도망이라뉴?"

"저 늠이 어떤 사기꾼들한테 몽땅 털렸나 부다. 대리점인가 뭔가에 과수원을 담보루 넣더니만 전부 해먹은 모양이여. 땅은 크지만 임야루 되어 있어서 가격이 별반 안 된다는구나. 알구 보니 대리점을 소개한 년이 그 술집 년인가 부다. 저 늠이 못난 늠이지 누굴 탓하겠니. 다 내 잘못이지!"

아버지는 리어카에 널브러져 풀풀대는 석우를 지목하며 분노와 역정을 뱉어놓았다.

"대리점이 얼마나 된다구 과수원만 하겠어유. 도대체 얼마나 심각한 건데유?"

"그뿐만이 아닌가 부다. 술집에 처박혀 놀음까지 했던 모양이여. 봉계에서 돈놀이하는 년 급전까지 끌어다 썼나 보던데 빚이 얼마인지두 말을 안 하는구나. 엊그제는 저 혼자 뒈지겠다구 술 처먹구 연못에 뛰어들어 허우적대는 걸 술집 년이 소리쳐 꺼내놨더구나. 요즘 저 늠 하는 짓거리가 금수의 짓만두 못혀. 귀신이 씌어두 단단히 씌었어!"

아버지는 귀신까지 들먹이며 푸념을 던져버렸다. 나는 분노에 앞서 생각이 멈추어졌다. 세상을 살아가는 질서를 무시하고 변별력을 흡반에 빨려버린 석우의 병신 같은 짓이 역겹도록 한심스러웠다. 이 어처구니없는 현실을 어디까지 수습하고, 이 황당한 일들을 어디에 하소연한다는 말인가.

"어머니는 어디 가셨어유?"

"봉계 돈놀이하는 년한테 갔다. 빌린 돈이 얼마구 어떻게 갚아야 되는 돈인지 알아보겠다구. 그년이 보통 지독한 년이 아니거든. 우리가 봉계 살 때두 소문이 안 좋은 년이었다."

아버지는 돈놀이한다는 여자를 그년저년 하며 노골적으로 욕설을 퍼부었다.

"귀신은 뭔 소리에유. 부엉이는 아직도 도망 안 갔어유?"

"그놈두 아직 그 모양이여. 니 어무니가 하두 답답해서 어디 가서 점을 봤던 모양이다. 과수원에 삼재가 껴서 세 명이 죽는다구 했다더라. 어무니는 이참에 빨리 이사나 가야지 싶은가 보더구나. 이사라두 가면 저 눔 병이 나아질지두 모른다며 집이 무서워 더는 못 살겠단다!"

어머니가 선택한 퇴로의 명분은 지푸라기라도 잡으려는 절박함으로 들렸다.

"어디루 이사하실려구유?"

"우선 서울루 가보자. 오늘 사과 판 돈을 우선 네가 가지구 올라가라구 불렀다. 그거라두 있어야 방 한 칸이라두 마련할까 싶어서. 그래서 내려오라구 한 거구……."

"알았어유! 내일 아침에 바로 올라갈게유!"

"아니다. 오늘 당장 올라가려무나. 혹시 누구 눈에라두 띄면 좋을 것 없다!"

"알았어유. 그런데 서둘러 집에 들어가야겠네유. 금방이라두 소나기가 쏟아지겠어유!"

소나기를 머금은 먹구름이 충주평야로부터 빠르게 전진해오고 있었다. 먹구름은 볼따구니에 바람을 잔뜩 집어넣어 금방이라도 터질 풍선처럼 심통 맞아 보였다. 꿈틀대던 구름에서 습한 바람이 쏴하니 몰아쳤다. 곧이어 빗방울이 후드득 떨어졌다. 진영이 두 팔을 벌리고 폴짝폴짝 뛰며 빗방울을 받아내기 시작했다.

먹구름은 채 언덕을 오르기도 전에 소나기를 뱉어놓았다. 이어서 섬광이 번뜩였다. 뒤따라 하늘이 찢어지고 천둥소리가 울부짖었다. 연못둥지과수원이 뒤집힐 듯싶은 굉음이었다. 놀란 진영은 다시 리어카로 뛰어올라 인사불성인 석우의 가슴팍에 얼굴을 묻었다.

곧이어 평야를 직선으로 날아온 바람이 과수원 언덕에 부딪히며 회오리를 일으켰다. 지붕에 도달한 회오리는 방향을 바꾸면서 초가지붕의 볏짚조각들을 뒷마루에까지 내동댕이쳤다. 원두막 지붕은 바람의 폭력을 이겨내지 못하고 분리되어 너덜거렸다. 날아간 지붕조각은 낙하지점을 찾지 못한 채 사과나무에 걸려버렸다. 정면으로 바람을 맞는 과수원은 물안개로 금방 자욱해졌다. 정라가 이런 곳에서 살고 싶다며 감탄하던 과수원이 스모그 속으로 침몰하고 있었다.

아버지의 밀명으로 받은 약간의 돈을 가슴속에 품고, 다시는 못 올지도 모르는 연못둥지과수원을 버리고 떠나왔다. 전세금조차 되지 않는 초라한 비자금으로 이모와 협의하여 이문동에 겨우 방 두 칸짜리 월세를 얻어놓았다. 일주일 후 도착한 가족들의 모양새는 거의 피난민 수준이었다. 꼭 필요한 짐만을 싣고 부모와 어린 조카만이 올라온 보잘것없는 탈출이었다. 석우와 진영은 합류하지 않았다. 석우는 놀음으로 털린 패거리를 만나 해결할 일이 남았다며 충주에 남았다고 어머니는 전했다. 나는 석우보다 상경에 합류하지 않은 진영이 무엇보다 궁금했다.

"형수는유?"

"말두 말어. 갸가 결국 일을 내구 말았구먼. 가엾어 못 보겠다!"

"일이라뉴? 무슨 말씀이세유?"

어머니가 전하는 이야기는 애달프고 구슬펐다. 비가 억수로 오던 날 밤, 그러니까 내가 돈을 가슴에 품고 도망치던 날 밤, 기어이 실성했다고 판단된 진영은 행방불명되었다. 조카를 끼고 잠시 잠들었던 어머니의 감시망을 피해 그녀가 사라졌던 것이다. 아버지가 집안 구석구석을 뒤졌으나 진영을 찾지는 못했다.

결국 진영을 포기하고 방 안으로 들어왔을 때 연못동지 가장자리에 사는 반장으로부터 전화가 왔다. 반장집과 과수원은 다소 멀기는 해도 야산을 두고 서로 바라보게 되는 위치였다. 흥분한 반장의 말은 진수의 무덤가에서 해괴한 광경이 목격된다는 것이었다. 웬 여자가 무덤가에서 번개가 칠 때마다 손뼉을 치며 까르르 웃다가 울다가 덩실덩실 춤을 추는데 무서워 죽겠다는 겁먹은 전화였다. 아버지는 단번에 진영임을 확신했다.

우산도 쓸 경황조차 없는 맨몸으로 아버지가 무덤가로 달려갔다. 무덤가에서, 어둠 속에서, 진영의 행동은 실로 충격이었다. 번개가 터지며 밝아지는 찰나에 하늘을 향해 웃어 젖히는 행동이 아버지의 영혼을 빨아먹는 수준이었다. 번개와 천둥의 짧은 사이에는 손뼉을 치며 기괴한 목소리로 울어 젖혔다. 천둥이 지나간 다음에는 덩실덩실 춤까지 추었다. 제멋대로 헝클어져 흘러내린 물먹은 머리카락, 빗소리를 뚫고 퍼져 나가는 미친 듯이 웃는 목소리와 교차되는 기괴한 울음소리, 세찬 빗줄기를 온몸으로 받아내며 덩실거리는 몸짓, 아버지의 발목은 땅바닥 깊숙이에 박혀 조금도 움직일 수가 없었다고 한다.

그렇게 멍하니 한참을 지켜보던 아버지가 겨우 정신을 추스르고 무덤가로 접근했다. 진영의 시선은 아버지의 접근을 아는지 모르는지 파악할 수는 없었다. 마침내 가까이에 이르러 진영의 해괴한 행동을 저지하려 했을 때 그녀는 기습적으로 아버지의 가슴팍을 할퀴었다. 진영이 휘두르는 상상외의 강한 힘에 아버지의 상의가 찢겨졌다. 하물며 중심을 잃고 비틀거리기까지 했다. 그러나 아버지는 곧 진영을 제압하여 감아쥐는 데 성공했다. 진영을 어깨에 들쳐 업고 돌아온 아버지는 보호 차원에서 그녀를 사랑방에 가두고 자물쇠를 채웠다. 한낮부터 미쳐서 시달린 것을 감안한다면 지쳐 떨어질 법도 했지만, 진영은 밤새도록 울다가 웃기를 반복했다고 한다.

그리고 사흘 후, 진영은 탈출하여 어디론가 사라졌다. 사랑방 문을 잠근 열쇠는 그대로였으나 문짝의 격자무늬 틀을 부러뜨리고 없어진 것이 확인되었다. 진영은 진수의 무덤가에도 없었다. 진영이 발견된 곳은 의외로 엉뚱한 파출소였다. 형사의 연락을 받고 뛰어갔을 때 진영은 먹은 내용물을 토하고는 바닥에 널브러져 곤히 자고 있었다. 형사의 말에 의하면 방화범으로 잡혀왔다는 설명이었다. 잡힌 곳은 연못둥지 성혜진이 있는 술집이었다. 술집에 불이 났고, 진화되었으나 쓸모없을 정도로 반파되었으며, 그곳에서 거세게 타오르는 불길을 보면서 웃다가 울다가 춤을 추던 진영을 피해자가 신고한 것이었다.

진영의 행색을 보고 난감한 형사는 해결점을 찾기 위해 연고자인 시아버지에게 구원을 요청한 사건이었다. 실제적인 방화범이 진영인지는 그저 심증일 뿐, 명확한 목격자가 없다는 것이 경찰이 파악한 내용이었다. 인명피해가 없다는 것이 다행이라면 다행이었다. 아버지는 실제적인 목격자가 없는 것과, 진영을 실성하게 만든 원인 제공자가 혜진이었으므로, 더 큰 화를 입을 수 있다는 공포감을 술집 측에 관철시키려 애썼다. 거기에 아버지의 분노까지 덧붙인 끝에 가까스로 진영을 석방시키는 데 성공했다.

경찰서에서 집으로 끌려온 진영은 어린 조카와 격리당한 채 치료를 위한 명분으로 친정에 되돌려졌다. 반파된 술집은 이틀 후 철거되어 동네에서는 앓던 이가 빠졌다며 반겼고, 한복 언니들은 물론 화재 당시 현장에 없었던 혜진은 종적을 감추어 소식을 아는 이가 없었다.

혜진이 석우로부터 마음을 정리하여 스스로 사라진 것처럼 석우도 다행히 혜진에 대한 집착을 포기하는 행동이 나타나기 시작했다. 연못둥지과수원의 한바탕 회오리는 엄청난 상처를 안고 그렇게 수면 아래로 침몰했다.

"형수가 그렇게 되구 술집에 불이 났을 때, 형은 도대체 어디서 뭘 했대유?"

"그 요물 같은 년하구 어디 있었나 본데 당최 말을 안 하더구나!"

"이제……. 형수, 불쌍해서 어떡해유!"

내 동정에 어머니의 긴 한숨은 방바닥으로 꺼졌다. 멀리서, 그 모든 환영이 떠올라 숨이 막혔다. 술집의 방화범은 분명 진영일 터였다. 진수네 집의 방화범은 정호임이 농후했다. 그녀의 집이 정호의 방화였다는 심증과 술집이 진영의 방화였다는 사실이 우연이었을까, 어머니가 뇌까렸다.

"야 팔자려니 해야지, 뭘 어쩌겠니. 빨리 나아서 아들이나 만나러 오기를 바래야지!"

직장 상사가 결혼식을 올린 덕분에 토요일이 휴일이 되었다. 결혼식은 끝났지만 그냥 집에 들어가기도 애매한 시간이어서 정라에게 공중전화를 걸었다. 다행히 그녀는 아직 사무실에 남아 있었다. 넌지시 데이트 신청을 하자 뜻하지 않은 거절의 목소리가 수화기를 타고 건너왔다.

"나 오늘 시간 안 돼! 병원 가봐야 혀!"

"왜? 병원은 무슨 일루?"

나의 억양은 저절로 높아졌다. 반면에 그녀의 대답은 의외로 차분했다.

"오빠가 입원했어!"

"왜?"

"회사 동료하구 같이 넘어졌는데, 덩치 큰 사람 밑에 깔렸대. 뇌진

탕이여! 입원한 지 이틀 됐어. 술 먹구 저지른 일이라 처음에는 집에 그냥 누워 있었는데, 자꾸 눈이 어지럽구 말두 어눌해져서 병원에 갔더니 뇌출혈이 진행되구 있었다구 하잖어!"

한바탕 회오리가 지나간 뒤였는지 정라의 설명은 오히려 덤덤했다.

"큰일 날 뻔했네. 정신은 있는 거여?"

"겉으로는 멀쩡혀!"

"그나마 다행이다. 그럼 나, 병원에 같이 문병 가두 돼?"

나는 정면으로 부딪혀 돌진해볼 작심으로 불쑥 모험을 감행했다.

"생뚱맞기는, 나는 괜찮지만 부모님이나 오빠가 어떨지 모르겠네."

"우리, 만나서 같이 갈까?"

"아니, 난 오늘 줌 늦을 거니까 니가 알아서 와!"

그녀의 마음이 혹시 변하기라도 할까 싶어 서둘러 위치를 파악하고 병실을 물었다. 그녀는 병원의 명칭은 물론 버스노선까지 알뜰히 안내했고 되도록 늦게 오라는 말을 덧붙였다. 전화를 끊고 그녀가 통보한 늦은 시간까지 무엇을 할까를 고민했다. 명쾌한 답은 금방 떠오르지 않았다. 그러다가 불쑥 생각난 것은 목욕과 이발이었다. 그녀의 가족에게 코흘리개 어린아이의 모습이 아니라 신뢰가 가는 청년의 모습을 보여주어야 한다는 생각이 들었던 것이다.

이발을 하고 목욕탕에서 한 꺼풀 벗긴 나는 온전히 거듭났다. 하물며 결혼식 참석을 계기로 비록 단벌이었지만 넥타이 차림의 신사복까지 차려입은 모양새가 제법 새신랑답게 거울에 반사되었다. 약속된 시간이 가까워오자 차분하던 마음이 갑자기 들뜨고 울렁이기 시작했다. 벌써부터 긴장하면 아니 될 터, 더구나 정호는 내가 병문안을 빌미로 가족 앞에 나서리라고는 상상조차 못할 일이지 않는가. 언젠가는 부닥칠 일이었지만 정호 앞에 나선다는 것이 이토록 옥죄는 것인지는 실감하지 못했었다.

　병원 앞에서 복숭아 통조림과 드링크제를 준비했다. 소위 종합병원이란 타이틀을 내걸었지만 병실로 가는 복도는 음습하며 길고 어두웠다. 하물며 정호가 배정받은 병실은 영안실로 통하는 길목에 못 미쳐 있어 더욱 야릇한 공포를 뿜어내고 있었다. 그 음습한 복도에 옹색한 나무의자가 길게 놓여 있었고 정호와 어머니, 그리고 정라가 앉아 있는 것이 목격되었다.

　발걸음을 옮기는 거리만큼 그들과의 간격이 좁혀지고 마침내 5미터 앞에 다다랐을 때 정라가 먼저 나를 알아보고는 자리에서 일어섰다. 내 등장으로 가족끼리 나누던 대화가 중단되었다. 나는 무작정 허리를 90도로 꺾어 ㄱ자 자세로 한참을 머물렀다. 그 어떤 말이라도 앞서 기다리기라도 한 듯.

　"양우가, 여긴 어떻게 알구 온 겨?"

　나를 알아본 어머니가 먼저 의문을 표시했다. 어스름에도 불구하고 지난겨울 맞닥뜨렸던 것이 금방 알아본 성과인 듯싶었다. 하지만 나를 빤히 올려다보고 있는 정호의 눈동자와 마주쳐 목소리가 끊어져 나왔다.

　"입원했다구 해서…… 위문차 들렀습니…… 다!"

　다행히도 정라가 나를 옹호하며 거들었다.

　"오빠가 입원했다구 말하니까 문병 온다구 해서 그러라구 했어."

　"네, 제가 자청했습니다. 몸은 좀 어떠십니까?"

　내 인사에 정호는 의외로 눈살을 생글거렸다. 그 눈빛은 분명 과거에 마주친 삼엄했던 살기 어린 눈동자가 아니었다. 줄무늬 환자복을 죄수처럼 입은 정호의 초라함, 나름 견딜 만한 품새로 다리를 꼬고 앉은 지극히 평범하고도 조금은 무기력해 보이기까지 한 몸짓, 더구나 농담 섞인 말투는 독기가 빠진 어깃장이었다.

"앞머리에 뇌출혈이 있었지. 뒤통수를 박았는대두 말이여! 왜 있잖어, 소주병을 밑에서 치면 위로 물이 튀어나오듯이 말이여! 히히 힛……"

정호는 오른손으로 소주병을 잡고는 왼손으로 병의 밑바닥을 치는 시늉을 보이며 말했다. 그런 낯선 행동에 나는 아무런 대꾸도 하지 못했다. 농담도 아니고 진실도 아닌 말에 쓴웃음도 아니고 단 웃음도 아닌 모호한 표정이 그와 나 사이를 어색하게 오갔다. 정라가 정호를 마치 동생 나무라듯 뿌루퉁하게 힐책했다.

"오빠는 무슨 말을 그렇게 무섭게 혀. 그걸 지금 농담이라구 하는 겨. 가족들 놀란 것은 안중에두 없어, 정말!"

"야아, 사실이여! 소주병 밑에서 탁 쳐봐. 위로 물이 솟구치잖어!"

이번에는 물이 위로 치솟는 시늉까지 흉내 내는 정호의 설명에 정라는 어이없다는 듯 아예 말문을 닫았다. 그녀는 나의 위아래를 훑어보며 화제를 돌렸다.

"양우 니, 멋있어졌다! 꼭 새신랑 같은데……."

나는 이유를 대답하지 못했다. 결혼식에 다녀왔다고 말하기도 전에 정호가 먼저 말문을 막고 끼어들었기 때문이었다.

"언제였더라……. 니 녀석을 본 게. 우이동에서인가?"

정호는 오래된 기억을 끄집어내려는 듯 어눌하게 고개를 갸웃거렸다. 나는 그가 기억하지 못하고 있는 다른 만남을 굳이 설명했다.

"아닙니다. 그 후로두 할무니 장례식에서 뵈었던 적이 있습니다!"

"어, 그래 맞어! 그때는 왜 내 기억에 없지."

정호가 혼잣말로 끄덕거리는 사이 어머니가 정라와 나를 지칭해 한꺼번에 의문을 던졌다.

"그럼 너희들은 고등핵교 때부터 지금까지 만나왔던 거여?"

"엄마는 참, 그냥 서울에서 만날 수 있는 봉계 살던 친구여서 만나는 거라구 지난번에 말했잖어. 특별한 사이 아니여!"

정라가 정색을 하며 강력한 부정의 마침표를 찍었다. 어머니는 의문을 멈추지 않았다.

"어쨌든 처녀 총각들이 자주 만나다 보면 뭔 일 나는 법 아닌 겨?"

"엄마 맘대루 생각혀, 내가 아니면 그만이지 뭐! 괜히 병문안 온 사람 곤란하게 왜들 그려!"

정라의 볼멘 부정으로 나에 대한 성토가 겨우 수면 아래로 가라앉았다. 하지만 나는 가족들과 나누는 대화의 정도에 그동안의 긴장이 융해되어 갔다. 어머니의 의문점이나 정호의 낯선 반응은 물론, 무엇보다 정라의 생각과 태도가 달라지고 있다는 사실에 고무될 일이었다. 그러나 정호는 손가락으로 나와 정라를 번갈아 지목하며 틈을 주지 않았다.

"정라 니는 여기 좀 있어라. 애는 나하구 단둘이 할 말이 있어. 야아, 니는 날 따라와!"

"오빠, 무슨 얘길 하려구 그려. 양우하구 무슨 할 말이 있다구!"

"지집애, 넌 몰라두 돼. 남자들끼리 할 얘기여!"

정호가 의자에서 일어섰다. 그리고 뒤따라오라는 일방적인 손짓을 보내며 영안실 쪽으로 등을 돌렸다. 정라에게 구원의 눈빛을 보냈지만 주뼛거리며 멈칫거릴 뿐 감히 정호의 명령을 거역하지는 못했다. 나는 앞서 걷는 정호에게 끌리듯 뒤따랐고, 벌써 심장은 요동을 일으키기 시작했다. 올 것이 왔다는, 늘 염두에 두었던 돌풍이 비로소 도래할 모양이었다. 어차피 뛰어넘고 가야 할 산맥, 전진기지의 정호를 뛰어넘지 못하고는 핵심부에 다다를 수 없는 연습을 수없이 해왔다.

차라리 잘된 일이라 인식하고 정호를 누그러뜨릴 기회가 왔다는 다짐을 곱씹으며 그에게 끌려갔다.

모퉁이를 돌자 영안실 앞에 서성이는 검은 양복들의 무리가 눈에 들어왔다. 왜 하필 영안실 인근인지, 정호의 마음을 읽기에 나의 추측은 멀기만 했다. 뒤돌아보아도 이미 정라는 보이지 않았다. 정호가 멈추어 섰다. 죄수복처럼 보이는 환자복이 어둠이어서 더욱 선명했다.

그가 선 채로 나에게 질문을 쏘았다.

"정라, 사랑하냐?"

다짜고짜의 질문에 확신하지 못하는 가느다란 음성으로 대답했다.

"예에……."

"언제부터냐?"

"중학교 때부터, 장마가 있던 여름이었습니다!"

"더럽게 까졌군. 내가 군대 갈 때 우이동에서 봤으니까 근 십 년은 되었지? 니, 끈기 한번 맘에 든다. 오기두 있구. 정라는 뭐라구 그러더냐?"

"싫어하지는 않는 눈치인데, 항상 친구 사이라구만 못을 박습니다."

"그려. 까탈스러워서 쉽지는 않을 게다. 그리구 니, 진수 소식 알지? 신진수!"

언젠가는 터질 일이라고 생각했던 질문이었다. 정호는 진수의 소식이 더 궁금했던 것이다. 정호와 진수의 비밀이 다를 리 없었고, 나와 진수의 비밀이 다를 리가 없는 궁금증.

"예에……."

"도대체 그 늠은 왜 그렇게 무식혀?"

"비록, 무식하기는 해두 우직했습니다. 의리두 있었구."

애달픈 진수를 떠올리며 옹호했다. 언제부터인가 창과 방패의 결투에서 스스로의 패배를 자처하여 해방을 얻고자 했던 것이 진수의 선택이었는지도 모른다는 생각을 했기 때문이었다.

"그건 우직한 게 아니라 무식한 게지. 개울에서 같이 목욕하던 어릴 때는 그렇게 무식한 줄 몰랐어. 못난 눔!"

나는 진수를 회상하며 뇌까렸다.

"제 느낌에는 그냥 단순한 사고가 아니라 자살이었던 것 같어유!"

"자살하려구 했지. 바보처럼……."

"군대에서가 아니구유. 달천강에 빠져 죽은 거 모르세유?"

"진수가 달천강에서 자살을 혀? 왜? 턱이 날아가 말을 못하는 정도가 아니었어?"

정호가 연거푸 물음표를 던졌다. 그는 진수가 죽은 사실을 전혀 모르고 있었던 모양이었다.

"진수가 죽은 걸 모르구 있었어유?"

"갸가 죽다니, 난 모르는 사실이여!"

"강에 빠져 죽었는데, 유서 같은 것은 없었습니다. 단순사고루 처리되었구유!"

"결국 지 손으루 죽구 말았군. 그런데, 니는 그 녀석이 자살했다구 어떻게 단정을 해?"

"저 혼자 생각입니다. 심증만으루는 단언할 수 없어 아무한테두 말하지 않은 것뿐입니다. 제가 군대에 있을 때, 팀스피리트 훈련장에서 우연히 만난 적이 있었습니다. 그 때 진수한테 같은 부대에 있다는 이야기를 처음 들었구유."

"팀스피리트 훈련?"

"예에, 우연히……."

"기막히군. 그렇다면 니들은 벌써부터 알구 있었는데 나만 모르구 있었던 일이구먼. 내가 진수를 못살게 군다구 말하더냐?"

"예, 하지만 그냥, 푸념하는 정도루만 들었습니다. 그렇게 자해까지 할 줄은 몰랐어유!"

"그건 나도 마찬가지여. 사실 내가 진수를 갈구기는 했다. 녀석의 단순한 반응이 재미있어 그랬을 뿐 작심하고 그런 것은 아니었지. 삼청교육대가 신설되구, 교육이 살벌해지면서 녀석이 돌기 시작했어. 어느 날 폭동이 일어났구 진압과정에서 여럿이 죽었지. 지 눔만 미칠 지경이었나, 꽃병(화염병)을 던지며 학생운동을 한 나두 미칠 지경이었지. 염병할 눔, 나는 좋아서 명령한 줄 아나. 위에서 지지 누르니까 차마 내가 하지는 못하구 마지못해 명령했던 게지. 정말이지, 지 눔 머리에 스스로 총을 들이댈지 누가 감히 상상이나 했겠냐!"

삼청교육대의 폭동. 그래, 그날이었다. 정라가 처음으로 내게 면회 온 날, 부대 앞 구멍가게에 그녀를 맡기고 꼬박 비상근무를 섰던 날이었다. 낯선 땅에 발이 묶여 공포에 떨고 있을 정라를 걱정하며 밤새워 상황을 섰고, 뜬 눈으로 밤을 꼬박 밝혀 퀭해진 정라를 보내며 바지춤의 전동면도기를 하릴없이 만지작거렸던 그날이었다. 그날 진수는 자신의 목에 총을 쏜 것이다. 정호에게 확인했다.

"제가 군에 있을 때 삼청교육대 폭동 때문에 부대에 비상이 걸린 적이 있습니다. 진수가 그날 그런 건가유?"

"그려, 진압이 끝난 새벽에 녀석이 일을 저질렀다. 그런데 니가 삼청교육대 폭동을 어떻게 알아? 일급비밀이었는데!"

"같은 군단 소속이었나 봅니다. 작전상황병이었거든유."

"악연들이군. 그렇다면 그 눔 덕분에 진급 못하구 내 소원대로 제대까지 했으니 난 덕을 본 셈이라구 해야 하나! 허허헛……."

정호의 눈동자는 멀리 고향에 머물러 있는 듯했다. 그의 푸념에는 용서를 바라는 후회가 깊숙이 내재되어 흘렀다. 내 동생 네 형 구분할 것 없이 함께 무리지어 뛰어 놀던 유년의 무구함이 회한으로 다가오는 느낌, 하천에서의 정호는 늘 우두머리였다. 그러나 이제는 되돌릴 수 없는 슬픈 현실이 되었다. 어디가 시작이고 어디가 끝인지, 누가 시작했고 누가 끝내야 하는지, 여전히 알 수 없는 사슬이었다.

"말 나온 김에 한 가지 더 여쭐 게 있습니다. 진수 집에 불을 지른 적 있습니까?"

팀스피리트 훈련 중 만난 진수에게서 정라가 오빠에게 방화사건을 확인했을지도 모른다는 의구심을 언젠가 확인하고 싶었다.

"그려, 이미 오래전 일이다. 그때는 어렸구 순전히 우발적이었다. 이제는 일러두 상관없어. 모두 잊구 싶은 일들이다."

내친김에 더 확인하려 들었다.

"정라두 알구 있는 일인가유?"

"어느 날, 나한테 뜬금없이 묻더군. 아마두 서로의 집안에 대한 과거 이야기를 듣구 난 다음이었을 게여. 진수 집에 불이 났다는데 알구 있냐구? 그때는 모르는 일이라구 잡아뗐지. 오히려 니가 어떻게 아느냐구 몰아붙였어. 이발소 집 주홍이한테 들었다구 말하더군!"

정라가 오빠에게 무엇을 확인하려 했는지 나는 짐작할 수 있었다. 아직까지 철저히 함구하고 있는 것은, 그녀는 어쩌면 오빠의 부인을 진실 그대로 받아들였다는 의미와도 같았다. 더구나 방화사건을 나에게 들었다는 말조차 감쪽같이 감추고 주홍이를 팔았다. 정호의 방화는 어쩌면 영원히 함구해야 할 나의 목격 장면이 되었다.

"그날 두 명이 자전거를 타구 쏜살같이 방장골루 도망치는 것을 보았습니다."

"어떻게? 진수 집에 아무두 없었는데?"

"그때 무대뽀삼형제와 하천 둑에서 놀구 있었어유. 제가 제일 늦게 현장으루 달려가다가 멀리에서 봤구유. 정확하지는 않았지만 앞에 탄 사람은 사촌 같았어유!"

정호는 말문이 막혔는지 더는 대꾸하지 못했다. 아니, 변명할 말이 없었을 것이다. 내친김에, 그와 맞닥뜨릴 기회가 많지 않다는 조바심에, 나는 더욱 몰아붙였다.

"그날 미친 아저씨가 죽었어유. 해친 건가유?"

"아니다! 어떻게 감히 사람까지 해쳐. 그건 단순한 사고루 결론 났다. 나두 어떻게 된 사고였는지 아직두 궁금한 일이여! 미친 아저씨가 왜 좀처럼 타지두 않던 자전거를 타구 방장골루 내려오다가 둑 위에서부터 논바닥 벼랑으루 처박혔는지 짐작할 수가 없었어!"

"제 생각에는 아마두 담뱃불을 던지는 것을 목격하지 않았을까 추측돼유. 그래서 뭔가 말하려구 반장골루 내려가다가 밤길에 논바닥으루 처박힌 것이구유!"

"나두, 그 생각을 안 한 것은 아니다. 담뱃불을 던질 때는 근처에두 없던 사람이 언제 나를 보았는지는 모를 일이다. 훗날 조사과정에서 미친 아저씨가 횡설수설해 밝혀내지 못했다는 것을 알았을 때 일단 의구심은 들었지. 하지만 이제는 십 년 가까이 지난 일이구, 오래전에 잊혀진 일이다. 과거의 사건일 뿐이여!"

그래, 이미 먼 시간 미궁 속으로 침몰한 사건이다. 정호의 확언이 진실일진대 미친 아저씨의 죽음에 대하여 더는 묻지 말아야 할 일이었다. 방화는 정호와 나만이 알고 있어도 될 묻어둘 아픔일 따름이었다. 단지 나는 나의 일이 더 중요한 기회, 정호의 진솔한 끝을 들여다보고 싶었다.

"진수네는 철저히 무너졌이유. 그럼, 저한테두 진수와 같은 감정이 있는 건가유?"

그가 대답했다. 긴장되었던 표정과 함께 목소리는 더욱 증폭되었다.

"니 형, 석우 있지. 그 눔이 중핵교 때 '밤안개'라는 불량서클의 똘마니였다는 건 아냐? 어느 날 그 눔이 패거리들을 몰구 와 날 빨갱이라구 하면서 한꺼번에 달려들었던 적이 있다. 혼자 뒈지게 터졌지!"

이건 또 무슨 소리인가? 석우가 고등학교 때 껄렁껄렁한 친구들과 어울려 다녔다는 것은 익히 알고 있는 바였다. 그런데 중학교 때 이미 소위 '앵앵이줄'이라고 일컫는 자전거 체인을 책가방에 넣고 다닌다는 불량서클 밤안개였다니, 어처구니없는 일이었다. 더구나 석우의 얇은 판단과 행동을 누구보다 잘 알고 있는 터, 석우가 정호를 어떻게 대했을지 묻지 않아도 충분히 가늠되는 일이었다. 정호는 그때의 울분을 곱씹으며 연이어 목소리를 높였다.

"그날 아부지에게 빨갱이가 무슨 소리냐구 캐물었다. 공회당 사건의 내막을 알게 된 것도 그때였다. 그때부터 강해져야 한다구 생각했지. 석우한테 복수하려던 것이 진수한테 먼저 튀었던 것뿐이여. 어쩌면 니 아부지가 이장 나부랭이라두 하구 있었던 게 고작 복수를 비켜 간 셈이다."

또 다른 생각이 먼 기억으로부터 달려왔다. 분명 그날이었을 거다. 정라 아버지가 아버지를 찾아와 장남 입단속 시키라며 강력하게 주문했던 기억이, 초등학교 6학년 시절의 머릿속에 어렴풋이 남아 있었다. 양가 집안이 한바탕 실랑이를 벌이다가 술판으로 마무리되었던 사건, 나에게는 그저 그런 소소한 일상의 단편으로 흘러간 관심 밖의 사건이었다. 그래서 석우에게 공회당 사건에 대하여 함구를 지시했을 아버지, 나는 정호에게 대꾸할 의지조차 상실해 버렸고, 감히 고개를 들 수조차 없이 초라해졌다. 그가 다시 힘주어 뇌까렸다.

"할무니가 돌아가셨을 때 니가 놓고 간 돼지고기 덕에 우리 아부지와 니 아부지가 서루 목숨을 구해준 인연이라는 것을 비로소 알게 되었지. 보국대에서는 우리 아부지가 너희 아부지를 구해주었구, 공회당에서는 반대루 너희 아부지가 우리 아부지와 할아부지를 구해주었다더군. 하지만 아직 석우하구 니 작은아부지는 영 못마땅하다. 증오가 영원히 사라진 건 아니여!"

이념이니, 투쟁이니 하는 거창한 포부나 삶 따위는 애초에 관심두지 않은 나였다. 작은 사랑일지라도 알차게 주고받으며 평범하게 살아가는 지극히 소박한 행복을 꿈꿔왔다. 어쩌면 평범한 삶이 투쟁의 삶보다도 어려운 일이라는 생각을 문득문득 한 적도 있는 나였다. 나는 비로소 정호에 대한 그동안의 생각을 피력했다.

"석방되었다가 돌아가신 큰아부지두 전쟁 전에는 동네 사람들한테 못할 짓 많이 했다구 들었어유. 전 이념에는 관심없어유. 좌익이나 우익, 보수나 진보, 복수는 모두 부질없는 반목이라구 생각해유. 옛날 당파싸움 때부터 내려오던 악습이잖어유. 결국 해결되는 건 아무 것두 없을 거여유. 원칙두 없는 정치놀음에 분노는 분노만 낳을 뿐입니다. 대물림만 될 거여유. 사람들이 살아가는데는 반목보다는 화해가 빠른 해결점이라구 믿어유! 저는 평범한 삶이 가장 행복한 삶이라구 생각해유!"

"자꾸 꼬투리 잡구 비약하지 마라. 나 화낸다! 내 생각과 니 생각이 다른 것을 설득시키려 하지 마라. 아무리 그래두 니 눔은 쌍눔의 피가 흐르구 나는 양반의 피가 흐른다는 건 변하지 않는다! 우라질, 거꾸로 돌아가는 이 더럽구 몹쓸 세상, 어차피 흘러가는 대루 대충 살면 그만이지. 산다는 게 뭐 대수인 줄 아냐!"

단호한 그의 언행과 어깃장, 양반 상놈을 구분하는 소리에 대꾸를 멈추었다. 더구나 상놈이라는 말에 피력하려던 말이 일시에 달아나 버렸다. 운명이라는 소용돌이에 진액까지 빨려 가죽만 남겨질 승자도 패자도 없는 싸움일 터였다. 정호가 끌어안고 있는 아픔과 내가 안고 있는 아픔이 다를 터였다. 증오는 응징해야 속이 풀리는 그의 품성, 수재의 두뇌를 가지고도 정치논리에 휩쓸려 어그러진 인생행로, 격동의 세월에 맞물려 몰락한 멸문과 복수심이 불러온 참담한 현실, 그 밀도 높은 블랙홀에 나는 대항하지 못했다.

정호가 패자처럼 무거운 등을 보이며 마침내 종지부를 찍었다.

"그리구 진수 갸 말이여. 정말이지 찌질이두 못났어, 지 목숨을 지가 끊어? 무식하기는 해두 순진해서 좋아했던 늠인데……."

정호의 목소리 언저리에는 이미 진수를 충분히 안타까워하고 있었다. 그가 진수를 비하함으로써 위안 받고자 하는 상처가 무엇인지 가늠되었고, 등을 돌리는 것으로 보아 자괴의 마음을 감추려는 것이 역력히 엿보였다. 적어도 진수 문제만큼은, 좀 더 적극적으로 말리지 못한 나 또한 공범이나 다름없다는 생각을 지울 수가 없었다. 나 역시 똑같이 무거운 등을 보이며 그의 발자국을 뒤따라 밟았을 다름이었다.

"무슨 얘기들이 그렇게 길어?"

기다리기를 고대한 정라가 보인 궁금증이었다. 돌이켜 보면 감히 상상할 수도 없었던 기회, 안개 속을 헤매는 것처럼 도무지 종착역을 알 수 없던 지난날들, 늘 엇갈리던 초라함과 무기력과 나약함이 한꺼번에 소멸되고 정리되는 기회였다. 하지만 그놈의 양반과 상놈, 그 낱말이 뇌리를 떠나지 않았다. 정라 앞에서 자처했던 머슴이라는 낱말과 정호 입에서 듣는 상놈이라는 낱말의 차이가 무엇인지 가늠할 길은 더욱 모호했다.

정호가 그녀에게 통박을 놓았다.

"니는, 알 거 없어. 사내들끼리 얘기니까!"

정라는 피이, 향기로운 콧방귀를 뀌었다. 그녀는 내가 사온 드링크를 꺼내 하나씩 나누어 주었다. 갈증이 난 탓에 거의 동시에 드링크를 털어 넣었다. 어머니와 정라는 그런 정호와 나를 물끄러미 올려다보기만 할 뿐이었다. 돌아갈 때가 되었다는 반응이었다. 나는 갑자기 머쓱해진 마음으로 ㄱ자로 허리를 꺾으며 인사를 마무리했다. 쾌차하라는 말과 함께 어릴 때 하천에서 함께 뛰어놀며 정호를 호칭하던 '형'을 참으로 오랜만에 불러보았다. 그러나 그는 나를 정면으로 쳐다보지 못했고 대답은 침묵이었다.

정라가 배웅하러 졸졸 동행했다. 그녀를 흠흠한 눈으로 내려다보았다. 한 뼘만큼 작게 어울리는 키, 비교적 마른 나에 비해 몽실한 몸짓, 졸졸 따르는 모습만은 분명 사랑하는 연인으로서의 모습이 틀림없었다. 결코 양반과 상놈의 관계가 아니었다.

점점 멀어지는 영안실 복도를 지나 도로가로 나오자 문명의 야경이 앞당겨왔다. 좀 더 밝은 빛을 발하려는 불빛마다의 암팡진 아귀다툼이 되레 처량함으로 젖어들었다. 마음은 가파르게 무거워지기 시작했다. 그녀와 나 사이에 석우의 가벼운 행동이 걸림돌로 급부상했다. 정호와의 새삼스러운 갈등이 몸집을 불리며 도시의 불빛 속으로 사위어 갔다. 하지만 내 마음의 요동을 모르는 정라는 눈동자를 굴리며 기어이 궁금증을 해결하려 들었다.

"아까, 오빠하구 무슨 얘기했어?"

"그냥, 니 사랑하냐구 물었어!"

"그래서?"

"중핵교 때부터 사랑했다구 했지! 더럽게 까졌다구 하더군!"

"오빠두 참, 말 줌 곱게 쓰면 안 되나. 듣는 사람 상처받게……."

정라가 투덜대고는 갑자기 옆구리로 폴짝 달려들어 팔짱을 끼었다. 오빠의 거친 표현과 푸대접에 미안함이라도 표현하려는 행동이었다. 하지만 옆구리로 전해지는 따듯한 온기가 불현듯 낯설어지고, 미립자처럼 흩어져가는 내 마음의 요사스러운 근원은 가늠할 수가 없었다. 끊어낼 수 없는 사슬의 고리가 더욱 견고해졌다는 불길한 예감, 마음은 회색빛으로 축축하게 젖어들었다. 그러나 나는 모든 것을 버리기로 스스로에게 철저하게 다짐했다.

보이지 않는 길

　나는 다이어리를 만드는 두 번째의 지독한 겨울을 이겨냈다. 더불어 가족들도 어느 해보다도 춥고 어두웠던 겨울을 감당해냈다. 그중에서도 가장 큰 시련을 이겨낸 사람은 진영이었다. 완쾌까지는 아니었지만 병세가 양호해졌으며 날씨가 풀리는 봄쯤에는 가족과 합류할 가능성이 높다는 희소식이 당도했다. 진영의 아버지는 과수원에서 진수의 무덤을 파내어 화장하기 위해 들렀다가 들은 소식까지 전했다. 과수원에는 놀음패거리와 친분이 있는 누군가가 이사를 왔는데, 저녁을 하던 여자가 피곤하다고 사랑방으로 들어가서는 이유도 없이 갑자기 죽었다는 해괴한 이야기였다. 우연의 일치겠지만 그 이야기를 들은 어머니는 점괘의 힘을 더욱 믿었다. 과수원을 버리고 온 것이 어쩌면 석우와 식구들을 살렸다며 위안을 삼았다. 꼭 그 때문은 아니겠지만 석우의 달라진 모습도 의외여서 주술의 힘은 과수원에 대한 미련을 접는 데 한몫했다.

하지만 비록 석우가 달라졌다고는 하지만 나는 상투적인 말만 교환할 뿐 별다른 대화까지는 섞지 않았다. 정호의 자존심을 폭발케 한 집단폭행의 진위마저 굳이 캐묻고 싶지도 않았다. 밤안개클럽을 동원한 생각 없는 행동을 두고 한바탕 난투극을 벌여야 할 판이었지만 아예 포기하는 방향을 선택하고 말았다. 이제 와서 부딪혀본들 이미 되돌려질 상황이 아니었기 때문이었다.

설날이 지난 며칠 후, 정라가 데이트를 신청해왔다. 그녀가 먼저 의례적인 연못둥지의 안부를 물었다.
"고향엔 다녀왔어?"
하지만 나는 더 이상 미룰 수가 없었다. 방 한 칸 얻을 여유조차 없이 추락한 현실을 냉정히 받아들여야 했다. 더구나 정라에게는 한동안 그 사실을 전혀 꺼내지도 못했다. 거짓으로 버틸 수 없었다. 이야기할 때가 되었다는 판단이 섰다.
그녀에게 그동안 겪었던 과정과 자초지종을 밝히고 현재의 상태를 가감 없이 진솔하게 털어놓기 시작했다. 방탕했던 석우의 태만과 판단 잘못으로 기인한 파멸, 믿지 못할 사건들로 흉가가 된 연못둥지과 수원의 침몰, 불길한 점괘에 이르기까지, 이야기의 시작과 끝이 이어지는 내내 그녀는 예민함을 드러내지 않고 차분히 듣기만 했다. 다만 진영이 실성한 이야기는 차마 입에 올리지 못했다. 이야기를 마무리하자 정라는 더없이 조용하게 말문을 열었다.
"사실, 할 말이 있어서 보자구 했어! 지난 설날에 가족들이 모인 자리에서 내 결혼 얘기가 나왔어. 엄마가 니를 집에 한번 데리구 오래."
"내 애길 했어?"
"집에서 올해는 넘기지 말아야겠다고 벼르구 있어. 오빠보다 먼저 결혼하라구. 사실, 나 좋다는 남자들은 더러 있었어. 그런데 늘 니가 마음에 아른댔어. 운명처럼!"

분명 반전이었다. 정라가 집안 모임에 나를 거론했고 한번 데리고 오라는 것은 거반 승낙을 의미하는 것이나 다름없는 일이었다. 그녀에게서의 '운명처럼'이란 나에게도 당연히 '운명처럼'이었다. 비로소 목표한 바에 쾌재를 부르며 흥분을 감추지 못할 순간이 도래하였는데 빈한해진 현실은 나를 더없이 초라하게 만들었다. 작금에 와서는 추락한 빈곤과 정호에게 치졸하게 굴었던 석우가 최대 걸림돌이 되었다. 나는 힘없이 뇌까렸다.

"난 이제, 니에게 해줄 것이 아무 것두 없는데……."
"그건 나중에 생각하구, 우선 일정부터 잡아서 집에 와!"

나는 오래전 조상들이 그랬을 마님 앞에 선 머슴처럼 머리를 떨어뜨리고 말았다. 그녀의 까칠한 도사림에 떨어뜨렸던 머리이고, 그녀의 아픔이 안쓰러워 떨어뜨렸던 머리이고, 지금은 그녀에게 해줄 것이 없어 머리는 꺾어졌다. 나는 겨우 물었다.

"누가 제일 적극적이여?"
"사촌오빠! 왜 있지, 하천 둑에서 나를 자전거에 태워주었던……. 어릴 때였는데두 니를 기억하구 있었나 벼!"

생각났다. 행동이 민첩하여 눈인사조차 건넬 짬이 없이 석양 속으로 빨려가던 자전거, 진수의 집에 담뱃불을 투척한 정호를 태우고도 화살처럼 사라지던 자전거, 전혀 예상하지 못한 우군이 된 유복자의 안부가 궁금했다.

"사촌오빠는 지금 뭐 하셔? 결혼은 하구?"
"음식점 혀. 벌써 애가 셋인데. 둘째가 쌍둥이라서 셋이 됐어."
"정호 형은 괜찮어? 머리 다친 거……."

보이지 않는 길 **297**

"잘 모르겠어. 생활하는 데 지장 없는 거 보면 괜찮은가 싶어. 하긴 하루걸러 폭음이니까 신경 쓸 겨를두 없겠지 뭐!"

정라가 못마땅한 투로 남의 이야기처럼 정호를 빈정거렸다. 오빠의 이야기만 꺼내면 무의식적으로 표출되는 반응이었다. 정호의 방황이 깊어질수록 정라의 마음이 내게 기울어지는 것은 아이러니였다. 그녀는 머리가 뛰어나고 능력은 있지만 일방적인 정호의 도피성 무책임보다, 느리고 공격적이지는 못하지만 일편단심인 나의 진솔함에 더 끌린다는 논리를 근래에 자주 피력했었다. 그녀가 또 푸념을 늘어놓았.

"더구나 요즘은 또 무슨 단체에 가입한 눈치여. 대학가에 데모가 심해졌잖어. 시국을 들먹이며 감정이 격해졌어. 오빠를 전혀 이해 못하는 건 아니지만, 그래두 장남이잖어. 집안 생각두 하면 좋을 텐데……. 아부지는 오빠가 꼭 돌아가신 큰아부지 같다고 계속 불만이여!"

"그래두 기다려봐. 머리가 좋은 사람이니까!"

나의 달라진 시각이었다. 마음 깊숙이 우러나온 정호에 대한 옹호였다. 그에 대한 연민, 행동에 대한 당위성, 가치관에 대한 이해, 범접할 수 없는 용기, 정호가 내게 보여준 대화내용으로 기인된 존경심이기도 했다. 그러나 나는 그녀에게 확인하고 넘어야 할 두 가지가 더 있었다.

"궁금한 게 있어. 둘이만 간직하자고 했던 비밀을 발설한 나를 왜 힐책하지 않았어? 또 오빠에게 진수 집에 불난 사실을 왜 물어본 거구?"

"그게 왜 그렇게 궁금혀? 다 지난 일들인데."

"내 입에서 나간 실수잖어. 내 깐에는 상당 기간 창피한 일이었어."

"신경 쓸 거 없어. 처음에는 화가 나기도 했었는데 오히려 비밀을 발설해줘서 주홍이에게 떳떳하게 되었어. 또 조상 이야기를 듣고 그때 방장골에 있었던 오빠를 잠시 의심했던 것뿐이여."

그녀가 의심을 접은 마당에 정호의 방화 사실은 여전히 함구해야 마땅한 일이었다. 영원히 정호와 유복자와 나만이 알고 있어야 할 일이었다. 이미 침몰된 사건마저 새삼스럽게 들추어낼 의미는 더구나 없었다. 나는 단지 가벼웠던 혀를 면죄 받고 싶을 뿐이었다.

"입이 가벼운 내가 밉지 않았어?"

"그 정도는 아니었어. 니를 이해혀. 그리구 난 오빠나 아부지처럼 과거에 얽매어 살지 않을 겨. 언제부터인가 정말 바보 같은 일이라는 것을 알았어. 나는 내 의지대로 평범하게 살 겨! 평범하게 산다는 것이 가장 어렵고두 행복한 거 같어!"

달라진 그녀의 마음 씀씀이에 침묵으로 일관했다. 이제는 자꾸만 작아지는 내 의지가 더 큰 걸림돌로 떠오른 셈이었다. 그녀의 착한 눈썹으로 시선이 옮겨졌다. 동심 속에서 뿌리내린 나무에 나이테가 생기고 수많은 마디가 생성된 그녀와 나였다. 앞으로 거듭될 나이테와 마디의 겹은 얼마나 촘촘히 쌓여질 것인지, 지난 일들이 안개처럼 자욱해졌다.

정라의 채근으로 가족 앞에 공식적으로 선보일 일정이 잡혔다. 토요일 저녁이었고, 공교롭게도 회사의 야유회 날짜와 겹쳐버렸다. 배구며 족구며 수건돌리기 등 동심으로 돌아갈 수 있는 야유회였지만, 나는 정라와의 약속이 내내 신경이 쓰였다. 더구나 놀이에 취해 좀처럼 해산할 기미조차 없어 조바심까지 증폭되었다. 결국 공장장에게만 살짝 귀띔하고는 팀에서의 이탈을 감행했다.

교통편이 마땅치 않아 어렵사리 서울로 돌아왔을 때는 이미 어둑어둑해진 후였다. 약속된 시간이 훨씬 지난 뒤여서 신사복으로 갈아입을 짬도 없이 티셔츠 차림 그대로 정라의 집을 방문하게 되었다. 준비

보이지 않는 길 **299**

한 것은 고작 인근 정육점에서 신문지에 싼 약간의 돼지고기를 산 것이 전부였다.

신내동 집에는 정라의 가족들은 물론 사촌 식구들과 세 명의 이모, 이모부, 그리고 어린 쌍둥이 조카까지……. 상상도 하지 않았던 대가족이 기다리고 있었다. 그녀는 전혀 언질마저도 없었다. 후줄근한 차림의 내가 등장하자 수십여 개의 눈동자가 날아와 꽂혔다. 내 두 개의 눈동자는 수십여 개의 눈동자에 대항하지 못하고 맥없이 침몰했다. 주눅이 들어 제대로 앉지도 못했다. 잔뜩 긴장한 것을 눈치챈 정라가 나를 부엌 쪽으로 이끌었다. 그녀는 마른 체격에 허름한 티셔츠만 걸친 내 행색이 부끄러웠던 모양이다. 아니, 부끄러운 것에 앞서 좋은 이미지로 점수 따기를 바라는 것은 당연한 이치였다.

"옷두 못 갈아입구 온 거여?"

"시간이 너무 없어서! 귀띔이라두 하지 그랬어. 이렇게 많이 모였을 줄은 생각두 못했어."

"엄마가 연락해서 그려! 그래두 그렇지. 좀 늦게 오면 어때서?"

"어떻게 하지?"

내 차림새보다 약속시간이 늦을까 싶었던 짧은 판단이 후회되었다.

"할 수 없지 뭐. 어차피 벌어진 일이니까 긴장 풀구 가서 앉어!"

그녀가 손을 잡으며 되레 위로의 말로 다독거렸다. 나는 고개만을 끄덕거리고 그녀의 손에 이끌려 다시 방으로 들어왔다. 장승처럼 선 채로 일일이 인사를 하는 와중에 무슨 연유인지 아버지의 감추어진 의족이 선하게 보였다. 아버지가 먼저 말을 건넸다.

"집안은 두루 강녕하신가? 이렇게 인연이 닿을 줄은 짐작 못했네그려. 어릴 때 모습이 남아 있구먼. 본인들끼리 좋다니까 별 반대할 생각은 없네. 일간 양가 부모들이나 한 번 보세나!"

"예에, 말씀 전하겠습니다."

"자아, 오느라구 고생했을 텐데 우선 한잔 받게나!"

"아닙니다. 제가 먼저……."

무릎을 꿇어 아버지의 잔에 술을 부었다. 아버지의 얼굴은 어린 시절에 보았던 기억 속의 얼굴이 아니었다. 세상의 굴곡을 온몸으로 이겨내며 단련된 온화함이 엿보였다. 내 연륜으로는 가늠할 수 없는, 체념을 스스로 승화시킨 표정에서 사위로 받아들일 준비가 이미 되어 있음을 의심할 수 없었다. 나는 동그란 교자상에 둘러앉아 기다리는 어른들에게도 일일이 술을 따랐고 마지막으로 잔을 받았다.

"그래두 건배는 해야쥬!"

유복자 사촌이 나를 시실시실 훑어보며 모두에게 건배를 제의했다. 술잔이 원탁의 기사들 칼끝처럼 가운데로 모여 부딪혔다. 나는 옆으로 돌아앉아 잔을 입술에 대고 한 모금만 적셨다. 유복자 사촌이 먼저 질문을 던졌다.

"자네는 나하구두 구면이지?"

"예에, 하천 둑에서……."

"허허, 그때 정라가 그냥 동창이라구 하더니, 거짓말이었나 벼!"

유복자의 너스레는 적어도 방화를 목격한 사실을 알고 보인 행동일지도 몰랐다. 아마도 정호에게서 이미 사건의 전말을 전해 들은 듯싶은 느낌의 호의였다. 큰이모부라는 이가 유복자의 말을 가로챘다.

"그럼 정라는 그때부터 지금까지 숨겨왔던 게여?"

이번에는 정호가 술잔을 내려놓으며 되받아쳤다.

"그러게 말입니다. 얌전한 고양이가 부뚜막에 먼저 올라간다지 않습니까?"

그러나 정호의 억양은, 어깃장이었지만 오히려 나에 대한 지원사격처럼 들렸다. 조준점을 향한 화살이 과녁을 뚫은 것일까, 근접조차 용납하지 않고 늘 까칠하기만 했던 행동, 진수의 다음 대상이 우리였다는 고백, 어쩌면 정호가 나보다 더 여유로운 심성을 가진 사람일지도 모른다는 생각이 들었다.

작은이모부라는 또 다른 낯선 이가 눈웃음을 치며 뇌까렸다.

"무슨 소리, 정라가 얌전하다고 할 수는 없지. 칼칼하게 똑 부러지는 스타일이지! 자네는 정라의 어디가 그렇게 좋아서 지금까지 사귄 건가?"

"칼칼하다고 말씀하신 그 성격이 저를 늘 긴장시켰던 것 같습니다!"

"허헛, 대답 한번 맘에 드는군. 잘 살아보게, 정라를 고생시키면 나한테 혼날 줄 알면 되네. 내가 처조카를 얼마나 아끼고 좋아하는 줄 자네는 짐작하지도 못할 걸세!"

"그건 동서뿐만이 아니야. 나도 처조카가 와이프보다 좋을 때가 많은 걸. 암, 조카 고생시키면 이모부 둘이 가만있지 않을 걸!"

두 이모부의 매듭으로 질문공세는 그쯤에서 끝났다. 정라가 결혼에 대한 입장을 미리 교통정리 해둔 덕분에 시험은 너무도 쉽고 단순하게 종결되었다. 정라의 의견이 집안에 얼마나 강력한 힘을 발휘했는지 실감되는 신고식이었다. 더구나 병문안의 성과인지 정호마저도 꼬투리를 잡을 기미조차 보이지 않았다.

곧이어 나의 근황에 대한 약간의 물음이나 궁금증도 생략된 채 두런두런 담소들이 오가기 시작했다. 나에게 느껴지는 관심사가 별로여서 질문공세가 중단되었는가 싶어 걱정이 되었지만 사실 더 이상의 생각까지는 못했다. 당장은 질문공세가 없는 것이 그저 편할 따름이었다.

담소는 어지러운 시국에 대한 이야기에 도달하자 격론으로 치달았다. 대학생 고문 사망사건으로 걷잡을 수 없는 대결국면으로 치달았던 정국, 넥타이부대까지 합세한 사상 최대의 인파가 봉기한 가두집회와중에 정호가 경찰에 연행되어 간 사건, 일촉즉발의 위기에서 대통령직선제를 통한 정권이양과 시국사범 석방을 약속하는 발표로 세상의 햇볕을 맞이한 정호, 민주화의 열망에 대한 입장을 토론하는 분위기는 실로 열정적이었다. 도끼 사건을 각인시켰던 큰아버지의 몸에 흐르는 피의 색깔이 가늠되는 격론, 나는 이방인이었다.

격론의 끝 요원했고, 가족과 나는 식사를 하는 중간마다 술잔과 대화를 주거니 받거니 하면서 그나마 조금은 동화되어 갔다. 이윽고 약간의 취기가 오를 즈음 정라가 옆구리를 찔러 눈짓을 보냈다. 적당한 선에서 술을 자제하라는 신호쯤으로 여기고 주뼛거리는데 어머니가 잠깐 보고 싶어 한다는 귓속말이 달팽이관을 간질거렸다. 건넛방에 마련된 사각의 탁자에는 이모를 비롯한 여자들이 모여앉아 한바탕 시험할 태세로 나를 기다리고 있었다. 진짜 시험은 남자들의 원탁이 아니라 건넛방의 탁자이라는 것을 본능적으로 직감했다.

"우선 여기 앉게나!"

어머니의 말에 무릎을 꿇었다. 어머니와 이모들의 무차별적인 질문과 나의 주관식 답변이 시험지에 기록되기 시작했다.

"어무니는 과수원에 잘 계신가?"

"서울루 모두 이사하셨습니다."

"언제, 언제 그런 일이 있었던 겨? 그럼 충주에는 누가 남아 있구?"

"가족 전부 상경해서 아무두 남아 있지 않습니다. 작은아부지두 청주루 이사하셨구요."

어머니의 짧은 침묵 사이에 막내이모라는 사람이 끼어들며 물었다.

"우리 정라가 어디가 그렇게 좋아요? 호락호락한 애가 아닌데."

"전부 다 좋습니다. 첫사랑입니다!"

"멋지네. 그래서 정라가 요리조리 핑계 대며 아직까지 시집 안 가고 버텼나 봐."

정라는 나도 모르게 무던히도 결혼 압박을 받았던 모양이었다. 단지 그녀가 나에게 두 차례 선을 본 사실만을 실토했을 뿐, 사사건건 표현하지 않았을 뿐이었다. 그것조차 용납하지 못하고 술주정과 질투를 부렸던 나는 겸연쩍은 웃음으로 민망함을 표현할 수밖에 없었다.

그 후로도 결혼식은 언제쯤 예정하느냐, 첫 키스는 언제 했느냐, 너무 말라 약해 보이는데 무슨 병은 있는 게 아니냐……. 나에겐 중요하지만 묻는 이에겐 일반적인 문답이 한참을 오갔다. 정라도 수험생이기는 매한가지였다. 내가 잠깐씩 주춤거릴 때면 냉큼 나서서 대신 답변했고, 더러는 옹호한 대가로 눈총을 받았다. 더구나 문답의 문항이 많아질수록 보잘것없는 나의 현실이 드러나자 되레 묻는 이들의 맥이 빠지는 분위기로 문답은 시큰둥해졌다. 어머니가 다시 질문을 던졌다.

"석우가 장가를 갔다구 했지. 색시는 어디 사람인가?"

"예에, 봉계 사람입니다."

"봉계라면, 나두 아는 사람일 텐데 대체 누구를 말하는 겨?"

"진수네 딸입니다."

"진수네 딸이라면, 학생 때부터 까불구 다니던 그 애 말인가? 그 애는 아마, 우리 애보다 나이가 적은 것으루 아는데……."

"예에 두 살 아랩니다!"

"어이쿠, 이게 무슨 조화여!"

어머니의 표정이 놀라움으로 금세 굳어졌다. 곧이어 정라의 눈을 뚫을 기세로 노려보았다. 왜 그런 중요한 이야기는 숨기고 말하지 않앉냐는 매서운 눈초리, 이러한 중대한 사안을 감추고도 결혼승낙을 받으려 했냐는 힐책의 눈초리, 정라는 어머니의 눈빛을 외면했다. 어머니가 다시 매섭게 질문을 던졌다.

"봉계에서 소문 들었는데, 혹시 그 애 오빠가 자살하지 않았든가?"

"예에, 달천강에 빠져서……. 정확히 자살인지는 알 수 없지만 소문은 그렇게……."

"오늘 자네가 여기 온 것을 부모님들두 아는가?"

"아직, 말씀 드리지 않아서 아마 모르고 계실 겁니다."

"그럼, 그 문제는 다음에 어른들끼리 다시 얘기하세. 그나저나 이게 무슨 악연인 게여!"

어머니의 한숨에 결국 나는 답변마저 잇지 못했다. 어머니의 표정은 말할 것도 없고, 유복자를 키워낸 정라 큰어머니의 표정은 더욱 벌겋게 붉어지기 시작했다. 큰어머니가 정라 어머니에게 물었다.

"동서는 이 결혼 꼭 시킬 셈인가? 원수 집안에!"

"절대 안 되죠. 정라가 나이 어린 윗동서 때문에 고생할 게 뻔한데. 더구나 진수 집안과 얽힌다는 건 어림없는 일이지유!"

큰어머니의 격앙된 물음에 어머니가 강하게 응수했다. 질문의 끝은 곧바로 벼랑으로 추락했고 모두는 무언으로 치달았다. 탑은 무너져 내리고 벽은 높아졌다. 보이지 않는 벽으로 소통이 차단되었고, 벽 건너의 마음을 나는 읽을 수 없었다. 벽 이쪽에 갇힌 나는 더듬이가 잘려나간 곤충처럼 웅크린 채 굳어버렸다.

진영의 사건으로 인하여 그나마 우호적이리라 예상했던 그녀의 아버지는 물론 정호와 어머니의 강력한 반대에 부딪혔다. 다만 정라는 가족의 반대수위를 내게 전가하지 않았고, 나는 차마 물을 수도 없었다. 시험대에 올렸다가 된통 뒤틀려버린 꼴이 되고, 처량 맞게 감내한 나를 보고 측은지심이 발동한 탓일까, 정라는 의외로 깊숙이 다가왔다. 하물며 가족의 반대를 무릅쓰고 답례 차원에서 우리 집을 방문하겠다는 용단까지 내렸다. 나는 일방적으로 통보하듯 정라의 방문을 집에 전했다. 부모는 거절하지 못했고, 오히려 상대가 정라라는 것을 알고는 반색하는 눈치까지 엿보였다.

밖에서 그녀를 만나 이문동의 초라한 사글세 집으로 향했다. 우선 부모님과 이모 외에는 기다리는 사람이 없으니까 가벼운 마음으로 대처할 것을 일러두었다. 많은 눈동자의 집중에 주눅 들었던 기억을 상기하며 그녀가 긴장하지 않기를 바라는 마음에서였다. 다만 약간의 후유증이 남아 있는 채 얼마 전 집으로 상경한 진영과 석우는 잠시 외출을 권유해놓았다. 그것은 어머니의 생각이었지만 나는 반대하지 않았고 석우 또한 이유를 달지 못할 일이었다.

정라를 맞는 저녁상은 초라할 만큼 소박했다. 늘 먹는 반찬에 몇 가지 나물무침과 돼지고기볶음이 추가되었을 뿐이었다. 그녀가 연못등지과수원을 불쑥 찾아왔을 때, 정성껏 손님으로 대우했던 전례가 초라한 대접에 보상이라도 되었으면 하고 위안을 삼는 게 고작이었다.

정라가 인사를 건네자 어머니는 과수원에서 보았던 것을 상기라도 하는 듯 반가이 맞았다.

"어서 오너라. 전에 봤을 때보다 얼굴이 많이 좋아졌구나!"

어머니는 이미 결혼한 며느리를 대하듯 자상한 목소리를 내었다. 그녀 또한 며느리 같은 어조로 답했다. 그녀의 입술에서 걸러지는 서울 말씨는 맛깔스럽고 사락거리기까지 했다.

"그동안, 건강하셨죠?"

"우여곡절이 좀 있었다. 양우가 다 말했는지 모르겠지만……"

"네, 들었어요. 고생이 많았겠어요!"

"사람 팔자려니 해야지 어쩌겠니. 이젠 줌 참을 만해졌구나. 그나저나 부모님들은 잘 계시는 겨? 곧 만날 수 있겠네. 너희 둘이 왕래하는 것을 보면 말이여!"

"꼭 그렇게만 만나시려 하지 마세요. 이제 서울에 사시니까 보고 싶을 때 아무 때나 만나도 되잖아요. 친구처럼!"

정라의 답변은 슬기로웠다. 우리가 태어나기 전 이미 젊은 새댁 때부터 동네에서 알고 지내던 사이라면 얼마나 많은 추억과 고리가 연결되어 있을까, 각자 다른 곳에 살다가 남편을 만남으로 맺어진 동네 아낙네의 공통분모가 있을 것이 아닌가, 이제는 밤새도록 추억들을 더듬어도 날이 새는 줄 모를 나이의 어머니들이었다. 어머니들이 자연스럽게 만나 과거를 이야기하며 서로 이해하고 배려한다면 진영이라는 걸림돌이 해결되는 데 분명 도움이 될 일이었다. 정라를 집으로 오게 한 일은 진즉에 서둘렀어야 했다는 아쉬움마저 들었다.

"준비한 게 부실하구나. 그래두 많이 들려무나!"

"아니에요, 전 화려한 것보다 담백하고 소박한 게 더 좋아요!"

정라는 변해도 참으로 많이 변했다. 늘 토라지고 도사리기만 하더니 어쩌면 그렇게 말을 차지고 예쁘게 하는지 감탄할 일이었다. 아니, 미처 발견할 기회가 없었던 또 다른 성숙된 매력이었다.

여자들의 대화를 듣던 아버지가 무슨 말이라도 해야 할 것 같았는지, 아니면 샘이라도 났는지, 정라 아버지의 안부를 물으며 끼어들었다.

"아부지 다리는 줌 어떤 겨?"

"점점 안 좋아지는 것 같아요. 나이가 들수록 불편하신가 봐요!"

"왜 아니겠니. 멀쩡한 사람들두 나이가 들면 그러는데."

"그래도 나름대로 꾸준히 관리하셔서 그 정도래요."

"아마두 그럴 게다. 아부지는 보기보다 강한 사람이다. 보국대에 있을 때 다리를 놓는 곳에서 죽을 고비를 수없이 넘겼지. 어느 날 사고가 생겼다. 교각 옹벽이 무너진 적이 있었는데, 급물살에 떠내려가는 나를 니 아부지가 구했다. 아무두 할 수 없었던 일이지. 나에겐 생명의 은인이다. 앞으루 너희들이 잘 모셔야 한다!"

"아버님도 공회당에서 저희 아버지, 할아버지를 구하셨다면서요. 서로 믿음이 있으셨겠죠!"

"니가 어떻게 그런 걸 다 아니?"

"나중에 오빠한테 들었어요."

"오빠는 뭐 하니? 퍽 영리한 아이인데. 장가는 가구?"

"아뇨. 당최 결혼할 생각을 안 해요. 그냥, 외국계 회사에 다녀요!"

"때가 되면 하겠지. 세상이 많이두 변했구나. 벌써 자식들이 결혼할 나이가 되다니……."

아버지는 옛날의 얼룩진 상처를 회상하는 듯 과거를 더듬었다. 그러고도 퍽 많이, 그것도 도란도란 편하고 자연스러운 시간들이 흘렀다. 어머니는 어머니대로, 아버지는 아버지대로, 정라는 정라대로, 이모는 이모대로, 각자의 마음을 충분히 읽었다. 단지 진영으로 인하여 그녀의 집에서 반대하고 있다는 민감한 상황의 언급은 없었다. 아마도 정라는 그 문제를 무시하기로 작정한 듯싶었다. 나는 그녀의 생각에 개입할 수 없었다.

정라는 식사를 끝내고도 한참을 머물다가 집을 나섰다. 몇 걸음을 걷다가 아예 중랑천 둑으로 방향을 틀었다. 이제는 판자촌이 모조리 철거되어 나름대로 고향의 하천을 느낄 수 있는 장소로 거듭난 이유에서였다. 그녀가 팔짱을 껴왔다. 고개를 돌려 자연스럽게 걸음의 보폭을 맞추는 그녀를 내려다보았다. 숙제를 치르며 상기된 발그레한 낯빛을 보니 내 눈은 저절로 측은해졌다. 시선을 의식한 그녀가 나를 마주 돌아보고는 늘 짓던 엷은 미소를 띠었다. 나는 아무런 말도 꺼내지 않았다. 무언만이 가장 값진 표현이라는 것을 직감했기 때문이었다.

가까이에, 듬성듬성 짝을 이룬 가족들 틈에 풀숲을 마구 뛰어다니는 어린아이가 눈에 들어왔다. 기껏 자리를 피해준다는 것이 중랑천으로밖에 피신하지 못한 석우였다. 석우와 진영은 주저앉아 남남처럼 각각 먼 허공을 바라보고 있었고, 어린 조카만이 천진하게 풀숲에 뛰어놀고 있었다. 앙증하게 뒤뚱대며 놀던 조카가 먼발치의 나를 발견하고는 순간 멈추어 섰다. 고개를 갸웃거리던 조카는 내가 가까이 이르자 조르르 달려가 진영의 품으로 파고들었다. 아마도 정라를 발견한 낯선 반응 같았다.

조카의 행동을 의아하게 여긴 석우가 고개를 돌렸다. 그는 곧바로 나를 알아보고는 슬며시 일어서며 정라를 맞이하려는 자세를 취했다. 하지만 진영은 여전히 허공의 어딘가에서 시선을 거두지 않은 채 아들의 낯선 행동에도 무반응이었다. 충주의 하천 둑에서 그토록 서울구경을 선망하던 진영은 이곳이 서울인지는 알고나 있을지 모를 일이었다.

정라에게 석우를 소개했다. 정라가 고개를 숙여 인사를 보내자 엉거주춤한 인사가 되돌아왔다. 내가 아는 둘의 관계는 그저 한 마을에 살았던 선후배 이상도 이하도 아니었으므로 가벼운 인사만으로도 의미는 충분했다. 그러나 진영은 달랐다. 정라의 후배지만 서열은 위가 되는 동서지간이 될 입장이었다. 특히 여자에게 있어서의 동서지간이란 남자의 동서지간과는 사뭇 다른 의미를 갖게 마련이었다. 정라는 여지없이 진영에게 관심을 표현했다.

"저기 앉아 있는 사람이 혹시 진영 씨 아니에요?"

석우는 물론 나조차도 대꾸할 말이 없었다. 보통의 경우 함께 일어서서 인사를 나누어야 마땅한 상황이었다. 분위기를 눈치챈 석우가 이유를 설명했다.

"애 엄마가 좀 아파유! 나중에 기회가 되면 그때 보도록 하지유!"

정라는 의아해하면서도 아무런 단서를 달지 않았다. 다시 인사를 나누고는 서로 등을 돌려 거리가 멀어졌다. 정라가 몇 번씩 뒤돌아보며 진영의 동태를 훔쳤으나 여전히 허공의 무반응만이 지속되었다. 정라와 진영이 정면으로 맞닥뜨리지 않은 것은 어쩌면 다행이었다. 그랬더라면, 진영의 넋 빠진 무표정이나 지향점 없이 웃는 얼굴을 보았더라면, 정라는 분명 무척이나 당황했을 것이다. 그러나 그녀는 의문을 풀어줄 것을 마침내 요구하였다.

"진영 씨는 어디가 아픈 겨? 사람의 인기척두 못 느끼게."

"머리!"

내 입에서 순간적으로 '머리'라는 단어가 튀어나왔다. 놀란 그녀의 눈동자가 팽창되었다.

"뇌종양?"

"아니."

"그럼?"

부끄럽지만 결국 정확한 상황을 밝혀야 했다. 더는 피해 갈 수 없는 현실이었다. 집안의 치부며, 석우의 치부이고, 곧 나의 치부이기도 한 사건이었지만 적어도 정라에게만은 모든 것을 진실하고 숨김없이 말해왔다는 판단에서였다.

"넋이 좀 나갔어."

"그게 무슨 소리여? 그럼 실성했다는 얘기여?"

"그나마 지금은 나아진 거여!"

"어쩌다가……."

대답하지 못했다. 하지만 그녀는 진영이 불쌍하다며 더욱 자세한 정황을 알고 싶어 했다. 나는 진영이 넋을 놓은 경위와 과정을 가감 없이 풀어놓기 시작했다. 이야기의 자초지종을 모두 들은 정라는 곧바로 침묵으로 돌입했다. 많은 생각이 그녀의 뇌리에서 맴도는 것이 느껴졌다. 그 생각 중에는 같은 여자로서 진영의 아픔은 물론, 나에게도 석우와 동일한 유전인자가 있는 것은 아닌가를 측정하는 갈등도 포함되는 듯했다. 아니, 석우와 동급으로 단정해버릴지도 모르는 그녀의 마음속 깊이를 나는 읽어낼 수가 없었다.

정라의 가족은 강력한 반대에서 마음을 꺾지 않았다. 미래가 불투명한 가난한 남자에게 딸을 맡길 수 없는 모정이나, 빈곤을 처절하게 경험한 어머니가 가난의 대물림을 원치 않는 정도는 구실에 불과했다. 원수 집안의 진영, 두 살 어린 윗동서 진영, 그녀가 더 큰 걸림돌로 부상했다. 더구나 진영의 실성까지 덧대어져 어머니를 설득할 명분은 어디에도 없었다. 나는 단지 사랑이라는 이름 하나로 처분만을 기다리는 나약한 신세로 나날이 추락했다.

하물며 양희가 뜬금없이 중대선언을 했다. 직장 동료의 소개로 남자를 만났는데 서둘러 결혼을 하겠다는 선언이었다. 남자는 평소 선망했던 서울 사람이었고, 제법 나이 차이도 있어 믿음직하다며 신상을 공개했다. 양희는 내가 먼저 결혼하기를 기다리다가는 서울 사람을 놓칠까 봐 두렵고, 모아놓은 돈도 별반 없다고 하면서도 의지를 꺾지 않았다. 양희의 결혼시기와 상대에 이의를 제기하는 가족은 없었다. 다만 결혼비용을 마련하는 일이 최대 걸림돌이었다. 가족들은 더 기다려 본들 뾰족한 수가 없는 이상 빚이라도 얻어서 강행하자는 결론에 이르렀다. 어머니는 이모에게, 아버지와 석우는 재량껏, 나는 직장에, 각자 최소한의 빚을 얻어보기로 매듭지었다. 어머니는 이모를 통해 계를 들어 앞 번호를 타면서 약간의 예산을 확보했다. 아버지와 석우는 불발되었다. 나는 매달 일정금액을 제하는 조건으로 가불받았다. 내게는 봉급을 잘라 갚아야 하는 채무만이 남겨졌다. 이제는 미래마저 저당 잡힌 마이너스인생이 덧대어진 셈이었다.

잘라내고 받는 급료는 나의 미래를 위해 준비할 낙숫물만도 못했다. 그나마도 근근한 집안 살림에 지원하고 나면 정라를 만나서 써야 할 경비조차도 위협받는 처지가 되었다. 정라 가족의 강력한 반대로 양가 부모의 상견례는 엄두도 내지 못할 일이었고, 시간이 지연될수록 나의 입지는 속절없이 초라하게 찌그러져만 갔다. 나는 온전히 혼자였다. 반면 입지가 튼실해져가는 정라는 나를 두고 버티는 한계점이 나날이 좁아지고 있었다.

급기야 용단이 필요했다. 마음속의 내 거울을 보며 스스로에게 물었다. 대답은 간단했다. 정라는, 짧은 인생의 절반을 그토록 혹독하게 사랑하게 만들었던 정라는, 앞으로 살아가는데 평생 그리움으로 남겨야 할 숙제이다. 그리워서 더 그립고, 아득해서 더 아득한, 극의 끝에서 극을 바라볼 수만 있어도 행복으로 여겨야 할 과제이다. 그녀를 사랑함으로 행복했다. 그녀와 같은 세상에 있어서 아름다웠다. 우주 속을 떠도는 아주 작은 지구, 지구 속에 머물다 가는 아주 작은 그녀와 나의 존재, 그 티끌 같은 가능성에서 이 정도의 만남만으로도 이미 충분히 행복하고 아름다운 일이 아니었겠는가. 나의 사랑은 이미 항로를 잃었다. 등대의 기능은 소멸되었고 검은 바다를 헤매는 배는 돌아갈 포구가 요원했다. 이별하는 과정이 사랑한 과정보다 힘들고 모를지라도 나의 사랑은 우뚝하여야 한다. 내 마음의 찢어질 상처는 스스로 치유하고 극복하여 어느 날 잊어지면 잊어진 대로 살아갈 일이다. 살아 있기에 살아가는 것일 뿐, 모두를 잃어도 그 또한 미련 없이 자유를 열어주어야 할 일이다. 후회는 하지 말자. 끝까지 소유하는 것이 사랑이라면 그것은 온전한 사랑일 수 없다…… 그렇게 정라와의 이별 생각은 의외로 빠르게 굳어갔다. 그녀와의 이별 다짐은 사랑한 시간에 비해 너무도 짧았다. 나는 이제 철저하게 나 혼자로 뒤돌아섰다.

정라에게서 전화가 왔다. 이별 결심을 한 탓인지, 그녀의 경쾌한 목소리가 불현듯 낯설었다. 그녀가 먼저 약속시간과 장소를 정하고 수화기를 내려놓았다. 약속장소인 2층 레스토랑에는 내가 먼저 도착했다. 레스토랑은 조명의 밀도가 낮아 연심戀心을 자극하기에 그윽하였다. 각자의 칸막이로 반쯤은 가려져 여전히 흑심을 품도록 조장된 밀실 분위기였다. 정라는 오래지 않아 모습을 나타내었다. 그녀는 나와는 다르게 무언가에 잔뜩 들떠 있었다. 저녁을 비우고 맥주를 시켰다. 술잔을 따라주며 그녀가 말했다.

"이번 여름휴가 때 덕적도라는 섬으루 여행 가자! 회사에 여자애가 있는데, 작년에 자기가 여행 갔다가 온 것을 어찌나 자랑하는지 샘이 나잖어. 우리 기분 전환하자!"

"섬? 시간이 얼마나 걸리는지는 모르지만, 하루 만에 배 타구 다니는 게 힘들지 않겠어!"

"하루 만에 무슨, 1박 2일은 되어야지. 그리구 별 걱정 다 혀. 아직 청춘인 사람이."

"1박 2일씩이나? 생각해보구!"

부러 관심 없다는 투로 뇌까렸다. 평소 같으면 쾌재를 부르며 호들갑을 떨고 싶을 만큼 매력적인 데이트 제안이었다. 흔히 남자들끼리 이죽거리는 농담에 자주 등장하는 섬으로의 여행은 애인을 소유하기 위해 옭아매는 최고의 동아줄이 아닌가. 하지만 내게는 이별 여행이 될 판이었다. 그렇게 이별할 수는 없었다. 사랑하는 여인을 온전히 사랑한다면 예견된 이별 앞에 흑심을 품을 수는 없는 법이다. 결코 감성으로 이성을 다스려서는 아니 될 일이다. 언제부터인가 그건 나 자신과의 지독한 약속이기도 했다. 이별을 통보할 시간이 다가오고 있음을 몸으로 직감했다. 나는 가슴 밑바닥으로부터 이별을 준비하기 시작했다.

"생각은 무슨 생각. 무슨 일 있었어? 기분이 영 안 좋아 보여!"

"사실, 니한테 할 말이 있어. 그런데 말을 못 꺼내겠어."

"무슨 얘긴데 그려. 걱정하지 말구 말해. 내가 다 들어줄게!"

예고된 이별 앞에서, 애교마저 떠는 그녀의 맑은 표정이 나비처럼 나풀거리며 떠다녔다. 그녀는 상기되어 있었다. 나는 작심하고 비로소 이별이라는 단어를 꺼냈다.

"우리, 이제 그만 만나자. 니 다른 남자한테 시집가는 게 좋겠어!"

내 음성을 잘못 들은 양 그녀의 눈동자가 정지되었다. 정라의 착한 눈썹과, 발그레한 립스틱의 입술과, 나풀대던 맑은 표정이 극점의 빙하 속에 갇힌 화석처럼 찰나에 굳었다. 그녀의 눈동자에서 쏘는 섬광을 피할 길 없어 나는 고개를 떨어뜨렸다. 한참이 지나서야 그녀의 입술이 터졌다.

"다시 한 번 말해봐. 지금 뭐라구 했어? 납득이 되게 말해봐?"

"무슨 이유가 필요해. 우리 이제 헤어지는 게 좋겠어. 그러는 게 좋겠어, 모두에게!"

"모두에게? 그게 왜 모두여! 양우 니는 마음 하나루 지금까지 버텨 온 남자 아니었어?"

"나름대루 고민 많이 했어!"

"뭘 많이 생각혀. 지금 한 말은 내 생각 전혀 안중에두 없는 말이 아니구 뭐여! 나는 안 힘든지 알어. 말을 안 해서 그렇지, 정말 미칠 지경이란 말이여. 어무니가 반대하는 것두 이해되구, 니 복잡한 마음두 불쌍하구, 고생할 게 뻔한 미래두 막막하구……. 내가 죄가 있다면, 널 사랑한 죄밖에 없잖어!"

정라의 눈동자에는 이미 이슬이 그렁그렁 고이고 있었다.

"미안해, 자신 없어! 이젠 정말 자신 없어!"

정라는 마침내 울음을 터뜨렸다. 눈물은 금방 뺨 위로 흘러내렸고, 훌쩍이는 어깨는 호흡을 타고 들썩거렸다. 마음을 도려내듯 안쓰러운 마음에 그녀 곁으로 자리를 옮기고 말았다. 그녀의 얼굴이 내 가슴팍에 묻혔다. 훌쩍임은 증폭되었다. 멈춰지지 않았다. 훌쩍일 때마다 들썩이는 어깨의 진동은 화살촉처럼 깊숙이 내 심장에 상처를 그었다. 몽실한 어깨가 이토록 연약해 보일 줄은 미처 몰랐던 일이었다. 나는 아무런 행동도 할 수 없는 그저 목석이었다. 내 눈에 고인 눈물이 그녀의 슬픔을 위로하는 명약이기를 진정으로 바랄 따름이었다.

섬으로의 이별 여행은 강행되었다. 그녀와 나의 종착역이 어디까지인지, 둘만의 해결점은 진정으로 찾을 수 없는지, 기어이 헤어져야만 하는 길인지, 이별 여행에서 최종적으로 결론내자는 그녀의 의견에 동의한 여행이었다.

여객선이 출발했다. 검푸른 바닷물을 가르며 스크루가 돌기 시작했다. 꽁무니로 뿜어내는 하얀 포말은 웅장한 질서로 꼬리를 물었다. 쉼 없이 밀려온 바닷바람은 그녀의 뺨을 때리고 머리카락 사이로 흩어졌다. 머리카락은 각각의 춤사위처럼 나부끼며 햇살을 받는 각도에 따라 색깔과 무늬가 다르게 채색되었다. 아득한 추억을 쫓듯 수평선을 응시하던 그녀가 나를 돌아보았다. 늘 짓던 엷은 미소였지만 오늘따라 왠지 쓸쓸해 보이는 미소였다. 나 역시 엷은, 그러나 쓸쓸한 미소로 답하고 단지 침묵했다. 서로가 느끼는 침묵의 의미가 다르지 않을 일, 침묵은 오래도록 지속되었다.

섬을 밟았다. 광활한 돗자리처럼 펼쳐진 해수욕장에는 바닷물을 첨벙거리며 물놀이를 즐기는 사람들로 북적거렸다. 가족끼리, 친구끼리, 혹은 연인끼리, 풍요와 너그러움의 질감이 짙게 묻어났다. 선착장을 돌아 해수욕장에 이르러 운동화를 벗어 들고 곧바로 모래톱을 거닐었다. 잔잔한 파도는 간지럼을 태우며 발바닥 안쪽으로 파고들었다. 맨발에 와 닿는 고운 모래톱은 얇고 부드러웠으며, 밀려온 포말을 따라 발가락에서 알알이 소멸되었다. 그런 색다른 데이트에서도 여느 때처럼 팔짱을 낀 다정스러운 행동을 연출할 용기조차 내게는 없었다. 한 걸음의 사이의 거리를 두고 한참을 걷던 정라가 이윽고 말을 건네 왔다.

"양우야, 오길 잘했지?"

나는 역시 고개만을 끄덕거렸다. 그녀가 다시 말했다.

"난 여객선두 처음 탔어!"

"그건 나두 마찬가지여!"

"저기 소나무 숲 그늘루 가자. 내가 김밥 싸왔어."

평범한 대화가 평범하게 들리지 않았다. 묻고 답하는 대화조차 함축되어 간결하기 짝이 없었다. 잔잔한 파도에도 우리의 목소리는 잦아들어 자꾸만 스러져갔다. 오늘이 지나고 나면 어쩌면 듣고 싶어도 듣지 못할 목소리라는 사실이 송곳 끝에 찔린 것처럼 아릴 따름이었다.

소나무로 밀집된 숲은 고요하고 청명했다. 해풍을 받아 제각각의 개성대로 휘어지고 꺾인 해송의 조형미는 아름답고 탁월한 정원 그대로였다. 뿌리가 다른 두 나무가 맞닿아서 하나의 몸이 된 연리지連理枝 밑, 누군가 다른 연인들이 사용하고 남겨놓은 듯싶은 깔판 위에 마주 앉았다. 늘 나의 갈망이었던 연리지의 꿈, 사진으로만 보아오던 연리지를 비로소 마주하게 된 것이 왜 하필 이별 앞에서일까, 연리지를 음미하며 꿈꾸는 것조차 이제는 사치에 불과할지도 모를 일이었다.

그녀가 정성스럽게 포장한 도시락을 펼쳤다. 김밥을 꺼내자 다양한 속살의 조화가 먹음직하게 식욕을 북돋기에 손색이 없었다. 하지만 마지막 만찬과도 같은 서글픔이 세차게 가슴을 파고들었다. 술의 힘을 빌려서라도 주체할 수 없는 이별의 슬픔을 다스려야 할 판이었다.

"소주는 없지?"
"왜, 술 생각나?"
"잊고 싶어. 지금 이 순간들!"
"그러지마. 무서워!"
"잠깐 기다려. 가게에 가서 술 사올게."

정라는 만류하지 않았다. 작고 허름하고 나른한 섬마을 가게에서 평소보다 많은 소주와 맥주 두 병을 샀다. 혹여 술이 모자라면 다시 사러 오기도 애매한 거리였고, 맥주는 정라를 위한 이별주였다.

"무슨 술을 그렇게 많이 사와, 대낮인데."

정라가 눈을 흘겼다. 늘 하던 습관처럼 고개를 15도쯤 기울이면서. 그럴 때면 눈을 흘긴 것이 아니라 애교로 보여 언제나 무너지곤 했었다. 나는 이따위 이별쯤은 별일이 아니라는 위장술로 태연한 척 능청마저 떨었다.

"그래두 소위 이별파티인데, 구색은 갖추어야지!"
"자꾸 그렇게 말하지 말구 어서 앉어. 서울에서 오는 동안 김밥이 벌써 다 식었나벼."

자리에 앉아 그녀가 정성스럽게 준비한 '최후의 만찬'을 시작했다. 멀리 수평선에서 잉태한 바닷바람이 상쾌한 공기를 싣고 솔밭으로 불어왔다. 날물의 모래톱이 빚어낸 융단 같은 잔물결, 끼룩거리며 해변을 분주히 비행하는 바닷새, 한바탕 유희를 위해 떠나고 또 찾아오는 해수욕장의 군상들, 시간이 정지된 듯 모든 것은 멈춰져 있었다. 그녀와 나의 시간도 여기에서 멈추어버린, 남의 눈에는 영락없이 한가로운 연인의 만찬으로 보일 터였다.

"맛은 어때?"

정라는 칭찬이 필요한 모양이었다.

"고향 맛이다! 정라 니두 어서 먹어!"

그녀가 김밥을 넣고 볼살을 오물거렸다. 가장 평범한 음식을 가장 맛깔스럽게 먹을 줄 아는 천성이 조화로웠다. 여학생 시절, 우이동에서 찐빵을 물고 오물거리던 추억이 굽이쳐 돌아났다. 술잔을 따랐다. 술맛 또한 고향 맛처럼 향기로 넘실거렸다. 김밥을 모두 먹는 동안 술잔이 빠르게 몇 순배 오갔다. 시간이 흐른 만큼 취기는 벌써 여러 차례 뇌혈관을 회전했다.

그러나 마지막 만찬 내내 서로에게 민감한 이별 이야기는 차마 꺼낼 수가 없었다. 이별 앞에, 피차 지금의 분위기를 조금이라도 더 유지하고 싶은 마음에서였는지도 모를 일이었다. 마침내 매듭을 풀기 시작한 것은 정라였다.

"어떻게 마음은 결정했어? 아직 지난번 생각하구 같은 겨?"

"돈이 너무 없어. 이젠 신혼집은 고사하구 예식장에 올라갈 경비조차두 없어!"

"단순히 돈 때문이여? 다른 이유는 없어?"

"다른 이유가 왜 필요혀. 그게 제일 큰 걸림돌인데."
"진영 씨 때문에 우리 엄마가 반대하는 건?"
"그것두 이유라면 이유가 되겠지. 마음이 많이 불편혀!"
"그동안 헤어지는 거 많이 생각했었던 거여? 집이 이렇게 되기 전에……."
"아니, 단 한 번두 생각해본 적 없어!"
"그럼, 안구 싶었던 생각은?"

느닷없고 당황스런 질문이었다. 평소 정라를 생각한다면 그녀의 심경에 일어나는 변화를 가늠할 수가 없는 낱말이었다. 그래도 진실만을 말해야 하겠기에 숨겨놓았던 마음을 거짓 없이 표현했다.

"없었다면 그건 거짓말이지. 니가 군대 면회 오던 날, 서울 가는 버스를 놓쳐서 부대 밑에서 하루를 잤잖어. 그날 내 사람으로 만들어야 했는지두 몰러. 비상만 아니었어두……."
"궤변이여. 그랬으면 니를 만나지두 않았어. 날 지켜주었기 때문에 지금까지 만난 거여!"
"하지만 양면성은 늘 있었어. 어떨 때는 확 보듬구두 싶었구, 또 어떨 때는 지켜주고두 싶었구! 니는 보구만 있어두 항상 안달이 났어. 그래서 나두 모르게 술에 취해서 몇 번씩 땡깡두 부렸구!"

나의 표현에 정라의 눈빛이 깊은 생각의 강으로 흘러가고 있었다. 그녀의 생각 안쪽이 들여다보이지 않았다. 아니다. 들여다볼 이유조차 없는 치졸한 생각이었다. 오늘의 이별 여행은 나로부터 비롯된 일이었으므로 사랑하는 그녀에게 지워야 할 짐은 결코 아니었다. 가벼워지자. 깃털처럼 가볍게 아무것도 아닌 채로 각자 가벼워지자.

생각을 멈춘 그녀가 마지막 말인 듯 물음표를 던졌다.
"그럼, 내가 어떻게 하면 좋겠어?"

보이지 않는 길 **319**

"헤어져! 그냥, 그냥 훌훌 날아서 자유롭게 떠나! 그래야만 내 마음이 편할 거 같어!"

할퀴듯 잔인하게 마침표를 찍었다. 하지만 마음은 갈가리 부서져 흩어졌다. 그녀를 보내는 이별 작업은 점점 모질고 힘겨워져만 갔다. 모든 상황을 인지하고 고개를 떨어뜨린 정라는 나를 마주보지도 못했다. 소름 돋는 침묵이 흘렀다. 침묵은 길게 휘어지면서 방향을 잡지 못했다. 나는 뜨거워지기 시작하는 시선을 멀리 수평선으로 틀었다. 이제 나의 상처 따위는 쓰다듬고 어루만져 치료할 필요조차 없다. 피 흘린 자리에 딱지가 생기고, 딱지가 굳으면 비로소 떼어내면 될 일, 설령 혼자로의 외로운 길이라도 그것은 내 몫이요 운명일 뿐이었다. 나는 다시 뇌까렸다.

"정라야, 고개 들어. 겸허하게 받아들이자. 니가 있어서 지금까지 난 너무 행복했었어."

마침내 정라가 고개를 들었다. 이미 그렁그렁해진 눈동자가 촉촉이 다가왔을 뿐, 어떤 말도 건너오지 않았다. 그녀는 이별이란 현실이 엄두가 나지 않는 표정이었다. 나는 얼마간을 혼자서 술만 목구멍으로 쏟아부었다. 그녀는 멈출 기미가 없는 나의 폭음을 만류하지도 않았다.

사람들이 뜸해진 해수욕장에는 갈매기가 여전히 어지럽게 끼룩끼룩 거렸다. 밀물은 벌써 소나무 숲 언저리까지 소리도 없이 점령해 들어왔다. 섬의 밑자락부터 엷은 해무가 끼기 시작했다. 바닷바람에 실려온 해무는 무리 지어 스멀거렸고, 안개처럼 비밀스럽고 은밀했다. 해무의 입자들은 살갗에 달라붙을 때마다 서늘한 촉감까지 유발시켰다.

"양우야, 그만 마셔. 어디 민박이라두 잡아야 하지 않겠어?"

미처 잊고 있었던 당면과제를 정라가 일깨웠다. 그녀가 자리를 털고 일어나 서둘러 주변 정리를 하기 시작했다. 주변 정리라고 해봐야

기껏 먹고 남은 쓰레기를 수거하고 지정된 장소에 폐기하는 일이 전부였지만 마음이 다급해졌다.

결국 민박조차도 얻지 못했다. 궁여지책으로 항구로 발길을 돌렸다. 섬마을 민가를 돌며 사정했다. 여섯 집을 돌고 나서 언덕바지까지 올라 빈 사랑채를 겨우 허락받았다. 아들이 원양어선을 타고 나간 사이 마침 며느리가 뭍으로 일을 보러 간 하루의 틈이었다. 각자의 집으로 전화 연락을 취했다. 섬으로 온 것을 숨겼던 정라는 불가피하게 여객선을 놓쳤고, 동행한 사람은 여자 친구라는 선의의 거짓을 보고하였다. 객지생활에 길들여진 나의 부모는 그러려니 했지만, 딸을 둔 정라 어머니는 그녀의 말을 믿지 않는 듯 걱정이 가득한 우려를 수화기에 실어 보냈다. 정라는 추궁이 깊어지기 전에 공중전화의 동전이 다 되었다며 일방적으로 전화를 끊었다.

허름한 가게까지 운영하는 할머니에게 부탁한 저녁 메뉴는 우럭매운탕이었다. 끝없는 허기 탓인지 매운탕을 너무도 맛깔스럽게 나누었다. 또 술잔을 곁들였다. 그녀는 물론 나 또한 그윽하게 술의 노예가 되었다. 하지만 사랑채로 돌아오기 전, 줄곧 밀려오는 불안감이 또 술을 준비하게 만들었다. 정라는 강하게 만류했지만 나는 듣지 않았다. 최초인 정라와의 동침을 맨 정신으로는 감당할 자신이 없었기 때문이었다. 이성도 감성도 무력화시켜 정라의 순결을 온전히 보존시켜 주고 싶은 결심의 행동이기도 했다.

사랑채의 미등은 희미하게 조도가 낮았다. 낮은 조도에 비친 정라의 얼굴은 금방이라도 얼싸안고 싶은 충동을 수없이 일으켜 세웠다. 나는 충동을 억제하기 위해 술이라는 매개체를 거침없이 털어 넣었다. 오직 술만이 오늘의 수만 가지 요동을 잠재울 터였다.

"오늘따라, 무슨 술을 그렇게 끝없이 마셔!"

"오늘은 그냥 봐줘. 그래야 니를 지켜줄 수 있을 것 같아서 그려!"
"그건 또 무슨 말이여?"
"인사불성이 되어야 니를 편하게 보낼 것 같어, 떠날 사람이라구 함부루 대하기 싫어!"

그렇게 말하면서 제대 하루 전 있었던 탈선 미수사건을 떠올렸다. 술의 노예가 되어 낯선 직업 여성으로부터 동정을 지킨 제대파티, 그날처럼 몸은 물론 마음과 뇌를 술에 저당 잡히고 싶은 심사였다. 정라는 내 사람으로 만들기 위해 호시탐탐 엿보았던 여자였다. 오늘 같은 상황은 반전을 꾀할 수 있는 절호의 기회다. 어쩌면 사내의 당연한 충동이었다. 더구나 결혼의 반대에 부딪히는 입장에서는 극적일 수도 있었다. 그러나 정라에게만은 그런 치졸한 방법보다 진정한 신사로서 마침표를 찍고 싶은 소중함이 더 컸다. 하물며 이별 여행이다. 허물어지지 말자, 확고하고 절대적인 신뢰만이 내가 떠날 수 있는 진정한 명분이 될 터였다.

그녀는 처음으로 빠르게 취해갔다. 우리는 마치 금방이라도 쓰러져 죽을 사람들처럼 각자의 술잔을 서로에게 강요하였다. 술이 아니면 피차 이 순간을 이겨낼 용기조차 없는 바보들이었다. 마침내 폭주가 위험수위의 눈금을 뛰어넘었다. 정라의 흐트러진 행동을 처음 대하는 나의 갈등은 끝이 없었다. 그녀의 혼란스러운 심정을 헤아릴 수 없듯이 나의 혼돈스러운 심정도 헤아릴 수조차 없었다.

그녀가 나를 올려다보고는 뒤엉키는 발음으로 뇌까렸다. 눈언저리는 깊숙이 그렁거렸다.

"양우야, 진짜 나 버릴 자신 있어? 지금까지 우린 뭐였어?"
"니는 친구이기두 했구, 연인이기두 했구, 가족 같기두 했어!"
"나, 정말 사랑한 거 아니었어?"

"사랑했어. 너무 많이! 이런 내가 바보 같아서 미워 죽겠어!"

혀끝에 부러 힘을 주면서까지 몰인정하게 말했다. 온갖 정을 다 떨어뜨려 차라리 증오까지 심어줄 작정이었다.

"지금은?"

"이제 와서 그게 무슨 소용이 있어. 아무것두 없는 빈털터리인 걸!"

"그렇게 심각혀?"

"니가 생각하는 것 이상이여. 도무지 해결점이 안 보여!"

"그럼 나는 도대체 뭘 어쩌라는 거여? 언젠가 니가 말했잖어. 우리가 화해의 기틀을 마련한다면 차라리 행복할 거라구. 난 이제 니 없이는 못 살어. 남자니까, 니가 책임져!"

"정라야, 미안혀! 니를 버리는 게 아니여. 나보다 풍족한 미래를 선택하라는 뜻이여!"

"아무것두 없어두 괜찮어. 빈털터리면 어때. 우리, 이제 더는 아파하지 말구……. 서루 상처내지두 말구……. 결혼혀! 이게 우리의 운명인 걸 어떻게 혀!"

정라는 원망과 애원을 쏟아내며 마침내 어린아이처럼 눈물샘을 터뜨렸다. 그동안 나 못지않은 아픔을 숨겨온 상처가 마디마디 멍울져 서럽게 터져 나왔다. 슬프게 들썩거리는 어깨의 진동이 고스란히 내 심장으로 파고들며 숱한 사랑이 소멸되었다.

"안 돼. 부모님 반대 무릅쓰고 우리 맘대루 이러는 건 안 돼. 정라 니는 나보다 좋은 남자한테 시집가면 되잖어. 난 이제 니한테 해줄 게 너무 없어. 헤어져!"

"그럼, 우린 진짜루, 여기서 헤어질 수밖에 없는 겨?"

"우리는 이제 남남이여. 내 마음은 이미 니를 버렸어!"

"이렇게……. 영원히…….."

"그려, 니가 미워졌어! 영원히……."

작심하고 야멸친 언행까지 일삼았다. 송곳 같은 날카로운 끝을 들이대고 찌르듯 그녀를 공격하면서 미운 정, 고운 정, 털끝만큼이라도 남아 있지 못하도록 정을 떼어야만 했다. 그놈의 장마만 아니었어도, 가슴골만 아니었어도, 아니 탄금대 입맞춤만 아니었어도, 이별은 이다지 애달파하지 않아도 되었을까? 숱한 시간과 사랑들은 아득한 과거의 일처럼 토막으로 흩어지고, 쪼개지며 부서지는 마음은 갈가리 흩어져 허공으로 분산되었다. 이제는 어떤 위로도 정라의 들썩이는 설움과 눈물을 치유해줄 수는 없었다. 아무것도 하지 않는 것이 내가 할 수 있는 마지막 사랑법이었다. 마지막 이별법이었다.

이별 통보에 망가지고 술에 망가진 그녀는 탈진한 듯 흐느끼다가 끝내 쓰러졌다. 영원한 이별, 마침내 이별은 공식화되어버렸다. 숱한 생각들이 티끌처럼 표류했다. 정라의 얼굴이, 정라의 가슴이, 정라의 입술이……. 또한 표류했다.

흉부를 마비시킨 술은 나의 신경조직은 물론 뇌세포까지 집어삼켰다. 온몸의 에너지가 증발되어 뼈 없는 연체동물처럼 녹아내리는가 싶더니 나 또한 그녀의 옆에 맥없이 꼬꾸라졌다. 그리고 어느 순간 세상의 모든 사물은 어둠으로 질주하며 사라져갔다. 끊겨진 필름의 장면은 암흑 속으로 침몰했고, 술의 힘을 빌려서 이윽고 욕망으로부터 탈출하는 자유를 얻었다. 정라와 나는 바야흐로 영원한 남남으로 꼬꾸라졌다.

연리지連理枝를 꿈꾸다

입천장 표면이 서로 달라붙은 것 같은 갈증으로 눈을 떴다. 입술은 물론 목구멍까지 타들어가듯 바짝바짝 말라 건조했다. 지난밤을 돌이켜 되뇌었다. 이별의 슬픔을 감내하지 못한 그녀는 물론 나 또한 그 자리에 그대로 널브러져 잠들고 말았던 것이다. 밖은 아직 해가 뜨지 않아 어두웠다. 낮은 조도의 미등은 은은하여 여전히 황홀하기까지 했다.

정라를 살폈다. 그녀는 나를 마주한 채 잠들어 있었다. 더구나 술과 잠에 취하여 풀풀거리며 알코올의 잔량을 뿜어내고 있었다. 눈물과 화장이 얼룩진 본연의 얼굴, 옆에 누가 있는지조차 의식하지 않는 본능, 사람 냄새 나는 인간 그대로의 아름다움이었다. 아아, 도대체 이 사랑스러운 여인을 어찌해야 한다는 말인가. 보고만 있어도 안쓰러운 이 여인을 어떻게 보낼 수 있다는 말인가. 나는 그 누구도 다시는 사랑할 수 없을 것이리라.

그래, 처음부터 다시 시작하는 거다. 나의 첫사랑이 그녀이듯이 마지막 사랑도 그녀이어야 한다. 그녀와 함께라면 무엇이 두렵겠는가. 고조할아버지부터 맺어졌던 굴곡의 대물림, 식민지를 함께했던 할아버지들의 신의, 징용과 동란에 휩쓸려 사경을 헤매면서도 삶에 치열했던 아버지들, 그리고 그녀와 나! 피할 수 없는 운명도 사랑일 터, 그녀와 나는 뿌리가 다른 두 나무가 맞닿아서 하나의 몸이 된 연리지 같은 운명이리라. 암수의 눈과 날개가 하나씩이어서 짝을 짓지 아니하면 날지 못한다는 비익조 같은 운명이리라.

그녀의 입술에 내 입술을 살며시 포개었다. 정라는 입술의 기습에 실눈을 뜨며 지그시 나를 확인했다. 그러고는 마치 오래된 아내처럼 품 안으로 파고들었다. 내 입술이 그녀의 입술을 애무하기 시작했다. 마른 입술이 촉촉해졌다. 감미로웠다. 달콤한 입술, 세상 어디에도 이처럼 부드럽고 황홀한 촉감은 없을 터였다.

손은 그녀의 가슴을 더듬었다. 장마와 함께 벼락같이 찾아왔던 가슴의 촉감이 손끝으로 되살아났다. 아무런 행동도 할 수 없었던 순간, 생각이란 더구나 할 수 없어 가슴으로부터 손을 뗄 수도 없었던 순간, 잊을 수 없었던 전율이 그때처럼 고스란히 손바닥으로 전이되기 시작했다. 실핏줄을 타고 세포 구석구석으로 내달리는 가슴의 감촉, 오랜 시간 꿈꾸어 왔던 가슴의 추억이 참으로 강렬하게 휘감겼고, 전율은 덩어리로 사무쳤다.

미등 속에서, 떨리는 감각에 의존하여 가슴을 조심스럽게 열었다. 상의를 벗기고 비밀스러운 브래지어의 고리를 풀었다. 낮은 조도의 불빛 속에서도 하얀 속살이 부끄러운 듯 눈앞에 드러났다. 숨을 몰아쉬며 나머지 속박의 겹을 정성스럽게 걷어냈다. 나 또한 자유를 속박하고 감추었던 겉치레의 옷을 어설프게 벗었다. 세상에 처음 태어나던 순간의 부끄럼 없는 알몸이 그녀 앞에서 닻을 내렸다. 그녀와 나는 비로소 에덴동산의 자유로운 몸으로 태어났다.

나의 입술은 서툴렀다. 입술은 그녀의 목덜미와 귓불을 마구 헤매었다. 가슴과 가슴 사이에 얼굴을 묻었다. 어느 순간 포도 알 같은 돌기가 입안에 들어왔다. 태초의 본능으로 유전된 유아의 기억이었을까, 치아를 빌려 양순하게 돌기를 잘근거렸다. 돌기로부터 출발한 경련이 그녀의 온몸으로 내달리는 듯했다. 가파르게 상승하는 나의 호흡이 그녀의 숨소리와 교차되어 엇갈렸다. 멈출 수 없었다. 아니, 감히 멈추고 싶지 않았다.

그녀를 안았다. 나의 몸이 그녀를 뜨겁게 품었다. 그녀의 몸이 나를 뜨겁게 보듬었다. 처음으로 기억해야 할 그녀의 몸이 내 몸이었고, 처음으로 간직해야 할 내 몸이 그녀의 몸이었다. 우리는 이미 오래전에 하나의 몸이 될 연리지 같은 운명이었다. 서로가 한 몸이어야 했던 비익조 같은 운명이었다. 내 몸은 그녀의 몸에, 그녀의 몸은 내 몸에, 바야흐로 하나가 되었다. 하나 된 서로의 몸을 통해 과거의 사슬과 아픔의 상처는 걷히고, 화해와 용서와 미래의 희망이 새순처럼 돋아나고 있었다.

긴 어둠을 밀어낸 먼동이…… 창틈으로 스며들고 있었다.